暴虎《ぼうこ》の牙

柚月裕子

角川書店

暴虎の牙

目次

登場人物相関図

昭和五十七年

広島北署

捜査二課 ― **暴力団係**

係長 飯島武弘

大上章吾 ― **妻** 清子 / **息子** 秀一

吉村和樹

「小料理や　志乃」　晶子

尾谷組

組長 尾谷憲次
若頭 一之瀬守孝

瀧井組

組長 瀧井銀次
若頭 佐川義則

呉寅会 ✕ 五十子会

呉寅会

沖 虎彦
三島考康
重田 元
林 達也
高木章友

五十子会

組長 五十子正平
若頭 浅沼真治
沖 勝三

綿船組

組長 綿船幸助

「クインビー」　真紀　由貴

笹貫組

横山 昇

瀬戸内連合会

ヘッド 吉永 猛

平成十六年

呉原東署

捜査二課 ― **暴力団係**

係長 石川雅夫

日岡秀一

司波翔太

心和会

義誠連合会

会長 国光寛郎

明石組

若頭補佐 峰岸孝治

装画　曄田依子
装丁　坂詰佳苗

プロローグ

雨が降っている。

勢いは強く、氷のように冷たい。

空にはなにもない。真っ暗な闇があるだけだ。

濡《ぬ》れた朽葉が敷き詰められた山道を登りながら、ひとりの少年が恐る恐る声を出す。

「もうこの辺で、ええんじゃないかのう」

この寒空に、青シャツ一枚という出で立ちのせいか、雨に打たれたせいか、怯《おび》えのせいなのか、声が震えている。

隣にいた少年が、青シャツに同意する。

「おお、ここまでくりゃァ、誰もこんじゃろう」

そう言った少年は、ジャンパーを羽織っている。背に龍がいた。

「のう、どうじゃろうのう！」

龍が、前を歩いている少年に向かって叫ぶ。

少年は、同じ年回りの三人のなかで一番背が高く、すでに大人の体軀《たいく》と言っていい。訊《たず》ねられて足を止めると、被《かぶ》っていた野球帽の鍔《つば》を後ろに回した。手にしていた懐中電灯であたりを照らす。

丸い輪のなかで、地面に叩《たた》きつける雨粒が光った。

人里から離れた山中は、樹木が密集して鬱蒼《うっそう》としていた。樹々は、我が物顔で四方に枝を伸ばしている。人が入り込んだ形跡はない。川からも離れている。狩猟者もこのあたりにはこないだろう。

野球帽が、後ろのふたりを振り返った。

「ああ、ええじゃろう」

青シャツと龍は、ほっとしたような顔をした。

肩で息をしながら、三人は自分たちが運んできたものを見た。

三人の中心には、錆《さ》びたリヤカーがあった。荷台には、筵《むしろ》が掛けられている。泥や汚れ、どす黒い染みがついていた。

三人はリヤカーを運びながら、山を登った。野球帽が前でハンドルを引き、青シャツと龍が、後ろから押した。

道らしい道がない斜面を登るのは、ただでさえ難儀だ。加えて今夜は、あいにくの雨だった。地面はぬかるみ、リヤカーのタイヤが泥にはまった。そのたびに三人は、持ってきたスコップで泥からタイヤを掻《か》き出し、前に進んだ。

野球帽が、手にしていた懐中電灯を足元に置いた。荷台の隅にある、泥だらけのスコップを握る。

「ここにする」

野球帽はスコップの先端で、懐中電灯が照らす地面を指した。

青シャツと龍は、意思の確認をするように、互いの顔を見る。

野球帽が持っていたスコップを後ろに大きく引き、勢いをつけて地面に突き刺した。

スコップが土にめり込む音に、青シャツと龍が身体をびくりと震わせる。

地面から土を掻き出しながら、野球帽が命じた。

「なにをしとるんなら。さっさと手伝わんかい。もたもたしとったら、夜が明けてまうど」

言われたふたりは、慌てて自分たちもスコップを握り、同じ場所を掘りはじめた。

野球帽が手を止めたのは、穴を掘りはじめてから三十分が過ぎたころだった。

「はあ、ええじゃろう」

曲げていた背を伸ばし、額を流れる汗とも雨ともつかない水滴を手の甲で拭《ぬぐ》う。

青シャツと龍も手を止めた。三人とも、息があがっている。

野球帽は地面に置いた懐中電灯を持つと、穴を照らした。かなり深い。

青シャツが穴を覗《のぞ》き込む。

「だいぶ掘ったのう」

龍はいまだ雨が降り続く空と、地面の穴を交互に見た。

「急がんと、埋まってまうで」

穴の底に泥水がたまっている。

「持っとれ」

野球帽は手にしていた懐中電灯を龍に渡すと、リヤカーへ向かった。

荷台の横に立ち、上から見下ろす。

野球帽が筵に手を伸ばしたとき、雨音に交じり呻《うめ》き声がした。苦し気な声は、筵の下から聞こえた。

青シャツが女のような悲鳴をあげて、腰を抜かした。

野球帽が、苦々しい顔をする。

龍が舌打ちをくれ、野球帽のそばにやってきた。

「あれだけやったのに、まだ生きとるんか」

野球帽が、筵を剝《は》がした。

半分ほど捲《めく》れた筵の下に、男がいた。

顔は原形がわからないほど腫《は》れあがり、血だらけだった。黒いシャツの下も、おそらく同じだ。

男の紫色の唇から、声にならない声が漏れる。

龍が野球帽をちらりと見た。

野球帽はなにも言わない。ズボンのポケットから煙草を出すと、安物のジッポーで火をつけた。煙草の火が雨に濡れ、じじ、と音をたてる。顔色ひとつ変えない。

龍は男に目を戻すと、スコップを頭の上に掲げた。

「なにか言いたいことがあるんじゃったら、あの世で閻魔《えんま》様に言うてくれや」

淡々とした声でそう言うと、龍はスコップを思い切り振り下ろした。

スコップの縁《ふち》が、男の肩にめり込む。

呻き声が悲鳴に変わる。

龍が、ほう、とつぶやく。

「まだ、そがあな声を出す力があったんか。腐っても鯛《たい》。腐っても極道。ほんましぶといのう。さっさとくたばらんかい」

龍は再びスコップで、男を殴りつけた。

スコップが振り下ろされるたびに、龍の身体が返り血で染まる。

青シャツは地面に尻をついたまま、泣きそうな顔で龍を見ている。

龍の息があがった。スコップを持っている腕をだらりと下げて、地面に唾《つば》を吐く。

「早《はよ》うくたばってくれんかのう。わしゃあ昨日ろくに寝とらんけ、もう帰って寝たいんじゃ」

呻き声が止む。男の閉じた瞼《まぶた》と唇は微《かす》かに震えていた。

雨で火が消えた煙草を、野球帽が指で弾《はじ》いた。後ろから龍の肩を摑《つか》む。

「どいとれ」

龍を後ろに押しやり、自分が前に立つ。

野球帽は絞れるほど濡れているシャツの腹を捲《まく》った。ズボンに拳銃《けんじゅう》が差し込まれていた。取り出し、男に銃口を向ける。

龍が驚いた様子で訊ねる。

「それ、どうしたんの」

野球帽は答えない。

腰を抜かしている青シャツの顔から血の気が引く。

野球帽は股《また》を割り拳銃を両手で構えると、引鉄《ひきがね》に指をかけた。

「さっさと死にさらせ！　こん外道《げどう》！」

雨の山中に、銃声が響く。

一発、二発、三発――。

銃声のたびに、男の体が跳ねる。

青シャツは頭を抱えて、地面に蹲《うずくま》った。

四発目の銃声が夜気に消えて、あたりに静けさが戻った。

龍が男に顔を近づけて様子を見る。息をしていない。野球帽に顔を向けて、肯《うなず》く。

野球帽は大きく息を吐くと、拳銃を握っている手をだらりと垂らした。

「最期まで手こずらせやがって」

龍は拳銃に顔を近づけた。

「誰のもんよ」

野球帽は拳銃を顔の高さに持ってくると、男に顎《あご》をしゃくった。

「こいつが持っとったもんじゃ。たったいま、親父の形見になったがのう」

野球帽は拳銃を腹に戻すと、青シャツのそばに行き、背後から襟ぐりを摑んだ。

「ほれ、まだ仕事は終わっとらんど。とっとと埋めて、山ァ下るぞ」

青シャツは泣きじゃくりながら、野球帽を見た。

龍が死んだ男を、リヤカーの荷台から下ろす。野球帽が右足、龍が左足を持ち、男を穴まで引きずっていく。

死体を穴に落とすと、スコップで上から土を被せはじめた。
地面に座り込んでいた青シャツも立ち上がり、ふたりのあとに続く。
三人は黙々と、穴を埋める。
闇のなかで、なにかが羽ばたいた。

一章

——昭和五十七年六月。


沖虎彦《おきとらひこ》は、詰めていた息を吐いた。

つけているマスクのなかに、煙草の臭いが籠《こも》る。

プレハブの裏口に身を潜めて、一時間が経つ。すでにニコチンが切れていた。無性に煙草を吸いたい。しかし、必死に耐える。暗闇に灯《とも》る煙草の火で、相手に自分たちが潜んでいることがばれる可能性があるからだ。

沖の隣にいた三島考康《みしまたかやす》が、沖より先に音をあげた。つけているマスクを乱暴に外し、羽織っている龍のジャンパーのポケットから煙草を出す。

マッチで火をつけようとする三島の手を、沖が摑《つか》んだ。

「みっちゃん、辛抱や」

小声で釘《くぎ》を刺す。

ニコチンが切れて苛立《いらだ》っているのだろう。普段は逆らうことがない三島が、めずらしく言い返した。

「沖ちゃんも吸いたいんじゃろ。いったい、いつまでこうしていりゃあええんなら」

沖は地面にしゃがんだままの姿勢で、腕時計を見る。金無垢《むく》のスイス時計だ。ひと月前に、金貸しの社長を裏路地で脅し、奪ったものだ。本物かどうかはわからない。見栄えがいいからつけている。

まもなく、日付が変わって三十分になる。

三島の隣にいる重田元《しげたげん》が、口を挟んだ。

「そろそろじゃあななあかのう」

元はもともと声が小さい。それでなくても聞き取りづらい声が、マスク越しだとなおさら聞こえにくかった。

いつもなら腹も立たないのだが、いまは元の弱々しい口調が癇《かん》に障った。三島に負けず、沖もニコチン切れで苛立っていた。

沖は手にしていた鉄パイプの先を、元に向けた。

「元よ。これから殴り込むいうときに、やる気がのうなるような情けない声出すな。ほんまわりゃア、昔からかわらんのう」

三人が身を潜めている平屋は、広島に暖簾《のれん》を出す老舗《しにせ》組織、綿船《わたふね》組が仕切っている賭場《とば》だった。毎月、第二、第四日曜日に常盆《じょうぼん》を開く。特に第四日曜日の今夜は、ひと月分のあがりが動く。

綿船組は広島博徒《ばくと》の草分けで、組員は二百人を超える。広島市内にいくつかの賭場を持っているが、なかでも今夜、沖たちが襲撃を目論《もくろ》んでいる那可川《なかがわ》沿いの賭場は、金貸しや質屋の旦《だん》那衆《な》が集まり、一番大きな場が立つ。動く金も桁違《けたちが》いだ。胴元が用意している回銭だけで、一本——一千万はくだらない。三人は、賭場に集まる金を横からかっさらう算段を立てていた。

元が泣きそうな顔で笑う。

「金がしこたま手に入ったら、なにに使おうかのう」

元は痩《や》せていて顔色が悪い。病人みたいな人相は欲とおよそ無縁のように思えるが、実は三人のなかで一番欲深い。元を見ていると、人間、見た目では判断がつかん、と沖は思う。

三島が貧乏ゆすりをしながら、手にしている野球バットを強く握る。

「そろそろ、えんじゃなあの。ひと雨きそうじゃし」

沖は上を見た。雲が垂れ込め、星ひとつ見えない。湿気を含んだ風が、次第に強くなってきた。

沖はいま一度、腕時計を見た。

深夜一時。

膝《ひざ》を立て、地面から立ち上がり、三島と元を交互に見る。

「部屋がどこにあるかは、わかっとるな。こっから入って、台所を抜けた先じゃ」

平屋のなかの造りは、賭場に出入りしている金貸しの若旦那から聞き出した。

「まっすぐ行きゃあええってことじゃろ?」

元が幼稚園児のような聞き方をする。

沖と三島は今年で二十歳になる。元はひとつ下だ。元の幼さは、年齢の違いではない。ちょっとトロ臭いところは、昔からだった。

沖の代わりに、三島が答える。

「そのとおりじゃが、勢い余って建物突き抜けんとけよ」

からかわれた元は、三島を睨《にら》んだ。

「みっちゃんはいつもそがあしてわしを馬鹿にするが、ヘタうったことは一度もないじゃろう」

元は手にしている刃渡り三十センチほどの出刃包丁で空を切った。

沖はマスクをつけ直し、鉄パイプを肩に担いだ。

首をぐるりと回す。

「行くど」

沖の言葉を合図に、三島は野球バットを振り上げた。

「おらあ！」

雄たけびと同時に、バットを玄関口に振り下ろす。

ベニヤ板を少し厚くしただけの古い引き戸は、なんなく壊れた。

三島が戸を蹴破《けやぶ》り、なかに飛び込む。

元が続き、そのあとを沖が追う。

見張り《シキテン》の若者が、三島を止めようと飛び掛かった。綿船組の若い衆だろう。

三島は男の脇腹を野球バットで殴りつけた。

渾身《こんしん》の力を込めた一振り——男が吹っ飛ぶ。壁に背を打ち、気を失った。

異変に気付いた男たちが、喚《わめ》きながら奥から飛び出してくる。

「なんじゃおどれら！　どこの者じゃ！　ここがどがあな所か、わかっとるんか！」

ダボシャツ姿の男が、巻き舌で叫ぶ。肝《きも》の据わった声だ。下っ端ではない。おそらく兄貴分だろう。

三人の一番後ろにいる沖は、腹の底から声を発した。

「わかっとるけん、来たんじゃ！」

「なんじゃと、このくそガキ！」

言うやいなや、ダボシャツが腹巻に手を入れた。

拳銃《ハジキ》だ。

ダボシャツが腹巻から手を抜くより早く、元が出刃包丁で斬りつけた。

二の腕が切れ、血が飛び散る。

ダボシャツが悲鳴をあげながら、拳銃《けんじゅう》を取り出す。

その手を、沖は鉄パイプで殴りつけた。

ダボシャツの膝が落ちる。

床に落ちた拳銃を素早く拾った。

血相を変えて挑みかかる男たちをなぎ払い、三人は奥へ進んだ。

流しだけの狭い台所を抜けると、床張りの部屋に出た。

堅気《かたぎ》と思《おぼ》しき男たちが二十人ほどいた。突然の出来事に、誰もが驚きのあまり動けずにいる。

向かい合う形で、賭場の貸元らしき男がいた。両側にいる男たちを含めて、ひと目でヤクザとわかる人相をしている。

男たちの中心には、白い布が掛けられている場があった。その上に花札と、万札を十枚ずつ束ねたズクがある。

貸元の両側に控える男たちが立ち上がった。

「なんじゃ、われ！」

沖はなにも言わず、手にしていた鉄パイプで、そばにいた合力の頭を殴りつけた。

白い布に、血が飛び散る。男は床に真横に倒れると、そのまま動かなくなった。

なんの躊躇《ためら》いもなく男の頭をかち割った沖に、周囲が息を呑《の》む。

天井に向けて一発、銃を撃った。

叫ぶ。

「大人しゅうせいや。命まではとらんけん！」

背広姿の男が、懐《ふところ》から武器《どうぐ》を取り出す気配を見せる。

躊躇《ちゅうちょ》なく腹を撃った。

男が着ている白シャツの腹が、血で赤く染まる。そのまま崩れ落ちた。

ヤクザたちが後ずさる。

沖はヤクザなど怖くなかった。ヤクザは臆病者《おくびょうもの》だ。自分が弱いから、さらに弱い者を痛めつける。バッジを外せば、ただの腰抜けだ。親父がヤクザだったから、よく知っている。

「命が惜しい奴はこっから出ていけ！　残るやつは皆殺しじゃ！」

沖がそう叫ぶと、素人と思われる旦那衆は、我先に逃げ出した。

沖は三島に拳銃を渡し、声を張った。

「よーう見張っとれよ。動くもんがおったら、構わんけんぶち殺せ」

組員たちが固まったように動きを止める。

沖は部屋の隅にある小型の金庫へ走った。

蓋《ふた》が開いている金庫のなかには、万札の束がごっそり入っていた。ざっと見ても、一千万はくだらない。

勢いよく蓋を閉めると、沖は金庫を担いだ。

「おう、引き上げるぞ！」

元と三島が沖のそばへ駆け寄り、拳銃で威嚇《いかく》する。

子分に囲まれた貸元が、沖に向かって吠《ほ》えた。

「こんガキ！　こがあなことして、ただで済むと思うちょるんか！」

沖は金庫を抱きながら、凄《すご》んだ。

「ただで済まんいうんじゃったら、どうするいうんの」

負ける気がしなかった。いまここに、綿船組の組員全員が駆け込んできても、勝てる自信があった。

気迫が伝わったのだろう。相手が一瞬ひるんだ。

その隙を、沖は見逃さなかった。

「逃げぇ！」

沖が叫ぶ。

三人は男たちに背を向けて、全速力で表に出た。

プレハブの横道に停めていた車に乗り込む。

運転席に乗り込んだ三島が、エンジンをかけてアクセルを踏んだ。

タイヤが悲鳴をあげて、車が走り出す。

パンパン、という乾いた拳銃の音が、背後から聞こえた。

バックドアのガラスに皹《ひび》が入った。

後部座席に乗り込んだ元と沖が、身を丸める。

三島はアクセルを緩めない。頭を屈《かが》めた姿勢で、車を走らせる。

三つ目の角を右に曲がり、すぐ左に折れる。

やがてあたりは静かになった。

猛スピードで走る車のエンジン音だけが、闇に響いた。


店内に流れる曲がテンダリーに変わった。

ジャズのスタンダードだ。

喫茶店「ブルー」には、いつもジャズの有線がかかっている。ここのマスターは、かつてバンドマンだったと聞く。本人はなにも言わないが、まわりから聞こえてくる話では、かなりのトランペッターだったらしい。

壁のいたるところに、ジャズライブのポスターが貼られている。

目の前で広げている新聞を、少しだけ下ろす。サングラス越しに、少し離れた場所にあるテーブルに目を凝らした。

テーブルには六人の男が座っていた。

こちらに背を向けて座っている三人は、綿船組の二次団体、笹貫《ささぬき》組の関係者だ。真ん中に幹部の横山昇《よこやまのぼる》、その左側に舎弟の田島和樹《たじまかずき》がいる。

横山の右側には、横山と田島より、かなり年上の男がいた。横山と田島は細身ではない。むしろ、肩幅は広く恰幅《かっぷく》はいい方だ。だが、贅肉《ぜいにく》をたっぷり身体に纏《まと》っている男の隣にいるせいで、貧弱に見える。

横山たちと向かい合う形で、三人の男が座っていた。

こいつらは横山たちよりもかなり若い。おそらく三人とも二十歳そこそこだろう。男というより青年と呼ぶ方がしっくりくる年代だ。しかし三人は、青年という言葉が持つ爽《さわ》やかさからかけ離れていた。

レイバンのサングラスをかけて、椅子にふんぞり返っている男がたぶん兄貴分だ。一番態度がでかい。その右隣にいる座高が高い男は、胸に龍の刺繍《ししゅう》が施されたスカジャンを羽織っている。左隣には、ふたりをひとまわり小さくしたような、細身の男がいた。色がすっかり抜けたデニムシャツを着ている。

この店の看板メニューであるナポリタンを食べて、昼飯のあとの一服をしていると、こいつらがやってきた。

この店にいるときは、店の一番奥のテーブルに——ドアに対面する椅子に座ると決めている。ここからだと、店に入ってくるやつの顔がよく見えるからだ。

最初にやってきたのは、若い三人組だ。いまから三十分ほど前だった。

極道の顔は、先代の組長から組が飼っているチンピラまで頭に入っている。三人の身なりや言葉遣いはチンピラそのものだったが、顔に覚えがなかった。

若い三人が椅子に腰を下ろして十五分後、横山たちがやってきた。

横山と田島の顔は知っていた。一緒に入ってきた豚はわからない。堅気なのだろうが、横山と田島と親し気にしているところから、組とまったく縁がないわけではないことが窺《うかが》えた。

横山たちは若い三人の向かいに腰を下ろした。

ひとつのテーブルを囲む六人の男たちからは、ただならない殺気が漂っていた。このあと、明らかになにかが起こる。

面白いところに居合わせた——そう思い、様子を窺った。

六人分のコーヒーが揃うと、待ちかねていたように龍が口を開いた。

豚に向かって、顎《あご》をしゃくる。

「のう、森岡《もりおか》さん。わしら、あんたに用があるんじゃ。こいつらなんね」

森岡と呼ばれた男が、精一杯虚勢を張った声で言い返す。

「そういうお前らも、ひとりじゃないじゃろうが。お互い様じゃ」

龍は馬鹿にしたように鼻で笑った。

「まあええわい。わしはあんたから銭がもらえりゃあそれでええんじゃ」

「なんのことじゃ」

森岡が突っぱねる。

龍の顔から笑みが消えた。

「あんた、キラキラのチェリー知っとろうが。あんたがここんとこ入れあげとる女よ」

キラキラというのは、流通《ながれ》りにある大箱のキャバレーだ。チェリーとはそこにいるホステスだろう。

レイバンの隣にいるデニムシャツが、凄みを利かせる。

「あんた、そのチェリーちゅう子に十万の売り掛けが残っとるじゃろ。わしら、その回収を頼まれたんじゃ」

デニムシャツが言い放った言葉に、耳を澄ます。

流通りは、広島に古くから暖簾を掲げる綿船組のシマだ。

笹貫組が絡んできた理由を推察できた。

森岡が肩を怒らせる。

「何を言うとるんなら。ありゃァ、ぼったくりじゃ。なんべんホテル誘うても袖《そで》にしくさって。あんな糞女《くそあま》に、払う義理はないわい！　それを言うに事欠いて十万とはなんじゃい。せいぜい溜《た》まっちょっても二、三万じゃ」

森岡が一気にまくし立てる。

龍はデニムシャツを見た。

「おう、あれ出せや」

デニムシャツは胸ポケットから紙を取り出し、テーブルの上に置いた。

森岡は紙を乱暴に取り上げると、顔につくほど近づけた。離れた場所からでも肩が落ちるのがわかる。

龍が、割った膝に腕を置き、斜めに森岡を睨んだ。

「のう、森岡さん。それがなにか、あんたにもわかるじゃろう。債権回収の委任状じゃ」

龍はジャンパーの懐から煙草を取り出すと、なかから抜き出し先端を委任状に向けた。

「ほれ、よう見てみ。そこに十万円、いうて書いてあるじゃろう」

店のマッチで煙草に火をつける。マッチを振って火を消すと、灰皿に投げ捨てた。

「わしら、ガキの使いじゃないけん、びた一文まけるわけにはいかんのよ」

森岡は委任状をテーブルに放ると、腕を組んでそっぽを向いた。

「ガキのくせに、ガキの使いじゃないとは片腹痛いわ」

「なにい！」

デニムシャツが、怒鳴った。

「わしらがガキじゃったら、こんなはなんじゃい！　女の尻《しり》追いかけまわしとる豚野郎じゃなあか！」

若いくせに、喧嘩《けんか》のやり方を知っている。

兄貴分は重石《おもし》のように語らず、下っ端が用件を語り、鉄砲玉の役割をする。一朝一夕で身に付くものではない。

森岡の隣に座る田島が、椅子から立ち上がった。

「おう、黙っとったらええ気になりやがって！　ええ加減にせえよ、糞ガキ！　わしらを誰じゃ思うとるんなら！」

田島が黒シャツの袖を捲《まく》る。

腕に牡丹《ぼたん》が咲いていた。

デニムシャツは怯《ひる》まない。勢いよく立ち上がり、田島に顔を突き合わせる。

「ヤクザがいびせいて、飯が食えるかい！」

いびせいとは呉原《くれはら》地方の方言で、怖いという意味だ。あのあたりの出身だろうか。

「ほう、じゃったら、われ——」

田島が懐からなにか取り出した。

パチンと音がして、手にしたものが光る。バタフライナイフだ。

田島はナイフをテーブルに突き立てた。

「ほんまに飯が食えんような身体にしちゃろうか！」

武器《えもの》には、さすがにデニムシャツも驚いたのか、腰を引く。

店のなかが、シンと静まり返る。

沈黙を破ったのは、横山だった。

「まあ、落ち着けや」

田島のシャツの袖を摑み、椅子に座らせる。それに合わせるように、デニムシャツも椅子に尻を戻した。

横山は咳払《せきばら》いをひとつくれると、首を傾げるようにして、レイバンを見た。

「のう。ここにおられる森岡さんは、うちの組長《おやじ》の同級生じゃ。こん人に喧嘩売るいうんは、笹貫組に喧嘩売るんと同じことで。どこの者か知らんが、のう、怪我せんうちに、黙って帰れや」

横山が委任状に手を伸ばす。

「この委任状じゃがの、こっちで処分させてもらうで。これで、今回のことは見逃しちゃる。とっとと出ていけ」

横山が委任状を縦に破ろうとしたとき、それまでひと言も言わずに黙っていたレイバンが口を開いた。

「のう」

五人の目が、レイバンに集まる。

「それ、ほんまもんか」

レイバンは、横山の手首を見ていた。

「なんじゃと、われ」

話の流れが摑めないのだろう。横山が聞き返す。

レイバンは顎で横山の腕を指した。

「あんたがつけとるん、ローレックスっちゅうやつじゃろう。ほんまもんか」

横山が、自分の目で腕時計を確かめる。肩越しに見えたのは、ひと目でわかる金無垢のそれで、インデックスには石が光っていた。

横山は呆《あき》れたように、言い方を訂正した。

「ローレックスやない、ロレックスや。それがどうしたいうんなら」

「わしに、貸してくれんかのう」

「なんじゃと?」

横山が素《す》っ頓狂《とんきょう》な声をあげる。

レイバンは、ロレックスが巻かれている横山の腕を、テーブルの向こうから摑んだ。

かなりの力だったのだろう。横山が悲鳴をあげる。

「あだだだだ！」

慌てて田島がレイバンの手を摑む。

「なにするんなら、おどれ！　兄貴から手ェ離さんかい！」

レイバンの手はびくともしない。摑んだまま、横山の手首を引き寄せる。

「やっぱり、ええ時計じゃ。はじめて見たときから、気に入っとったんじゃ。これ、わしにくれや。ええじゃろう」

子供がおもちゃをねだるような口調だ。

馬鹿にされたと思ったのだろう。横山が上着をはしょり、ベルトの後ろに手を差し込んだ。

「わりゃァ、おちょくるんもええ加減にせいよ！」

拳銃を出す気だ。

新聞をテーブルに投げ出すと、声を張った。

「昇！」

六人の男たちが、こちらを一斉に見る。

かけていたサングラスを外し、横山を睨む。

「そのへんにしとけ。聞けんいうんじゃったら、銃刀法違反で引っ張るど」

横山は呆然《ぼうぜん》とした顔で、名を呼んだ。

「ガミさん……」

大上章吾《おおがみしょうご》は、新聞をテーブルに置き、立ち上がった。

横山の背後に近づき、顔を覗き込む。

「さっきから見とったが、なんじゃ、えろう面白そうな話しとるじゃないの」

横山が一瞬、驚いたように口を開き、目を丸くした。が、すぐさま視線を落とし、まずい人間に出くわしたとでも言いたげに、苦々しい顔で自分の靴先を見詰める。田島も唇を歪《ゆが》め、面を伏せる。堅気の森岡は大上が広島北署二課——暴力団係の刑事だと知らないらしい。いきなり話に割り込んできた男をまじまじと見ている。

大上は横山と田島のあいだに後ろから肩を割り込ませ、テーブルを囲んでいる男たちを見回した。

「こんならゴチャゴチャ言うとったが、なんぞあったんか」

横山が視線を上げ、不貞腐《ふてくさ》れたように言葉を吐いた。

「なんでもないっすよ。ちぃと仕事のことで話しとっただけですけ」

さっさと立ち去れ、と言わんばかりのぶっきらぼうな言い方だ。

横山と田島は笹貫組組員で、森岡は組長の笹貫の同級生。三人の素性はわかっている。

問題はこいつらだ。

大上はテーブルを挟んで座っている三人の若者を見た。

特に、真ん中に座っているレイバン。まだこの若さで、極道相手に対等に渡り合う太々《ふてぶて》しさは、大上の興味を惹《ひ》いた。

レイバンは、ズボンのポケットに手を突っ込んだまま、サングラスの奥から大上を見据えている。大上の出方を窺っているのか、ぴくりとも動かない。

カマをかけた。

「なんじゃ、困っとるようじゃないの。なんなら、わしがあいだに入ってやってもええど」

レイバンは、ゆっくりとサングラスを外した。

下から大上を見据える。

どこまでも暗く、冷徹で、目の奥には触れたらただでは済まない蒼《あお》い炎があるのを感じる。

大上は薄く口角を上げた。

前に回り、田島を身体で押しのけると、椅子に腰を下ろした。席を取られた田島が、仕方なくテーブルの脇に立つ。

大上はカウンターの奥に向かい、声を張った。

「マスター、新しいコーヒーくれや」

いきなりやってきて場を仕切る男に、龍がいきり立った声で唾《つば》を飛ばす。

「なんじゃ、おっさん。図々《ずうずう》しいのう。わしらは忙しいんじゃ。さっさと去《い》ねや」

田島が舌打ちをくれる。つぶやくように言った。

「やめい。お前らがそがあな口利いてええ相手じゃない」

龍の目に戸惑いの色が浮かぶ。レイバンを見た。

レイバンは椅子の背にもたれたまま、静かに訊《たず》ねた。

「おっさん、誰の?」

唇を窄《すぼ》め、笑みを浮かべる。

「わしかあ？　わしァただの通りすがりじゃ」

レイバンが顔を近づける。

「じゃったらわれ、引っ込んどらんかい」

低いが、凄みのある声だ。

「やめとけ」

横山が呆れたように、顔を上げ天井を見た。

「こん人は、二課の刑事さんじゃ」

レイバンの横に座るデニムシャツが、目を見開いた。新しいおもちゃでも見つけたように、嬉々《きき》として仲間を見やる。

「おい、マル暴じゃと。マル暴の面《つら》は極道より極道らしい、いうて聞いとったが、ほんまじゃのう」

大上はテーブルの上にあった横山の煙草を、箱から抜き出し口に咥《くわ》えた。田島が懐からライターを取り出し、火をつける。

「お前ら、バッジつけとらんが、どこのもんじゃ」

「わしらかァ」

レイバンは薄ら笑いを口元に浮かべた。マル暴と聞いても動じる様子はない。

「わしらも、ただの通りすがりじゃ」

龍とデニムシャツが、両脇でくぐもった笑い声をあげる。

レイバンの挑発を聞き流し、大上は煙草の灰を灰皿に落とした。

「こんなら、広島のもんじゃなかろうが。呉原のチンピラか?」

レイバンが姿勢を戻し、ふん、と鼻をならす。

「どこのもんでもよかろうが。いま商談中じゃけ、邪魔せんとけ」

マスターがいつもどおり、愛想のない顔でコーヒーをテーブルに置く。砂糖を入れ、ひと口飲んだ。

煙草を根本まで吸い込み、大きく吐き出す。ゆっくりと灰皿で揉《も》み消した。

顔を上げる。それとわかるにやにや笑いを浮かべ、鼻から息を抜いた。

「ふん。商談中か……」

「おおよ。商談中よ」

小馬鹿にするように、デニムシャツが繰り返す。

真顔に戻る。一喝した。

「おどれらみとうなチンピラが、本職の極道に喧嘩売って、ただで済む思うちょるんか!」

店内の空気が一瞬で凍り付く。

レイバンが目を細めた。大上を睨む。ふたりの視線がぶつかった。

大上は声を落とし、諭すように言った。

「ここらは綿船のシマじゃけ、やり過ぎるとあっという間に太田《おおた》川《がわ》に浮かぶど。借金取り《キリトリ》ごときで命張ることたァ、あるまあが」

それがどうした、とでも言うように、レイバンは無表情で煙草を咥えた。デニムシャツがすかさず、ダンヒルのライターで火をつける。

煙を吐き出しながらレイバンが言った。

「あんた、マル暴じゃないの。極道を取り締まるんが、仕事じゃないんか」

「こんならァ――」

顎で横山たちをなぞる。

「刃物《ヤッパ》と拳銃《ハジキ》持っちょるけん。点数稼ぐならええチャンスど」

そこいらの極道より遥《はる》かに弁《あご》が立つ。よほどの馬鹿か、腹が据わっているか。

大上は改めてレイバンを見た。

不遜《ふそん》な態度が男を大きく見せてはいるが、寝顔はまだあどけないのではないかと思わせるほどの若さだ。

大上は森岡を見やった。

「森岡さんじゃったかいのう。あんた、チェリーっちゅう娘に借金があるんじゃろ?」

急に話を向けられた森岡は、口ごもった。

「いや、そりゃあ、こいつらが言うとるだけで、わしァ別に……」

手で制し、話を遮る。

「御託はええ。借金があるんか、ないんか、それだけ答えんかい」

睨みつける。

森岡は唇を尖《とが》らせた。

「なんぼか、売り掛けが残っとるいうじゃったら、残っとるかもしれんが」

「じゃったら、きちっと詰めないや」

溜め息をつきながら、森岡は上着のポケットから長財布を取り出した。なかから万札を二枚取り出してテーブルに置く。

「これでええんじゃろ」

懐に財布をしまおうとする森岡を、龍が睨んだ。

「委任状をよう見いや。十万いうて書いてあろうが」

森岡が真っ赤な顔で怒鳴る。

「せいぜい、二、三万じゃ、言うとるじゃなあか！」

大上は、森岡がしまおうとする財布を取り上げた。

森岡が目を見開き、驚きの声を上げる。

「ちょ、ちょっとあんた、なにするんの！」

無視して、財布を覗き込む。なかには万札が十数枚入っていた。大上は財布から八万円引き抜くと、三万円をテーブルに放り、残りを自分のシャツの胸ポケットに入れた。

「なかを取って五万。これでケリつけないや」

森岡は血相を変えて、大上の胸ポケットを指さした。

「おい！　その、いま胸に入れたのはなんじゃ！　なんでこんなが金取るんじゃ！」

大上は胸ポケットを手で叩くと、にやりと笑った。

「こりゃァ仲裁料じゃ。安いもんじゃろう。揉めて弁護士でも雇うことになったら、こがあなもんじゃ済まんど」

大上はレイバンを見た。

「こんならもここいらで引きないや。五万で命拾いしたんじゃ。運がよかった思うての」

レイバンはしばらく大上を見ていたが、ふっと息を抜くと、テーブルの上の金を鷲掴《わしづか》みにしてズボンのポケットにねじ込んだ。

横山は音を立てて、椅子から立ち上がった。

「おう、行くど」

森岡と田島は、不服そうな顔をしながらも、横山の指示に従う。

横山はテーブルの上の伝票を手にすると、大上の前に叩きつけた。

「ここはあんたが持ってください。そっちの顔を立てたんじゃ。そんくらいええじゃろう」

横山たちはドアを乱暴に開けて、店を出ていった。

店が静かになる。

大上は冷めたコーヒーを飲みながら、レイバンに訊ねた。

「ところでまだ聞いとらんがよ、こんなら、どこの者ない」

レイバンは無言で椅子から立ち上がった。

龍が、レイバンを見上げる。

「沖ちゃん、行くんか」

沖？——眉根《まゆね》を寄せる。

レイバンがサングラスを外したとき、どこかで見た顔だと思った。それが誰か、龍の言葉で思い当たった。

沖勝三《おきかつぞう》。呉原市に暖簾を掲げる暴力団組織、五十子《いらこ》会の組員だった男だ。前に覚せい剤所持の容疑で引っ張ったことがある。そいつの若い頃に、よく似ている。

勝三は七年前、突如として姿を消したまま、いまだに行方がしれない。組関係者のあいだでは、五十子会と敵対する尾谷《おだに》組の組員にバラされたのではないか、と噂されたが、確証がないまま現在に至っている。

記憶が正しければ、当時、勝三は四十歳を過ぎたばかりで、中学生の息子と、小学校高学年の娘がいたはずだ。

レイバンが沖の息子だったとしたら、年頃も合う。なにより、薄い唇と尖った鼻梁《びりょう》、剣呑《けんのん》な目元が、ひどく似ていた。

大上はレイバンの背に訊ねた。声が険しくなる。

「こんなァ、もしかして沖の息子か」

歩きだしたレイバンの足が止まる。肩越しに振り返り、大上を睨んだ。敵意を含んだ目が、そうだ、と答えている。

表情を緩め、首を回した。

「まあ、呉原の所轄《しょかつ》に照会すりゃァ、わかるがよ」

レイバンは無言で前を向くと、ドアの取っ手に手をかけた。

「のう」

大上は三人を引き留めた。

レイバンは振り返らない。後ろにいる龍とデニムシャツが大上を見る。

大上は椅子に反り返り、カマをかけた。

「一年前に、綿船の賭場が荒らされたげな」

龍とデニムシャツが、ちらりと互いを見やった。

「荒らした奴らは、若い男の三人組じゃったいう話じゃ。こんならァ、知らんか」

ふたりの頬が微《かす》かに引き攣《つ》るのを、大上は見逃さなかった。

レイバンが振り返らずに答える。

「知らんのう」

そう言って、ドアを開ける。

「ここの支払いじゃが」

大上は声を張った。

「今日の分はわしが持っちゃる。じゃが、次から無銭飲食だきゃァ堪《こら》やァせんど」

レイバンが無視して店を出ていく。ふたりも後に続いた。

大上は目の前にある伝票を手にした。

——面白いやつに出会えた。

自然と、笑いが込み上げてくる。

この場の支払いを済ませると、大上は店を出た。

二章

所轄《しょかつ》に戻った大上は、自席についた。

二課には捜査員の机が二十席ほどある。昼休みが終わったいま、その大半が埋まっていた。

大上は靴を脱ぐと、机に片足をあげて靴下を脱いだ。

ひと月近く切っていない足の爪は、鬼の爪のように伸びていた。

引き出しから爪切りを取り出し、親指に当てる。刃を慎重に指と爪のあいだに入れると、爪切りの持ち手に力を込める。パチンと、小気味よい音がした。

その音に、飯島武弘《いいじまたけひろ》が反応した。飯島は二課暴力団係の係長で、大上の直属の上司に当たる。シマの上座から、飯島は不快な目で大上を見た。

無視して、爪を切り続ける。

普段から不機嫌そうに見える顔をさらに曇らせながらも、飯島はなにも言わず、読みかけの書類に視線を落とした。

心のなかで冷笑を浮かべた。

二課で面と向かって大上に小言を言えるのは、課長の塩原正夫《しおばらまさお》くらいだった。階級が同じ先輩の巡査部長や上司の警部補たちのスキャンダルは、ヤクザを通じてがっちり押さえてある。

一年前に飯島が風俗の女と揉《も》めたとき、あいだに入って事を収めたのも大上だった。

両足の爪を切り終えた大上は、靴下と靴を穿《は》くと、卓上電話を引き寄せた。受話器をあげて、暗記している番号を回す。瀧井《たきい》組のものだ。

瀧井組は広島市に事務所を構える暴力団組織で、構成員は八十名を超える。組長の瀧井銀次《ぎんじ》とは学生時代からの付き合いで、広島ヤクザのなかでは、最も気心が知れた極道だった。

一回目のコールで、威勢のいい声が応《こた》えた。

「はい！　瀧井組！」

不必要なほどの大声に、見覚えのあるチンピラの顔が浮かんだ。丸坊主だったことは記憶にあるが、名前は憶《おぼ》えていない。

「わしじゃ。大上じゃ。チャンギンはおるか」

チャンギンとは、大上が瀧井を呼ぶときに使っている、学生時代からのあだ名だ。

電話番は慌てた様子で、乱暴な口調を改めた。

「へ、へい。親父さんは奥におってです」

広島のヤクザで、大上を知らない者はまずいない。

保留音が鳴り、ほどなく瀧井のだみ声が受話器を通して聞こえた。

「章《しょう》ちゃん。しばらくじゃの。元気でやっとったんか」

瀧井と会ったのはつい十日前だ。一週間以上、顔を見ないと、いつもこの台詞《せりふ》が出てくる。

「そっちこそ、まだ娑婆《しゃば》におったんか」

大上の揶揄《やゆ》に、受話器の向こうから鼻にかかった笑い声がした。

「まあの」

お定まりの挨拶《あいさつ》を交わすと、大上は小声で用件を切り出した。

「一年前の賭場《とば》荒らしの件、ちいと詳しゅう調べてくれんか」

大上に合わせて、瀧井も声を潜める。

「いま、どこな?」

「会社じゃ」

警察関係者が使う会社とは、自分の勤務先という意味だ。

「ほうか。じゃったら、あとで顔出してくれや」

壁掛け時計に目をやる。三時半。

「六時くらいに行くわい」

それだけ言うと、受話器を置いた。

日勤の通常勤務は八時半から五時半だ。だが大上は、昼ごろ署に顔を出し、なにもなければ五時半にはあがる。ヤクザは昼から動き回ったりしない。マル暴の仕事は夕方からが本番だった。

「ガミさん。今日はなんかあってですか」

隣に座る吉村和樹《よしむらかずき》が、欠伸《あくび》を嚙《か》み殺しながら声を掛ける。吉村は巡査長で大上の部下だ。広島北署に配属されて一年の男で、独身寮に住んでいる。

吉村は昨日、大上と一緒に午前三時近くまで飲んでいた。一昨日《おととい》は、二時までシャブ中の極道《ヤサ》の住居をともに張り込んでいた。二日続けての寝不足だ。

吉村は大上と違い、朝はきっちり時間を守って出勤している。欠伸が出そうになるのも仕方ない。

大上は固定電話を奥へ押しやりながら答えた。

「今日かァ。今日はなんにもないけえ、定時であがってええぞ」

吉村の目が輝く。

「ほんまですか。ありがとうございます」

懐《ふところ》から煙草を取り出し、口に咥《くわ》えた。吉村がすかさず、マッチを擦って火をかざした。

二課のケジメはヤクザと同じで、上司の命令は絶対だった。上が煙草を咥えれば、すぐ火や灰皿を用意するのが、下の者の務めだ。柔道や剣道をやっていた者がほとんどだから、体育会気質は骨の髄まで沁《し》み込んでいる。

刑事は普通、二人一組で行動する。だが大上は、単独で行動することが多かった。二課でアンタッチャブルな存在と認められているのは、上司のスキャンダルを握っているからだけではない。マル暴としての抜群の実績が、その立場を保持する支えになっている。

エスの数も然《しか》りだ。おそらく県下のマル暴で、大上ほど多くのエスを抱えている刑事はいないだろう。情報は堅気《かたぎ》からもヤクザからも入って来る。

エスというのはスパイの頭文字のSで、ある団体内部の情報提供者を指す。マル暴や公安の刑事の大半は独自のエスを飼っていて、同僚といえどもその存在を明かすことは避けるのが一般的だ。ことに大上の場合、商工会議所の有力者や組の幹部クラスの情報提供者を抱えているから、慎重のうえにも慎重を期す必要があった。

大上はもう一度固定電話を引き寄せると、受話器をあげた。呉原東署の多賀恒《たがひさし》に電話をかける。多賀はかつての部下で、マル暴歴は五年になる。

多賀への直通電話が繋《つな》がる。懐かしいキンキン声が電話に出た。

「はい、呉原東署二課」

「おう、大上じゃ。しばらくじゃのう」

多賀の甲高い声が、さらにあがった。

「ガミさん。元気でおってですか。相変わらず無茶しとるいう噂は、こっちのほうまで伝わってきとりますが」

褒めているのかその逆か。苦笑しながら大上は話を切り出した。

「ところでのう。こんなにちいと、調べてもらいたいことがあるんじゃ」

「なんでしょう」

うむ——そう言って大上は、あたりを気にしながら送話口を手で覆った。

「前に五十子会の組員で沖いうんがおってのう。七年前から行方不明になっとるんじゃが、その息子がいまどうしょうるか、知りたいんじゃ。歳はたぶん、二十歳前後じゃろうて」

多賀が怪訝《けげん》そうな声で訊《たず》ねる。

「なんぞ、あったんですか」

「いや、ちょっとのう」

多賀は電話口で少し沈黙したが、それ以上のことは訊《き》かなかった。

「ほうですか……。まあ、他ならんガミさんの頼みじゃ。調べてあとで電話しますけえ」

「ほうか。すまんのう」

電話を切って、再び煙草を咥える。タイミングを窺《うかが》っていたかのように、吉村が火をつけた。

多賀から連絡が入ったのは、電話を切ってから二時間後だった。

自席で電話を受けた大上は、礼もそこそこに答えを急《せ》かした。

「どうじゃった」

得意げな声が答える。

「沖の戸籍を役所に照会して調べました。ええ、息子がひとりおってです。名前は沖虎彦。現在二十一歳です。まあかなりの悪ガキですわ。十六歳のときに恐喝と傷害で少年院に入っとります」

メモを見ながら話しているのか、紙を捲《めく》る音がする。

「戸籍に記載されている住所は呉原市安住町《あずみちょう》になっとります。その住所には虎彦の母親と妹が住んどりますが、本人は実家におらんようです。少年院を二年で出て、そのあと家には寄り付いちょらんようです」

「いまは住所不定っちゅうことか」

はい、と答えて、話を続ける。

「こいつがたいした玉で──呉寅会《くれとらかい》っちゅう名前、聞いたことありゃせんですか」

はじめて聞く名前だ。

一瞬、新しく立ち上がった暴力団組織かと思ったが、すぐにそれはないと打ち消した。そんなことがあれば、耳に入らないはずがない。

「いや、知らんのう」

多賀が説明する。

「二年前に、呉原の不良連中がつるんでできた愚連隊《ぐれんたい》です。できた頃は片手にも足らん人数だったらしいですが、いまは二十人を超えとるそうです。この愚連隊を束ねとる男が、ガミさんが探しとる沖虎彦ですわ」

多賀の話によると、沖は自ら会長と名乗っているわけではなく、沖のもとに集まってきた半端者が、勝手にそう呼んでいるらしい。

「さっき言うたように、こいつがまあ、無謀っちゅうか怖い者知らずっちゅうか。滅茶苦茶なやつで――」

沖は、義理だの仁義だのをせせら嗤《わら》うかのように、自分のやりたいことを押し通す。ヤクザや組織を、屁とも思っていない節がある。

「これはどこまで本当かわからんのですが、やっと揉めたヤクザが、何人か行方知れずになっとってですね。なんでも、扇山《おうぎやま》に埋められたんじゃないかっちゅう噂です」

扇山は裏街道の人間が死体を埋める山だ――というのが、呉原でのもっぱらの噂だった。

やつならやりかねない。

大上はそう思った。

実際、ここ十年のあいだで、事件や事故、自殺の判別がつかない遺体が三体発見されている。いずれも身元が判明せず、呉原市内の寺に、無縁仏として納められた。

多賀は重い溜《た》め息を吐く。

「そんな話があるもんじゃから、このあたりのヤクザも、やつには簡単に手を出せないっちゅうことです。しかも、やつのもとにはどんどん人が集まってきとる。筋も糞《くそ》もあったもんじゃないけ、なにをしでかすかわからん。場合によっては、極道より質《たち》が悪い」

喫茶店での沖の態度を思い出し、大上は得心した。ヤクザや刑事に一歩も引かず、逆に挑んでくる性根の据わり方は、人を恐れさせる一方で、不良たちを強烈に惹《ひ》きつけるだろう。

やっぱり——大上は小さく笑った。

「面白いやっちゃのう」

多賀の不機嫌な声がした。

「他人事《ひとごと》じゃ思うて、面白がらんでください。こっちはいつ爆発するかわからん不発弾抱えとるようなもんです」

「で、やつらのシノギはなんじゃ。なんもせんと、生きとるわけじゃなかろう」

「覚せい剤の密売と盗品売買ですわ」

組の看板はないまでも、やっていることは一端《いっぱし》の極道だ。

「それで、沖の息子を調べとるなかでわかったことですが、ここんとこ、五十子がいきり立っとるんです。どうやらそいつが一枚噛んどるみたいで」

「五十子が？」

五十子会は呉原に本拠を置く、老舗《しにせ》の暴力団組織だ。会長は五十子正平《しょうへい》。ひと癖もふた癖もある食えないやつだ。構成員は百人を超える、呉原最大の組織だった。

「虎は五十子に牙剝《きばむ》いとるんか」

ええ、と多賀が答える。

沖たちが覚せい剤の売買に手を出したのは、呉寅会が立ち上がった当初からだった。その頃は、裏で巧妙に扱い、表立ってヤクザのシマを荒らすことはなかった。が、順調なことで気が大きくなったのか、もっと大きなシノギが欲しくなったのか、最近は五十子会のシマ内で堂々と売り捌《さば》くようになっていた。

呉原最大の組織に喧嘩《けんか》を売るなど、同じ極道でもよほどの覚悟がいる。素人にいいように引っ掻《か》き回されたら、五十子の面目は丸潰《まるつぶ》れだ。

脳裏に、禿《は》げあがった五十子正平の、茹蛸《ゆでだこ》のような顔が浮かぶ。

大上は多賀に訊ねた。

「で、五十子はどうしちょるなら。組の看板に泥ォ塗られて、黙っとるわけにいくまあが」

多賀が細い息を漏らす。

「五十子も面子《メンツ》が立たんけえ、追い込みをかけちょるいう話ですがのう……なんせやつら、事務所があるわけじゃないけん、沖の居所が摑《つか》めんみたいで……。まあ、それはわしらも同じことで、なんとも困っとります」

合点がいった。

「ほうか。ほいで広島に流れてきちょったんか」

独り言のようにつぶやく。

「え、なんぞ言いましたか。よう聞き取れんかったのですが」

「いや」

大上は否定すると、椅子から身を起こした。

「手間ァかけたの。こっちにくることがあったら連絡せい。流通りで奢《おご》っちゃる」

流通りは広島最大の歓楽街で、多賀のお気に入りのキャバレーがある。

大上は電話を切って、壁に掛かっている時計を見た。

五時半過ぎ。

瀧井組の事務所は、広島市の西域にある。高級住宅街の一角で、渋滞に引っかからなければ、車で十五分もあれば着く距離だ。

大上は椅子の背にかけていた上着を手にすると、立ち上がった。

「お疲れさまでした」

吉村が軽く頭を下げる。声が弾んでいた。大上が部屋を出たら、あいだを置かず帰るのだろう。

「おう、ゆっくり休め」

大上は片手を挙げてひらひらと振ると、二課をあとにした。


流通りから離れた裏路地で、沖虎彦はシャツの胸ポケットから、万札を五枚取り出した。さきほど、森岡から取り立てた金だ。

目の前の女に差し出す。キラキラのホステス、チェリーだ。

真っ赤なミニスカート――ちょっと腰を屈《かが》めれば、中が見えるほど短い。胸元が大きく開いたTシャツからは、深い谷間が覗《のぞ》いている。

まだ幼い顔に厚化粧を施したチェリーは、金を受け取ると目を輝かせた。

「ほんまに取ってきてくれたんね。すごいわあ」

沖は無造作に首の後ろを掻いた。

「ほんまは委任状にあった分をもってきたかったんじゃが、森岡の糞がしけとってのう。これが精いっぱいじゃった」

「ええんよ」

チェリーは媚《こ》びるような笑みを浮かべ、沖の首に抱き付いた。豊満な乳房が胸にあたる。

「もともと諦《あきら》めちょった金じゃけ。これだけで充分。損はないわいね」

龍のジャンパーを羽織った三島考康が、横から口を挟んだ。

「損はないいうて、これじゃァ半分しかならんじゃないの」

チェリーがペロリと、舌を出す。

「あいつ、いっつも調子ええこと言うて、全然払わんけ、売り掛け吹っ掛けとったんよ。勘定するときはベロベロに酔おとるけん、わかりゃァせん思うて」

「こんなもずる賢いのう」

にやつきながら、重田元が青シャツの袖《そで》で鼻の下を拭《ぬぐ》う。

チェリーは五万円から一枚抜くと、沖に差し出した。

「はい、お駄賃」

チェリーは沖のひとつ上だ。それしか違わないのに、子ども扱いされることにムッとしたが、女相手に怒《イキ》るのも恰好《かっこう》が悪い。軽く肯《うなず》き、黙って受け取る。

沖がシャツの懐に札をしまうのを見ながら、元が重い溜め息を吐いた。

「こうなると、あの刑事《デカ》が取ってった五万円、余計に悔しいのう。あの銭、まるっとわしらの懐に入っていてもおかしゅうなかったのに」

「あの刑事って？」

チェリーが、肩を落とす元の顔を覗き込んだ。

元の代わりに、三島が答える。

「森岡のケツ持ちに極道がついてきてのう、そいつらがガミさん言うとった男じゃ。どうもマル暴らしい」

「ガミさんいうて、北署の大上さんのことね！」

嬉《うれ》しそうに声を上げるチェリーに、三島が眉根《まゆね》を寄せた。

「なんじゃ、そのガミいうやつ、知っとるんか」

「知っとるもなんも、このあたりでガミさん知らんいうたらモグリよ」

沖は喉《のど》の奥で笑った。

呉原から広島に出て来て、まだひと月しか経っていない。組の名前はまだしも、刑事の顔はさっぱりだった。

このひと月、素性がバレないよう、慎重に行動してきた——地下に潜るように。その意味でも、まさしくモグリだ。

チェリーは自分たちのことを何も知らない。最近、このあたりによく姿を現すようになったチンピラ、としか思っていないだろう。意図せずにとはいえ、いまの自分たちの立ち位置を、チェリーにずばりと言い当てられ、苦笑いが浮かぶ。

　チェリーが熱い目をして語る。

「うちもガミさんに会いたかったわあ。あの人、ヤクザには容赦ないけど、うちらホステスには、ようしてくれるんよ。それにほら、ガミさん、どっか可愛いとこもあるじゃろう。母性本能くすぐるいうんかなあ。ガミさんに口説かれたら、たいていの女は、なびくんじゃない。うちじゃったら――」

　言いながら髪を搔き上げ、科《しな》を作る。

「いろんなこと、してあげるわ」

「いろんなこと、いうてなにしちゃるん？」

　三島が下品な目でチェリーを見た。

　チェリーがウインクして、手の甲で軽く考康の頰を叩《たた》いた。

「いろんなことというたら、いろんなことよね」

　じゃれあうふたりを見ながら、ふと不安に駆られた。

　沖の耳に大上の声が蘇《よみがえ》る。

　――こんなァ、もしかして沖の息子か。

　振り払うように、苦い唾《つば》を吐き出した。

「とにかく、またなんかあったら力になるけん、そっちも頼むで」

　チェリーには、なにかと面倒を見る代わりに、シノギに繫がる組関係の情報が入ったら、沖たちに流すよう言い含めていた。

チェリーはあたりに目を配り、ひと気がないことを確かめると、こくんと肯いた。

チェリーと別れたあと、三人は「麗林《れいりん》」に入った。流通りからさらに離れた、波止場近くにあるラーメン店だ。

五人掛けのカウンターに、小さなテーブル席がひとつという狭い店内で、つるっぱげのオヤジが汗をかいていた。この店のマスターだ。

三人に気づいたオヤジは、もうもうと湯気が立っている寸胴《ずんどう》の湯を木べらでかき混ぜながら、声をかけてきた。

「おお、三馬鹿トリオか。今日もいつもの顔ぶれか。たまにャ、べっぴんの姉ちゃんでも連れてこんかい」

店の一番奥にあるテーブルに座った三島が怒鳴った。

「うっせえわ、海坊主！　いま一発抜いたけ、腹ごしらえにきたとこじゃ！」

瓶ビールを三本、餃子《ギョーザ》とチャーハンの大盛り、ラーメンを三人前頼む。

ビールが運ばれてくると、三人はそれぞれ手酌でコップに注いで、中身を一気に飲み干した。元が盛大にゲップをくれる。

「ひと仕事したあとの飯ほど、うまいもんはないのう」

運ばれてきたラーメンをずるずるとすすりながら、三島が苦い顔をする。

「あの刑事ががめた銭がありゃあ、こがなしょぼい飯じゃのうて、もちいと豪華なもんが食えたんにのう」

「じゃが……」

俯《うつむ》いてラーメンをすする三島が、真剣な表情で面を上げた。

「あの刑事、沖ちゃんの親父のこと、知っとったみたいじゃのう」

沖の手が止まる。

元も、丼から顔をあげた。

三島が箸先《はしさき》を沖に向ける。

「あんときガミのやつ、どっかに照会する言うとったじゃろ。まさか、わしらの面がもう割れとる、いうことはないじゃろうの」

元の顔色が変わる。

「そがいなことになったら、わしらがしたことぜんぶわかるっちゅうことか？　沖ちゃんの親父さんのことも、賭場荒らしも、扇山のことも」

「黙らんかい！」

三島は元のうしろ髪を摑むと、思い切り、ラーメン丼に顔をぶち込んだ。

「ありゃあ、わしらはなぁんも知らんこっちゃ。寝言は寝ていえや、のう」

顔を汁だらけにした元が、半泣きで肯く。

沖は海坊主に、ラーメンをもう一杯注文した。

「いくら安いけえいうて、うちの飯、粗末にすなや」

海坊主が追加のラーメンを置いてカウンターのなかへ戻る。

三島は沖へ顔を寄せた。

「じゃが、沖ちゃん。元の心配もわかるで。照会されたら、わしら危ないいんじゃないんか。わしらが手掛けたもんが表に出たら、軽く三十年は檻《おり》んなかじゃ。それじゃのうても、わしら、扇山のことが極道にバレたら、海へ沈められて終わりじゃ」

考康がいう扇山のこととは、当時の五十子会組員を拉致《らち》した件だ。

いまから三年前の夏、沖たち三人は、五十子会若頭《わかがしら》、浅沼真治《あさぬましんじ》の子分である竹内博《たけうちひろし》を路上でかっさらい、扇山に連れてきた。

扇山は、呉原市の西のはずれにある、標高二百メートルの里山だ。木炭の需要があった時代は、いたるところに炭焼き小屋があり、冬になると小屋から立ち上っている煙が、いくつも見えたという。炭の需要が減り、山菜や筍《たけのこ》といった山の幸も取れず、ハイキングをするには急勾《きゅうこう》配《ばい》すぎる。いまでは、人が滅多に足を踏み入れない、木々が鬱蒼《うっそう》と生い茂る山になっている。

その扇山のなかでも、一番奥まったところにある炭焼き小屋へ、沖たちは竹内を拉致した。使われなくなって久しい炭焼き小屋は、ほこりがたまり、小動物のフンがあたりに散らばっている。誰も訪れることのない、廃屋だった。

急な山の斜面を、車は登れない。

三人は、砂を抜いたサンドバッグに竹内を押し込み、車のトランクに入れて麓《ふもと》まで来た。なかで人がもがくサンドバッグをトランクから取り出し、横っ腹に一発拳《こぶし》を入れると、竹内は動かなくなった。

三人がかわるがわる担いで山道を登り、目的の廃屋に着くと、抜けそうな床に放り出した。途端、分厚いほこりがあたりに舞った。咳《せき》とも呻《うめ》きともとれる声が、サンドバッグから漏れる。

「ほう、気づいとったんか」

上から見下ろしながら、沖は軽く蹴《け》った。

「どれ、どんな面になったかのう」

三島が地面にしゃがみ、サンドバッグの結び目をほどいた。元が袋の裾《すそ》を引っ張り、一気に剝《は》がす。

なかから、荒縄で全身を締め上げられた男が出てきた。顔面は血だらけで、前歯が欠けている。倍ほどにも腫《は》れあがっている瞼《まぶた》では、あたりがよく見えないはずだ。

男は、後ろ手に縛られた身体を芋虫のようにくねらせた。

「た、助け……」

みぞおちの辺りを狙って、三島が何度も蹴り上げる。そのたびに竹内は、見る影もなくなった二枚目の顔を、苦痛に歪《ゆが》めた。

「のう、竹内よ。ええ加減に吐けや。命張ってまで、浅沼に義理尽くすこたァあるまあが」

沖が冷静な声で語りかける。

竹内は浅沼のもとで、シャブを捌いている。

腫れた瞼の隙間から、竹内は沖を睨《にら》みつけた。開き直ったように、声を絞り出す。

「おどれ、こがあな真似して、ただで済む思うちょるんか！」

沖は込み上げる笑いを抑えながら、腰に差している拳銃《けんじゅう》を抜いた。親父の唯一の形見だ。

「そがなこと、思うとらんよ。じゃが、お前が死んでしもうたら、誰がわしらのことチクるんなら」

竹内が血の混じった唾を、沖に向けて吐き飛ばした。

精一杯の啖呵《たんか》を切る。

「おお、やれるもんならやってみい！　わしを殺《や》ったら、おどれらみんな、地獄で生殺しに――」

言い終わらないうち、三島が思い切り横腹に蹴りを飛ばした。

たまらず、竹内が床の上でのたうち回り、血の混じった嘔吐物《おうと》を吐き出した。息が上がり、喉から隙間風のような音を出している。

息も絶え絶えな竹内の脇に、沖はしゃがんだ。

「来週、シャブの取引があるそうじゃないの。それも相当デカイのが」

シャブの取引情報は、元が手に入れた。

赤石《あかいし》通りの雑居ビルに、スタンドバー「ラヴ」がある。そこに元の女、貴山寛子《たかやまひろこ》が勤めている。寛子は元のひとつ上だ。が、寛子の大人びた顔立ちと元の童顔が並ぶと、五歳は離れて見える。

同じ店に勤める美香《みか》という女が、竹内のお気に入りだった。

一週間ほど前、美香のヘルプにつき竹内と同席した寛子は、その酒席で竹内がでかい仕事がある、と自慢げに話すのを聞いていた。

寛子は店に勤めて一年になる。その間に、本人や客から聞いた話から、竹内が五十子会の組員で、主に覚せい剤をシノギにしていることを知った。

沖虎彦を首領とする呉寅会は、結成から半年ほどたったいまでは、十人に達しようとしていた。沖が集めたわけではない。沖を慕って、自然に集まってきたメンバーだ。

呉寅会はヤクザ組織と異なり、親分子分の関係はない。縦の縛りではなく、横の連帯を重視するため、配下はすべて兄弟分だ。そのほとんどが、沖の舎弟になっている。

例外は三島考康で、沖とは五分の兄弟。重田元は五厘下がりの兄弟だ。沖と対等に話せるのは、幼馴染《おさななじ》みのこのふたりだけだった。

呉寅会のシノギは、ヤクザから金品を強奪することで成り立っている。

元は普段から寛子に、ヤクザ者の動向を気に掛けるよう指示していた。店に来るヤクザから、寛子がシャブの取引情報を得て元に伝える。その情報を元は沖に流し、裏を取った沖が強奪の計画を立てていた。

ヤクザは警察に被害届を出せない。上手《うま》くいけば、濡《ぬ》れ手で粟《あわ》の大儲《おおもう》けだ。

目出し帽で顔を隠し、取引の現場を襲い、あわよくば金とシャブの両方を手に入れる。それが難しいようなら、どちらか片方だけを狙う。たいていの場合、シャブだ。半島経由のシャブは海上で取引されることが多い。埠頭《ふとう》や路地裏、寂れた田舎道が取引現場なら両方手に入れることは可能だが、そんなおいしい取引は、滅多になかった。

もちろん、襲撃は常に命懸けだ。しかし、喰《く》わなければ喰われる——それがアウトローの世界だ。ヤクザを怖がっていては、広島で天下は獲《と》れない。

そのために、闇の武器屋から買った機関銃も用意している。ひと気のない場所で車を襲い、タイヤに機関銃で穴をあける。車が動けなくなったら、ホールドアップ。命まで張ってブツを守るヤクザはいない。ヤクザなど、仁義や義理より己の命がなによりも大切な人種だ。我欲のためなら、他人はもとより身内への裏切りなど、屁とも思っていない。ヤクザは欲に塗《まみ》れた人でなし――沖は、自分の父親に教えられ、身をもって知っていた。

沖は今回の取引について、元のアパートで聞いた。正確には、元が転がり込んでいる寛子の部屋で、だ。

寛子はふたりに茶を出すと、元の隣に座り、仕入れた話を沖に披露した。

聞きながら煙草をふかす。根元まで吸って灰皿で揉み消し、視線を寛子に移した。

「で、その話はホンマなんか」

寛子は興奮した様子で、何度も肯いた。

「ホンマです。この耳でちゃあんと聞きました。来週、大けな取引があるけ、金が入ったら、お前が欲しがっとったヴィトンのバッグを買《こ》うちゃるいうて、美香のおっぱい揉んどりました」

「美香ちゃんのおっぱいの話なんか、せんでええんや」

元が怒ったように、寛子の頭を小突く。

寛子は口を尖《とが》らせたが、すぐにいつもの顔にもどり、沖のほうに膝《ひざ》を進めた。

「竹内っちゅうやつはホンマ、質《たち》の悪いチンピラで、女を落とすとすぐにヒモになるんです。女がいうこと聞かんと手ェあげて、最後はシャブ漬けにして風俗に沈めるんですよ。いまはええけど、美香ちゃんもそのうち他の女の子と同じ目に遭うんじゃないかと心配しとるんです」

元は、目を伏せた寛子の肩を抱き寄せた。

「お前は運がよかったのう。わしのような優しい男と出逢《でお》うてよ」

寛子は元を睨みながら、肩に置かれた手を撥《は》ね退けた。

「人使いが荒いんは同じじゃろうね。このあいだも寝てるところ起こされて、なんやろ思うたら腹減ったけ飯作れ言うとったじゃない。こっちは飲みたくもない酒飲んで疲れとるんよ。ひどいと思わんの」

空気がきな臭くなってきたところで、沖は畳から立ち上がった。

「元よ、こりゃァどえらい儲け話で。寛子ちゃんの大手柄じゃ。あとはわしとみっちゃんで段取りするけん。今日はご褒美に、たっぷり可愛がっちゃりないや」

元は嬉しそうに、ミニスカートから覗く寛子の太ももを擦《さす》る。その手を押さえつけながらも、寛子の顔には笑みが浮かんでいた。

沖は靴を履くと、夜の街に出た。

寛子のアパートの近くで、自転車を物色する。このあたりで、鍵《かぎ》のついていない自転車を探すことは、そう難しくなかった。

手ごろな自転車にまたがり、沖は三島のアパートに向かって漕《こ》ぎ出した。

寛子のアパートから三島のアパートまでは、自転車で三十分の距離だ。しかし、いまくらいの深夜だと、信号を無視すれば二十分でつく。

大通りを突き抜け、裏路地のネオン街を走る。計算通り、二十分ほどで三島のアパートについた。

乗ってきた自転車を路上に乗り捨て、沖は二階へ続く階段をのぼった。

三島の部屋は、通路の突き当たりにある二〇四号室だ。ドアから灯《あか》りが漏れている。

沖はドアを、指でコツコツと叩いた。

「わしじゃ」

なかで人が動く気配がして、ドアが開いた。眠そうな目をした三島が、玄関に立っている。

「沖ちゃん、どうしたん、こんな時間に」

三島を押しのけるようになかへ入ると、沖は一間しかない和室の隅に腰を下ろした。

全速力で自転車を漕いできた沖は、汗だくだった。ただ事でない様子に、三島は慌ててドアに鍵をかけると、沖の前に膝をついた。

「なんぞ、あったんか」

眉根を寄せ、三島が心配そうに顔を覗き込む。沖はにやりと笑った。

三島の眉根がみるみる広がる。

「ええ話か」

沖は大きく肯いた。

「おお、ええ話じゃ」

沖は、寛子が仕入れてきたシャブの取引情報を、手短に伝えた。

「引き値で三千万、売値で六千万じゃ」

三島の顔が、興奮で紅潮する。

「そら、ホンマなんか」

沖はシャツの胸ポケットから煙草を取り出した。三島がすぐさまマッチで火をつける。

煙を天井に向かって大きく吐き出し、沖は三島を見た。

「ホンマかどうか、竹内に直接聞きゃあええじゃないの」

三島は眠りから覚めたように目を見開いた。

「ほうか、そりゃそうじゃな」

沖はふたりしかいない部屋で、声を潜めた。

「ええか、お前と元は明日から竹内を見張れ。やつがひとりになるときを探すんじゃ。頃合いを見て、やつを拉致《しゃく》る」

竹内を拉致できる時間と場所は、ほどなく把握できた。竹内はいま、美香のほかに夢中になっている女がいる。十九歳のデカパイだ。夜の十時になると毎夜、その女のマンションへ通っていた。

シャブ取引の情報を得てから一週間後、沖たち三人は、女のマンション近くで竹内を攫《さら》い、扇山山中にあるかつて炭焼き小屋として使われていた廃屋へ連れ込んだ。


沖は回転式拳銃を手で弄《もてあそ》んだ。

「のう、そのシャブの取引、どこでするんない」

竹内は沖から目を背けた。

「ガセじゃなあんか。わしゃァなんも知らんで」

元が左足の踝《くるぶし》を、思い切り踏みつけた。

竹内が声にならない声をあげる。

その場にしゃがみ、呻く竹内のこめかみに、銃口を押し付ける。

竹内が血走った目の端で、拳銃を見た。

沖が小さく笑う。

「こんなが喋《しゃべ》らんでも、わしらは別に困りゃァせん。浅沼んとこの、ほかの奴に訊くだけじゃ」

沖はゆっくりと撃鉄を起こした。

ガチンという音と同時に、竹内は目を閉じて、悲鳴をあげた。

「待て！　待ってくれ！」

小屋の外で、鳥たちが一斉に羽ばたいた。

外が静まってから、沖が訊ねた。

「ほら、どうするんなら」

竹内は顔を涙と鼻水でぐしゃぐしゃにしながら、ようやく聞き取れる声で言った。

「わかった、わかったけ、なんでも喋るけ、命だけは助けてくれ」

元が床にしゃがみ、面白そうに、竹内の頬をぴたぴたと叩く。

「最初からそう言うときゃァ、痛い目に遭わんで済んだのにのう」

三島が促す。

「で、取引場所はどこな？」

「た、多島《たじま》港の埠頭じゃ」

「相手は？」

一度落ちた竹内は、堰《せき》を切ったように答える。

「九州《きゆうしゆう》の福岡連合会」

「時間は？」

「月曜日。夜中の、十一時半じゃ」

今日は金曜日、三日後だ。

沖が念を押す。

「間違いないんじゃのう」

竹内は横たわった身体を必死に捩《よじ》り、懇願の眼差《まなざ》しで沖を見た。

「ほんまじゃ！　嘘じゃないけ、助けてくれ！」

沖は竹内の目の奥を見た。嘘をついているようには思えない。竹内の耳に口を寄せ、ゆっくりとつぶやく。

「もし嘘じゃったら、ここで死んどったほうがましじゃった思うような目に、遭わせるけんのう」

怯《おび》え切っている竹内は、沖を見ながら何度も肯いた。

沖は拳銃の撃鉄を、静かに戻した。立ち上がり、腰に差す。

「仕事が終わるまで、こんなにゃァここにおってもらう」

竹内が短い声をあげる。

「ここって、水も食い物もないこがあなところに三日間も置かれたら、死んでまうわ」

「安心せい」

そういうと沖は、元に顎《あご》をしゃくった。

「用意したパンと水、側に置いちゃれ。三日くらいなんにも食べんでも死にゃァせんじゃろうが、特別サービスじゃ。儲けがでかいけェのう」

元が外に出て、竹内が入ったサンドバッグと一緒に運んできた数個の菓子パンと、古びたバケツに入れた水を手に戻ってきた。竹内のそばに置き、にやりと笑う。

「よかったのう。糞、しょんべんは垂れ流しじゃが、命が助かるんじゃけ、我慢せい」

よほど喉が渇いていたのだろう。バケツに嚙みつこうとする竹内を、三島は力任せに、小屋の端まで引きずっていく。一旦《いったん》、後ろ手に縛っていた荒縄をほどき、そのまま柱に回して手錠をかけると、バケツを竹内のそばに置いた。その横にパンを放る。

「首を伸ばしゃァ、届くじゃろ。水だきゃあ気ィつけろよ。慌てて零《こぼ》すと命とりじゃ」

バケツに首を突っ込もうとしている竹内の肩を、沖は優しく叩いた。

「じゃあの」

竹内ははっとした様子で、沖に叫んだ。

「ほんまじゃったら――取引がほんまじゃったら、必ずまたここに来るんじゃろうの。わしを助けてくれるんじゃろ！」

失笑が漏れる。口元を引き締め、竹内に言った。

「お前はいままで息するように嘘をついてきたんじゃろうが、わしは違う。嘘はつかん」

沖は、三島と元に目配せした。

元が引き戸を開け、沖を先に促す。三人が外に出ると、三島が小屋に鍵をかけた。

歩きながら元が身震いした。武者震いか、それとも不安からくる震えか、沖にはわからない。

「のう、沖ちゃん。今度のシノギはでかいのう。金が入ったらなんに使うん？」

沖は空を見ながら、胸元から煙草を取り出した。

「さあのう、手に入れたら、じっくり考えるわい」

三島がパンと手を叩き、これからバッターボックスに入る野球選手のように肩をぐるぐる回した。

「さあ、忙しゅうなるで」

沖はふたりに気合を入れた。

「山を下りたら、すぐ呉寅のやつらに集合かけい！」

「おお！」

ふたりの声が山間《やまあい》に木霊《こだま》した。

三　章

瀧井組の事務所は、高台の閑静な住宅街のなかでも、角の一等地にある。

事務所と住居が繋《つな》がっている建物からは、夕方には海に沈む夕陽が見えるし、陽が落ちれば、広島市内の夜景が一望できた。

たまに訪れる者にとっては見とれる景色なのだが、住人にとっては見慣れたものなのだろう。大上以外、窓の外を見る者はいない。どんなに美味《うま》い飯も、高い酒も、絶景も、日常になったとたんに色褪《あ》せるのだと、改めて思う。

向かいの革張りのソファには、瀧井と佐川義則《さがわよしのり》が座っていた。佐川は瀧井組の若頭《わかがしら》で、組長である瀧井の右腕だ。

佐川が淹《い》れた紅茶を飲んでいると、洋子がドアを開けて入ってきた。洋子は瀧井の古女房で、極道の姐《あね》のなかでもひときわ気が強い。武闘派で知られる瀧井でさえ、洋子には頭があがらない。

洋子は牡丹《ぼたん》が金糸で刺繍《ししゅう》された訪問着の袖《そで》を弾ませながら、大上のそばにやってきた。

「ガミさん。久しぶりじゃねえ。挨拶《あいさつ》が遅れてごめんなさいね。支度に手間取ったけえ」

大上は大袈裟《おおげさ》に驚いて見せた。

「おお、洋子ちゃんじゃないの。今日はまた一段と別嬪《べっぴん》さんじゃけえ、すぐにはわからんかったわい。どこの女優さんが入ってきたか思うて、びっくりしたで」

見え透いた世辞を真顔で言う大上を、瀧井は半分呆《あき》れたように見た。

洋子が頬を染め、ひらひらと手を振る。

「もう、ほんま、ガミさんは褒め上手じゃねえ。リップサービスじゃ、いうてわかっとっても、女は褒められると嬉《うれ》しいもんなんよ。それに比べてうちの人は、こんだけ気合入れてめかしこんどるのに、なあんも言わんのよ。ほんま、気が利かん男じゃわ」

子分の前で小馬鹿にされたのが気に食わなかったのだろう。瀧井は目を細めて鼻を鳴らした。

つぶやくように言う。

「わしもよ、相手が若い女子《おなご》じゃったら、褒めて煽《おだ》ててよ――」

「あ?」

見る間に洋子の目つきが変わる。

テーブルを回り込むと、大上の向かいに座る瀧井の横に立った。腕を組み、上から睨《にら》みつける。

「あんた。なんねえ、その口の利き方は――あん？　また、懲りもせんで外に女ァ作ったんじゃなかろうね！」

瀧井は目を逸《そ》らし、そっぽを向いて言った。

「な、なにいうとるんじゃ、そがなことあるわけなかろうが……」

洋子が詰め寄る。子供を叱るように声を絞った。

「このあいだのうちの言葉、忘れとらんよね。次に女作ったら、あんたの命はない、言うたじゃろ」

瀧井の目が泳いでいる。

大上は助け船を出した。

「ところで洋子ちゃん。今日はえらいめかし込んどるが、なんぞあるんか」

気は強いが、単純なところが、この女のかわいいところだ。

洋子は女の話などなかったかのように、目を輝かせた。

「これから女子《じょし》の親睦《しんぼく》会があるんよ。そりゃあ気合も入るわ。親分の妻がみっともない恰好《かっこう》しとったら、みんな不安がるけんね。うちの組はそがいに景気悪いんか、いうてね」

ある程度大きな組はたいていそうだが、瀧井組でも、姐さん連中を集めた呑《の》み会が定期的に行われる。組員の妻たち、あるいは女たちの、結束を図るためだ。とりわけ、務めに行っている組員の女のフォローは、組長の妻として大切な仕事のひとつだった。

「さすがは洋子ちゃん。女房の鑑《かがみ》じゃのう」

洋子が誇らしげに胸を張る。

大上はダメを押すように、言葉を続けた。

「そう言やァ、新しい店のほうも、繁盛しとるそうじゃないの。大したもんじゃ」

洋子は着物の袷《あわせ》を整えながら、大上に軽く頭を下げた。

「ええ。おかげさんで。ガミさんに紹介してもろうた女の子らが、ようやってくれとるんよ。ほんま助かっちょる。はじめてじゃけ、変に癖がついとらんじゃろ。そこがまた、ええんよねえ」

洋子は手広く、瀧井組のシマ内で水商売を展開している。

先月、新しく開いたラウンジは、広島でも五本の指に入る高級な造りだった。グランドピアノが店の中心にあり、眩《まばゆ》いシャンデリアの下には、豪華な布張りのソファが設《しつら》えてある。

店の女はどれも一流だ。なかには、大学のミス女王だった子もいる。

客を呼ぶには上等な女が必要だ、妥協はしたくない、と訴える洋子から頼まれて、大上は三人の新人を引き合わせた。みんなホステス稼業ははじめてで、大上の知り合いのモデル派遣業者から引き抜いた女の子だった。

笑っていた洋子がふとテーブルに目を移す。顔色が変わった。

「佐川!」

「へ、へえ!」

突然、矛先を向けられた佐川が、戸惑いながら返事をする。

「なに安物のカップ使《つこ》うとるん。せっかくガミさんが来てくれたんじゃけ、一番ええやつ使いんさい!」

怒りの原因がわかった佐川は、洋子に慌てて頭を下げた。

「すいません、姐さん。すぐ替えますけ」

立ち上がろうとする佐川を、手で制する。

「ええよ、ええよ。味が変わるわけじゃないけん」

「ほうじゃけえ言うても——」

洋子はまだなにか言いたげに、頬を膨らませた。

妻の癇癪《かんしゃく》に付き合いきれなくなったらしく、瀧井が面倒そうに洋子を急《せ》かした。

「会は七時からじゃろ。はよ行かんと、間に合わんのと違うか」

洋子が左手につけた金無垢《むく》の腕時計を見る。以前、瀧井の浮気がばれたとき、ご機嫌取りに買わされた六百万のオメガだ。

「あらやだ。もうこがあな時間。たしかにもう行かんと」

洋子は腰を屈《かが》めて瀧井に顔を近づけると、ふくれっ面で囁《ささや》いた。

「あんたの躾《しつけ》が悪いけん。うちがいいなげな思いするじゃない」

瀧井が肩を落とす。親分に恥をかかせた佐川も俯《うつむ》いた。

洋子は身を起こすと、スイッチを切り替えたかのように、笑顔で大上を見た。

「うちはもう行くけど、ガミさん、ゆっくりしてってね」

大上は苦笑しながら、片手を挙げた。

「ああ。あとでチャンギンと、店によるけん」

「うん。たっぷりサービスするけんね」

アップにした襟足を手で整えながら、洋子が部屋を出る。

女房がいなくなると、瀧井はソファの背もたれに身を預けた。うんざりした口調で言う。

「あれじゃけえ……ほんま、やっとられんわ」

大上はカップを口に運びながら溜《た》め息を吐いた。

「やっとられんのは、こっちじゃ」

バツが悪いのか瀧井は、佐川の頭をすぱんと叩《たた》いた。

「お前がちゃんとせんけえ、わしがこがあな目に遭うんど。しっかりせんかい」

とばっちりを受けた恰好の佐川は、しょぼくれて頭を下げた。

ふたりのあいだに割って入る。

「まあまあ、機嫌直さんかい。それより——」

大上は股《また》を割ると、身を乗り出した。

「例の件、どうじゃった」

一年前に起きた賭場《とば》荒らしの件だ。三人組の男に綿船組が仕切っている賭場が荒らされて、大金が盗まれた。

「電話でも言うたが、こんなの耳に、なんか入っとらんか」

瀧井は大上から目を逸らすように、壁を見た。

「まあ、入っとるちゅうたら入っとるが、なんせ身内の話じゃけのう、なんぼ章ちゃんじゃいうても、喋《しゃべ》れんこともある」

荒らされた賭場は綿船組のものだが、直接仕切っていたのは、その二次団体の笹貫組だった。笹貫組の笹貫と瀧井は、同じ綿船組に所属する兄弟分だ。博徒《ばくと》が賭場を荒らされるのは、顔に糞《くそ》を塗りたくられたに等しい。瀧井にとってもいい面《つら》の皮だろう。

大上はシャツの胸ポケットから煙草を取り出した。すかさず佐川が火をつける。

煙を吐きながら、ソファに身を預ける。

「こんなの立場もわかる。じゃが、わしの都合もある。のう、ここは取引といこうじゃない」

「取引？」

瀧井が目の端で大上を見る。

「おうよ。お前が話せんいうなら、美代《みよ》ちゃんのこと、洋子ちゃんの耳に入れることもできるんで」

美代とは流通りにあるクラブのホステスで、ここ最近、瀧井が入れあげている女だ。

瀧井の顔色が、それとわかるほど紅潮する。

「章ちゃん、わしを脅すんか！」

天井に向かって盛大に煙を吐き出す。

「脅すいうて、人聞きの悪いこと言いないなや。わしゃァ取引しよう、言うとるだけじゃ」

唇を尖《とが》らせ腕を組む瀧井に、顔を近づける。

「こんなはなにも答えんでええ。ただ、首の運動するだけじゃ」

「首の運動？」

瀧井が怪訝《けげん》そうな顔をする。

「そう」

大上は肯《うなず》いた。

「わしがこれから質問するけ、首を縦に振るか、横に振ってくれ」

瀧井が顎《あご》に手を当てる。

「そういうことか。ほんま、昔からよう悪知恵が働くのう。喋れんもんは喋れんが、まあ、首の運動くらいじゃったら出来るよ」

大上が質問をはじめる。

「負傷者は出たんか」

瀧井が肯く。

「死んだ者は？」

首を振る。死人が出ていれば、さすがに事件になる。大上の予想したとおりだった。

「襲うたんは、三人組じゃいうて聞いとるが、それはほんまか」

瀧井は首を縦に折った。

「若い男じゃったんじゃろ」

同じく肯く。

「知った顔か」

首を振る。

当然だ。知った顔なら、いま頃、襲ったやつらは海に沈められるか、山に埋められている。

「やっぱり、ここいらの者じゃないのう」

誰にでもなく、大上はつぶやいた。

瀧井は肯くことで同意した。

質問を続ける。

「その三人の人相、風体じゃが、背は高かったんか低かったんか」

瀧井は少し逡巡《しゅんじゅん》し、肯いて首を振った。

「高いやつと、低いやつがおった、ちゅうことじゃの」

今度ははっきりと肯く。

大上の頭に、大柄な龍のスカジャンと、小柄な青シャツが浮かぶ。

「笹貫は――」

大上がそう言うと、瀧井は目を細め唇を嚙《か》んだ。

「さぞや血眼《ちまなこ》になって、追っとるんじゃろのう」

再び天井に向かって大きく煙を吐き出す。視線を瀧井に戻した。

「じゃが、不思議よのう。あれだけの大仕事、極道が十人いてもうまくいくかどうかわからんのに、チンピラたった三人でするとはよ。しかも相手は素人じゃない、極道じゃ。よほど度胸があるのか、馬鹿なのか」

瀧井がぼそりと言った。

「そのどっちもじゃろ」

四章

夜の多島港は、ひっそりと静まり返っていた。

多島港は呉原市にある小さな漁港で、まわりには店も民家もない。明かりは、雲の切れ間からときどき差し込む月の光だけだ。日中は船が入ったり、釣り人がいたりと賑《にぎ》わうが、夜になると閑散とする。

沖と三島、元の三人は、埠頭《ふとう》に並ぶ倉庫の陰に身を潜めていた。

倉庫は四つある。三人は海から見て右端にいた。港の入り口から一番近い場所だ。

埠頭には三人のほかに、呉寅会のメンバー七人がいた。別の倉庫の陰に、散り散りに隠れている。

三島が落ち着かない様子で腕時計を見た。声を潜め、小声で言う。

「ほんまに来るんかのう。あの野郎、まさかガセ摑《つか》ませたんじゃないじゃろうな」

三島がいうあの野郎とは、このあいだ締め上げた竹内のことだ。

沖も自分の腕時計を見る。十一時二十分。竹内が言っていた取引の時間は十一時半だ。まだ誰もやってくる気配はない。

三島の隣で、元が鼻息を荒くした。

「ほじゃったら、すぐミンチにして魚の餌にしちゃるわい」

三島が呆《あき》れた顔で元を見る。

「そがあな大儀ぃことせんと、その場に穴掘って埋めたらええが」

元が自分の額を叩《たた》く。照れ笑いするときの癖だ。

「言われてみりゃァ、そうじゃのう。扇山にゃァ、ようけ仲間が埋まっとるけん——うっかりしとったわい」

そんな元を、三島が鼻で笑った。

「お前の場合はうっかりじゃのうて、ここが悪いんじゃ」

三島は、ここ、と言いながら、自分の頭を指で小突く。

心外だと言わんばかりに、元が反論する。

「今夜の情報、手に入れたんは誰ない。わしじゃろうが」

三島は負けずに言い返した。

「こんなじゃない。寛子ちゃんじゃ」

「なんじゃと！」

周囲に声が漏れないよう、ふたりとも囁《ささや》き声だ。

元は白鞘《しらさや》の日本刀を、大仰に構えた。

「お、やるんか！」

手にしていたトカレフを、三島が元に向ける。闇ルートで手に入れた中国産の複製だが、殺傷力はオリジナルと同じだ。

いつもの光景だ。沖は苦笑いした。退屈しのぎにじゃれあっている。倉庫の陰に身を潜めてから一時間が経つ。自分もそうだが、ふたりは気が短い。飽きてきたのだ。

命を張った仕事を前にしたとき、たいていは緊張するか、鼻息を荒くするか、足が震える。退屈するとか、飽きることは、まずない。それだけふたりとも肝《きも》が据わっているのだ。だから、沖と一緒に行動できる。

ふたりの気持ちはわかるが、ここに人が隠れていることを、相手に気取られてはまずい。じゃれあいを止めようとしたとき、遠くに光が見えた。丸い輪がふたつ。車のヘッドライトだ。光は次第にこちらへ近づいてくる。

ヘッドライトの灯《あか》りに、三島も元も気づいたらしく、ぴたりと言い合いをやめた。三島は拳銃《けんじゅう》をかまえ、元は日本刀の柄《つか》を握りしめる。沖は肩にぶら下げていた機関銃を下ろし、脇に抱えた。

ズボンのポケットに入れてきた覆面を、頭から被《かぶ》る。元と三島も沖に倣《なら》った。別の場所で待機している呉寅会のメンバーも、同じように襲撃の準備をしているはずだ。

車は沖たちが潜んでいる倉庫の前で停まった。黒のランドクルーザー——このあいだ発売になったばかりの新型モデルだ。

間を置かず、ランドクルーザーがやってきた方向から、もう一台の車がきた。

黒のセンチュリーだ。闇のなかで、車体が上質な漆のように光沢を放つ。ランドクルーザーの隣に来ると、ぴたりと横づけした。

それぞれの車から男が降りた。一台から三人ずつ、計六人がヘッドライトの前に立つ。運転手は降りてこない。アイドリングの状態で待機している。取引が終わったら、すぐにこの場を去るためだ。

ランドクルーザーから出てきたひとりの男に、沖は目を留めた。坊主頭に、シャツから覗《のぞ》く手首に見える数珠《じゅず》の入れ墨。五十子会の組員、高安《たかやす》だ。五十子会の若頭《わかがしら》、浅沼真治の舎弟で、幹部を務めている。

ランドクルーザーが五十子会、ということは、センチュリーが取引の相手、福岡連合会だ。

波の音しか聞こえない静かな港では、声がよく通る。

高安は相手の前に歩み出ると、真ん中にいる男に言った。

「時間、ぴったりじゃのう」

肩をいからせたスーツ姿の男が、答える。

「わしらもビジネスじゃけん。遅れることはくさ、なかとや」

高安と対等に話すということは、こちらも幹部なのだろう。

子分たちはひと言も発しない。相手を牽制《けんせい》するように睨《にら》みつけている。

スーツ姿の幹部は、高安を値踏みするように上から下まで眺めてから、隣の男に顎《あご》をしゃくった。子分か舎弟かはわからないが、部下であることは間違いない。

「おう」

部下の男が無言で肯《うなず》いた。小脇に抱えていた黒いボストンバッグを、高安に差し出す。

同時に高安も、隣の手下に命じた。

「こっちも出したれ」

「へい」

手下がアタッシュケースを、スーツの男に突き出す。

高安とスーツの男は、相手から目を逸《そ》らさず受け取ると、バッグとケースの蓋《ふた》を開けた。

手探りで中身を取り出す。

スーツの男は、帯封された札束をひとつひとつ確認した。ケースのなかすべてが金だとしたら、かなりの額だ。

高安の手には、ビニール袋があった。なかに粉のようなものが入っている。シャブだ。

ビニールの結び目を解《ほど》き、高安は人差し指をなかへ入れた。指についた粉を舌の上に載せる。

スーツの男に目をやると、にやりと笑った。

「あんたらが捌《さば》いとるシャブはええっちゅう話じゃが、噂は本当じゃのう。こりゃあ、上物じゃ」

スーツの男も、合わせるように口の端を引き上げる。

「そっちものう。約束の三千万、間違いなか」

ふたりの男は、手にしているバッグとアタッシュケースを自分の子分に渡すと、相手の目を見やった。

「次は、いつ頼めるかいのう」

高安の問いに、スーツの男が答える。

「二か月後にはくさ、また入荷するけん。そんとき連絡ば、するわい」

六人が、車へ戻ろうとする。

取引が終わるのを、息を殺して見守っていた沖は、三島と元に向かって叫んだ。

「いまじゃ！　いくど！」

「おお！」

三人は、ほぼ同時に、暗闇から倉庫の前へと躍り出た。それを合図に、別の倉庫の陰に身を潜めていた呉寅会のメンバーたちが、いっせいに駆け寄ってくる。

瞬く間に、メンバー全員が車を取り囲んだ。

いきなり現れた覆面姿の男たちに、ヤクザは泡を食い、甲高い怒鳴り声を上げた。

「な、なんじゃわりゃ。どこの者《もん》じゃ！」

沖は車のそばにいるヤクザの頭上を狙い、機関銃をぶっ放した。

車の周りの人影が、慌てふためいて身を伏せる。

沖は銃弾を納めた弾帯を肩に担ぎ直すと、あたりによく響く声で吠《ほ》えた。

「どこの者もクソもあるかい！　死にとうなかったら、こんならが手にしとるもん、黙って渡さんかい！」

言い終えるや、再び機関銃を撃ちまくる。今度は足元を狙った。

ヤクザたちが車の陰に逃げ込む。そして隙を見て拳銃で応戦しながら、車になんとか乗りこもうとした。

闇に双方の銃声が響く。

沖が怒鳴る。

「タイヤじゃ！　タイヤを潰《つぶ》せ！　わしとみっちゃんはランドクルーザー、ほかはセンチュリーじゃ！」

ここでヤクザを皆殺しにするのは簡単だ。だが、八人も殺せば死体の処理が大変だし、ヤクザだけではなく警察も絡み、面倒なことになる。さすがにそれは厄介だ。沖は物《ブツ》を手に入れることを優先した。それにはまず、やつらの足を止める必要がある。

沖がいる位置から、五十子会の車まで、およそ三十メートル。沖は銃口を、ランドクルーザーのタイヤに向けた。

「ええか、へタうつなや！」

呉寅会で銃を持っているメンバーは、沖と三島のほかに、ふたりいた。小型の銃で、三島が持っているものと、ほぼ同じタイプだ。

沖が叫ぶと同時に、二台の車のタイヤに向かって銃弾が放たれる。

しかし沖の機関銃は、肝心のところで弾《たま》切れを起こした。ほかの者の銃弾もなかなか当たらない。月明かりだけの夜に、まともに射撃訓練を受けていない者が、目標物に命中させることがいかに難しいかを、このとき沖ははじめて知った。

ヤクザたちは、メンバーの攻撃が途切れるタイミングを計りながら、銃を撃ち返してくる。

その合間に、全員がそれぞれの車に乗り込んだ。

二台の車は、地面に火花を散らし、猛スピードで発進した。

沖は機関銃のトリガーから指を離し、舌打ちをくれた。

もっと簡単に事が運ぶと思い込んでいた自分に、腹が立つ。シャブの取引などという危ない橋を、それこそ日常的に渡ってきたヤクザを、甘く見てはいけなかったのだ。

センチュリーが闇の奥に消える。後ろを走るランドクルーザーも、まもなく港からでていくだろう。

「くそったれ！」

悪態を吐きながらランドクルーザーを見ると、赤いテールランプが大きく傾いた。

そのあと、車はゆらゆらと蛇行しながら、スピードを緩めていく。

「なんじゃゃ、ありゃあ」

元が手のひらを額に翳《かざ》し、車を見やる。

沖は叫んだ。

「パンクじゃ！　弾が当たっとったんじゃ！」

沖は呉寅会全員に命じた。

「追え！　五十子の車だけでも仕留めえ！」

新しい弾帯をセットし、沖はランドクルーザーに向かって機関銃を乱射した。

鈍い音がして、リアウィンドウに罅《ひび》が入る。続いて、車体ががくんと落ちた。パンクしていなかったタイヤに、弾が命中したのだ。後輪がだめになった車は、車体の後ろを地面に擦《こす》りながら止まった。

ランドクルーザーから人が出てくる気配はない。外へ出たら、蜂《はち》の巣になると思っているのか。車内で銃を構えながら、反撃のチャンスを窺《うかが》っているのか。

姿勢を低く保ち、沖たちはじりじりと車との距離を詰めた。

銃を持っている者は銃口を車に向け、ほかの者は日本刀や短刀《ヤッパ》を構えながら、慎重に足を運ぶ。

三島が先陣を切った。

止まった車の背後からなかの様子を窺う。

が、頭を少し上げると同時に、パンという乾いた音がして、罅が入っていたリアウィンドウが割れた。

呉寅会のメンバー全員が、反射的に地面に身を伏せる。

五十子の誰かが、車中から発砲したのだ。

沖、三島、元、ともに血の気が多いが、なかでも導火線が一番短いのは元だった。

「この外道《げどう》、なめやがって！」

元はものすごい形相で叫ぶと、手にしていた日本刀の柄で、後部座席の窓ガラスを叩き割った。

ほかのメンバーもあとに続く。

車のボディを足で蹴《け》り上げ、すべてのガラスを割る。沖の機関銃を警戒してか、反撃はしてこない。

沖はボンネットの上に乗り、車中で怯《ひる》む組員たちに銃口を向けた。

「ちいとでも動いたら、ぶち殺すど！」

ヤクザたちは青ざめた顔で、その場に固まった。

銃口を左右に振る。

「なにぼさっとしとるんじゃ。さっさと武器《えもの》を放さんかい！」

ヤクザたちは、手にしていた拳銃を割れた窓から外へ放り、両手をあげた。

後部座席でうずくまっていた高安も、渋々といった表情でホールドアップの姿勢をとる。

沖は高安に命じた。

「そこにある物《ブツ》、こっちに寄越《よこ》せ。ほしたら命だきゃァ、助けちゃる」

高安の顔色が変わる。ボストンバッグを手繰り寄せ、首を横に振る。

「こ、これはわしの着替えが入っとるだけじゃ。こんならが手にしても、なんの得も……」

沖は銃口を上げ、夜の闇に向かって機関銃をぶっ放した。

硝煙の臭いがあたりに立ち込める。

まだ白煙が漂う銃口を、高安に向けた。

「こんなの臭いパンツやシャツが、三千万もするんか。笑わすな。もちっと、ましな嘘を吐けや」

具体的な金額を出したことで、沖がバッグの中身を知っているとわかったのだろう。

高安の表情が一変して、険しくなる。が、発した声は震えていた。

「こんなら、わしらがどこの者か知っとるんか。五十子会相手にこがなことして、ただで――」

沖は割れたフロントガラスからなかに身を乗り入れ、銃口を高安の額に押し付けた。

「イラコかイクラか知らんが、それがなんぼのもんじゃい！」

幹部の面目が丸潰れなのだろう。高安が大きく顔を歪《ゆが》めた。

ほかの三人の額には月明かりに光る汗が、うっすらと浮かんでいた。尿の臭いが車中に漂う。誰かが小便を漏らしたのだ。

車の周りにいたメンバーが、いつでも援護できるよう、武器を車内に向ける。

沖はこれ見よがしに、トリガーに掛けた指を曲げた。

「死にたいんか、おおッ、わりゃァ死にたいんか！　じゃったら、いますぐ殺しちゃる！」

沖の本気を感じたのだろう。高安は右の手を前に突き出し、悲鳴に近い声で懇願した。

「ま、待ってくれ！　わかったけん、わかったけん……」

語尾を震わせながら、抱えていたボストンバッグを、そろそろと差し出す。

沖は銃口を高安の額につけたままバッグを受け取ると、側にいた三島に放った。

ボストンバッグのファスナーを開ける音がして、三島が声高に断じた。

「ほんまもんじゃ！」

銃口はそのままに、ボンネットから飛び降りる。

「間違いないの！」

ビニールの口を開けて粉をひと舐《な》めし、三島が興奮した声で言う。

「おお、正真正銘、特上シャブじゃ！」

沖は仲間に向き直り、叫び声を上げた。

「よし、逃げい！」

沖の声を合図に、メンバーたちは一目散に駆けだした。

倉庫の陰に、車を二台停めてある。メンバーが分乗してきたものだ。

仲間がランドクルーザーから離れたことを確認すると、沖も自分たちの車に向かって走り出した。

「てめえ、待てこら！」

五十子の組員が、虚勢を張って見せる。

沖はランドクルーザーに向け、機関銃をぶっ放した。

耳のすぐ横で、拳銃の発砲音がした。

三島だった。伴走するように沖の横に並びながら、銃を撃っている。

「みんな、乗ったか」

走りながら沖は訊《たず》ねた。

三島が息を切らして言う。

「おお、あとはわしらだけじゃ」

ふたりは無言で走った。

倉庫の陰に隠していた車にたどり着くと、すでにエンジンがかかり、いつでも発進できる状態になっていた。

車の後部座席を開けて、元が叫ぶ。

「ふたりとも、こっちじゃ！」

沖と三島は、飛び込むように、元の隣に乗り込んだ。

ハンドルを握っている塩本《しおもと》がアクセルを踏み込む。

タイヤが悲鳴を上げた。

塩本は呉寅会に最近入ったメンバーだ。十八歳で無免許だが、メンバーのなかでは一、二を争う名ドライバーだった。本人いわく、小学生のときからハンドルを握っていたという。

沖たちを乗せた車が急発進すると、もう一台の車も猛スピードでついてきた。

港の敷地を出るまでは、誰も言葉を発しなかった。が、車が市道に出て港から離れると、誰からともなく笑い声が漏れた。声は次第に大きくなり、やがて車中に哄笑《こうしょう》が弾《はじ》けた。

元が沖と三島のほうに身を乗り出す。

「やったのう！」

三島も前のめりになる。

「当たり前じゃ！　呉寅会がヘタうつような真似するか！」

真ん中に座る沖は、詰め寄ってくるふたりを腕で押しのけると、三島が膝《ひざ》に抱えていたボストンバッグを手にした。

ファスナーを開け、改めて中身を確かめる。

この白い粉が、大金になる——。

沖は口角を引き上げた。

「金の方は残念じゃったが、シャブだけでも大儲《おおもう》けじゃ」

沖は塩本に叫んだ。

「早《はよ》う、アジトへ向かえ。そこで祝いの酒盛りじゃ！」

「へい！」

塩本は大声で答えると、さらにスピードを上げた。

ラーメンを食べ終えた沖は、シャツの胸ポケットから煙草を取り出した。テーブルにあったマッチで火をつける。

大きく煙を吐き出すと、同じように食後の一服に火をつけた三島が、話を蒸し返した。

「じゃが、やつも浮かばれんじゃろうのう」

まだラーメンを食べ終えていない元が、麺《めん》を啜《すす》りながら三島を見る。

「やつ？」

三島が小声で言う。

「竹内じゃ」

元が目を伏せ、ああ、と声を漏らす。

シャブの強奪に成功した沖たちは、後日、扇山に向かった。竹内に会うためだ。竹内は水を飲み切り、パンもすべて食べつくしていた。

沖は期待の目を向ける竹内の背後に回った。

「いま、縄を解いちゃるけんの」

安心させるため、優しく声を掛ける。

拳銃を取り出した。

せめてもの手向けに、苦しまずに済むよう、一発で後頭部を撃ち抜いた。

脳漿《のうしょう》と血が飛び散り、竹内が前につんのめる。

即死――自分が死んだことさえ、気づかなかったはずだ。

ヤクザ稼業は死と隣り合わせとはいえ、竹内の死は犬死にに過ぎない。

仲間を裏切り、命乞《ご》いしたヤクザの末路など、そんなものだ。

沖は代金をテーブルの上に置くと、椅子から立ち上がった。

「ごちそうさん」

海坊主は顔も上げず、鍋《なべ》のスープの味見をした。

五章

眩《まぶ》しさを感じて、瞼《まぶた》を開ける。

細めた目に、光が突き刺さる。

思わず額に手をかざすと、隣で誰かが笑う気配がした。

清子《きよこ》だった。腕のなかに、赤子がいる。

息子の秀一《しゅういち》だ。母親の腕に抱かれて、すやすやと眠っている。

辺りは一面の芝生で、いたるところに樹木が植えられている。

なかでもひときわ大きな樹の傍らに、三人はいた。

身を起こし、空を見上げる。雲ひとつない快晴だ。天空には、陽が燦々《さんさん》と輝いている。大上の目を射貫《いぬ》いた光は、茂った葉のあいだから差し込む、木漏れ日だった。

もう一度、大の字に寝転がる。

秀一を抱いた腕を揺らしながら、清子が大上に微笑みかける。

自然と、大上の口元にも笑みが浮かんだ。

親子三人で、こんなにゆったりとした時間を過ごすのは、いつ以来だろう。清子と秀一に会うこと自体、ひどく久しぶりのような気がする。

胸ポケットに手を入れ、煙草を探す。パッケージを取り出した。

手を入れる。

空だった。

舌打ちをして、パッケージを握り潰《つぶ》す。

秀一がぐずりはじめた。

見ると、清子が秀一をあやしながら、ワンピースの胸ボタンを外しているところだった。

豊かな乳房を出すと、清子は秀一に含ませた。

大上は慌てて身を起こし、周囲を見渡した。

ひと気はない。

こんなにいい天気なのに、家族連れはおろか、カップルの姿も見えない。広場にいるのは大上たちだけだ。

清子が、菩薩《ぼさつ》のような笑みを浮かべ、大上を見る。

秀一は母親の乳房に縋《すが》りついている。

全力で乳を吸っているのだろう。秀一の額には、汗が光っていた。

清子の白い乳房に、大上は目を細めた。

性的な感情は湧いてこない。生きるために必死に乳を飲む子と、子を育てるために乳を与える母親の姿に、大上は尊さを感じた。

心が満ち足りた気分になる。

大上は再び寝転んだ。木漏れ陽が心地いい。

どのくらいそうしていたのだろうか。肌寒さを感じて、目が覚めた。どうやら微睡《まどろ》んでいたらしい。

風が出てきて、木の葉がざわざわと揺れている。

あたりも薄暗くなっていた。雲が出てきたのか、陽が傾いたのか。そのどちらかだろう。

もう帰った方がいい。

そう言おうとして、隣に目をやった。

清子がいない。秀一の姿もない。

大上は起き上がって、周囲に目を凝らした。

人影はない。

少し離れたところに池がある。かなり大きな池だ。なぜさっきは気づかなかったのか。

もしかしたら、清子は秀一を連れて、池の魚でも見に行ったのかもしれない。

大上は立ち上がり、池に向かって歩き出した。

池のなかほどに、手漕《てこ》ぎのボートが一艘《そう》浮かんでいた。

乗っているのは清子だった。秀一も一緒だ。母親に抱かれている。

風が強くなった。空模様も怪しい。

雨が降るかもしれない。

大上は池に向かって走り出した。

「清子。もう帰るぞ」

大上の声が聞こえないのか、清子は振り向かない。視線を下に落としたまま、じっとしている。秀一を見つめているようにも見えるし、項垂《うなだ》れているようにも見える。

池の縁《ふち》にくると、大上は両手を口もとに当てて、先ほどより大きい声で叫んだ。

「ひと雨くるぞ。早く戻れ」

言ったそばから、ぽつりと雨粒が落ちてきた。

「おおい！　清子、聞こえんのか！」

声を張る。だが、清子はぴくりとも動かなかった。

ボートは次第に岸から離れていく。清子がオールを漕いでいる様子はない。風に押されているのだろう。もしかしたら、急に気分が悪くなり、動けずにいるのかもしれない。

雨脚が強くなってきた。

大上はシャツとズボンを脱ぎ、下着だけになった。

池に入り、ボートに向かって泳ぎだす。

真夏だというのに、池の水は真冬のそれのように冷たい。

大上は懸命に泳いだ。

が、ボートとの距離は一向に縮まらない。むしろ遠のいていく。

焦る大上の目に、ボートの先の光景が飛び込んできた。

あるはずの地面がない。途切れている。池のその先からは、大量の水が流れ落ちる音がしていた。

滝だ。

池だと思っていたのは川で、この先は滝になっているのだ。大音量から、相当大きな滝だとわかる。

雨に煙る水面を見た。ボートは滝に向かって進んでいる。

胸が締め付けられる。鼓動が跳ね上がった。

「清子！　滝じゃ！　早《はよ》うこっちへ来い！」

大上は必死に手足をばたつかせた。しかし身体は、一向に前に進まない。水はどろりと重く、まるでコールタールのなかを泳いでいるようだった。

ボートの清子が、顔を上げてこちらを見た。

豪雨のなかで目が、強い光を放っている。

身体が凍った。

さきほどの温かい眼差《まなざ》しではない。じっと大上を見つめる目には、怒りと悲しみ、譴責《けんせき》の色が滲《にじ》んでいた。

大上は叫んだ。

「清子！　すまん！　わしの所為《せい》じゃ。全部わしが悪いんじゃ。謝るけん、頼むけん、戻ってくれ！」

なにに対して詫《わ》びているのか、大上自身よくわからなかった。だが、自責の念が、抑えられない。濁流のように押し寄せてくる。

清子は動かない。暗い目で大上を見据えながら、流れに抗《あらが》うことなく、ボートの揺れに身を任せている。

大上はなんとか追いつこうと、懸命に手足を動かした。

切れ切れの息で叫ぶ。

「駄目じゃ、そっちは、駄目じゃ！」

水が落ちる轟音《ごうおん》が近くなる。

大上は呆然《ぼうぜん》と口を開け、あたりを見渡した。

誰か、助けてくれる者はいないか。浮き輪のようなものはないか。長い紐《ひも》でもいい。清子と秀一を救えるものはないか。

混乱する頭で周囲を探していると、甲高い音がした。

それは水が落ちる大きな音のなかで、ひと際高く響いた。清子の叫び声のようでもあり、車が急発進したときの、タイヤが擦《こす》れる音にも似ていた。

ボートを見た。

一瞬だった。

ボートは滝の向こうに、吸い寄せられるように姿を消した。

絶叫が迸《ほとばし》る。

「清子ぉ！　秀一ぃ！」


自分の声で、大上は目を覚ました。

見慣れた天井が目に入った。つけっぱなしの蛍光灯が、切れかけて点滅している。

首のあたりが気持ち悪くて、手を当てた。汗でぐっしょり湿っている。身に着けている肌着が絞れるほどだ。

昨日は瀧井組を出たあと、香澄のラウンジへ顔を出し、明け方まで飲んだ。ふらつく足で自分の部屋にようやく戻ると、シャツとズボンを脱いで、そのまま万年床に倒れこんだのだった。

喉《のど》の渇きを覚え、流しに行った。

水道の取っ手を捻《ひね》り、蛇口に口をつけて水を飲む。

水を止めると、口元を手の甲で拭《ぬぐ》った。

大きく息を吐き、自分の部屋を眺める。借り上げの木造アパートだ。

六畳一間に、狭い台所だけの部屋は、脱ぎ散らかした服と、酒の空き缶、スーパーの弁当の空箱が散乱していた。

閉めたカーテンの隙間から、部屋に光が差し込んでいる。

布団に座り、枕元にある時計を摑《つか》んだ。

まもなく朝の八時。香澄の店を出たのが四時過ぎだったから、四時間も寝ていない。

大上は手のひらで顔を上から下へなでると、文机《ふづくえ》の上に置いてある写真立てを見た。なかには、清子が秀一を腕に抱いて笑っている写真があった。秀一の首が据わったころのものだ。

腕を伸ばし、写真立てを手に取る。

写真はセピア色に変色し、細部の画像は滲《にじ》んでいる。が、大上の頭のなかには、十一年経ったいまでも、ふたりの姿が鮮明に焼き付いている。

まるで眼前にいるように、清子と秀一の顔が脳裏に浮かびあがる。

今日のような夢を見たあとは、特にそうだ。

月に何度か見る夢——清子と秀一が目の前から姿を消す夢。いなくなる場所は様々だ。山の崖《がけ》のときもあれば、海水浴場のときもある。ビルの屋上や遊園地だったりもする。

夢に共通しているのは、突然降りだす豪雨と、自分の身体が思うように動かないことだ。どんなに必死にふたりを追いかけても無駄だった。清子と秀一は、大上の前から姿を消す。そして、いまのように、自分の叫び声で目を覚ます。

大上は写真立てを文机に戻すと、枕元の煙草を咥《くわ》え、火をつけた。

煙を大きく吐き出す。

ふたりが籍を入れたのは、大上が二十五歳、清子が二十一歳のときだった。

出会ったとき清子は、まだ十九歳だった。

いまは潰れてしまった街角の喫茶店に、清子はアルバイトとして勤めていた。笑窪《えくぼ》が可愛い女の子で、控え目な立ち居振る舞いに好感を持った。

大上が冗談を言うと、くすっと笑ったが、口元を手で押さえるその笑顔には、どことなく儚《はかな》げな色が漂っていた。注文が途切れてカウンターの側に佇《たたず》む清子の目は、いつも虚空を見詰めていた。

いままでの人生で、楽しいことなどなかった——宙を見やる清子の目は、まるでそう語っているかのように、大上には思えた。

あるとき大上は、コーヒーを運んできた清子に言った。

「清子ちゃん。相変わらず別嬪《べっぴん》さんじゃのう。どうせ、付き合《お》うとるこれがおるんじゃろ」

これ、と言いながら大上は、親指を立てた。

「そんなん、うち、おらんです」

清子は珍しく、怒ったように答えた。

「またまた。清子ちゃんみとうな可愛い女子《おなご》を、男がほっとくわけないじゃろ」

からかうような口調で大上は言った。

「うち、嘘はつきません。いままでも、これからも——」

清子は大上の目をみて、小さいがきっぱりとした声で言った。

一見、弱々しく見えるが、芯《しん》は強い女だ——。

このとき大上はそう思った。

「ほんまか。じゃったらわし、立候補しようかのう」

冗談めかして言ったが、半ば本気だった。

ふたりが外で会うようになったのは、その半年後だ。

清子の両親はすでに他界し、身寄りはなかった。アパートに、ひとりで暮らしていた。

大上は何度か清子をアパートまで送ったが、部屋には上がらなかった。

清子はそう易々と、男を家に入れるような女ではない。上がろうとしたら、大切なものが逃げていく。そう思っていた。

付き合って一年後、まるで最初からそうなるのが決まっていたかのように、ふたりは籍を入れた。

秀一が生まれたのは、それから二年後だった。

安産で、母子ともに元気だった。

清子の腕のなかで、顔を真っ赤にして泣いている我が子を見て、大上は名前を秀一と決めた。多くは望まない。ひとつでもいいから、人より秀でたところのある人間に育ってほしい。丈夫な身体、優れた頭、強靭《きょうじん》な心、誰にも負けない技、なんでもいい。それが、己を支える核になる。

大上にとって、清子と出逢《であ》ってからの四年間が、人生で一番満ち足りた時間だった。たった四年と思うか、四年も、と思うかは人それぞれだろう。しかし大上にとっては、短すぎる時間だった。秀一は人並みに成長し、自分と清子は多少の波はありながらも、互いに年を重ねていくのだ、と大上は信じていた。

清子と秀一が死んだのは、いまから十一年前、秀一が一歳、清子が二十四歳のときだった。ふたりは深夜の路上で、トラックに撥《は》ねられて死亡した。

当時、大上は広島北署の捜査二課で、第三次広島抗争事件の対応に追われていた。呉原市に本拠を置く五十子会と、県下最大の規模を誇る綿船組の対立だ。

以前広島進出を目論《もくろ》んでいた五十子は、綿船が仕切る広島市の公共土木工事に、舎弟の友岡《ともおか》昭三《しょうぞう》を通して絡もうとしていた。

友岡組は、広島市西北に事務所を構える古くからの博徒《ばくと》だ。山口県山口市の老舗《しにせ》組織、河相《かわい》一家の流れを汲《く》み、広島極道のあいだでも一目置かれる存在だった。

そんななか、広島市中《なか》区の繁華街の路上で、些細《ささい》なことから、綿船組の二次団体である溝口《みぞぐち》組《ぐみ》幹部と友岡組組員が諍《いさか》いを起こした。

その場にいた溝口組組員は五人。友岡組組員はひとり。多勢に無勢で、友岡組組員は溝口組事務所に拉致《らち》され半死半生の目に遭う。

友岡組が報復に出たのは、その三日後だった。

溝口組の幹部が、深夜、自宅マンションの前で何者かに射殺された。

溝口組はすぐに、友岡組の報復だと悟った。

殺されたのが、友岡組組員を事務所に連れ込んだ当の幹部だったからだ。

大上はその情報を、同じ綿船組の幹部である瀧井から仕入れた。

「のう。溝口んところのもんが弾《はじ》かれた件、こんなァなんか知っとろうが」

人払いした瀧井の事務所で、大上は声を潜めて訊《き》いた。

普通ヤクザは——それも筋の通ったヤクザは、組内に関することは警察に喋《しゃべ》らない。

広島県警でも以前、恐喝の罪状で捕まった組幹部が、親分の関与を吐け、との四課の苛烈《かれつ》な調べに耐え兼ね、舌を嚙《か》み切って自殺未遂を起こした事件があった。幸い、すぐに病院に運ばれ、一命を取り留めたが、結局その事件は組長までたどり着くことはできず、逮捕者はその幹部だけに留《とど》まった。

瀧井銀次は広島で名の知れた金筋《きんすじ》のヤクザだが、大上にだけは沈黙の掟《おきて》を破る。高校時代からの不良仲間で、警察官とヤクザという真逆の立場になったが、肝胆相照《かんたんあいて》らす仲に変わりはなかった。

大上は瀧井からの情報で、警察内部での点数を稼いでいる。独自捜査を続けても、上層部がやたらと口を挟まない理由は、大上が手柄を上げているからだ。瀧井からの情報を捜査に役立て、大規模な抗争を未然に防ぐのが、自分の役目だと、大上は思っていた。

もっとも、瀧井は瀧井で、大上が漏らす警察情報を得て、身の安全と綿船組での確たる立場を保っている。

実利と友情――大上と瀧井の関係は、この横糸と縦糸で雁字《がんじ》搦《がら》めの腐れ縁を結んでいた。

大上の問いに、瀧井は顎《あご》を引いて肯《うなず》いた。

「章ちゃんじゃけえ、教えるんじゃが、ありゃァ上田《うえだ》の照《てる》の仕業じゃ。友岡がケツ掻《か》いたかどうかはわからんが、やったんは照で間違いないじゃろ」

上田照光《てるみつ》は友岡組の幹部で、恐喝と傷害、覚せい剤で三度の前科を持っている。大上も一度、強要の容疑で取り調べたことがあった。

上田は十代の頃から組に出入りしていた不良で、普段は大人しいが、切れるとなにを仕出かすかわからない、狂犬じみた男だった。二十代半ばに差し掛かったいまは、眉毛《まゆげ》を剃《そ》り落とし、袖口《そでぐち》の入れ墨をこれ見よがしに見せびらかして、繁華街を闊歩《かっぽ》していた。

「照と溝口が、なんぞあったんか」

大上は先を促した。

ひとつ息を吐き、瀧井が続ける。

「三日前にのう、照の手下《もつれ》と溝口の若いもんが揉《も》めてよ、事務所へ連れ込んだんじゃ。友岡がここんとこ、うちのシノギにちょっかい出しとるもんじゃけん、しごォしあげちゃったんじゃが、やり過ぎてのう。半殺しにしてしもうたげな」

しごをする、というのは、広島弁で制裁を加える、という意味だ。

友岡が最近、綿船の握っている広島市の土木事業に横から嚙もうとしているという噂は、大上も知っていた。

「ほうじゃったんか……」

大上は宙を見やった。

友岡の背後には、兄貴分の五十子がいる。五十子会と友岡組を足せば、二百名近い組員がいる綿船組と互角に渡り合える。もし、五十子と綿船の戦争になれば、広島に再び、血の雨が降る。

大上は眉を顰《ひそ》めた。

「で、溝口は？」

ふん——鼻を鳴らし、瀧井が煙草に手を伸ばした。

「身内殺《と》られて、返しをせん極道はおらんじゃろ」

言いながら煙草に火をつけ、鼻から煙を吐き出す。

「わしんとこにものう、応援を出すよう、組から伝達が入っとる」

殺《や》られたら、殺《や》り返す——これが極道の掟だ。

大上がなにを言ったところで、もはや抗争は止まらないだろう。

「じゃったらこっちも、それなりの準備をせんといけんのう」

大上はそう言い残し、急いで署に戻った。

案の定、この事件に端を発し、まずは溝口組と友岡組のあいだで抗争が勃発《ぼっぱつ》した。

双方の諍いは、恐れていたとおり、それぞれの上部団体である綿船組と五十子会にも飛び火し、広島と呉原で、血の報復が繰り返された。

この報復劇は、それぞれの利害と対立が複雑に入り乱れ、広島の極道を二分する一大抗争へと発展する。

広島県警は、暴力団抗争対策特別本部を設置し、綿船組と五十子会の集中取り締まりに全精力を傾注した。

当然ながら取り組みは、県警本部のみならず、所轄《しょかつ》へも波及した。とりわけ暴力団担当の刑事たちは、管内を駆けずり回った。情報収集や資金源根絶、いたるところで起きる組員同士の諍い――まるで戦場にいるような、慌ただしさだった。

大上も例外ではない。むしろ、ほかの刑事より、勤務は苛烈を極めた。一日の睡眠時間が二時間を切ることも、珍しくなかった。

ほぼ毎日、署に詰めて、自宅に帰れる機会は、週に二日あるかないかだった。それも着替えを取りに帰るだけの、一時帰宅が大半だった。

乳飲み子を抱え、ひとりで日々過ごしている清子に、申し訳ない気持ちはあったが、その考えは胸の底にしまい込んだ。自分が動かなければ抗争は治まらないという自負があったし、ひいてはそれが、清子をはじめとする多くの市民を守ることに繋《つな》がると思っていた。

大上の役割は、五十子会を取り締まる最前線に立つことだった。

そこに私情を挟まなかったか、と言えば嘘になる。大上の、ある意味〝盟友〟である瀧井は、綿船組の幹部だ。

一方で五十子会会長の五十子正平は、金に汚いヤクザとして有名だった。呉原の顔役として、郊外に大豪邸を建て外車を乗り回しているが、子分たちには非情だった。上納金の額は年々上がり、シノギに汲々《きゅうきゅう》とする幹部も少なくなかった。

ヤクザとしてそれなりに筋を通す綿船に、大上は心のなかで肩入れしていた。

それがいつの間にか、日々の行動として表れていたのだろう。同僚のなかには、大上のやり方に、あからさまな嫌悪感を見せる者もいた。

が、大上は気にしなかった。

徹底的に、五十子を取り締まった。

競輪、競艇の呑《の》み屋、覚せい剤、みかじめ料など、組の資金を絶やすために、容赦なくどこまでも締め上げた。五十子会の組員を片っ端から引致《いんち》し、ときには暴力的取り調べも辞さず、自白を強要した。

こうした行為は、五十子会の恨みを買い、大上自身が的に掛けられることになる。

裏道で、車のなかに引きこまれそうになったこともあるし、夜道で襲撃され、左足を刺されたこともある。幸い、怪我は大事には至らず、十針縫う程度で済んだ。

大上は襲撃された事実を、県警に報告しなかった。

その代わり、これまで以上に、五十子会を潰しにかかった。大上の行き過ぎた取り締まりに、県警上層部は眉を顰めた。が、表だって咎《とが》める者はいなかった。黒い猫でも白い猫でも、鼠を取る猫がいい猫だ、という考えがあったのだろう。

事件が起きたのは、そんな最中《さなか》だった。

五日ぶりに家に帰った大上は、疲れ果てていた。午後九時を回ったとき、今夜は帰ってゆっくり休むよう、上司から指示を受けた。大上自身も感じていたように、誰の目からも、体力の限界に達しているのがわかったのだろう。

束の間の休息を求めて、大上は倒れるように布団に横たわった。

隣の布団では、清子が秀一の添い寝をしている。

清子が身を起こし、そっと訊《たず》ねた。

「お腹、空《す》いとらん？」

大上は首を振った。

そのあと、清子と会話した記憶がない。おそらく、そのまま眠りに落ちたのだろう。

眠りから呼び戻されたのは、赤子の泣き声でだった。

大上は寝ぼけた頭で思考を手探った。

秀一の夜泣きだろうか、それとも夢だろうか。疲れ切った大上には、その判断すらつかなかった。

やがて、泣き声が聞こえなくなった。大上は再び意識を失った。

どのくらい眠ったのだろう。黒電話のベルで目が覚めた。

咄嗟《とっさ》に枕元の時計を見ると、午前四時近かった。

早朝の電話。暴力団絡みの呼び出しだと、瞬時に思った。

ふらつく足で玄関横の靴箱までたどり着き、上に置いた黒電話の受話器を上げた。

「大上章吾さんですか」

受話器の向こうで、若い女性の声がした。

所轄からではない——ぼんやりした頭でそう考えた。

はい、と答えると、女性は続けて訊ねた。

「大上清子さんと秀一くんは、ご家族ですか」

思いもよらない質問に、隣の布団を見る。

空だ。清子と秀一の姿がない。

悪い予感が、入道雲のように湧いてくる。心臓の鼓動が、たちまち速くなった。

なんとか自制し、受話器を握りしめる。

「ほうですが、なんぞあったんですか」

急《せ》かすように訊く。声が擦れた。

女性は選ぶように、言葉を発した。

「奥様と息子さんですが、その、交通事故に遭われまして……当病院に搬送されました。事故を目撃した住人の話と息子さんが身に着けていたケープから、そちらのご家族ではないかと思い、あの、ご連絡差し上げた次第です」

心臓が早鐘を打つ。思わずその場にしゃがみ込んだ。

空気を求め、喘《あえ》ぎながら訊いた。

「清子は、秀一は——」

無事なのか訊ねる前に、女性が口を挟んだ。

「すぐにこちらへいらしてください。正面玄関は開いていないので、救急病棟からお入りください」

大上は受話器を置くと、シャツとズボンを身に着けた。

混乱する頭で、事態を整理しようとしたが、無駄だった。

――いったい、なにが起きた。なんでこんな時間に、清子と秀一が交通事故に遭う？

病院に向かうタクシーのなかで、同じ疑問が何度も頭のなかを駆け巡る。

病院に着き、運賃を払うのももどかしく救急病棟のなかへ駆け込むと、手術着を着た中年男性の医師と、淡いブルーのスモックを着た看護婦が待合室にいた。後ろに控えるように、北署二課の、塩原正夫の姿も見える。

なぜ塩原がここにいるのか。訊ねようとしたとき、医師と看護婦のふたりの服に、血の跡があることに気づいた。

身体が震えるのが、自分でもわかる。

医師が大上に声をかけた。

「大上章吾さん、ですね」

大上は大きく肯いた。

「そうです。わしが大上です。妻は……清子と秀一はどこにおるんですか」

塩原が大上の腕を摑んだ。気づくと、医師の胸元を摑み上げていた。

動揺している自分を落ち着かせるために深呼吸をして、改めて訊ねる。

「清子と秀一は、どこにおるんですか。交通事故にあったと聞きましたが、怪我の具合はどうなんですか」

「こちらへ」

大上の問いになにも答えず、医師は地下へ続く階段を下りていく。

大上もあとへ続いた。背中に嫌な汗が流れ、動悸《どうき》がますます激しくなる。

階段を下りながら、吐き気が込み上げてきた。

霊安室は地下にあると、大上は知っていた。事件関係者の身元の確定に、なんども足を運んでいる。

地下の通路の突き当たりに、観音開きの白い扉があった。

医師が無表情に扉を開ける。

線香の匂いが交じった冷えた空気が、大上を包んだ。

コンクリートの壁でできた部屋の真ん中に、ベッドがふたつあった。

大人と乳児と思われる遺体が横たわっている。ふたりとも、首から下は白い布団で、顔は白い布で覆われていた。

医師は先を譲る形で、部屋の隅に退いた。

見たくない、でも確かめなければいけない――ふたつの思いが、頭のなかで交差する。

ふいに後ろから肩を叩《たた》かれた。

塩原だった。

「わしが、確かめるか?」

いつにない、優しい声だった。

大上は首を振った。清子の夫であり、秀一の父親である自分が確認しなければいけない、そう覚悟を決めた。

大上は震えている足に力を込め、ベッドへ近づいた。

ベッドの前にくると、大人の遺体の顔の布を、そっと外した。

人は本当に動揺したとき、声が出ないのだと、このとき大上は知った。

清子だった。

肌がいつもより白いくらいで、顔には傷ひとつない。

続いて乳児の遺体の顔の布を捲《まく》った。

秀一だった。

清子と違い、小さな顔は傷だらけだった。撥《は》ねられた衝撃で、路上に叩きつけられたのだろう。頬骨のところが、青黒く腫《は》れている。

呆然と立ち尽くす大上の横に、いつのまにか塩原が立っていた。

小声で、独り言のように語る。

「事故を目撃した住人から電話が入ってのう。交機《こうき》が現場に向かったが、お前の家族だとは、露ほども思わんかった」

塩原の話によると、事故の概要はこうだった。

現場近くの雀荘《ジャンそう》で打っていた男が、赤ん坊の泣き声に気づき、窓を開けた。

外は雨が降っていた。

路上の隅で、傘を差した女が、赤ん坊を背負いあやしていた。大きな泣き声から、夜泣きだとわかった。

こんな夜中に、母親は大変だ。

そう思いながら窓を閉めようとしたとき、激しい衝突音がした。驚いて道路に目をやると、一台のトラックが猛スピードで立ち去るところだった。

咄嗟に、親子の姿を探した。母親はその場に倒れ、赤ん坊は少し離れた場所に転がっていた。トラックが立ち去った方向を見やったが、戻ってくる気配はない。

轢《ひ》き逃げだ。

一緒に打っていた仲間に警察と救急へ電話するように伝え、男は表に飛び出した。

「おい、大丈夫か。おい！」

母親の身体を揺すり、声をかける。母親はぐったりとしてなにも答えない。口と耳から、血が流れていた。

男は急いで赤ん坊へ駆け寄った。抱き上げて叫ぶ。

「おい、泣けよ。ほら、さっきみてぇによ！」

母親と同じく、赤ん坊も声を発しない。医者ではない男にも、赤ん坊はすでに死亡しているとわかった。顔面は血だらけで、首があらぬ方向に捩《ねじ》れていた。

塩原は大上の肩に手を置いた。

「現在、道路のいたるところに緊急配備が敷かれている。逃げたトラックの特徴は、目撃情報から幌《ほろ》がついた二トントラック。現場に残っていた車体の破片から、車の色は灰色だと判明した。すぐ、検問で見つかるじゃろ」

慰めるように言う。

大上の耳に、塩原の言葉は届いていなかった。動かなくなった清子と秀一を直視するだけで、精一杯だった。

医師の隣にいた看護婦が、毛糸で編んだケープを持ってきた。清子が秀一のために、自分のセーターをほどいて作ったものだ。白いケープに紺色で、しゅういち、と刺繍《ししゅう》が施されている。

「この名前を警察にお伝えしたら、刑事さんが病院に駆けつけてこられて……」

塩原は足元の小石を蹴るように、項垂れた。

「通信指令からの情報での、赤ん坊の名前、現場はお前の自宅のそば、被害者ふたりの推定年齢を知って、もしやと思ってここに来た」

大上は看護婦から雨で汚れたケープを受け取ると、抱きしめた。まだ、乳臭い秀一の匂いが残っている。

そのまま床に膝《ひざ》をつくと、大上は堰《せき》を切ったように号泣した。

遺体安置所で塩原は、検問ですぐに該当車両は見つかる、そう言ったが、その推測は当たらなかった。

事故後の捜査でわかったことは、事故直前にトラックが出していたスピードは時速六十キロ以上ということだった。清子の臓器の破損状態と、撥ねられた現場から赤ん坊が路上に倒れていた場所までの距離、路上に残っていたトラックのタイヤ痕《こん》から、そのように推測された。

二十四時間体制で検問が張られたが、該当する車両は見つからなかった。

該当車両が発見されたのは、事故から二日後だった。

トラックは現場から二キロ離れた里山の路上で見つかった。周辺の一キロ範囲は、私有地になっていて、土地の所有者に話をきいたところ、春先の山菜の時期にしか山に入らないとのことだった。

しかし、私有地にある、背の高い雑草が生い茂った駐車場所に至る道には、明らかに人の手によって草を刈った跡があった。トラックを通りやすくするためだろう。犯人はひとりではないと思われた。

警察は、まさか私有地へ続く一本道を使うことはないと想定し、その道には検問を張らなかった。県外、市街地へ続く幹線道路や、思いつく限りの裏道に、捜査員を配置していた。トラックが私有地から発見されたとの通報が入ったとき、捜査員の誰もが愕然《がくぜん》とした。

トラックが発見されてからすぐに、車体についていた車両ナンバーの照会がなされた。ナンバーから、トラックは徳山市の建設業者のものと判明したが、当該車両は、事故が起きる二日前に盗難届が出されていた。

捜査員たちは、すぐに指紋採取や微細遺留物の発見に全力を注いだが、車両の内部からも外部からも、指紋は出てこなかった。ハンドクリーナーで吸い取ったのか、内部微細遺留物も発見されなかった。


妻子を荼毘《だび》に付したあと、自分の両親が眠っている墓に、ふたりの遺骨を納めた。

葬式は家族葬にした。清子には身内がいない。自分も同じだ。ならば、大上、清子、秀一の家族三人で式を執り行うと決めた。

菩提寺《ぼだいじ》の和尚《おしよう》が墓を立ち去ったあと、大上はポケットに入れた線香を取り出し、ライターで火をつけた。

墓の両側にある線香立てに入れる。

事故の日とは裏腹に、秋晴れの空が広がっていた。

大上はシャツの胸ポケットから煙草を取り出し、火をつけた。墓石の側にある大きな石に腰かける。

煙草を吹かしながら、事故の日の夜を、推測を交え回想した。

疲れて帰った大上は、清子とろくに会話もせず眠りについた。

きっと清子は、大上の疲労を察したのだろう。そのまま自分も床についたが、やがて秀一の夜泣きがはじまった。

疲れて寝ている夫を起こしてはいけない。そう思った清子は、火が付いたように泣いている秀一を負ぶって外へ出た。

傘を差し、清子は秀一をあやしながら、アパートから道を隔てて一本先にある県道に向かった。

子供の泣き声が近所迷惑にならないよう、表通りまで出たのだろう。清子はそういう女だった。

雨の夜は視界が悪い。まわりの音も、傘を打つ雨の音で、聞こえづらかっただろう。よほど近くに迫るまで、清子は背後からトラックが猛スピードで近づいてきていることに気が付かなかったはずだ。車の音で振り返ったときには、たぶん、もう遅かった。トラックはふたりを撥ね飛ばし、そのまま逃げた。

大上は墓石に向かって項垂れた。激しい自責の念に襲われる。

自分がしっかりしていれば、こんな事故は起こらなかった。疲れていたというのは言い訳だ。ほんのわずかな時間でもいいから、自分が秀一をあやしていれば、もしくは大上を気遣い、外へ出ていこうとする清子を引き留めていれば、ふたりは死なずに済んだ。

いや、自分がマル暴の刑事でなければ、こんな事故は起きていないはずだ――。

大上は墓石を睨《にら》んだ。

これはただの轢き逃げではない。自分の妻子を狙った殺人だ。

大上の住居など、警察の内部情報者を抱える暴力団なら、すぐにわかる。

夜中の猛スピードも解せない。いくら、なにかしらの事情で急いでいたとしても、雨の夜に六十キロ以上で走行するなど自殺行為だ。

今回の絵面《えづら》を描いたやつらも、およそわかっていた。

ナンバーから判明した車両の持ち主は、徳山市内の建設業者。徳山には、そこを本拠地とする老舗の組織、河相一家が看板を掲げている。最初に溝口組と揉めた友岡組は、河相一家の流れを汲んでいた。友岡は五十子会会長、五十子正平の舎弟だ。

五十子は、綿船組の肩を持つ大上を潰そうとした。だが、何度、大上を襲撃しても埒《らち》が明かなかった。ならば、大上が最も大切にしているものを奪う。さすがの大上も戦意をそがれ、五十子に歯向かわなくなるだろう。そう考えたに違いない。

事故があった日、おそらく五十子会系の組員が大上の家を張っていたのだ。いや、その前からかもしれない。たまたま、深夜の人目がない時間に母子が表に出てきたのが、その日だったのだろう。

清子と秀一が出てきたことに気づいた組員は、トラックの運転手と無線で連絡を取った。

無線を受けた運転手は、計画通り、母子を轢いて逃げた。

大上は顔をあげて空を仰ぎ見た。

なぜ、自分を殺さなかった。なぜ、なんの罪もない清子と秀一を殺した。

もう、何十回となく脳裏に浮かんだ自問だ。

俺が刑事だからか。俺が瀧井と繋がっているからか。

女、子供の方が、殺し易いと思ったからか。

自答する端から、虚《むな》しい笑いがこみ上げてくる。

ひとしきり笑ったあと、大上は血走った目で虚空を睨んだ。

妻と子供を殺せば、戦意喪失するだと――。

笑わせるな。その逆だ。俺は一生かけてでも、五十子の首を取ってやる。

大上は吸っていた煙草を地面でもみ消すと、指で遠く弾いた。

立ち上がり、墓を見下ろす。

――清子、秀一、待っとれ。きっと仇《かたき》は討っちゃる。

大上はズボンのポケットに両手を突っ込むと、墓地をあとにして歩き出した。


布団に胡座《あぐら》をかき、新しい煙草を口にする。

天井に向かって、煙を吐いた。

煙のなかに、沖の顔が浮かぶ。

いま、五十子は沖が目障りで仕方がない。沖を見つけ出し、どう始末するかを考えているはずだ。

いずれどこかで、五十子と沖は必ずぶつかる。沖を泳がせ、どう使えば、五十子を追い詰めることができるのか。

──五十子を潰せるなら、利用できるものはなんでも使う。

頭に一之瀬守孝《いちのせもりたか》が浮かんだ。五十子と同じ呉原市に暖簾《のれん》を掲げる老舗の博徒《ばくと》、尾谷組の若頭《わかがしら》だ。歳は大上の十歳ほど下だから、二十八になったか、ならないかだろう。まだ若いが男気のあるヤクザで、若い頃から大上は目をかけてきた。

五十子と尾谷は対立している。

一之瀬なら、大上が求めている五十子の情報も、沖に関する情報も、なにかしら知っているかもしれない。

大上は側に脱ぎ散らかした服を掻き寄せた。

一之瀬に話を振ってみよう。なにか妙案が浮かぶかもしれない。

大上は手早く服を着替え、アパートを出た。

六章

沖虎彦は、激しく揺さぶられて目を覚ました。

驚いて半身を起こすと、隣で真紀《まき》が心配そうに沖を見ていた。

「ごめんね。あんまりうなされとったけェ、心配で」

真紀が肌着の胸を撫《な》でる。

「すごい汗」

首筋に手を触れた。汗でぐっしょり濡《ぬ》れている。

「ねえ、なんか悪い夢、見とったん？」

真紀が、沖の目を覗《のぞ》き込む。

視線から逃れるように、沖は傍らの煙草に手を伸ばした。

「女から追いかけられる夢を見とった。仰山おったが、みんなええ女でのう。上に伸し掛かられてもがいとるところで、起こされた」

真紀は口を尖《とが》らせ、沖の右頬を軽く叩《たた》いた。

「なんね。心配して損したわ」

頬を緩め、真紀の肩を引き寄せる。

「嘘じゃ嘘じゃ。昨日、お前にも話したろうが。みっちゃんと元とラーメン食うたあと、安い居酒屋ァ梯子《はしご》したいうて。そんとき、みっちゃんがフラれた愚痴をまくしたてたんじゃが、それが夢ん中まで出てきたんじゃろ。ほんま、やっとられんわ」

半分は嘘だ。三人でラーメンを食べ、飲み屋を梯子したところまでは本当だが、あとは偽りだった。

真紀は沖の言葉を信じたようだ。素直なのか、人を疑うことを知らないのか。おそらく後者だろう。だから、いままで何人もの男に泣かされてきたのだ。

真紀は機嫌を直したらしく、少し拗《す》ねながら沖に甘えてきた。

「夢でうなされるじゃなんて、子供みたいじゃね。可愛いわ」

真紀とは、呉原から広島に出てすぐ知り合った。ふらりと立ち寄ったスタンドバー「クインビー」でだ。

広島の繁華街、流通りにあるクインビーは、狭いカウンターとボックス席がふたつあるだけの、こぢんまりした店だ。

ママの香澄《かすみ》は四十五歳で通しているが、本当の年齢は五十五だと、あとで真紀は教えてくれた。愛想がない代わりに裏表もない、さっぱりした性格で、一見《いちげん》の沖たちをまるで常連客のように扱った。

これも真紀から聞いたことだが、ママの夫はヤクザで、笹貫組の幹部だという。第二次広島抗争で敵対する組の幹部を殺し、現在、鳥取刑務所に服役しているらしい。

香澄のからりとした気性が気に入り、何度か店に通ううち、気がついたら、真紀とできていた。

愛嬌《あいきょう》のある顔をしているが、真紀は決して美人ではない。目鼻立ちは小さく、地味な顔だ。が、胸と尻《しり》はでかい。豊満な身体が目当てで、店に通う男も少なくない。自分では二十歳だと言っているが、どう見ても五歳はサバを読んでいる。

沖には呉原に女がふたりいるが、広島に出てからは真紀の部屋に入り浸っている。昨日も三島と元と別れたあと、クインビーで朝まで飲み、そのまま真紀の部屋へなだれ込んだ。

真紀が壁の時計を見やった。つられて沖も、時間を確認する。針は午後五時を少し回っていた。閉め切ったカーテンから、西日が差し込んでいる。

「うち、そろそろお風呂《ふろ》行ってくるけど、なにか買《こ》うてくる？」

八時から店に出る真紀は、いつもこの時間に銭湯へ行く。

真紀が住んでいるアパートは築二十年を超える木造モルタル造りで、風呂がない。二階建てのアパートで各階に四部屋あるが、埋まっているのは、真紀の部屋を含めて三部屋だけだ。いくら安いとはいえ、いまどき、風呂がついていない物件を選ぶ者は少ないのだろう。

沖は煙草に火をつけ、煙を吐き出した。

「いらん、二日酔いでなんも食う気がせん」

「そうなん？　じゃけど、なんかお腹に入れたほうがええよ」

「ええけ。こんなァ、早《はよ》う風呂に行ってこい」

真紀はこちらにちらりと視線を投げたが、それ以上、無理強いしなかった。鼻歌を唄《うた》いながら、銭湯へ行く準備をはじめる。

タオルや石鹸《せっけん》、下着などを入れたビニールバッグを持つと、ドアの前で振り返った。

「お風呂から戻ったらサービスするけん、昨日の分も頑張ってよ」

真紀が科《しな》を作って微笑む。

沖は苦笑いを浮かべて、軽く肯《うなず》いた。昨日は真紀を抱いたまま、途中で寝てしまった。真紀の身体にも、そろそろ飽きている。

ドアが閉まる音を聞くと、沖は灰皿で煙草を揉《も》み消し、手洗いに立った。

長い放尿を終え、唾《つば》を便器に吐き出す。

台所で水を飲み、再び布団に寝転んだ。

新しい煙草を咥《くわ》え天井を睨《にら》むと、さっき見たばかりの夢が脳裏に蘇《よみがえ》った。

父親の夢だ。

沖が物心ついたころから、父親の勝三はヤクザだった。

いつから組に出入りしはじめたのか、母親の幸江《さちえ》とどこで知り合ったのか、沖は知らない。訊《き》いたこともないし、おそらく訊いても勝三は答えなかっただろう。母親はまだ健在だが、訊《たず》ねる気はなかった。いまさらどうでもいい。意味がないことはしない——それが沖の流儀だ。

親戚《しんせき》のことも、勝三と幸江の家族のことも知らない。

幼い頃、遊び仲間が祖父母の話をしているのを聞いて、一度だけ自分の祖父母について訊いたことがある。祖父母はどんな人なのか、どこにいるのか。

その問いにすら、ふたりは口を閉ざした。しつこく聞くと、そんなもんおらん、と勝三は怒鳴った。子供心に、触れてはいけないことだと察し、それ以来口に出したことはない。

ふたりとも親から勘当されたか、駆け落ちしたか。なんらかの理由で、実家とは縁が切れたのだろう。成長するにつれ、そう思うようになった。

幸江はともかく、勝三は親からも見捨てられて当然の男だった。

勝三は滅多に家に戻ってこなかった。家といっても、古くて狭い平屋で、ともすれば、物置と間違えられるような代物だ。

どこかに女がいたのか、それとも事務所で寝泊まりしていたのか、あるいは雀荘《ジャンそう》に入り浸っていたのか。いずれにせよ、女房や子供など、どうでもよかったことに違いはない。

たまに家へ帰って来ると、勝三からはいつも酒の臭いがした。淀《よど》んだ目をして、金をせびり、幸江が拒むと手を上げ、足蹴《あしげ》にし、なけなしの金を鷲摑《わしづか》みにして家を出ていった。

沖が小学四年生か五年生のときだ。

いつものように勝三が、金を取りに家へ帰ってきた。ふがいない夫への嘆きか、怒りか、情けなさからか。幸江は、家にはもう一銭もない、といつも以上に泣き崩れた。

おそらく博打《ばくち》の借金が嵩《かさ》み、どうにもならなかったのだろう。勝三は怒り狂って、ものに当たり散らし、家のなかを血走った目で家探しした。

ちゃぶ台をひっくり返し、妹の順子《じゅんこ》が折っていた折り鶴を踏み潰した。

ひとつしかない簞笥《たんす》の引き出しをすべて開け、なかのものを乱雑に抛《ほう》り投げた。部屋はまるで、盗人が入ったあとのようだった。

どこを探しても金はみつからなかった。

それでも勝三は諦《あきら》めなかった。

散らかった衣類のなかから、大振りの風呂敷を見つけ出し、畳のうえに広げた。そのうえに、子供や妻の服を並べた。質屋に持って行って、金にするつもりなのだ。

並べ終わると、勝三は台所へ立った。売れそうな鍋《なべ》や薬缶《やかん》を探しに行ったのだ。

幸江が悲鳴をあげる。勝三の腰にしがみつき、やめて、と泣き叫んだ。

幸江の必死さに、台所になにかある、と察したのだろう。幸江を突き飛ばすと、勝三は台所を荒らしはじめた。

戸棚のなかをひっかきまわし、糠《ぬか》漬けの樽《たる》に手を入れた。流しの横にある米櫃《こめびつ》を開けたとき、勝三の手が止まった。

糠にまみれた手を、底が見えるほど減った米のなかにつっこむと、茶封筒を取り出した。もどかしそうに封筒を開ける。なかを見て、勝三は卑しい笑い声をあげた。

「あるじゃねえか。金が」

封筒を取り戻そうと、幸江が飛び掛かった。

「やめて！　それは虎彦と順子の給食費なんよ。持っていかれたら、子供らが学校にいけんようになるけん。後生じゃけ、それ――」

言い終わらないうちに、勝三は幸江の顔に肘鉄《ひじてつ》を食らわした。

鼻が折れたのか、幸江は顔を血だらけにして、床にうずくまった。

勝三は額に血管を浮かべ、鬼のような形相で、幸江の横っ腹を蹴り上げた。

「おどりゃァ、ようもわしに嘘吐いたの！　おどれまでわしを馬鹿にするんか！　シゴォしあげちゃる！」

言いながら、倒れている幸江の首根っこを掴み上げ、勝三は顔を拳《こぶし》で殴った。幸江が、声にならない呻《うめ》きをあげる。

勝三は血ばしった獣のような目で幸江を睨み、拳を振るい続けた。

玄関の引き戸のガラスに、人影が映っている。騒ぎを聞きつけた近所の住人が、気配を窺《うかが》っているのだ。

大人の頭が四つ――たぶん、両隣の夫婦だろう。

だが、引き戸を開け、声を掛ける者はいない。みな、勝三がヤクザで、暴れ出したら手がつけられない乱暴者だと、よく知っているからだ。隣家の女房や子供を案じてはいても、自分の身のほうが可愛いに決まっている。

助けてくれる者は、誰もいない。いつだって、そうだった。

沖は床に倒れている母親を見た。

――わしが母ちゃんを守らにゃァ、いけん。

そう思うが、身体が動かなかった。震えながら、泣き叫ぶ順子の肩を抱いていることしかできなかった。

順子は惨事から目を背け、兄の胸に顔を埋《うず》めていた。が、沖は勝三から目を離さず、目の前の地獄を凝視した。

勝三の果てしない暴力、泣く力さえ失い床に倒れている母親、部屋中に響く順子の泣き声。

そのすべてが、何もできない自分を責め苛《さいな》み、勝三への憎しみを増長させた。

ふいに、勝三の手が止まった。肩を激しく、上下させている。息が切れたのだ。

大きく喘《あえ》ぐ勝三の口から、涎《よだれ》が零《こぼ》れた。口元を手で拭《ぬぐ》う。大声で泣いている順子を見た。視線が刺さる。嫌な予感がした。

沖は妹を抱きしめ、勝三に背を向けた。

勝三はふたりに近づくと、沖の背後から順子の髪を鷲摑みにした。

「こん糞《くそ》ガキ、ギャーギャーうるさいんじゃ。近所迷惑じゃろうが！」

お前が糞じゃ――。

順子を庇《かば》いながら、心の中で叫ぶ。

恐怖と痛みで、順子の泣き声はさらに高まった。

勝三が舌打ちをくれ、順子の腕を摑む。

「黙れ言うとるじゃろうが！　躾《しつけ》しちゃるけ、こっちへ来い！」

無理やり沖から、順子を引きはがそうとする。

「やだ！　やだぁ！」

順子は沖にしがみつき、半狂乱で叫ぶ。

悲鳴に近い泣き声が、さらなる暴力衝動を刺激したのか、勝三は順子を守る沖の背中を足蹴にした。衝撃で横に吹っ飛ぶ。

「おい。来い言うたら、来いや！」

「嫌じゃ、嫌じゃ！　お兄ちゃん、お兄ちゃん！」

助けを求める妹の声に、思わず身体が反応した。

畳から身を起こし、無我夢中で勝三に挑みかかる。順子の腕を摑んでいる勝三の手の甲に、思い切り嚙《か》みついた。
勝三が悲鳴をあげる。
「このガキ!」
もう一方の手で、沖の頭を横殴りにした。
意識が飛びそうになる。
それでも、沖は食いついて離れなかった。ありったけの力で、毛深い手に歯を立てる。
「ぎゃあ!」
断末魔のような叫び声が、耳に響く。
沖の口のなかに、血の味が広がった。
「てめぇ!」
勝三は沖の口元を狙って、拳を叩き込んだ。
堪《たま》らず、ひっくり返る。
口から血が噴き出した。
舌で触る。
肉片と歯茎——。
口中の異物を、血と一緒に吐き出した。
畳に落ちた赤い唾のなかに、欠けた歯と肉片があった。
勝三を見やる。
血塗《ちまみ》れになった手の甲が抉《えぐ》れている。

皮膚を嚙み取ったのだ。

自分の歯と、勝三の皮膚に、もう一度目を落とす。

戦利品――。

痛みより、喜びのほうが勝った。

笑い出しそうになる。

「お兄ちゃん!」

順子が叫ぶ。

同時に、頭に強い衝撃を覚えた。

ぐらりと揺れる視界の隅に、勝三の足先が見えた。頭部に蹴りを入れられたのだ。

倒れかけた身体を、勝三が引き戻す。

沖の胸倉を摑み、血走った目で睨みつけた。瞳孔《どうこう》が開いている。大人になってから知ったが、シャブを喰《く》らった目だった。

勝三が唾を飛ばした。

「こん糞が! それが親に対する態度か。誰のおかげで生まれてきたんない!」

沖の頭でなにかが破裂した。かつて覚えたことのない、制御不能の怒りの衝動。当時はその感情をなんと呼ぶかわからなかったが、いまならわかる。

殺意だ。

あのときはじめて、人を殺したいと思った。

雄叫《おたけ》びを上げた。

勝三の足にしがみつく。

「誰が生んでくれいうて頼んだんじゃ！　お前みとうなやつの子供になんか、生まれとうなかったわ！」

足を持ちあげ、ひっくり返そうとした。馬乗りになれば、子供でも勝機があると思った。だが、どんなに全力で挑んでも、子供の力では大人に敵《かな》わない。沖は逆に、畳の上にひっくり返された。体重を乗せた足で、腹を踏みつけられる。

胃のなかのものが逆流し、畳の上に嘔吐《おうと》した。

戻したものが喉《のど》につかえた。腹ばいになってせき込む。

気がつくと、部屋のなかに母親と妹の泣き叫ぶ声が響いていた。

勝三が苦々しげに怒鳴る。

「汚いのう！」

勝三は沖の首根っこを摑み、軽々と持ち上げると、壁に向かって放り投げた。

漆喰《しっくい》の壁に背中を打たれた。

呻き声が漏れる。

足に力を入れて立ち上がろうとしたとき、横っ面に拳がめり込んだ。

そこまでは覚えている。あとの記憶はない。

気がつくと、布団に寝ていた。

身体の表面は熱いのに、芯《しん》が冷えている。熱があるようだ。

天井の裸電球が点《つ》いている。いまは夜なのだろう。

曖昧《あいまい》な記憶をたどる。

昼飯を食べ終えたあと、勝三が家にやってきた。

いつものように、幸江に金をせびり、手をあげて、それから——。

そこまで遡《さかのぼ》ったとき、全身を激痛が貫いた。

反射的に声が出そうになる。が、痛みに遮られ、呻くことしかできなかった。

頭が覚醒《かくせい》するにつれ、混乱していた記憶が蘇る。

そうだ。自分は順子を守るために勝三に殴りかかり、逆に打ちのめされたのだ。

熱は勝三に殴られたためだろう。もしかしたら、どこか骨折しているのかもしれない。

仰向《あおむ》けに横たわっている沖の手を、小さな手が摑んだ。

痛みを堪《こら》え、顔を向ける。順子だ。沖が寝ている布団の傍らに座り、しゃくりあげている。

ずっと泣いていたのだろう。目が真っ赤だ。

「お兄ちゃん。大丈夫ね……」

ようやく聞き取れる声で、順子が訊ねた。

——おお、大丈夫じゃ。

そう言いたかったが、声にならなかった。唇が腫《は》れ上がって開かない。

瞼《まぶた》も腫れているらしく、完全には目が開かない。

隙間のような視界の隅に、幸江の姿が映った。手に水枕を持っている。

幸江は沖の水枕を、新しいものと取り換えた。頭がひんやりして、気持ちが少し楽になった。

「あいつは……」

ようやくそれだけつぶやいた。

幸江は眉《まゆ》を引き上げ、吐き捨てるように言った。

「出ていった」

大きく息を吐いて続ける。

「給食費を持って。ほんまに、ありゃァ、人でなしじゃ……」

幸江は沖の額にそっと手を置いた。

「お医者さんへ連れていきたいけど、お金がないけえ、辛抱するんよ」

沖は顎《あご》を引き、こくりと肯いた。

勝三が持って行った金が、家にある最後の金だということは、沖も知っていた。とてもじゃないが、病院にかかる余裕などない。

額に置かれた幸江の手が、かすかに震えた。

「ごめんね」

幸江の言葉に、沖は大きく息を吸い込み、細く吐き出した。唇が震える。

幸江の目に涙が浮かんだ。

「お母ちゃんがしっかりせんけえ、あんたらにこがあな思いさせてしもうて。ほんま、ごめんね、ごめんね」

幸江は詫《わ》びの言葉を繰り返した。

沖は、目から零《こぼ》れそうになるものを、ぐっと堪えた。

きつく閉じた瞼の裏に、勝三の眼が浮かんだ。

白目は赤く血走り、瞳孔が開いた黒目は樹木の洞《うろ》のように暗い。淀んだ目の奥で、欲望だけがぎらぎらとしていた。人間らしい感情を失った勝三の目は、寺で見た掛け軸の、地獄の鬼を思い出させた。


煙草をビールの空き缶でもみ消した沖は、台所に立つと水道の水で頭を洗った。そばにあったタオルで髪を拭《ふ》く。

取り付け式の湯沸かし器に掛けてある鏡を見た。

顔色が酷《ひど》い。血走った目に、勝三のそれが重なる。

沖は鏡から顔を背けると、布団に戻って胡座《あぐら》をかいた。

勝三の夢を見るようになったのは、扇山に遺体を埋めたあとからだ。

中身はいつも同じだ。

どこかの古い部屋に、沖はひとりでいる。なぜ自分がここにいるのか、ここがどこなのかもわからない。窓からの景色は、霧がかかっているように、白くぼやけていて見えない。

なにもわからないなかで、沖にはひとつだけわかっている。ひどく恐ろしいものが、ここへ近づいているということだ。

錆《さ》びた鉄製のドアに錠を下ろし、ひとつしかない窓に鍵《かぎ》をかける。

色褪せたカーテンを閉めようとしたとき、窓ガラスの一部が割れていることに気がついた。

塞《ふさ》がなければ——。

沖はあたりを見回す。空家同然のがらんとした部屋には、板切れひとつない。

そのあいだにも、恐ろしいものが近づいてくる気配が強くなる。

どうする。

どうする。

焦る沖は、部屋に押し入れがあることに気づいた。

ベニヤ板、段ボール、なんでもいい。窓ガラスの穴を塞げるものがあることを願いながら開ける。

落胆した。押し入れには部屋と同じく、なにもなかった。

背筋を冷たい汗が伝う。

恐ろしいものが、もうすぐそこまで来ている。

乱暴にカーテンを閉めると、押し入れの中へ逃げ込んだ。襖《ふすま》を閉め、息を潜める。

古い家屋の壁は音が筒抜けだ。部屋の周りを、誰かがうろつく足音がする。

いきなり、鉄製のドアがガタガタと鳴る。無理やり開けようとしているのだ。ドアが開かないとわかったのだろう。足音は、ふたたび部屋の周りを歩きはじめる。

どこか、なかに入れる場所はないか、探しているのだ。

沖は頭を抱え、身を縮こまらせた。

——割れた窓ガラスに気づかんでくれ。

心で祈る。

しかし、沖の願いは通じなかった。

人がぼそぼそと話している声がして、窓ガラスがガタガタと音を立てた。

窓ガラスが割れていることに気がついたのだ。

割れているところから、手を入れて鍵を開ける気配がする。やがて窓が、軋《きし》みながら開く音がした。

人が中へ入り、部屋を歩き回っている。

沖を探しているのだ。

歩き回る足音が止まった。しんと静まり返る。

押し入れの中で沖は、口を両手で押さえ息を殺した。

——わしを見つけんでくれ。頼むけん、そのまま出てってくれ。

侵入者の足音が、窓のほうへ向かった。

——助かった。

沖がほっと息を吐いたとき、押し入れの襖がいきなり開いた。

ふいをつかれ、声も出せずに目の前の人影を見た。

息が止まる。

勝三だった。

皮膚は腐食し、ところどころ骨が見えている。

しかし、爛《ただ》れていても形相は、間違いなく勝三のものだった。

悪鬼のような恐ろしい目をして、手に斧《おの》を持っている。

勝三はにやりと笑った。

「ここにおったか」

逃げ出そうとした。しかし、身体が動かない。声も出なかった。金縛りにでもあったかのようだ。

勝三は沖を、押し入れから引きずり出した。

沖はされるがまま、畳にへたり込んだ。

勝三が見下ろす。斧を振り上げて言った。

「往生せいや」

きつく目を瞑《つむ》る。

いつもそこで、夢から覚めた。


沖は立ち上がるとカーテンを開けた。

西陽が目に眩《まぶ》しい。夕刊を配達し終えて帰る自転車が、窓の下をとおり過ぎていく。

アパートに面している狭い路地を見ながら、沖は考えた。

勝三の夢は、ここしばらく見ていなかった。とうとう勝三から、逃れることができた。そう思っていた。それなのに、見てしまった。

なぜまた、あの夢を見たのか。

脳裏に、昨日、喫茶店で会った男の顔が浮かぶ。周りからガミさんと呼ばれていた広島北署の刑事、大上だ。

――こんなァ、もしかして沖の息子か。

大上が言い放ったひと言が、勝三の記憶を蘇らせたのか。そうだ。きっと、そうに違いない。

沖の頭のなかで、警報音が鳴った。
大上という刑事に、近づいてはいけない。
その一方で、もう一度会ってみたい、と思う自分がいた。
なぜだかは、わからない。相反する感情に自分でも戸惑う。
沖はカーテンを乱暴に閉めた。
いくら考えても、答えはでない。
壁に掛かっている時計を見る。六時前。そろそろ真紀が帰ってくる。
沖は煙草を一本吸い、手早く服を着た。
煙草をシャツの胸ポケットに入れると、ドアに鍵をかけず、部屋を出た。

七章

アパートを出た大上は、広島北署へ向かった。

正面玄関から入り、二課のドアを開ける。

定時の十分前。二十席ほどある椅子は、ほぼ埋まっていた。課員はそれぞれ新聞を読んだり、書類に目を通したりしている。

シマの上席に座っていた飯島武弘が、大上に気づいた。怪訝《けげん》そうな顔で大上にちらりと目をくれる。一瞬、顔を顰《しか》め、すぐに、手にしていた新聞に目を落とした。

大上が定時に出勤することなど、ほとんどない。たいがい課に顔を出すのは昼過ぎだ。大上が柄に合わないことをすると、なにか良くないことが起こる——そんな不安が、表情に出ていた。

大上は飯島に歩み寄ると、席の前に立った。

朝の挨拶《あいさつ》をする。

「おはようございます」

飯島はいま気づいたという態《てい》で、面を上げた。

「早いじゃないの。この時間にご出勤とは珍しいのう。こりゃァ、ひと雨くるかのう」

笑おうと思ったのだろうが、飯島の頬は引き攣《つ》っただけだった。

両手を開いて飯島の机にどんと置き、伸《の》し掛かるように顔を近づける。大上にそのつもりはなかったが、威圧的に感じたのか、飯島は反射的に仰《の》け反った。

相変わらず、肝《きも》っ玉の小さいやつだ。

「係長。ちぃと呉原まで足を運ぼう思うんですが、ええですか」

なにかきな臭いものを感じたのだろう。飯島は見る間に顔色を変え、唾《つば》を呑《の》み込んだ。

「なんぞ、あったんか」

内緒話でもするように、大上は声を潜めた。

「わしが飼《こ》うとる情報提供者から、タレこみがありましてのう。五十子んとこがシャブいろうとるんは、係長も知っとられるでしょ」

呉原最大の組織の名前に、目をしばたいて飯島が反応する。

「五十子が、なんぞしよったんか」

大上は飯島の耳元に口を寄せた。

「今度、五十子が広島で大きな取引をするらしいんですわ」

嘘だった。

今月は薬物取締月間だ。点数はいつもの倍になる。自分の手柄になる情報に、飯島が耳を傾けないはずがない。

案の定、飯島は目の色を変えた。声が上擦っている。

「そ、そりゃァ、確かなんか」

大上は大きく肯《うなず》いた。

「情報提供者が言うにゃァ、売値で二億になるいう話です」

「二……」

飯島はあんぐりと口を開けた。

大上はわざと関心がない風を装い、小指で耳の穴をほじった。

「仕入れたネタがガセじゃった、いうんはようある話です。じゃが、今回のタレこみはエス本人にとっては命掛けじゃァ。なにしろ額が額ですけえ、チンコロしたんが自分じゃとばれたら最後、消されるんは間違いない」

飯島が机に目を落とし、独り言のようにつぶやく。

「そりゃァ、そうじゃろうの……」

顔を上げて大上に視線を向け、先を促した。

「本人が言うにゃァ、自分が知っとることはここまでじゃ、詳しい話は連れから聞いてくれ、とこうです。その連れいうんが、呉原におるんですわ」

「それで、呉原か」

納得したように、飯島が肯く。

大上は耳をほじるのをやめて、飯島にぐいと顔を近づけた。

「情報提供者の顔を晒《さら》すわけにゃいけんですけ、わしひとりで行動します。今回タレこんだ本人は、呉原のやつに繋《つな》ぐだきゃァ繋ぐけえ、あとはそっちでやってくれ、と。まあ、探ってみる価値はある——」

大上は口角を上げた。

「そう思いましてのう」

すべてが嘘なのだから、探るも探らないもない。署に来る道すがら、適当に考えたでっち上げだ。

だが、飯島に欠片《かけら》も疑う様子はなかった。点数のことしか頭にないのだ。ギラついた目とは裏腹に、声は冷静を装っている。

「ほうか、まあ、こんながひとりでやりたい、ちゅうんじゃったら、仕方ないのう」

飯島はいつも、安全圏から出ない。ヘタを打っても、誰かのせいにできる立ち位置だけは、確保しておく。それが飯島のやり方だ。

百も承知だった。飯島の性根を利用して、自分が自由に動けるようにする。それが大上のやり方だ。

「それで、ですね」

大上は本題を切り出した。

「わしもはじめて会う人間ですけ、用心するに越したこたァない。拳銃《けんじゅう》を持って行こう思うんですが、ええですね」

飯島が眉間《みけん》に皺《しわ》を寄せた。

本来、通常勤務の刑事は拳銃を携帯しない。常に装備しているのは、交番や派出所勤務といった、制服警官だけだ。

二課の刑事が銃を所持するのは、暴力団抗争時か、被疑者の捕縛に出向くとき、もしくは暴力団事務所の家宅捜索時くらいだ。拳銃は保管庫に預けてあった。

呉原には、五十子会が本拠を構えている。飯島に伝えたシャブの話は嘘っぱちだが、どこで五十子の外道《げどう》どもとぶつかるかわからない。以前、的に掛けられた身としては、銃を所持していくに越したことはない。

眉間の皺は、無鉄砲な大上に単独で拳銃を所持させることへの危惧《きぐ》の表れだろう。だが、飯島は目の前にぶら下がったにんじんを、みすみす見逃すタマではない。しばし思案する振りをしていたが、ひと息吐いて肯いた。

「ええじゃろ。わしから課長に言うて、副署長に連絡入れてもろうちゃる」

北署の拳銃保管管理官は副署長だった。

大上はにやりと笑うと、軽く頭を下げて部屋を出た。

北署の拳銃保管庫は、地下一階にある。

保管庫に入室すると、北署の制服警官が列をなしていた。交番勤務の連中だ。

自分の番が来ると大上は、背広の内ポケットから附票を取り出し、係官に差し出した。

立ち会っていた副署長は目の端で大上を見たが、何も言わなかった。話が通っているのだろう。係官は附票を受け取り、受領印を押した。引き換えに、自分の銃を渡される。38口径のニューナンブだ。

大上は背広を脱ぐと、ホルダーを装着し、受領簿に押印した。

係官から弾《たま》を受け取り、拳銃に装塡《そうてん》する。

受領簿にもう一度、押印して、大上は背広を着こんだ。背広の上から拳銃を確かめる。

いつものように、興奮と恐怖が、同時に押し寄せてくる。鼻から息を大きく吸い込み、口からゆっくり吐き出す。

腹式呼吸を終えると、大上は足早に保管庫をあとにした。

呉《くれ》線に乗り、呉原で降りた大上は、額に手を翳《かざ》した。

真上から真夏の陽が照りつける。ただでさえきつい陽差しが、寝不足の目には応《こた》える。

駅前の通りは、昼時だというのに人がまばらだった。陽差しが路面に反射して、さらに目を突き刺してくる。

呉原は、昼と夜の顔が違う。

昼は、海に喩《たと》えるなら凪《なぎ》のような街だが、夜は、ネオンの灯《あか》りが月光を反射するさざ波のように点《とも》り、にぎやかになる。

人は酒を飲み、くだを巻き、笑い、泣きながら、抱いて抱かれる。華やかで、猥雑《わいざつ》で、生きとする夜の呉原が、大上は気に入っていた。

大上が呉原への移動に車を使わなかったのは、一之瀬守孝と呑むことになると思っていたからだ。

一之瀬と会うのは一年ぶりだった。

知り合ったのは、いまからおよそ十三年前になる。

当時、一之瀬は尾谷組の準構成員で部屋住みの身だった。

組長の尾谷憲次《けんじ》に用があり事務所に顔を出したとき、高校生くらいの青年がお茶を運んできた。坊主頭に白の開襟シャツ、黒ズボンという姿は、それだけ見れば年相応に思えたが、目は明らかに学生とは違っていた。

少しは名が知られているマル暴の刑事を、臆《おく》することなく見据え、怯《ひる》む気配はない。ここまでは、これから探りを入れようとしている沖と似ている。だが、言葉遣い、物腰はまったく異なっていた。

一之瀬は物腰も柔らかく、言葉遣いも丁寧だった。飼い主の身を守るためなら、羆《ひぐま》にも立ち向かっていく犬だ。勇猛さを内に秘めてはいるが、誰彼かまわず吠《ほ》え掛かったりはしない。同じ猛犬でも沖は、躾《しつけ》がなされていない野犬だ。羆であろうと狼であろうと、前を塞《ふさ》ぐものには容赦なく牙《きば》を剝《む》く。

一之瀬が尾谷の門を叩《たた》いたのは、中学を卒業してすぐだったと聞いている。父親の良治《よしはる》は漁協の組合長で、ヤクザ相手に一歩も引かない根性の据わった男だった。

良治は、一之瀬が八歳のとき、漁港の利権に首を突っ込んできた五十子と揉《も》めた。それから間をおかず、足を滑らせて海に落ち溺死《できし》している。

真夜中に船を出していることや、遺体に争った形跡があったことから、警察は事件性を疑った。五十子会の仕業と警察も睨《にら》んでいたが、目撃者も証拠も見つからなかった。結局、容疑者にはたどり着けず、事件はお宮入りになっている。

それから五年後、心労がたたったのか、母親が病死した。守孝が十三歳の頃だ。

誰もが、自分が生きることで精一杯だ。それは一之瀬の身内も同じで、近縁、遠縁に限らず親戚《しんせき》は、なにかしら理由をつけて一之瀬の引き取りを拒んだ。

行き場所がなく、天涯孤独の身となった一之瀬の面倒をみたのは、尾谷だった。

尾谷は良治の古くからの友人で、一之瀬のことは、幼いころから知っていた。

中学生の一之瀬を、尾谷は家に住まわせた。

尾谷には毛頭、一之瀬を極道にするつもりはなかった。お天道様の下にも出られず、道の真ん中も歩けない極道は、所詮《しょせん》、世間の爪弾《つまはじ》きだ。一天地六《いってんちろく》の賽《さい》の目稼業——切った張ったの渡世の厳しさは、尾谷が身をもって知っている。

友人の息子を、明日をも知れぬ修羅《しゅら》の道に引き込むことは、到底できない。

そう考えていた尾谷は、守孝を堅気《かたぎ》として育てるつもりだった。大学まで行かせ、将来はサラリーマンにでもする気だったらしい。

だが、一之瀬は渡世の道を選んだ。

尾谷は、真っ向から反対した。

「極道は下の下じゃ。堅気じゃやっていけん、はみ出し者が入る世界じゃ。そがあな道に、お前を進ませるわけにゃァいけん」

それを聞いた一之瀬は、尾谷にきっぱりと言い返した。

「組に入れてくれんのじゃったら、わしは五十子を殺して、自殺します」

——出まかせではない。こいつは本当に五十子を的にかける。

一之瀬の目を見てそう感じた尾谷は、熟慮の末に、渡世入りを許可した。

のちに尾谷はそのときのことを、酒を飲みながらぽつりと語った。

「ほかのやつならどやしつけてやるんじゃが、守孝じゃろ、そりゃァ可愛いけんのう。死なせるわけにはいかんかった」

尾谷には子供がいない。我が子同然の一之瀬を、いま死なせるわけにはいかないと考えたのは当然だろう。

どうせ人間、一度は死ぬ。早いか遅いかの違いだけだ。ならば少しでも、遅いほうがいいに決まっている。

尾谷の心境は手に取るようにわかった。

過去の記憶をたどっていると、目の前を車が通り過ぎた。フロントガラスに反射した陽差しが、大上の目を突く。

シャツの胸ポケットに入れていたサングラスをかける。駅から歩き出した。

向かった先は、沖の実家だった。

呉原東署の後輩、多賀から聞いた住所を、ぶらぶらと歩いて探す。

探し当てたのは、駅を出てから一時間ほど経ったころだった。

沖の実家は、扇山の麓《ふもと》にあった。後ろはすぐ山という場所に、長屋が立ち並んでいる。隣と壁一枚で隔てられているだけの、ハーモニカ長屋だ。その一角の部屋が、探していた住所だった。

サングラスを外し、古びた引き戸の前に立つ。

玄関の横の柱に、墨で直接、「沖」と書いてある。字は長年の風雨にさらされて、ようやく読み取れるほど色褪せていた。

軒の下に、蜘蛛《くも》の巣が張っていた。

大上は引き戸を叩いた。

「すんません。沖さんの家はこちらでよかったでしょうかのう」

反応はない。

もう一度、叩く。

「誰ぞ、おってんないですか」

なかから人が出てくる気配はなかった。

さらに引き戸を叩こうとしたとき、二軒先の長屋から、住人と思《おぼ》しき女性が出てきた。長めのスカートに割烹着《かっぽうぎ》、サンダルをつっかけている。年のころは四十といったところか。蔓《つる》で編んだ買い物籠《かご》をぶら下げている。

大上は素早く女性に近づくと、声をかけた。

「すんません。ちいと尋ねたいことがあるんですがのう」

強面《こわもて》の胡《う》散臭《さんくさ》い男から呼び止められ、女性は警戒するように大上を見た。

「なんね。うち、いま忙しいんじゃが」

大上は努めて柔和な表情を作った。

「そこの、沖さん」

大上は沖の家を振り返った。

「いま、留守ですかいのう」

女性は沖の家を見やり、さらに大上を、胡散臭そうに見た。

「あんた、誰ね」

大上は適当に話を作った。

「わしゃあ、幸江の遠い親戚のもんですがの。ここ数年連絡もないけえ、心配しとったんじゃが、たまたま近くまで来たもんじゃけん、立ち寄ってみたんですよ」

大上の言葉を素直に信じたわけではあるまいが、女性の顔から多少、警戒の色が薄れた。

女性は、田中文子《たなかふみこ》と名乗った。

ここに住んで長いという。沖の家族のことはよく知っていた。

「ほんま、幸江さん、よう堪《こら》えとったよ。まあ、こんがあなとこに住んどる者は似たり寄ったりじゃけど、勝三は……いや勝三さんは、ちぃと次元が違《ちご》うとってじゃけん。知っとられるんじゃろ、勝三さんのことは」

大上はわざと口を窄《すぼ》め、軽く肯いた。

「極道者じゃけ、手加減いうもんを知らんのよ。ほんまに、幸江さんや虎ちゃんを殺してしまうんじゃないか思うて、こっちもびくびくしとったわ」

ちょうど主婦が買い物に出る時間なのか、文子と話していると、長屋から同じような恰好《かっこう》をした女が、数人出てきた。

女たちは文子と話す大上の姿に、遠くからでもそれとわかる、胡乱《うろん》な者を見るような顔をした。

文子は表に出てきた三人に、手招きをした。

「あんたら、ちぃと、こっちに来《き》んさい。こん人、幸江さんの身内なんじゃって」

お世辞にも住み心地がいいとはいえない場所を訪れる人間は、そういないのだろう。

ふいに現れた訪問者にみな関心があるらしく、おずおずと、大上のもとへやってきた。

文子はそばへ来た三人を、順に見やった。

「こん人たちも、ここに住んで長いけえ、幸江さんたちのことはよう知っとる」

大上は顎《あご》を引き、軽く頭を下げた。

「幸江の身内です。しばらく連絡とってないけえ、ちいと様子を見にきたんですが、幸江たち、元気にしとりますか」

なにも知らない風を装い訊《たず》ねる。

四人は互いに顔を見合わせた。言おうか言うまいか迷っているようだ。

しばし口を噤《つぐ》んでいたが、一番年嵩《としかさ》と思われる女が重い口を開いた。

「実は幸江ちゃんの旦那《だんな》さんじゃが、姿が見えんようになってのう」

「勝三さんが、ですか。それはいつから」

少し大袈裟《おおげさ》に、驚いて見せる。

前歯に金歯を入れている女が、首を傾げながらつぶやいた。

「もう七、八年になるかねえ」

隣の文子が、記憶をたどるように空を見上げる。

「ほうよねえ……うちの下の子が小学校に上がった頃じゃったけえ、そんくらいなるかねえ」

年嵩の女が、間違いない、という態で、何度も肯く。

「しばらく見かけんと思うたら、それっきりじゃったけェねえ」

女たちの記憶は正しい。大上の調べでは、勝三が失踪《しっそう》したのはいまから七年前だ。

大上は眉間にわざと皺を寄せ、親戚の振りを続けて訊ねた。

「勝三さんは、なんでまた、おられんようになったんですか」

端っこにいた小柄な女が、ぼそりと言った。

「刑務所にでも入っとるんよ」

金歯が小柄な女の肩を叩き、窘《たしな》めるように言った。

「またあんたは、そがあなこと。このあいだも直子《なおこ》ちゃんと健二《けんじ》さんができとる言うて、大騒ぎになったじゃろうがね。ふたりとも浮気なんぞ、しとらんかったのに、あんたの軽口のせいで、離婚寸前までいったんよ」

心外だ、と言わんばかりに小柄な女が反論する。

「あれはそう思われても仕方がなかったじゃないね。ふたりだけで小屋に入っていくとこ見たんじゃけ、誰だってそう思うわ」

年嵩は金歯の側についた。

「ほうじゃったとしても、うちじゃったらよう口にせんわ」

「よう言うわ。あんた前に――」

小柄な女が唾を飛ばす。

あの――と、喧嘩《けんか》がはじまる前に大上は話を本題に戻した。

「ほいで、話の続きですが」

ひとり冷静だった文子が、大上の言葉を引き取る。

「勝三さんが刑務所に入ったんなら、うちらも気づくと思うわ。前んときはそうじゃった」

三人は文子を見た。

金歯が首を縦に振る。

「ほうよ。勝三さんが前に刑務所に入ったときは、差し入れじゃなんじゃと、よう支度しよったけえね。なにしとるん、いうて聞いたら、実は……いうて幸江さん、ほんまのこと言うとりんさったっけ」

素知らぬ顔で訊ねる。

「刑務所いうて、なにしよったんですか」

女たちがまた、口を噤む。年嵩はひとつ息を吐き、大上を見詰めた。

「あんた、五十子会いうの、知っとる？　勝三さん、そこの組員じゃったんよ」

思わず失笑が漏れそうになる。知っているもなにも、五十子は大上が的に掛けている、最大の敵だ。

年嵩が言葉を続ける。

「詳しいことは知らんけど、ほかの組員と喧嘩したか、薬で捕まったか、そんなとこじゃと思う。とにかく、ろくな男じゃないわ」

ろくな男――年嵩はそこで語気を強めた。

金歯が、誰にともなく言う。

「もしかしたら、組で揉めて、呉原におられんようになったんじゃないんかねえ」

所払い、あるいは破門になったということか。それだったら自分のところに情報が流れてきているはずだ。だが、五十子会からそういう回状が出た、という話は聞いていない。なんらかの事情で、組内で消された可能性はあるが、通常の組関係の処分ではない、と大上は睨んでいた。

勝三の所在については、失踪当時から毛の先ほどの手掛かりもない。もし組関係者に消されたとすれば、エスの周辺からそれを匂わせるような情報が入ってきてもおかしくない。合点がいかないのはそこだった。

文子が同意を求めるように、女たちを見やった。

「うちらが一番不思議に思うたんは、勝三さんがおらんようになってから、幸江さんが、人が変わったようになったことよね」

「人が変わった?」

大上は眉根を寄せた。

文子が肯く。

「なんか、暗い、いうか。それまでは、あがあな亭主がおっても、うちらには明るう接しとったんよ。じゃけど、勝三さんが姿を消してから、目に見えてふさぎ込んどって……」

金歯が文子を見る。

「ほうじゃね。あの頃から、幸江さん変わったねえ」

小柄な女が、口を尖《とが》らせ怒ったように言う。

「うちじゃったら、銭ばァせびりにくるろくでなしが、おらんようになったんじゃけえ、手ェ叩いて喜ぶんじゃがねえ。あんたらだってそうじゃろう?」

女の問いに、三人は答えなかった。やっぱりあんたはひと言多い、とでもいうように、小柄な女を睨みつける。

小柄な女は鈍感なのだろう。三人の視線に気づかない様子で話し続ける。

「お母さんがそうじゃけ、順子ちゃんも、あんまり口きかんようになった。元気になったんは、虎ちゃんだけじゃ」

順子は虎彦の妹、虎ちゃんは、虎彦のことだ。頭のどこかでアンテナが反応する。

大上は話を合わせ、懐かしそうに言った。

「順子と虎彦には、ふたりが小さい頃にしか会うとりません。大きゅうなったでしょうね」

金歯が一転、快活な声で言う。

「ほうよね。特に虎ちゃんは、勝三さんがおらんようになってから、いっぺんに大人びたけえ。まだ中学生じゃったが、もう一端《いっぱし》の男いう雰囲気が出とったわ。まあ、親父さんがおらんけん、自分がしっかりせにゃァいけん、思うたんじゃろうね」

大上はこめかみに手を当てた。アンテナがびりびり反応する。

勝三の失踪に関して、幸江、順子、虎彦は、なんらかの秘密を共有している。根拠はない。刑事の勘だ。

母親と妹はふさぎ込み、虎彦は元気になり大人に変貌《へんぼう》した——大上は頭のメモに、この事実を太字で書き留めた。

「ところで」

そろそろ潮時だ。大上は長屋を訪れた真の目的を果たすべく訊ねた。

「幸江、留守みたいですが、何時ごろ戻りますかのう」

勝三の失踪と、虎彦に関する話を、幸江から直接聞こうと思っていた。訪ねた理由はなんとでもなる。刑事の身分を明かさずとも、話を訊き出す自信はあった。

文子が申し訳なさそうな顔で、大上を見た。

「それが……幸江さんたち、引っ越したんよ」

意外な答えに、大上は戸惑った。

「ほんまですか。なんも連絡がないけ、ちいとも知らんかった」

住民票の移動はなされていない。最近、引っ越したか。それとも単に、住民票の移動が面倒だったのか。あるいは、住所を他人に知られたくない事情があるのか。

「ほいで、いまはどこにおってですか。いつ頃、引っ越したんですか」

矢継ぎ早に訊ねる。

文子が答える。

「引っ越したんは、つい最近よね。新開地《しんかいち》のほうに虎ちゃんが家を建てたとかで、そっちに移られたんよ」

家を一軒建てるには、まとまった金が必要だ。二十歳そこそこの若者が、簡単にできることではない。

大上はカマをかけた。

「ほう。いうても、虎彦はまだ若いでしょ。ずいぶん稼ぎがええんですね。いったい、なんの仕事をしとってですか」

四人は示し合わせたように、大上から目を逸らした。

詰め寄る。

「どなたか、知らんですか」

三人を話に誘った責任を取るかのように、文子が小声で答えた。

「詳しゅうことは知らんけど、まあ、カエルの子はカエルいうことじゃろ」

ヤクザか、少なくとも堅気ではない、ということは知っているらしい。

虎彦の家族がいないとわかれば、もうここに用はない。

大上は幸江のために持ってきた手土産の菓子を四人に渡して、長屋を後にした。

長屋をあとにした大上は、腕時計を見た。

午後三時。一之瀬のもとを訪ね、流れで繁華街へ繰り出すには、まだ陽が高い。

小腹が空《す》いていることもあり、大上はコスモスへ向かった。駅前のアーケード街を抜けたところにある喫茶店だ。コスモスの、ケチャップたっぷりのナポリタンは絶品で、呉原に来ると大上はたいてい、立ち寄っていた。

来た道を、再び一時間かけて戻る。行きだけならまだしも、往復二時間ともなると思っていた以上にきつく、コスモスに着いたときは足の筋肉が張っていた。

木製のドアを開ける。

カウベルの音が響く。

マスターが、カウンターからこちらを見た。歳は大上よりかなり上だが、まったくといっていいほど老いを感じさせない。むしろ、歳を重ねた貫禄《かんろく》がある。

マスターは何も言わず、手元のミルに視線を戻した。豆を挽《ひ》き続ける。

店は狭く、カウンターと四人掛けのテーブルがふたつあるだけだ。ひとりで回せるのは、この大きさが限度だろう。

一番奥のテーブル席に着き、ナポリタンを頼んだ。

マスターは無言で肯くと、コーヒーを落としていたドリップポットをカウンターに置いて、厨房《ちゅうぼう》へ入っていった。

いつもサングラスを掛け、シャツの胸元を大きく開けたヤクザまがいの客を、覚えていないはずはない。が、マスターはどの客に対しても、馴《な》れ馴《な》れしい態度をとらなかった。そこも大上は気に入っていた。

ナポリタンを食べ、新聞を読みながら食後のコーヒーをゆっくり味わう。

精算を済ませ、大上は店を出た。

まもなく五時。ちょうどいい頃合いだ。

大上は大通りへ出ると、タクシーを拾った。

尾谷組の事務所は、呉原港を見渡せる高台にある。疲れた足で長い坂を上るのは、学生時代に打ち込んだ柔道部の練習を思い出させる。乱取りのあと、うさぎ跳びをするようなものだ。これ以上、汗だくになるのは御免だった。

住宅地の一角でタクシーを降りた大上は、目の前にある格子戸の前に立った。

重厚な門柱に取り付けられたインターホンを鳴らす。敷地のなかにある庭木の陰に隠れた監視カメラを見て、サングラスを外した。

すぐさまインターホンから、若い男の声が聞こえた。

「すぐ、お迎えに上がります」

詰めの若衆が引き戸を開け、大仰に腰を折る。先導されるかたちで、大上は敷地の先にある平屋の事務所に向かった。奥の日本家屋は住居になっている。

大上がなかへ入ると、当番の若い衆が一斉に頭を下げた。

土間から板の間へ上がり、応接セットのソファに腰を下ろす。

上着の胸ポケットからショートピースを取り出すと、パンチパーマの組員がすかさずライターで火をつけた。

ここを訪れるのは、半年ぶりだった。パンチパーマの顔を見るのははじめてだ。ニキビの痕《あと》が残っている。まだ若い。

大上は煙草を吹かしながら、パンチパーマに訊ねた。

「新米か」

「へい。道下《みちした》、いいます。まだ見習いですが、よろしゅうお願いします」

大上の話は聞いているらしい。道下は緊張した面持ちで頭を下げた。

「どうじゃ、景気は」

道下は首を傾げ、どう言おうか迷った挙句、当たり障りのない返事をした。

「はあ、まあまあです」

鼻から息を抜き、わざと失笑を漏らす。ソファの背にもたれ、大きく煙を吐き出した。

「守孝の躾も、なっとらんのう。極道はのう、馬鹿じゃァなれず、利口でなれず、中途半端じゃなおなれず、言うじゃろうが。中途半端が一番いけん。もちいと、気の利いたこと言わんかい」

冗談を真面目に受け取ったらしく、道下は勢いよく頭を下げた。

「すんません！」

事務所のドアが開いて、一之瀬が入ってきた。ピンストライプのシャツのボタンを、大きく外している。奥にある住居でくつろいでいたところを、組員から連絡を受けて駆けつけたのだろう。

一之瀬は大上の向かいのソファに座ると、笑顔のなかに困惑の色を見せながら言った。

「ガミさん。来るんじゃったら、なんで教えてくれんかったんですか。若い者を駅まで迎えに行かせたのに」

大上は一之瀬を手で制した。

「ちいと野暮用があってのう。ついでに寄っただけじゃ。お前がおらなんだら、赤石通りで一杯引っかけて帰るつもりじゃった」

嘘だった。

沖の実家を訪ねたのは野暮用ではないし、一之瀬がいなかったら、一之瀬の右腕ともいえる舎弟、天木《あまぎ》幸男《ゆきお》に、沖のことを訊ねるつもりだった。

一之瀬はにやりと笑った。

「長い付き合いのわしに、嘘は通用せんですよ。ガミさんに、ついで、はありゃせんでしょう。どこに行くにも、ここに――」

言いながら自分の腹を指さす。

「一物、二物、持っとる」

大上は口角を上げながら、煙草の灰を陶器の灰皿へ落とした。

一之瀬は昔から頭が切れたが、歳を重ねるごとに冴《さ》えてくる。それにともない、男振りもあがった。いい面構えをしている。もともとの性根もあるのだろうが、実質、尾谷組を仕切っているという責任感が、一之瀬をひとまわり大きくしたのだろう。

尾谷組の組長、尾谷憲次は、三年前から鳥取刑務所に服役している。

いまから四年前に、米子《よなご》に暖簾《のれん》を掲げる横田《よこた》組の組長、横田敦《あつし》が殺害された。

発端は、同じ米子に根を張る明石《あかし》組系列、梅原《うめはら》組組長殺害事件だった。犯人は横田組の幹部で、明石組はすぐに報復に動いたが、結成した暗殺部隊のなかに、尾谷組を破門になっていた山内卓也《やまうちたくや》がいた。

横田組組長殺害事件の実行犯として逮捕された山内は、警察の誘導尋問に引っかかり、尾谷憲次の名前を口にした。

殺人教唆《きょうさ》の容疑で警察に身柄を拘束された尾谷は冤罪《えんざい》を主張したが、一審で出た実刑八年の判決は、最高裁でも覆らなかった。

組長不在の組を束ねることになったのが、若頭《わかがしら》の一之瀬だった。

尾谷組は呉原に暖簾を掲げる老舗《しにせ》の博徒《ばくと》だ。組員は五十人そこそこと大きくはないが、いざとなったらすぐさま命《タマ》取りに行ける、性根の据わった極道が、ざっと数えても半分はいた。

ヤクザ社会では、組のために命を張れる極道は十丁分の拳銃に匹敵するともいわれている。

尾谷組は、正面切って争えば、県下最大の暴力団・綿船組と互角に戦える戦闘力を備えていた。広島極道が一目置くのも当然だ。

若い衆が、茶とおしぼりを運んでくる。煙草を灰皿でもみ消し、茶を啜《すす》りながら一之瀬を上目遣いに見た。

「ところで、備前《びぜん》は元気でやっとるんな」

「はい」

一之瀬が答える。

「お蔭《かげ》さんで、毎日、忙しゅうしとります」

備前芳樹《よしき》は、一之瀬の二歳上の中堅幹部だ。尾谷の盃《さかずき》を貰《もら》ったのは一之瀬が十六のときで、備前は二十歳前後だったと記憶している。渡世の飯は一之瀬のほうが長い。

極道の世界では、年齢よりも、飯の数のほうが重視される。歳は下でも、渡世上は一之瀬が先輩にあたる。

一之瀬が若頭に登用されたのはいまから二年前だ。

十年前、前の若頭、賽本《さいもと》が五十子会に殺され、長らく空席だった若頭の地位に、尾谷は一之瀬を抜擢《ばってき》した。自分が収監中だったことに加え、五十子会傘下の加古村《かこむら》組が、尾谷のシマを荒らしにかかったためだ。いずれ組を継がせたいとの思いがあったのは間違いないが、いまの状況で組をまとめ切れるのは一之瀬だけだ――そう考えたのだろう。それは衆目の一致するところだった。

一之瀬が煙草を取り出し、口に咥《くわ》えた。傍らに控える若い者がすかさず火をつける。煙草を燻《くゆ》らしながら、一之瀬が思い出したように言った。

「そう言やァ、こないだ親父に面会にいったら、ガミさんの話になりましてのう」

ほう、と大上は顎を突き出した。

「御大、わしのこと、なんぞ言うとったか」

一之瀬はさも可笑《おか》しそうに笑った。

「ガミさんが若い時分のやんちゃ話を聞かされました」

大上は苦笑した。

「どうせ、悪口じゃろうが」

一之瀬が首を横に振る。

「いや。褒めとりましたよ、親父《おや》っさん」

尾谷から褒められるようなことをした覚えはない。訝《いぶか》りながら大上は訊ねた。

「なんじゃ言うて」

一之瀬が目を細める。茶化すように言った。

「ガミさん。若いころ、綿船の事務所にひとりで乗り込んだことがあるでしょ」

心当たりがあった。たしか高校三年のときだ。同級生が綿船組のチンピラからカツアゲされて、銭をせびられ続けたことがあった。その同級生とはさほど親しくなかったが、泣きつかれて談判に行った。

乗り込んでいった綿船組の事務所に、たまたま尾谷憲次が居合わせた。

自分の口上を思い出すと、顔から火が出る。若気の至り、というやつだ。

「あんたら、任俠道《にんきょうどう》に生きとるんじゃないの。堅気をいじめるんは任俠じゃないじゃろ。いますぐ、やめさせちゃってくれんですか」

その場にいた綿船組の組長、綿船幸助《こうすけ》は、突然やってきた大上を物珍し気に見ていたが、側にいた組員は黙っていなかった。

「なんじゃ、われ！　ここをどこじゃ思うとるんなら！」

青二才の高校生に怒鳴りこまれては面子《メンツ》が丸潰《まるつぶ》れとばかりに、大上の襟首を摑《つか》み、事務所の奥へ引きずり込もうとした。そのときに助け舟を出したのが尾谷だった。

尾谷はいきり立つ若い衆を、まあまあ、と宥《なだ》めると豪快に笑った。

「そりゃァ、坊主の言うとおりじゃ。綿船さん。ここはひとつ、わしの顔に免じて、この生徒さんをこのまま帰してやってくれんかのう」

綿船は鷹揚《おうよう》に肯くと、羽織の袖《そで》に腕を入れ、若い衆を睨みつけた。

「堅気に迷惑かけるな、いうて、いつも言うとるじゃろうが」

低く抑えた声が、怒気を強調していた。

若い衆が大上から手を離し、頭を下げる。

綿船は尾谷に視線を移し、歯を見せて言った。

「尾谷さん。みっともないとこ、見せてしもうて――すまんかったのう。あとは、うちのほうでケジメをつけるけえ」

大上は乱れたシャツの襟を正すと、綿船と尾谷に礼と詫《わ》びを言った。

「ありがとうございます。生意気いうて、すいませんでした」

尾谷は大上を見ながら、好々爺《こうこうや》のような笑みを浮かべた。

「生徒さん。もうなんも心配いらんけ、帰りいや」

大上は頭を下げ、踵《きびす》を返すと二手に分かれた組員のあいだを通り、事務所を出た。いまとなれば、自分でもよく無傷で帰れたと思う。

あとで、同級生をカツアゲしていたチンピラは破門になったと聞いた。

大上は束の間の回想を振り払うかのように、勢いよく茶を呑み干した。

「そう言やァ、そがあなこともあったのう」

一之瀬が喉《のど》の奥で、くくっと笑った。

「親父っさん、あがあな無鉄砲、警察官にしとくんはもったいない。極道ならもちいと、花が咲いたんじゃないかのう、いうて言うてました」

堪《こら》え切れず、といった態で、一之瀬が声をあげて笑う。

大上もつられて笑った。

「馬鹿《わや》、言うなや。わしが極道じゃったら、いまごろ生きとらんわい」

哄笑《こうしょう》が弾ける。

笑いが収まると、一之瀬は真顔になった。

「ほいで、ガミさんがわしを訪ねてきたほんまの理由はなんですか。備前の話や昔話が聞きとうて来たわけじゃないでしょう」

大上は二本目の煙草を口に咥えると、一之瀬の前に身を乗り出した。

八章

真紀の部屋を出た沖は、「佐子《さご》」へ向かった。

歩いて二十分ほどのところにある、ホルモン専門の店だ。名物はホルモンの天ぷらで、ぶつ切りにした臓物がそのまま出てくる。席にはあらかじめ小型のまな板と出刃包丁が用意されていて、客はそれで切って食べる。ナイフとフォークのような上品な食べ方ではない。が、臭みひとつないホルモンは、極上ステーキにも劣らない美味《うま》さだった。

佐子は、大通りから奥に入った裏路地にある。用がない者は通らない道だ。

道の両側には、空家になったアパートや、古い住居、小さな店が連なっている。周辺でも佐子はとりわけ古い店で、平屋の建物はあちこちが傷んでいた。屋根や表の壁など、至る所をトタンで補修している。一見バラックのようで、戦前から続く店といっても、違和感がないほどだ。

佐子を教えてくれたのは真紀だった。人目につかず飲める、美味い店はないかと訊《たず》ねたところ、ここを紹介してくれた。店主のおばちゃんの孫と、同級生なのだという。

「一見《いちげん》さんはお断りの店なんよ。ふらっと入ってくる客もおらんし、おったとしてもおばちゃんが追い返すけ、安心して飲めるよ」

同衾《どうきん》する沖の胸に頰を乗せながら、真紀は店の名の由来を教えてくれた。

佐子という名前は、店で使っている出刃包丁を作っている刃物店から取られたものだという。

「佐子刃物製作所いうて、広島では有名なんよ」

地元では、刃物は佐子、といわれるほど切れ味がいいことで知られているという。

「それほどの品なら、値段もええんじゃろうのう」

真紀は枕元の煙草に手を伸ばし、一本抜いた。火をつけた煙草をひと口ふかし、沖の口に咥《くわ》えさせる。

「おばちゃんは、ただ、ただ、言うとった」

「ただ？」

真紀は意味ありげな目で、沖を見下ろした。

「なんか知らんけど、弱みでも握っとるんじゃない。裏の世界とも、いろいろあるみたいじゃけ」

「ケツモチがおる、いうことか」

ふふっと、真紀が笑った。沖の胸を撫《な》でる。

「あんたと同じで、ヤクザが大嫌いな人じゃけ、組の者は出入り禁止よね」

ほう――と、声に出してつぶやき、煙草の灰を傍らの灰皿に落とす。

「じゃったら、なんで――」

真紀が被《かぶ》せるように答える。

「おばちゃんの旦那《だんな》さんがヤクザで、結構ええ顔じゃったらしいんよ。じゃけ、ここいらのヤクザ者は遠慮して、店にはちょっかい出さんのじゃと」

肉親に極道がいて、ヤクザのことが大嫌いになる——自分と同じだ。

「ほうか。気が合いそうじゃの」

真紀は沖の生い立ちを知らない。付き合ったどの女にも、話したことはなかった。沖の心の内を知らず、真紀は快活な声で笑った。

「ほうよね！　虎ちゃんとじゃったら絶対、気が合う、思うわ」


裏路地に入り、奥へ進む。店の近くまで来ると、ホルモンが焼ける、甘く香ばしい匂いが漂ってきた。

店に冷房はない。入り口の引き戸は開けっ放しになっている。

この時間、瀬戸《せと》の夕凪《ゆうなぎ》で風が止まっている。首筋を伝う汗でシャツの襟が濡《ぬ》れていた。かなりのボリュームでテレビをつけているのだろう。市民球場で行われているカープの試合の実況中継が、ここまで聞こえてくる。

褌《ふんどし》を煮染めたような暖簾《のれん》をくぐり店に入ると、ひとつしかない長テーブルに男が三人いた。男たちが沖に気づく。丸いビニール椅子から勢いよく立ち上がった。

「ご苦労さんです！」

三人は唱和するように声を揃えて、頭を下げた。全員、呉寅会のメンバーだ。

沖たちのほかには、狭いカウンターにカップルが一組いるだけだった。沖も知っている建設会社の社長と、愛人のホステスだ。

ふらりとやってくる客はいない。店のおばちゃんも、手伝いに来ている身内も、客に必要以上に関わらないし、余計なことは詮索《せんさく》しない主義だった。それも気に入って、真紀にこの店を教えてもらってから、沖はここを呉寅会の溜《た》まり場にしていた。

テーブルの一番奥に座る。いつもの席だ。

店の入り口にある冷蔵庫から、元木《もとき》昭二《しょうじ》が缶ビールを取り出した。

「おばちゃん、一本もらうで！」

店の女主人は、見ようによってはおばあちゃんと呼ばれてもおかしくない歳だ。店に来る客がおばちゃんと呼ぶのは、昔からの慣れと親しみゆえだろう。

昭二は隣に座る、弟の昭三《しょうぞう》に訊ねた。ふたりは双子の兄弟で、沖の二年後輩に当たる。長男の昭一《しょういち》は、三年前に喧嘩《けんか》で死んでいた。呉原爆走連合という暴走族の頭を張っていたが、ヤクザと揉《も》め、めった刺しになった遺体が山中で発見されたのだ。以来、沖と同じく、ヤクザを目の敵にしている。

「お前もいるか？」

双子だから当然だが、ふたりは顔も体格もそっくりだ。長い付き合いの沖も、外見だけだと、いまだに見分けがつかない。昭三に比べ、若干、昭二の声は低く、声で判別していた。

双子の趣味は喧嘩とウエートトレーニングで、暇さえあれば腕立て伏せや腹筋運動をやっている。昭二はダンベルを、昭三は砂を詰めた革袋のヌンチャクを常に持ち歩き、平時は手首を鍛えている。いざというときは、武器《どうぐ》に使った。

昭三は自分の缶ビールを軽く振ると、首を横に振った。

「わしはええけ、先輩に」

昭三はテーブルの向かいに目をやった。

林達也《はやしたつや》が眉間《みけん》に皺《しわ》を寄せ、目を細めた。が、双眸《そうぼう》に剣呑《けんのん》さはない。童顔を隠し、後輩の前で威厳を保つときの癖だ。

「一本くれや」

ドスを利かせたつもりの声は、いつものように甲高く裏返っていた。

昭二は冷蔵庫から缶ビールを取り出し、林に手渡した。

林は、沖が少年院で知り合った男だ。

沖と三島は十六歳のときに、ともに東広島にある少年院に入所している。三島は暴行恐喝の罪で一年、沖も傷害の罪で二年いた。

ふたりは、横柄な物言いや理不尽な指示を下す教官に、徹底的に反抗した。

——舐《な》められたら、終《しま》いじゃ。

それが合言葉だった。

素行不良でふたりの入所期間は延びた。沖は一年、三島は半年、余分に喰《く》らった。

林と知り合ったのは、少年院のボスの座に就いたころだ。林が同房の者にいじめられていたのを、ひょんなことから救ったのがきっかけだった。

少年院でのいじめやしごきは常態化していた。が、沖は陰でこそこそ動くのが大嫌いだった。文句があるなら、堂々と腕で片をつければいい。陰湿ないじめやしごきは、男のやることではない、と思っていた。

ある日、教官の目の届かないところで、飼育していた豚の糞《ふん》を同房の者が林の口に捻《ひね》り込むのを目撃した。

――おどれら、止めんかい！

沖は一喝した。

全員が、その場に凍り付いた。

そのころには、沖に逆らう者は誰もいなかった。

――今度見かけたら、おどれらの腕、一本ずつへし折るど。

林へのいじめはそれを境に、ぴたりと止んだ。

十七歳にして車上荒らしの常習犯として有名だった林を、取り込もうとする人間は何人もいた。

娑婆《しゃば》に出てから、美味《おい》しい思いをするためだ。

林に盗みのテクニックを教えたのは父親の松吉《まつきち》だった。窃盗《ウカンムリ》の松――と捜査員からふたつ名で呼ばれた累犯者だった。

談話室で林の武勇伝を、沖は何度も聞いた。

狙いを定めたら、ひたすら鍵《かぎ》を開けることに集中する。一分以内に開かなかった鍵はない。目的を達成したときは、射精にも似た快感を覚える、と林は得意気に語った。

実際、林の腕は本物だった。

出所後、先に出た沖を頼ってきた林は、挨拶《あいさつ》代わりに、近くの駐車場に停めてあったクラウンの鍵を、ものの数十秒で開けて見せた。

林は瘦《や》せぎすで、指も骨のように細かった。その指が繊細に蠢《うごめ》く様を見ながら、沖はこいつを手下に欲しいと思った。

その後も、沖の居場所を突き止め、院の仲間が次々と訪ねてきた。

いまの呉寅会の主要メンバーは、少年院時代に知り合った男たちだ。彼らと呉原で暴れ回るうち、骨のある不良がひとりふたりと、傘下に入ることを申し出た。

仲間に加えたのは、眼鏡にかなったやつだけだ。

ヤクザに憧《あこが》れるやつは、徹底的に排除した。

親分、子分の縦の関係ではなく、横の繫《つな》がりを重視した。

三島と元以外は、沖のことをみな兄貴と呼ぶが、先輩、後輩のケジメはあっても、メンバーはみな、同じ兄弟分だ。

誰にも頼らない。邪魔する者がいたら、叩《たた》きのめして前に進む。

独立愚連隊《ぐれんたい》――それが呉寅会のモットーだった。

今日子《きょうこ》が、ホルモンの天ぷらをテーブルに持ってきた。今日子はおばちゃんの妹の孫娘で、十八になったばかりだ。高校時代から店を手伝っている。

たいてい、臍《へそ》が見えそうな短いTシャツに、ジーンズのショートパンツを穿《は》いている。肌の露出が多い恰好《かっこう》だが、いやらしく見えないのは、屈託のない笑顔のせいだろう。

昭二が出刃包丁と割り箸《ばし》を使って肉を切り分け、皿に盛って沖に差し出す。

「兄貴。昨日は遅かったんっすか」

どうやら、酒の臭いが残っているらしい。

沖はホルモンの天ぷらに箸をつけた。一味をたっぷりいれたポン酢で食べる。口から出した箸の先を、昭二に向けた。

「おうよ。三島と元と、朝まで飲んどった」

「いつものクインビーですか?」

昭三が訊ねる。

沖は肯き、缶ビールを一気に飲み干した。二日酔いの頭に、心地よくアルコールが回る。

「おばちゃん!」

カウンターの奥にある厨房《ちゅうぼう》に向かって、昭二が声を張った。

「ビール、あるだけ取るで!」

「まだこっちの、冷えとらんけ。ゆっくり飲んでよ」

今日子はビールを両手に抱えて厨房から出てくると、冷蔵庫に補充した。

沖が缶ビールのプルタブを開けたとき、三島がやってきた。

三島は昭二たちを見やると、片手をあげた。

「おう、ご苦労さん」

「オッス!」

沖を除く三人が頭を下げる。

三島は沖の隣に座ると、生欠伸《あくび》を噛《か》み殺した。

沖はビールをごくりと飲み干し、訊《たず》ねた。

「昨日はどうじゃった」

三島はクインビーのアルバイト、由貴《ゆき》を持ち帰った。

手の甲で瞼《まぶた》を擦《こす》りながら、三島はだるそうに言った。

「昼まで励んどったけん。眠とうてかなわん」

沖は苦笑した。

「かなわんのは由貴のほうじゃないんか？」

三島はテーブルに肘《ひじ》をつくと、下卑《げび》た笑い声を上げた。

「そうかもしれんの」

三島がシャツの胸ポケットから煙草を取り出して咥えた。沖も自分の煙草を咥える。

ふたりの両脇に座る昭二と昭三が、それぞれ同時に、ライターの火を差し出した。双子だけあって、寸分違《たが》わぬタイミングと仕草だった。

沖は昭二の、三島は昭三のライターで煙草に火をつける。

三島が煙草を吹かしながら、テーブルにある缶ビールのプルタブを開けたとき、入り口の引き戸になにかが当たる大きな音がした。

驚いてそちらを見やると、開いた入り口の引き戸に、血だらけの元がもたれていた。シャツは泥だらけで、顔が青黒く腫《は》れていた。額が割れているのか、額から頬にかけて血が流れている。かなりの量だ。

カウンターにいたホステスが悲鳴をあげる。

沖は椅子から立ち上がった。

「どうしたんなら！」

沖より早く、昭二と昭三が元に駆け寄った。

ふたりに両脇を抱えられた元は、崩れ落ちるように椅子に座った。

三島が、テーブルにあった布巾《ふきん》で、元の額を押さえた。

「誰にやられたんじゃ！」

訊ねる三島に、元が息も絶え絶えに答える。

「そこのパチンコ屋で……四人組と込み合《お》うて……」

「どこのもんや」

沖は怒りを抑え、静かに訊《き》いた。

元は小さく首を横に振った。

「わからん。じゃが、四人とも揃いの特攻服を着とった」

三島が沖を見た。

「どっかの暴走族じゃろ」

「まだ、おりますか！」

昭二と昭三が、同時に訊く。

「おると思う。箱を積んどったけ」

元は呻《うめ》くように答えた。

ドル箱を積むほど玉を出しているなら、確かにいる可能性が高い。

沖はカウンターのなかで、茫然《ぼうぜん》と立ち尽くしている今日子を見た。

「今日子ちゃん、悪いがこいつ、手当てしちゃってくれ」

我に返ったように、今日子が素早く動く。汚れていないタオルを手に、カウンターの奥から飛び出してきた。

片手で元の身体を支えると、今日子は空いている手で頭にタオルを当てた。沖を見て、毅然《きぜん》とした声で言う。

「話せるけん、大丈夫じゃ思うけど、具合が悪うなったら病院へ連れてく。心配せんでええよ」

可愛い顔をしているが、下手な男より肝《きも》が据わっている。

「よし、いくぞ!」

沖は手元にあった出刃包丁を握った。

駆け出そうとする沖を、おばちゃんが呼び止めた。

「いけん、いけん! ちいと待ちんさい!」

沖たち五人は足を止め、後ろを振り返った。

カウンターから出てきたおばちゃんの手には、出刃包丁があった。沖に、差し出しながら言う。

「そっちは鈍《なま》くらになっちょる。こっちは研いだばっかりじゃけ、これ持っていきんさい」

差し出された出刃包丁の刃は、銀色に光っている。

「すまんのう」

沖はそう言うと、新しい包丁を受け取った。

すでに陽は落ちている。

五人は夜道を、パチンコ屋に向かって駆け出した。

元がやられたパチンコ店――パーラークラウンは、大通りの角にある。

佐子から歩いて五分、全速力で走れば三分とかからない。

パーラークラウンに着いた沖は、正面入り口の前で立ち止まると、後ろにいる四人を振り返った。

「ええか。なかじゃ騒ぐなよ。見つけたら、裏の駐車場に連れ出す。そこでやる」

四人は沖の目を見ながら、深く肯いた。

沖は包丁を持っている右手を、左脇に隠した。三島も倣《なら》う。

昭二はダンベルを、昭三は砂入りのヌンチャクを、ズボンの背中に差し込んだ。武器《どうぐ》を持たない林は両手の指をポキポキ鳴らすと、ズボンのポケットに突っ込んだ。

四人に背を向けて、店の入り口に向き直る。

観音開きのドアを開ける。煙草の煙と耳をつんざく喧騒が押し寄せた。

パーラークラウンは、狭い店だ。台の数は百あるかないかで、シマは五つ。通路の両側に、およそ十台ずつ並んでいる。

中年の店員が、沖たちに気づいた。柄の悪い五人連れを前に面を伏せ、上目遣いにちらちらとこちらを窺《うかが》う。目が、泳いでいた。店員の挙動は、どうか騒ぎを起こさないでくれ、と祈っているようだ。

沖は右端の通路から、順に確認した。

四列目まで、元が言っていた男たちはいない。もしかして、すでに店を出たのか。

急いで五列目を見やった沖は、心のなかでにやりと笑った。

列の一番奥の台に、若い男たちが屯《たむろ》している。

黒い特攻服に、編み上げの安全靴を履いている。背中には、瀬戸内《せとうち》連合会、の名前が刺繍《ししゅう》されていた。

ひとりが打っている台を、背後から三人が取り囲んでいる。周りから、打っている男の姿は見えない。鶏冠《とさか》のような髪が見えるだけだ。

沖は三人の男の隙間に目を凝らした。

台に座る男が、ガラスに左手を当てて、入賞口へ滑らせている。男たちの足元には、玉が満杯のドル箱が五つほどあった。

沖の後ろから見ていたのだろう。背後で三島が、ぼそりとつぶやいた。

「不正行為《ゴト》じゃな」

左手に忍ばせた磁石を使って、玉を入賞口へ導いているのだ。

沖は隠し持っている出刃の柄を強く握ると、男たちに近づいた。

なにか気配を感じたのか、一番手前にいる男がこちらを見た。

眉《まゆ》をそり上げ、険しい表情を作っているが、貫禄《かんろく》がない。まだ十六、七歳ぐらいだろう。少し上を向いた団子っ鼻に、愛嬌《あいきょう》があった。

沖たち五人のただならない様子に気づいたらしく、団子っ鼻は驚いた様子で仲間の肩を叩いた。

特攻服姿の男たちが、一斉に沖たちを振り返った。

団子っ鼻の隣にいる、リーゼントの男が、沖たちを睨《にら》む。その後ろから、背の高い男が、肩を揺らすように沖たちを見やった。

どちらも沖と同じ年回りに見える。

パチンコを打っていた男が、手を止めて椅子から立ち上がった。三人のあいだを割り、前に出る。

特攻服の胸元に、金色のバッジがある。ほかの者にはないところをみると、おそらく幹部かリーダーの証《しるし》だろう。四人のなかでは、こいつが親玉だ。

「なんじゃ、われ！　なにメンチ切っとるんじゃ、こら！」

親玉が怒声を張り上げた。

下より先に、上が声を張る。

沖は心のなかで嗤《わら》った。

弱い犬ほどよく吠《ほ》える。文句垂《カバチた》れるのは、下の役目だ。上に立つやつが真っ先に鳴く犬どもなど、高が知れている。

三島も同じように感じたらしく、後ろで溜め息交じりにぼやいた。

「こがあなやつらにやられるんじゃけ、元も情けないよのう」

奥にいたのっぽが、リーゼントと団子っ鼻を押しのけて、親玉の脇に立った。どうやらこいつが二番手らしい。

「おどれら、あのチビの仲間か！」

三島は一歩前に出ると、沖と肩を並べた。床に唾《つば》を吐き、挑発するように口角を上げる。

「おお、そうじゃ。あのチビの仲間じゃ」

のっぽが蔑《さげす》むような目で、鼻から息を抜いた。

「あがあなチビのヘタレが身内とは、お前らも難儀じゃのう」

後ろで昭二が怒鳴《どな》った。

「なんじゃと！　元の兄貴はチビかもしれんが、ヘタレじゃないど。兄貴がチビなら、こんなア、うどの大木じゃろうが！」

沖は首だけを後ろに向け、冗談を飛ばした。

「昭二。お前がチビ、チビ言うとったんは、あとで元に教えちゃる」

威勢のよかった昭二が、途端に意気消沈する。

「いや、それは言葉のあやで、ほんまはそがあなこと……」

「兄貴が言わんでも、わしが言うわ」

昭二のとなりで昭三がからかう。沖への態度と打って変わり、昭二は強気に出た。

「うるさいわい！　黙らんと、その口にお前のヌンチャク突っ込むど！」

昭三は真顔になり、昭二を斜めに睨んだ。

「ああ？　やれるもんならやってみいや。その前にお前のダンベルで頭かちわったるわ」

ふたりの兄弟喧嘩はいつものことだ。

じゃれあうふたりを無視して、沖は視線を親玉に戻した。

「玉が出とるとこ悪いが、ちいとそこまで、顔ォ貸してくれんかのう」

いつもと変わらない口調で言う。

親玉は、沖と三島の右手に目をやった。ふたりが懐《ふところ》に武器《どうぐ》を忍ばせていることに気づいたらしい。特攻服の上着の裾《すそ》を、これ見よがしに捲《まく》る。

ベルトに差した匕首《あいくち》——白鞘《しらさや》の木目がはっきりと見える。手垢《てあか》で汚れていないということは、本気で使ったことがないのだ。やつの匕首は、所詮、飾りだ。

親玉は顎《あご》をあげて、沖たちを睥睨《へいげい》した。

「わしら、瀬戸内連合会のもんじゃ。怪我ァせんうちに、去《い》ねや」

瀬戸内連合会は、音戸《おんど》に本拠を置く、広島最大の暴走族だ。会員は百名を超えると聞いている。ケツを持っているのは、たしか笹貫組だ。

沖の脳裏に、喫茶店ブルーで、偉そうにふんぞり返っていた横山の顔が蘇《よみがえ》る。笹貫組のやつらとは、取り立て《キリトリ》で揉めた因縁がある。

自然と口角が上がった。

——ちょうどいい。

沖は素知らぬ顔で、訊き返した。

「ほうの。で？」

親玉の顔色が変わる。

ヤクザ以外で、会の名前を出して怯《ひる》まない者は、この辺にいないのだろう。

後ろに控えているリーゼントが、声を荒らげた。

「おどれら、どこの田舎者なら！　連合会、舐めとったら、承知せんど！」

問いに答えず、沖は惚《とぼ》けた声で言った。

「どう、承知せんのなら」

まったく臆《おく》さない沖に、親玉の怒りは頂点に達したようだ。顔を真っ赤にして、腰に差した匕首を右手で握る。

店のなかでの乱闘はまずい。堅気《かたぎ》を巻き込む恐れがある。

沖が店の外へ誘いだそうとしたとき、間がいいことに店員が割って入った。白髪が目立つ年配の男だ。白シャツのネームプレートには店長とある。

「すみません、ここでもめ事はちょっと……ほかのお客様もいらっしゃいますし」

店長は双方の顔色を窺い、頭が膝《ひざ》につくほど腰を折った。

沖はあたりを見回した。いつのまにか、通路の陰に人垣ができている。これ以上、騒ぎが大きくなったら、警察に通報されるだろう。逮捕《パク》られたら面倒だ。

沖は親玉に目をやった。

「わしゃあ、どこでもええがのう」

親玉は隣にいるのっぽになにかしら耳打ちした。のっぽが小声で答える。店内の喧騒に掻《か》き消され、のっぽの声は聞こえない。

親玉は肯くと、沖に目を戻した。

「ええじゃろ。誰にも邪魔されん、静かなとこがあるけん、そこでゆーっくり話そうや」

親玉の顔に、余裕の笑みが浮かんでいる。のっぽがなにか入れ知恵をしたのだろう。

「いくぞ」

親玉は手下に命じると、こちらに向かってきた。沖と三島に肩をわざとぶつけながら、乱暴にあいだを通り過ぎていく。

親玉の後ろにいたのっぽは、沖の横を通るとき、鼻がつくぐらい顔を近づけた。

「広島の喧嘩がどがあなもんか、教えちゃるけん」

笑いがこみ上げる。

喧嘩に広島もへったくれもない。必要なのは、根性だけだ。

親玉が店を出るとき、店長がこっそり白い封筒を差し出した。親玉が軽く肯き、封筒を上着の胸ポケットに素早く仕舞う。

出玉の換金分か。

いや、と沖は即座に否定した。

あいつらのことだ。勝っても負けても、金をせびっている。笹貫組の名前を笠《かさ》に着て、この界隈《かいわい》でやりたい放題やっているに違いない。

ケツを持っているチンピラをボコボコにされたら、横山はどんな顔をするだろう。

横山の外道《げどう》に、笹貫組に、一泡ふかすいいチャンスだ。

自然に笑みが零《こぼ》れる。

隣で三島が沖を見ながら言った。

「沖ちゃん、嬉《うれ》しそうじゃのう」

見ると、三島の表情も崩れている。

沖は声に出して笑った。

「おお、嬉しゅうて、しょうがないわい」

沖は歩きながら、脇の下で出刃包丁の柄を強く握った。


親玉に連れていかれた場所は、パーラークラウンから歩いて二分のところにある、裏路地の駐車場だった。駐車場といえば聞こえはいいが、使い道がなくなった土地の所有者が、適当に造っただけのものらしい。灯《あか》りは電柱に括《くく》り付けられている電灯がひとつ。駐車スペースは、ロープで地面を区切っただけのものだった。

ひと気のない雨ざらしの駐車場など、使うものはあまりいないのだろう。十台ほどおける敷地に停まっている車は、二台だけだった。どちらも古い。

駐車場の真ん中で、沖たち五人と、瀬戸内連合会の四人は向き合った。

連合会のメンバーは、みな鼻息を荒くしている。

親玉はベルトから匕首を取り出すと、鞘から抜き沖たちに向けた。

「わしらに喧嘩売ったこと、後悔すなや！」

ほかの三人も、服の下に隠し持っていたスパナやメリケンサックを取り出す。

肩に力が入っているのが、見ていてわかった。

緊張が手に取るように伝わってくる。

沖は力を抜いた。筋肉を弛緩《しかん》させる。

俊敏な動きは、筋肉を柔らかく保っておかないとできない。拳《こぶし》や蹴《け》りは、繰り出す瞬間に力を入れることで、破壊力を増す。

こいつらは、言うほど喧嘩慣れしていない。勝負はものの十分とかからないだろう。昂《たかぶ》っていた気持ちが、冷めてくる。

それでも、元の仇《かたき》はきっちり取らなくてはならない。

気合を入れ直し、相手を睨みつけた。

両者の間合いが詰まる。

昭二と昭三が、沖と三島の前に出た。いつものことだが、林は後ろに控えたままだ。

双子が得物を振りかぶったとき、駐車場の隅に停められたバイクが沖の目に入った。

「ちょっと待て！」

手を上げて制する。

敵も味方も、呆気《あっけ》に取られたように沖を凝視した。

沖は集団から抜けて、バイクに近寄った。

バイクは全部で四台あった。バブが二台、インパルスとカワサキＺ４００ＦＸが一台ずつだ。

どれも、マフラーを上げた暴走族仕様だ。ガソリンタンクの脇に「瀬戸内連合会」と書かれたステッカーが貼ってある。

バブとインパルスは沖の好みではなかったが、カワサキはいいと思った。四台のなかで一番手の込んだ改造をしている。このバイクに乗っているやつは、よほどバイクに詳しいか、いいセンスを持っている。

「どうしたんなら」

思いがけない行動をする沖に、三島が怪訝《けげん》な顔で声をかけた。

沖はカワサキの前に立つと、腰を屈《かが》め、隅から隅まで眺めた。やはりいい。こいつで飛ばせば、さぞ気分がいいだろう。

沖は腰を伸ばすと、暴走族に訊いた。

「これ、誰のもんない」

親玉が不機嫌そうに答える。

「わしのじゃ。それがどうした」

もったいない。沖は心のなかでつぶやいた。横山がつけていたロレックスの腕時計も、こいつのカワサキも豚に真珠だ。いいものほど、その価値にそぐわない野郎が持っている。

沖はバイクのシートを撫でた。

「これ、わしにくれんかのう」

突拍子もないことを言い出す沖に、親玉は怒声を張り上げた。

「われ、なに言うとるんじゃ。おちょくっとったら、殺すぞ！」

沖は昔から、欲しいものを我慢することができない。手に入るものは手に入れる。車も女も金もそうだ。

沖は諭すように言った。

「じゃったら、貸してくれや、のう」

親玉の顔が夜目にもわかるほど赤くなる。匕首を振りかざし怒鳴った。

「文句垂《カバチタ》れな！　その汚い手ェ、早《はよ》うシートから離せ！」

沖は盛大に舌打ちをくれた。

「貸してもくれんのか。じゃったら――」

思い切り、バイクの腹を蹴飛ばす。

重いバイクが、大きな音を立てて地面に倒れる。

親玉の怒声が悲鳴に変わる。

「な、なにするんなら！」

沖は肩越しに親玉を振り返った。

「わしが乗れんのじゃったら、用はないけえのう。それに――」

沖は手にしていた出刃包丁を大きく振りかざすと、隣にあるインパルスのシートに突き刺した。

「こいつも、乗っとるんがこがなチンピラじゃァ、不憫《ふびん》じゃ。いっそ、引導を渡しちゃる」

沖はシートに突き刺した出刃を、思い切り手前に引いた。シートがざっくり割れる。すかさず十字になるよう、横に切り裂いた。

沖はインパルスのガソリンタンクを蹴って倒すと、三島たちを見やった。

「のう、お前らも、そう思わんか」

仲間が口々に叫ぶ。

「そうじゃ、そうじゃ」

三島が小馬鹿にしたように、くぐもった笑い声を上げる。

「バイクは人を選べんけんのう。可哀そうじゃ」

沖は倒れたカワサキを踏みつけた。

「お前らも、やっちゃれ！」

沖の声を合図に、三島たちはバイクに駆け寄り、次々と破壊した。

地面に倒し、サイドミラーをもぎ取る。昭二と昭三はダンベルとヌンチャクで、車体をボコボコに殴りつけた。

瀬戸内連合会の者たちは、茫然と立ち尽くしている。

容赦ないやり方に怯んでいるのか、黙って見ていた親玉が、震えを帯びた声で訊ねた。

「お前ら、なにもんじゃ」

「わしらかァ？」

出刃包丁でシートを切り刻んでいた沖は手を止めた。

三島が親玉を睨みながら、啖呵《たんか》を切った。

「わしら、呉寅会のもんじゃ！　よう覚えとけ！」

愚連隊に正面切って喧嘩を売られ、引くに引けなくなった親玉が、虚勢を張る。自らを奮い起こすように、手下に怒鳴った。

「こいつら、生かして帰すな！」

親玉の声を合図に、暴走族は沖たちに挑みかかった。

のっぽがスパナで昭二を襲う。昭二はスパナをダンベルで受け止めた。返す刀でのっぽの頭をダンベルでかち割る。のっぽは一撃で、地面に膝から倒れた。

昭二の背後にリーゼントが近づく。バタフライナイフで、背中を狙っている。

その手首に、昭三が思い切り、ヌンチャクを叩きつけた。

ナイフが吹っ飛ぶ。

リーゼントが悲鳴をあげた。骨が折れたのだろう。手首を握り、すすり泣くように呻いている。

振り下ろしたヌンチャクで、昭三はそのまま団子っ鼻の顔面を払った。

団子っ鼻は、機敏な動きで攻撃をかわし、体勢を崩した昭三の横っ面を拳で殴った。

素手ならそれほどでもないのだろうが、メリケンサックは効いたらしく、昭三は大きくよろめいた。

昭三に追い打ちをかけようとする団子っ鼻に、三島が出刃包丁を向けた。

包丁の刃が薄暗がりで光り、空を切る。

団子っ鼻が、怒声をあげて三島に殴りかかった。拳を腹に食らった三島の手から、包丁が落ちる。

三島は団子っ鼻の膝に、前から蹴りを入れた。

団子っ鼻の絶叫が、あたりに響く。地面に倒れた団子っ鼻の右膝は、逆に折れていた。

地面に倒れた三人を、林が蹴りつける。

瀬戸内連合会で立っているのは、親玉だけだった。

親玉は鞘から抜いた匕首を両手で握りしめた。

「わ、わしの実の兄貴はのう、笹貫組の幹部じゃ。お前ら、組を敵に回す度胸、あるんか」

声が明らかに震えている。

三島は、不敵な笑みを浮かべた。

「笹貫組？　上等じゃ、こら。同じ喧嘩するんなら、ヤクザのほうが面白いけえ。のう？」

沖に同意を求める。

出刃の持ち手を指先でくるりと回し、沖は口角を上げた。

「おお、極道なら遠慮がいらんけん。片っ端からぶっ殺しちゃる。その実の兄貴いうの、いますぐ連れてこいや」

沖は出刃包丁を、親玉の目の前でちらつかせた。

「で、言いたいことはそれだけか。そがあな寝言抜かす前に、言わにゃァいけんことがあるじゃろうが」

見当がつかない、といった表情で、親玉は小さく首を振った。

沖は語気を強めた。

「元への詫《わ》びじゃ」

三島が出刃包丁の刃先を親指で軽く叩く。歯を剝《む》き出して凄《すご》んだ。

「言うといたるがのう。指の一本や二本じゃ、すまんど」

親玉の顔色が見る間に青ざめる。あたりに小便の臭いが立ち込めた。

「あ、あれはわしじゃのうて、あいつが勝手にやったんじゃ」

甲高い声で、親玉はのっぽを指さした。

「ほんまで。わしゃァ、なんも知らんかったんじゃ」

――この根性なしが。

地面に唾を吐くと、沖は背を向けた。自分が手を下すまでもない。

親玉がふーっと、息を吐く気配がした。が、溜め息は、すぐさま呻きに取って代わられた。肩越しに振り返ると、昭二がダンベルで顔面を横殴りにしたところだった。

口から血が、涎《よだれ》と一緒に流れている。

気を失ったのか、親玉はぴくりとも動かない。

「兄貴。こいつの指、詰めますか」

昭二が沖に訊ねる。

こんなチンピラの指を取ったところで、一文の足しにもならない。

「指はええけん。小便ぶっかけちゃれ」

林が嬉々《きき》としてズボンのファスナーを開ける。尿意が限界に近づいていたのか、勢いよく放尿をはじめた。

呻き声を上げ、意識が戻った親玉が片手で顔を庇《かば》う。

「や、止めて。止めて、ください」

血塗《ちまみ》れの口から、か細い声が漏れた。

沖は腰を屈め、親玉に視線を合わせた。

「こんなァ、名前は」

血泡を噴きながら、親玉が答える。

「安藤《あんどう》、いいます」

沖は安藤に、顔を近づけた。

「ほうか。安藤か」

沖はにやりと笑った。

「安藤くん。これからあそこのパチンコ屋のカスリは、わしらが貰《もら》うで。文句はないじゃろうの」

安藤は頬の表情筋を小刻みに震わせた。

「でも、組のほうが……」

耳元で怒声を張り上げる。

「極道がなんぼのもんじゃ！」

沖の凄《すさ》まじい一喝に、安藤が両耳を手で塞《ふさ》ぎ、目を瞑《つむ》った。絞り出すように声を発する。

「わ、わかりました。わかりましたけ」

沖は笑みを浮かべ、安藤の懐から封筒を抜いた。

「早速、今日から貰《もろ》うとくで」

立ち上がる。

安藤に最後の蹴りを入れた。

呻き声に背を向け、仲間に顎をしゃくる。

「おい。帰るど」

沖は元の待つホルモン屋に、ゆっくりと足を向けた。

九章

ネオンが立ち並ぶ大通りから脇道に入ると、やがて細い路地に出る。その道の奥に「小料理や　志乃《しの》」はある。大上の馴染《なじ》みの店だ。

尾谷組の事務所から志乃まで、車で十分ほどかかる。大上と一之瀬を乗せた事務所のセドリックは、ふたりを降ろすと、少し離れたところでエンジンを切った。

ボディーガード役を兼ねた運転手と助手席の若い衆が車に残る。なにか事が起きた場合、すぐに駆けつけるためだ。

大上は暖簾《のれん》をくぐり、格子の引き戸を開けた。

「いらっしゃい」

カウンターのなかで晶子《あきこ》が面を伏せたまま、反射的に声をあげた。洗い物の手を止め、こちらを見る。

大上を認め、目を丸くする。和服の上に締めたエプロンで手を拭《ふ》きながら、カウンターから小走りで出てきた。

驚きの表情が、満面の笑みに変わる。

「ガミさん！　ガミさんじゃないの！　久しぶりじゃね！」

子供のようなはしゃぎ声だ。

大上は軽く手をあげた。

「よう、相変わらず、別嬪《べっぴん》じゃのう」

晶子は口元に手を当てて、ころころと笑った。

「ガミさんも、相変わらず口が上手じゃねえ」

晶子は大上の後ろに控える一之瀬に気づいた。

「あら、守ちゃんも一緒じゃったん？」

一之瀬は苦笑した。

「ママさんは、ガミさんしか目に入らんのですね」

晶子はあからさまに科《しな》を作ってみせた。

「そりゃァそうよね。うちはええ男にしか興味ないけえ」

挨拶《あいさつ》代わりの軽口――店内に笑いが弾《はじ》ける。

大上はカウンターの隅に座った。いつもの指定席だ。隣に一之瀬が腰を下ろす。

まだ宵の口だ。ふたりのほかに、客はいない。

カウンターのなかに戻った晶子が、おしぼりを差し出しながら訊《たず》ねる。

「とりあえず、ビールでええね」

大上はおしぼりを受け取りながら肯《うなず》いた。

「ああ。キンキンに冷えたやつ、頼むわい」

一日中、動いていたため、喉《のど》が渇いていた。

晶子はふたりの前に、冷えたグラスを置いた。水滴が浮かんだ瓶ビールの栓を抜き、ふたりのグラスにビールを注ぐ。

グラスをひと息で干す。一之瀬がすかさず、横から瓶を差し出した。

酌を受けながら、まな板の上で手を動かす晶子に目を向ける。

「半年ぶりじゃのう。元気そうでよかったわい」

晶子は流し目で一之瀬を見た。

「お蔭《かげ》さんで。守ちゃんがようしてくれるけんね」

一之瀬は首を横に振った。

「いえ、ようしてもろうとるんは、こっちですよ。うちの若い者にいつも気ィ遣《つこ》うてもろうて」

一之瀬が志乃で飲むときは、若い者をなかに入れない。ほかの客に迷惑がかからないよう遠慮させる。そんな気遣いを知っている晶子は、一之瀬が帰るときによく、お握りを持たせた。車で待っている若い者の、腹の足しにするためだ。

晶子は四十路《よそじ》を超えたか超えないかの年齢だが、三十半ばにしか見えない。結婚していたが、夫とは死別していた。いまは独身だ。

一見、穏やかだが芯《しん》が強く、男が思わず振り返るほどの容姿を持つ晶子を、落とそうとしている客は山ほどいる。しかし、晶子にその気はないらしい。口説く客を、適当にあしらっている。

もっとも、客のほうも晶子と尾谷組の関係を知っているから、しつこく言い寄る者はいない。

晶子の死んだ夫、賽本友保《ともやす》は、尾谷組の若頭《わかがしら》だった男だ。いまから十年ほど前、尾谷組と一触即発の状態にあった五十子会の鉄砲玉に、居合わせたバーで射殺された。絵図を描いたのは、五十子会若頭の金村安則《かねむらやすのり》といわれている。金村も、その三か月後に刺殺された。

賽本と顔なじみだった大上は、事件後、晶子の面倒をなにくれとなく見た。が、男女の関係はない。弱った女に付け入るような真似は、大上の流儀ではなかった。

女が欲しくなれば、金で買えばいい。色だの恋だの、面倒ごとは御免だった。

可愛がってもらった兄貴分の賽本が殺され、まだ十代だった一之瀬は拳銃《けんじゅう》を懐《ふところ》に、血走った目で金村の行方を追った。

金村が殺されたとき、警察が真っ先に引っ張ったのが、一之瀬だった。が、これは誤認逮捕で、大上は当日のアリバイを調べ、一之瀬の無実を証明した。

金村を殺《や》った犯人は、いまだに捕まっていない。

一之瀬から見れば、兄貴分の女房だった晶子は「姐《あね》さん」に当たる。本来はそう呼ぶべきなのだろうが、晶子が嫌がった。死んだ旦那《だんな》を思い出すから——と、それが理由だった。

晶子は賽本が死んでしばらくして、志乃を開いた。以来、この店は尾谷組が守っている。店で揉《も》め事があれば、すぐに尾谷の若い衆が出張る。晶子が、一之瀬がよくしてくれる、と言った意味はそういうことだ。

晶子が、手製の牡蠣《かき》の塩辛を、ふたりの前に置いた。

「今日はなにかええのが、あがっとるかのう」

訊ねる大上に、晶子は得意そうに答えた。

「今日はええ鯛《たい》が入っとるんよ。煮つけがええね？　それとも塩焼きにする？　鯛めしもどうね？」

大上はおしぼりで、首の後ろを拭《ふ》きながら即答した。

「塩焼きを頼むわ。昼間、ようけ汗かいたけえ、塩気が足りん」

「守ちゃんは？」

晶子が一之瀬を見る。

「お任せします」

一之瀬はビールを飲みながら答えた。

晶子は、着物の袖《そで》にたすきを掛けて、気合を入れた。

「ほうね。じゃあ、楽しみに待っといて。いまから支度するけん」

晶子が店の奥に入っていく。

店にふたりだけになると、一之瀬が懐からマルボロを取り出した。自分で火をつける。大上がハイライトを胸ポケットから出すと、ライターの火を差し出した。

大きく煙を吐き、一之瀬は真顔で訊ねた。

「ほいで、わしへの用向きは、なんじゃったんですか」

大上は前を見据えたまま、煙草を燻《くゆ》らせた。

「こんなァ、沖いうんを知っとるか」

隣で一之瀬が、少し驚いたように訊《き》き返す。

「沖いうて、虎のことですか」

即答するということは、極道のあいだでも、それなりに名前が売れているということだ。

大上は一之瀬に顔を向けて、にやりと笑った。

「ほう。やっぱり知っとるんか」

一之瀬は、目の前の灰皿に煙草の灰を落とした。

「知っとるもなにも……虎を知らん極道は、このへんじゃおらんですよ」

一之瀬がそこまで言うということは、よほど面倒ごとを起こしているのだろう。

「お前から見て、どがあなやつなら」

一之瀬は手酌でビールを注いだ。

「ひと言でいうたら、獣みとうなやつです」

広島の喫茶店、ブルーで会ったときの沖を思い出す。笹貫組の名前を聞いて動じるどころか、逆に嚙《か》みつく姿は、まさに獣といえる。ぴったりの譬《たと》えだ。

一之瀬はひとつ息を吐くと、呆《あき》れ口調で言った。

「呉寅会いう愚連隊《ぐれんたい》の頭ァ張っとりますが、シマは荒らすわ、勝手にカスリは取るわ、チンピラじゃろうが、極道じゃろうが、見境なしに喧嘩《けんか》吹っ掛けてきよる」

大上は一番確かめたかったことを訊いた。

「ケツ持ちはどこない」

一之瀬が首を振る。

「あれらは一本です」

大上は、ほう、と声を漏らした。

「いまどき珍しいのう」

一本——独立独歩で凌《しの》いでいるということだ。

愚連隊のバックにはたいてい、ヤクザが控えている。そうでなければ、すぐ潰《つぶ》されるのがこの世界だ。

一之瀬は吸殻を灰皿に押し付けると、二本目の煙草を咥《くわ》えた。

「うちの義《よし》が少年院《ねんしょう》で一緒じゃったんですが——」

宮里義男《みやさとよしお》は、尾谷組の準構成員だ。歳は沖と同じくらいのはずだった。

「やつがいうには、極道とシャブ中が大嫌いで目の敵にしとる、いう話です」

シャブ中と極道——沖の父親が頭に浮かぶ。

大上は目の端で一之瀬を見た。

「極道がシマァ荒らされとったら、顔が立たんじゃろ。組長が出所してくるまでは、こんなが尾谷の看板背負うちょるんじゃないんか。なんで、のさばらしとるんじゃ」

一之瀬は含み笑いをしながら、大上を見た。

「それがですのう。なんでか知らんが、あいつら、うちのシマは荒らさんのです」

言いながら一之瀬は、大上のグラスにビールを注いだ。

「あれらがちょっかい出しとるんは、五十子や加古村のシマだけです」

「なしてじゃ」

「さあ」

一之瀬が首を傾げる。

「こっちが教えてほしいくらいですよ」

一之瀬にも、理由がわからないらしい。大上は別な問いを発した。

「五十子や加古村はどうしとるんじゃ。黙って見ちょるんか」

追い込みはかけたはずだ、と大上は思っていた。極道が面子《メンツ》を潰されて黙っていたら、飯の食い上げになる。

一之瀬は自分の胸を、親指で小突いた。

「虎はそのあたりの不良とは、ここが違《ちご》うて、肝《きも》が据わっとるんですよ。呉寅会の連中も似たり寄ったりで、極道を屁《へ》とも思うとらん。拳銃《チャカ》まで揃えとるいう話ですけ、極道と変わりゃァせんです。正面切って喧嘩売ったら、やつら本気で嚙みついてきよる。じゃけえ、五十子も加古村も、下手に手を出せんのですよ」

喫茶店で見た、沖の不敵な面構えが頭を過《よぎ》る。たしかにあいつなら、相手が誰だろうと、売られた喧嘩は喜んで買うだろう。

「そうそう」

思い出したように、一之瀬が笑う。

「いっぺん加古村が手下にしよう思うて、虎をスカウトに行ったらしいんじゃが、ものの見事に剣突くろうたそうです。わしは誰の言いなりにもならん、いうて暴れ出しよったとか」

誰にも飼うことができない、野生の虎か。ますます面白い。

大上は煙草を吹かしながら、頭のなかで情報を整理した。

尾谷組では、シャブはご法度だ。大きな組はたいてい、表向きは覚せい剤を禁止しているが、それは建前だ。シノギの一環として見て見ぬ振りをしている組織が大半だった。だが、尾谷憲次は昔気質《かたぎ》の博徒《ばくと》で、クスリをいじることを厳禁している。見つかれば即座に破門、堅気に売った場合は絶縁、という重い処分を組の規律に定めている。

一方、五十子会とその傘下の加古村組にとって、シャブは重要な資金源だ。呉原のクスリを仕切っているのはこの両者だった。

沖が五十子と加古村のシマを荒らしているのは、シャブと無縁ではない。ヤクザでシャブ中だった父親への憎悪が、形を変えて、父親が属していた五十子会に向けられているのだろう。

こいつは都合がいい、そう大上は思った。

自分にも、五十子に対する因縁はある。だが、警察官という立場上、表立って動くことはできない。ヤクザを憎んでいる沖を焚《た》きつけて、五十子に牙《きば》を剝《む》かせる。五十子が沖に手を出せば、五十子を堂々としょっ引くことができる。

隣から一之瀬が、大上の顔を覗《のぞ》き込んだ。

「なんぞ、面白《おもろ》いことでもありましたか」

どうしてそう思ったのか。怪訝《けげん》な顔を向けると、一之瀬は少し間をおいて答えた。

「ガミさん、笑《わろ》うちょるんで」

大上は頰に手を当てた。知らず、口角が上がっていたらしい。

「虎と、なんぞあったんですか」

一之瀬の目に、探るような色が浮かぶ。

大上は話をはぐらかした。

「もう一本、いくか」

空のビール瓶を持ち上げる。

一之瀬がなにか言おうとしたとき、店の奥から晶子がやってきた。

「はい、お待ちどおさま」

カウンターのなかから、大皿を差し出す。滅多に見ないほど大振りの鯛の塩焼きが載っている。

大上と一之瀬の口から、同時に感嘆の声が漏れた。

大上は尾についている塩を指でなめた。塩に鯛の旨味《うまみ》が沁《し》み込み、かりっと焼きあがっている。

大上は一之瀬の腕を肘《ひじ》で小突いた。

「こいつは日本酒じゃろう」

「ですのう」

大上は晶子に向かって言った。

「冷酒、頼むわ」

「はい。すぐに――」

そう答えた晶子が、冗談めかして付け加える。

「明石《あかし》の鯛じゃけ、よう味おうて食べんさい」

晶子は背後の冷蔵庫から、四合瓶を取り出した。白鴻《はくこう》の辛口だ。海のものによく合う。

ふたりの前に冷酒用のグラスを置き、なみなみと注ぐ。

よく冷えた酒をひと口含み、大上は鯛に箸《はし》をつけた。絶妙な塩気、引き締まった身、程よく脂が乗っている鯛が、辛口の酒によく合う。

「こりゃあ、ええ」

一之瀬に勧める。

「お前も食べてみい」

口に入れた一之瀬が、うん、と声に出して肯く。

「美味《うま》い！　ママさんは料理上手じゃが、こりゃァ格別じゃ」

晶子は嬉《うれ》しそうに目を細めた。

「素材《もの》がええだけよ。お世辞言うても、なんも出んけんね」

そう言うと、晶子はいそいそと冷蔵庫を開けた。なにも出さないと言いながら、別の料理を作るのだろう。

上機嫌の晶子を眺めていると、一之瀬がぼそりと訊ねた。

「ところでガミさん、五十子のほうとは……」

一之瀬は、大上の背広の胸元を見ていた。

拳銃を納めたホルダーを装着していることに気づいていたのだろう。

「五十子となんぞ揉めとるなら、わしが出ますけ」

大上が、揉めている、と嘘を吐いたら、一之瀬は理由も聞かず、すぐに動くだろう。一之瀬はそういう男だ。

五十子はいずれ潰す。だが、いまではない。

再び、沖の顔が脳裏に浮かぶ。いずれ、が近いか遠いかは、沖次第だ。

「ガミさん」

答えない大上を、促すように一之瀬が呼ぶ。

大上は首を横に振った。

「大丈夫じゃ。いまんところ、なんもありゃァせん」

一之瀬は、大上の妻子が死んだ経緯《いきさつ》を知っている。五十子との因縁や、かつて大上が的にかけられたこともだ。

ふたりの話が聞こえたのだろう。

晶子が料理の手を止める。晶子も、大上の妻子に関わる事情を知っている、数少ないひとりだ。

晶子の顔色が曇る。心配そうに一之瀬を見た。

「守ちゃん。ガミさんのこと、頼むけんね」

一之瀬は真剣な声で答えた。

「心配せんでええですよ。ガミさんが呉原におってのときは、五十子のもんに指一本触らせませんけ」

言いながら、背広の裾《すそ》を捲《まく》る。

ベルトに差している拳銃――45口径のコルトパイソンが黒光りを放っている。

大上は苦笑いを浮かべた。

「そんとなもん、警察官の前で晒《さら》してからに。わしの立場がないじゃろうが」

晶子は我に返ったように目を丸くすると、くすくすと笑った。

「ほんまじゃね。ガミさんの言うとおりじゃ」

一之瀬は笑いながら、背広の裾を元に戻した。

「ここはひとつ、お目こぼしを――」

大上は晶子に声を張った。

「お代わりくれや。今日は飲みたい気分じゃ」

「はいはい」

晶子の酌を受け、グラスの冷酒をひと口で飲み干す。

美味い酒が、胃に染み渡った。

十章

「クインビー」は、今夜も暇だった。

このスタンドバーに通ってひと月になるが、ふたつあるボックス席が埋まっているところを、沖は見たことがない。

いまも、奥のボックス席に陣取る沖たちを除けば、カウンターにふたりの親父客がいるだけだ。

客の相手は、アルバイトの由貴がしていた。

由貴は現役女子大生を売りにしている。だが、本当の年齢が三十一だということは、三島から聞いていた。水商売は〝十年《とうねん》とってなんぼ〟の世界だが、化粧と店内の薄明かりで騙《だま》されている客は、少なくなかった。

カウンターの親父たちもその口で、さっきから下品な冗談を連発している。まだ男を知らない、という本人の言葉を半ば信じてからかっているらしいが、からかわれているのが自分たちだと知ったら、どんな顔をするか。想像すると、可笑《おか》しくて仕方ない。

焼酎《しょうちゅう》の水割りを口にしながら、沖は薄笑いを浮かべた。

「ねえ」

沖の隣にいるママの香澄が、ソファの端に座る元の頭を指で突《つつ》く。

「だいぶ、治ったんじゃない。顔色がようなったわ」

元は両手をあげ、包帯でぐるぐる巻きになっている頭を庇《かば》った。

「やめえや。明日ようやっと糸がとれるのに、また傷が開くじゃない」

瀬戸内連合会と夜の駐車場でやりあってから、十日が経つ。

ここ数日の酒の肴《さかな》は、やつらの無様な姿だった。特に親玉の失禁は、何度でも笑えた。

仇《かたき》を討ち佐子へ戻ると、元の姿はなかった。今日子が一生懸命手当てをしたが、頭からの出血が止まらず、病院へ担ぎ込まれていた。

検査の結果、頭の中身は無事だったが、頭皮の裂傷が激しく十針ほど縫うことになった。

手術をした医師からは、抜糸をするまで禁酒を命じられた。だが、酒好きの元が耐えられるはずはない。縫合の三日目から、焼酎をロックで飲んでいる。

元は本気で、痛み止めよりアルコールの方が鎮静作用がある、と信じている。どうせ大した傷ではない。沖は本人の好きにさせていた。

カウンターの奥にある厨房《ちゅうぼう》から、真紀が出てきた。沖たちのテーブルに器を置く。あん肝《きも》の煮つけだった。甘辛い醤油《しょうゆ》としょうがの香りが、空《す》きっ腹を刺激する。

真紀は沖と三島のあいだに座ると、うっとりとした目で沖を見た。

「やっぱり、よう似合《にお》うとる。うちが言うたとおりじゃろ。虎ちゃんにゃァ帽子がええ、いうて」

「ほうか?」

沖は白いパナマ帽を阿弥陀《あみだ》に被《かぶ》り直し、テーブルに置いてある焼酎のボトルを手に取った。目の高さまで持ち上げ、そのボトルに自分の頭部を映す。

被っているパナマ帽は、今日買ったばかりだ。昼間、ふたりでえびす通りを歩いているとき、デパートのショーウィンドウに飾られたこの帽子を、真紀が目ざとく見つけた。

「虎ちゃんに絶対、似合う！　ちょっと被ってみんさい」

真紀に引きずられるように店に入り、強引に被せられた。

店の鏡に映る沖を、真紀は手放しに褒めた。

「ほら、やっぱり！　惚《ほ》れ直すわ。ねえ、これ買いんさい！」

言われても、沖にはピンとこなかった。生まれてこの方、被ったことがあるのは野球帽だけだった。

だが、褒められていると、まんざらでもないと思えてくるから不思議だ。

決定打は店員の援護射撃だった。

「お客さまほどパナマ帽が似合う方は、そうそうおられんですよ」

沖は包装を断り、購入したばかりのパナマ帽を頭に載せて、店を出た。

沖が角度を変えながらボトルに映る自分の姿を眺めていると、元が訊《たず》ねた。

「それ、なんぼしたん？」

沖はボトルから目を離さずに答えた。

「これかァ、パチンコ屋のカスリの、五分の一くらいかのう」

元はピーナッツを口に運んでいた手を止めた。

「二万もしたんか！」

元がパナマ帽を、しげしげと眺める。

「わしも似た帽子を持っとるが、夜店で千円で買うたもんじゃ。どこが違うんかのう。ちょっと貸してくれや」

確かめようとする元の手を、沖は邪険にはらった。

「気安う触るな。汚れるじゃろうが」

元は口を尖《とが》らせた。

「わしが汚い、言うんか。こう見えても毎日、風呂《ふろ》入っとるんで！」

三島が笑いながら、話に割って入る。

「元よ、そんながあに力むと、また傷口が開くど」

さすがにそれは嫌なのだろう。元は沖に絡むのをやめて、大人しく引き下がった。

沖はボトルを置くと、焼酎の水割りを口に含んだ。口腔《こうこう》を洗うように舌で転がし、ごくりと飲み干す。

帽子に二万も払ったのは、自分に似合うと思ったから、という理由だけではない。今後、まとまった金が定期的に入る、という目算もあったからだ。

瀬戸内連合会を伸《いわ》した翌日、沖たちはパーラークラウンに顔を出した。やつらとは決着がついた。これからみかじめ料は呉寅会に払え、という沖に、店長は土下座して懇願した。

「勘弁してください。ここいらは笹貫組のシマですけ、瀬戸内連合会へ払わんとなれば、組のほうが黙っとらんです。そうしたらわしら、商売ができんようになりますけ」

沖が口を開く前に、昭二が怒声を張り上げた。

「なんじゃと、こら！」

手にしたダンベルを、店長の前に突き出す。

「じゃったら、いますぐ商売ができんようにしちゃろうか。これで台をぜんぶ壊しゃァ、笹貫が出てくる前に、店は終《しま》いじゃ」

昭二の口調から、本気だと察したのだろう。台を壊されては、商売も糞《くそ》もない。店長は目に涙を浮かべ、ようやく肯《うなず》いた。

瀬戸内連合会から横取りしたパーラークラウンのみかじめ料は、月十万ということで話をつけた。あれから日が経つが、瀬戸内連合会はもちろん、笹貫組も動きを見せていない。

本来、シマのカスリは、組に直接入れるのが筋だ。いくら親玉の実兄が幹部に名を連ねているとはいえ、シマ内のカスリを暴走族が撥《は》ね、組が見逃しているのはおかしい。

黙認しているのは、瀬戸内連合会を下部組織として認定しているからだろう。いざ抗争となったら、百人の若い者が戦力に加わるのは大きい。たとえそれが、腰抜けのチンピラだとしても、枯れ木も山の賑《にぎ》わいだ。だから笹貫は、暴走族に飴《あめ》をしゃぶらせていたのだ。

瀬戸内連合会は、沖たちのことを笹貫組には報告していない、と沖は睨《にら》んでいた。自分たちがどこの馬の骨ともわからない者にボコられた、糞の役にも立たないボンクラだ、と自分の口で言えるはずがない。

笹貫が行動を起こさないのは、呉寅会と面倒を起こしたくないからではなく、単純に知らないからだ。そう考えなければ、笹貫が黙っている理由が摑《つか》めない。

水割りのグラスを手に考えに耽《ふけ》っていると、三島が沖に顔を近づけ、ぼそりと言った。

「そう言やァ、例の覚せい剤《ぶつ》、目処《めど》は立ったんか」

以前、多島港で五十子から奪ったシャブは、まだ捌《さば》いていなかった。手付かずのまま、沖だけが知っている場所に埋めてある。

ちまちま捌いていたら、すぐに足がつく。五十子会と殺《や》り合うのは望むところだが、いまはその時ではない。

沖は五十子と加古村を潰《つぶ》し、いずれ呉原を掌中に収めるつもりでいる。

時が来ればシャブを大口で捌き、その金で呉寅会を盤石にする。逸《はや》る気持ちを抑え、いまはひっそり牙《きば》を研ぐのが、賢明な選択だ。そう思っていた。

テーブルの煙草に手を伸ばした。口に咥《くわ》える。

三島の隣から、真紀がライターで火をつけた。

大きく煙を吐き出し、ソファの背にもたれる。

「関西《かんさい》に渡りをつけるとこじゃ。いざというときすぐ捌けるよう、手は打っとる」

三島は沖の考えを理解している。いざというとき、のいざが、五十子と正面切って殺り合うときだということを、三島もわかっている。それでも、気が急《せ》くのだろう。ときどき、あのシャブは幻ではないと確かめるように、沖に訊ねてくる。

確認して安心したのだろう。三島は肯くと、それ以上なにも言わなかった。

酔いに任せてどうでもいい話をしていると、カウンターの客がチェックを頼んだ。

時計を見ると、日付が変わっていた。昨日の疲れが残っている。

そろそろ帰るか、そう思ったとき、勘定をすませ出て行ったふたり連れと入れ替わりに、ひとりの男が入ってきた。

男の顔を見て、一瞬で沖は酔いが覚めた。

まわりからガミさんと呼ばれていた刑事——大上だ。喫茶店ブルーで会ったときと同じサングラスをかけている。

沖の目が動かないことに気づいたのだろう。三島と元が、沖の視線を追い、入り口を見やる。ふたりが同時に、中腰になった。頭ではなく身体が先に動いたのだろう。

沖たちを認め、大上が大袈裟《おおげさ》に驚く。親し気な笑みを浮かべて、沖たちのテーブルに近づいた。

「おお。めずらしいとこで会うのう。こんなら、ここにおったんか」

大上は断りもなく、向かいの一人掛けのソファにどっかりと腰を下ろした。

沖は隣にいる真紀に小声で訊ねた。

「よう来る客か」

真紀が耳元に口を寄せ、答える。

「いや。はじめて見る顔じゃね。虎ちゃん、知っとるん？」

隣の香澄を目の端で見やる。香澄も知らないのだろう。強引な客を不審げな目で見ている。

沖は真紀の問いに答えず、図々《ずうずう》しい刑事を睨みつけた。

「おい、ここはわしらのテーブルじゃ」

大上は沖を無視して、香澄に頼んだ。

「ママさん。ビールくれや。あとおしぼりも。おしぼりは熱《あ》っついやつ、頼むわ。あ、じゃがビールはよう冷えたやつでの」

つまらない冗談を飛ばし、大上は可笑しそうに笑った。

逆らわないほうがいいと思ったのだろう。香澄は無理に笑顔を作ると、カウンターのなかへ入っていった。

沖は大上に訊ねた。

「なんで、わしらがここにおるとわかったんじゃ」

大上は上着の内ポケットから煙草を取り出し、テーブルに置いた。

「偶然じゃ偶然。喉《のど》が渇いたけ、呑《の》み屋探しとったら、たまたまここに行きついてのう」

——狸《たぬき》が。

沖は心のなかで舌打ちをくれた。

よくもそんなわかり切った嘘を、抜け抜けとつけるものだ。この店は込み入った路地裏にある。たまたま立ち寄るわけがない。明らかに、自分たちの居場所を特定したうえでの行動だ。

しかし、どこから居場所が漏れたのか。

香澄が、おしぼりとビールを盆に載せて戻ってきた。

「どうぞ」

大上の前に置く。

「お、すまんのう」

大上はおしぼりで顔と首を拭《ふ》くと、香澄の酌でビールを一気に飲み干した。

「くー」

息を長く吐き出し唸《うな》ると、盛大なゲップをくれた。

「冷えたビールが、五臓六腑《ごぞうろっぷ》に沁《し》みるわい」

お代わりの酌をしながら、香澄はなにかに気づいたように小首を傾げた。

「もしかして、ガミさん？」

大上は意外な顔をした。

「なんなら、わしのこと知っちょるんか」

サングラスを外し、まじまじと香澄を見る。

香澄の顔が、ぱっと輝いた。

「やっぱりガミさんじゃわ。ほら、うちよ。カサブランカにおったエミリー」

大上は、おお、と声をあげた。

「エミリーちゃんか。十年ぶりじゃのう。別嬪《べっぴん》に磨きがかかっちょるもんじゃけ、気がつかんかったわい」

香澄は手の甲で口元を押さえると、色っぽく笑った。

「相変わらず、お世辞が上手《うま》いね。ガミさんは」

ふたりのやりとりを見ていた元が、横から口を挟んだ。

「ママさん、こいつと知り合いじゃったんの」

香澄は呆《あき》れたような目で元を見た。

「知り合いもなんも、広島で水商売しとってガミさん知らん人間は、おらんよね」

大上は沖たちを見渡しながら、香澄に言った。

「ついでじゃけ。この三人の色男、紹介してくれや」

香澄は意外そうに、大上と沖たちを交互に見た。

「知り合いじゃないん?」

沖は大上を睨みつけながら答えた。

「一度、喫茶店で会《お》うただけじゃ」

香澄は、ふうん、と鼻を鳴らした。

「そうじゃったん」

いきなり元が、怒鳴り声をあげた。

「名前なんか、どうでもええじゃろうが! 馴《な》れ馴《な》れしいんじゃ、おっさん!」

香澄の顔色が変わる。元を見やると語気を強めた。

「元ちゃん。黙りんさい!」

声に怒りが籠《こも》っている。こんな香澄を見るのははじめてだ。

香澄は、低い声で言った。

「この人はねえ、うちが昔、世話になった恩人じゃけ、そがあな文句垂《カバチた》れるんじゃったら、出入り禁止にするよ」

香澄の気迫に呑まれたのだろう。元は怯《ひる》んだように身体を固くした。が、すぐいつもの表情に戻り、口を開きかける。

その元を、沖は手で制した。大上を睨みつける。

大上はビールを飲みながら、にやりと笑った。

「そがあな怖い顔するなや。袖《そで》すり合うも他生の縁、いうじゃろが。のう」

ふたりの様子から、因縁があると察したらしく、香澄は場を取り繕った。

「そうよ。他にお客さんもおらんし、もう看板下ろすけ、みんなで楽しゅう飲まんね」

香澄はカウンターにいる由貴を振り返った。

「看板の電気消して、あんたもこっち来て飲みんさい」

由貴は嬉《うれ》しそうに、はあい、と返事をすると、表に出ていった。

香澄が元に指示する。

「ほれ、テーブルくっつけるけ、あんたも手伝いんさい」

元が渋々、従う。隣のテーブルとソファを移動させた。三つのソファが、逆向きのコの字形に配置される。

入り口を背に大上、大上の左隣に香澄。向かい合う形で真ん中に沖、沖を挟んで右側に三島、左側に真紀が座った。壁を背にしたソファには、元が不貞腐《ふてくさ》れたように腰を下ろす。

表の置き看板を店のなかに入れ、由貴が戻ってきた。自分用のグラスとビール瓶を手に、大上の右隣に座る。

「由貴です。よろしく」

甘ったれた声で大上にくっつく由貴に、三島が苦い顔をした。三島は由貴と寝ている。惚れているわけではないが、いい気はしないのだろう。

大上は由貴を上から下まで眺めた。

「おお、由貴ちゃんか。歳はなんぼじゃ」

由貴は科《しな》を作って、持ってきたビールを大上のグラスに注ぎ足した。

「今年で十九歳。現役の女子大生なんよ」

「ほう」

大上は感心したように声を上げた。

「十六くらいにしか見えんの。お肌がピチピチじゃ」

臆面《おくめん》もなく、見え透いた世辞を飛ばす。

女という生き物は、嘘とわかっていても、褒められれば嬉しいのだろう。由貴は満面の笑みで大上の腕を両手で抱え込んだ。サービスのつもりか、たいしてない胸を押しつける。

大上は注がれたビールに口をつけ、まじまじと由貴を見た。

「まあ、ほんまに十六じゃったら、風営法違反で引っぱらにゃァいけんがのう」

大上の高笑いが店内に響いた。

由貴が肩を窄《すぼ》めて舌を出す。

香澄は薄笑いを浮かべた。

「ガミさんはねえ、刑事さんなんよ。マル暴の」

由貴と真紀が真顔になる。香澄は慌てて言葉を付け加えた。

「ほじゃけんいうても、怖がることはないんよ。ほかのお巡りと違《ちご》うて、ガミさんは話がわかる人じゃけ。ヤクザとなんか揉めたら、この人に相談しんさい」

大上が、全員の顔を順に見やる。

「北署の大上じゃ。わしゃァ、女も男もいける口じゃけえ。困ったことがあったら言ってこい。悪いようにはせん」

——このクソ狸が。

沖は心のなかで吐き捨てた。面白くもない冗談を平然と並べ立てる大上に苛立《いらだ》つ。

再び元が、大上に噛《か》みついた。

「のう、おっさん。悪いがわしら、男には興味がないんじゃ」

大上は斜《はす》に構えて元を見た。

「ほうか。残念じゃの。で——」と、香澄に目を向ける。

「この元気のええあんちゃんは、誰ない」

香澄は我に返った態《てい》で、着物の袷《あわせ》を整えた。

「ああ、ほうじゃったね。まだ紹介しとらんかった。この子は元ちゃん。こんとおり青びょうたんじゃけど、短気でね。すぐ頭に血がのぼる子なんよ」

大上は芝居がかって肯いた。

「なるほど。ほいで、頭に包帯巻いとるんか」

「なんじゃと！」

小馬鹿にされた元が、ソファから立ち上がった。

「元ちゃん！」

香澄が目で抑える。

ここで香澄に逆らったら、店に来られなくなる。元は顔を顰《しか》め、尻《しり》を戻した。

元が腰を下ろすと、香澄は紹介を続けた。向かいの沖に顎《あご》を向ける。

「あれが虎ちゃん。見た目もごついけど、中身もごついんよ。ねえ、真紀ちゃん」

下卑《げび》た冗談と受け取ったのか、真紀が顔を赤らめる。

「虎ちゃんはねえ、そこいらのヤクザより、よっぽど腹が据わっとる。で、隣におるんが三島ちゃん。あんまり愛想がようないけど、それがええ、いう女の子もおるんよ」

香澄はそう言うと、目の端で由貴を見た。由貴がすまし顔で目を逸《そ》らす。

大上がテーブルの上の煙草を手にすると、由貴は慣れた手つきで火をつけた。煙を吐き出しながら、得心した顔で言う。

「さしずめ、暴れん坊の三羽烏《さんばがらす》ちゅうところか」

馬鹿にしているのか褒めているのかわからない。この男といると、どうも調子が狂う。

「ところで元ちゃん」

大上が馴れ馴れしく名前を呼んだ。

「その包帯、どうしたんなら。喧嘩《けんか》か。もしそうじゃったら、被害届、出しんさい。わしが案配しちゃるけん。遠慮せんでもええ。人助けも仕事のうちじゃ。ついこのあいだも、つまらん言い合いで怪我した男が泣きついてきよってのう。被害届出させたんじゃが、相手いうんがろくでもない男でよ。弁護士が出しゃばってきて——」

どうでもいい話を、大上は続ける。

いつまでも腹の底を見せない大上に焦《じ》れたのだろう。苛立った声で、三島は大上の話を遮った。

「おっさん、男のおしゃべりは嫌われるで。さっさと用件言えや。わしらに用があったけん、ここへ来たんじゃろ」

大上は喉の奥で笑うと、三島の問いを無視して沖に目をやった。

「虎ちゃん、いうたかのう。こんな、ええもん被っとるのう」

大上は顎で、沖が被っているパナマ帽を指した。

この期に及んで、まだ三味線を弾くのか。大上の図太さに、むかっ腹が立ってくる。

大上は真面目な顔で立て続けに問いかけた。

「それ、どこで買《こ》うたん？　このあたりか？　高いんじゃろ？　なんぼしたん？」

明らかに面白がっている。

沖は乱暴に煙草を咥えると、先端を隣に向けた。真紀が慌ててライターで火をつける。

沖はわざと、テーブルを挟んで真正面にいる大上に、紫煙を吹きかけた。

「面倒くさい親父じゃのう。どうでもええじゃろ、そがなこと」

大上の目の色が変わった。面白がっている様子はそのままだが、眼球の奥に剣呑《けんのん》さが見て取れる。

反射的に腰を引きそうになる。が、耐えた。

無言だった大上が、低い笑い声をあげた。沖に向かって身を乗り出す。

「のう。それ、貸してくれんかのう」

買ったばかりのパナマ帽を、赤の他人になんで貸さなければいけないのか。

元は物覚えが悪い。さっき香澄に注意されたのにもかかわらず、また大上に向かって怒声を張った。

「われ、サツじゃけえいうて、舐《な》めた口利いとったら承知せんど！」

コケにされて、三島も黙っていられなかったのだろう。吸いかけの煙草を灰皿でもみ消すと、吸い殻を指で大上のほうに弾《はじ》いた。

「冗談もええ加減にしとけよ、おっさん！」

大上は三島が放った吸い殻をひょいとよけた。そのまま床に落ちる。由貴が急いで拾い、灰皿に捨てる。

「駄目か。じゃったら――」

上着の内ポケットからサングラスを取り出し、大上はゆっくりとかけた。間を取り、ドスの利いた声で言う。

「わしにくれや」

さきほどまで冗談口を利いていた客が、笑みを殺して凄《すご》む姿に、場が静まり返る。

沖は大上を睨《にら》んだ。

大上は喫茶店ブルーで、沖と横山のやり取りを見ている。あのとき沖は、横山がつけているロレックスを貸せと言い、断られて、くれと言った。沖のそのやり方を、再現しているのだ。

自分に喧嘩を売ったり、反抗するやつは大勢いたが、猿真似をする者ははじめてだった。

急に笑いがこみ上げてきた。止まらない。大声で笑い続ける。

大上を除く全員が、わけがわからず沖を見ている。

ひとしきり笑うと、真顔に戻り大上を見た。

「おもろいおっさんじゃのう。人に、それくれ、言うて取り上げるんはわしの得意技じゃが、逆ははじめてじゃ」

沖は頭に載せていたパナマ帽を脱ぐと、指先でくるりと回し、大上に差し出した。

「ええじゃろ。これ、おっさんにやるわ」

真紀が驚いたように沖の袖を引っ張る。自分が選んだ帽子を簡単に他人へ譲るのが、気に入らないのだろう。

元も呆れたように沖を見た。自分には指一本触れさせなかったのに、こんなおっさんになんでじゃ——目がそう言っている。

大上は意外そうな顔で、沖に確かめた。

「ほんまにええんか？」

肯く。

「虎ちゃん！」

横から真紀が語気を強めた。

「また、買《こ》うたらええ」

真紀が諦《あきら》めたように、舌打ちをくれる。

「ほうか」

大上の目から剣呑さが消えた。口角を上げる。

「若いのに、気前がええのう。じゃあ、遠慮のう——」

大上は沖からパナマ帽を受け取ると、阿弥陀に被った。横に座る香澄に訊ねる。

「どうじゃ。似合うか」

張り詰めた場の空気から、互いが気を許したわけではないと、香澄にはわかっているらしい。ぎごちない笑みを浮かべて肯いた。

「うん。よう似合《にお》うとる」

大上が真顔になる。沖を見ながら、女たちに言った。

「虎とちいと、込み入った話があるけん。こんなら、席を外してくれや」

女たちが素直に席を立つ。香澄はカウンターのスツールに座ると、真紀と由貴に言った。

「ふたりとも今日はもうええよ。お疲れさん」

「でも――」

沖と懇《ねんご》ろの真紀は、この場に残りたい様子だった。心配なのだろう。香澄はそれをさらりとかわした。

「男同士の話なんてつまらんよ。今日は帰って眠りんさい。寝不足はお肌に悪いけ」

優しい言葉遣いとは裏腹な厳しい口調に、真紀は諦めたように首を垂れた。そのままバッグを手に、店の裏から出ていく。由貴もあとに続いた。

女の子たちが帰ると、沖は大上を促した。

「で、なんなら話いうて」

ソファの背にもたれ、沖は煙草を咥えた。真紀が座っていた席に移った元が、さっとライターを差し出す。

大上も新しい煙草を咥え、自分で火をつけた。煙を吐き出しながら、口火を切る。

「虎よう。こんなァ、なんで広島へ流れて来とるんじゃ」

沖は自分でも視線がきつくなるのがわかった。広島に来た理由は、暴れすぎて、加古村や五十子から目をつけられたからだ。しばらく地元を離れていればほとぼりが冷める、そう考えていた。

呉原を離れた理由を話すということは、自分たちがしてきた悪事をこいつに知られることになる。

――嫌なやつだ。

沖は心のなかで舌打ちをくれた。

こいつは、どこを突けば蛇《じゃ》が出るかを知っている。表向きは能天気な態度を見せているが、頭は切れる。

沖たちが広島に来た理由も、もしかしたらすでに当たりをつけているのかもしれない。どこまで摑んでいるのか。

沖は大上の目をじっと見据えた。しかし、濃いレンズの奥にある瞳《ひとみ》は見えない。

目の端で、両隣にいる三島と元を見る。

元は目をぎらつかせ、苛立たしげに膝《ひざ》を小刻みに揺らしている。三島は煙草を吹かしながら、平然とした顔で宙を見据えたままだ。ふたりとも、沖にすべてを委《ゆだ》ねているのだ。

沖は手元のグラスを持ち上げると、ぐるりと回してなかの氷を転がした。

「そがあなことか。わしらはのう、行きたいとこに行くし、やりたいことをやる。それがわしらのやり方じゃ」

ここで白を切ることで、鬼が出るか蛇《じゃ》が出るか。そんなことはわからない。事が起きたときはそのときだ。出たとこ勝負は、いままでもこれからも変わらない。

大上は煙草を指に挟んだままグラスを手にすると、沖を真似るようにグラスを揺らした。

「尾谷んとこの一之瀬、知っとるじゃろ」

呉原の不良で、一之瀬の存在を知らない者はいない。いまどきめずらしい、金筋《きんすじ》のヤクザと評判だ。顔を合わせたことはないが、沖も名前は知っている。

大上はグラス越しに、沖を見た。

「一之瀬がいうには、こんならァ、呉原じゃ相当、顔が売れとるらしいじゃないの。極道も腰《イモ》引く、いう噂で」

大上はグラスの中身をごくりと飲み込んだ。

グラスのなかで、氷がからんと音を立てる。

大上はグラスをテーブルに戻すと、同じ質問を繰り返した。

「居心地のええ呉原を離れて、広島へ出たんはなんでじゃ」

「おい、おっさん！」

怒りを抑えきれなかったのだろう。元が大きく割った膝を大上に向けた。

「もう答えたじゃろう。わしらはわしらの、好き勝手にしとるだけじゃ！」

三島も苛立ちが頂点に達しているらしく、火をつけていない咥え煙草を、せわしなく上下に揺らしている。

いまにも飛び掛からんばかりの怒気を発している三島と元を、沖は手で制した。余計な口を利いて、大上に付け入る隙を与えるのはまずい。

あえて、ゆったりした口調で言う。

「おっさん、やっぱり女にもてんじゃろう。女はおしゃべりな男を嫌がるが、しつこい男も、好かんのじゃ。わしらがどこにおろうが、あんたにゃァ関係ないじゃないの」

沖はここで凄みを利かせた。

「ええ加減にせいよ」

大上は余裕の表情で、沖の威嚇《いかく》を受け流した。自分で焼酎の水割りを作りながら、にやりと笑う。

「それがのう。そうもいかんのじゃ」

沖は眉を顰《ひそ》めた。

――この親父、いったいなにを摑んでいる。

三島も元も、じっと大上の出方を待っている。口を利く者はだれもいない。有線から流れるジャズの音だけが、響いている。

沈黙を破ったのは大上だった。独り言のように、言葉を紡《つむ》ぐ。

「いまから三年ほど前に、五十子んところのシャブが誰かに攫《さら》われた。怪我人も出た、いう話じゃ。同じ頃、五十子の若頭《わかがしら》、浅沼真治の舎弟、竹内博が姿を消しちょる。それからほどなく、呉原で暴れん坊で有名だったあんちゃんたちが、広島へ拠点を移した。去年の六月に笹貫の賭《と》場《ば》が荒らされたが、それは、あんちゃんたちが広島へ出てきたあとじゃ」

大上はテーブルに身を乗り出すと、沖に顔を近づけた。

「のう、面白い話じゃ、思わんか」

沖は口に手を当てた。顎を擦《さす》り、考えをまとめる。

五十子のシャブを強奪したのも、笹貫の賭場を荒らしたのも自分たちだ。それを裏付ける、確度の高い情報を握っているのか。それともカマをかけているのか。もし情報を入手しているとすれば、どこから漏れたのか。

沖は大上の心中を探るように、大上に視線を据えた。薄暗い照明の下で、サングラスの奥の目が笑っているように見える。

いずれにせよ、大上が自分たちを疑っていることは間違いない。

沖は大上の質問に、質問で返した。

「あんた、訊《き》いてばかりじゃが、こっちの質問に答えとらんじゃないの。なんでわしらがここにおるんがわかったんじゃ」

大上が口角を上げる。

「わしんとこへはのう、いろんな伝手《つて》から情報が入ってくる。煙草屋のばあちゃんから、八百屋のおっちゃんから、それこそ極道の金バッジから、のう。蛇《じゃ》の道は蛇《へび》よ」

沖は根本まで吸った煙草を灰皿に押し付け、すぐさま新しい煙草を咥えた。横から元が火をつける。ソファの背にもたれていた三島は、いつのまにか前のめりで、事の成り行きを見詰めていた。

沖は盛大に煙を吐き出すと、ソファに背を預けた。

「ほうの。じゃったら、わしらにも情報をくれんか。大口のシャブの取引とか、強盗《タタキ》に入りやすい賭場が立つ日とか——」

束の間、大上は沖を見据えていたが、やがて大きな声で笑いだした。

「なにが可笑しいんじゃ！」

馬鹿にされたと思ったらしく、元は顔を真っ赤にして立ち上がった。元のシャツの裾《すそ》を摑み、力ずくで座らせる。

「大人しゅうしとれ言うとるじゃろう。ほんまに傷が開くど。それとも、わしに開いてもらいたいんか」

沖は元を睨んだ。苛立っているのはこっちも同じだ。

元がぶるっと身を震わせて、ソファに尻を戻した。

「わかっとる、わかっとるよ、沖ちゃん。ちいとかっとなっただけじゃけ。沖ちゃんの言うとおり大人しゅうしとるよ」

大上は喉の奥でいつまでも笑っている。乗り出していた身をもとに戻すと、笑い疲れたように、溜《た》め息をついた。

「こんなら、ほんま、おもろいやっちゃのう。これ貰《もろ》うたけん。今日のところは見逃したる」

これ、と言いながら、大上は自分の頭に載せているパナマ帽の鍔《つば》を、指で弾いた。

二万円の帽子で見逃してもらうことが高いのか安いのか、よくわからない。どちらにせよ、今夜はもうこいつに付き合わなくていい。そう思うと清々した。

沖がふっと息を抜くと同時に、大上は真顔になった。真っ向から見据えて、沖に言う。

「笹貫んところじゃのう、賭場荒らしの犯人は、だいたい目星をつけとるそうじゃ。五十子も、同じじゃ。シャブをかっさらったやつを地獄の果てまで追いかける、言うとるげな」

大上は、声を低くした。

「このままでおったら、こんなら、山に埋められるか、海に沈められるど」

辛抱の糸が切れたのか、それまで黙っていた三島が啖呵《たんか》を切った。

「上等じゃない。喧嘩じゃったらなんぼでも買《こ》うちゃる！」

大上は、ぎらりとした目で三島をねめつけた。

「馬鹿たれ！」

香澄がぎょっとした顔で、スツールから立ち上がった。心配そうにこちらを見ている。

激しい一喝に、三島も元も固まっている。認めたくはないが、沖も瞬時、息を吞んだ。

大上は冷静な声に戻り、沖たちを交互に見た。

「笹貫の上にゃァ、綿船がおるんで。広島じゅうの極道を敵に回して、勝てる思うちょるんか。悪いことは言わんけん、しばらく身をかわせいや」

三島と元は互いに顔を見合わせると、ここは任せる、というように沖を見た。

沖は、さっきから感じている一番の疑問を口にした。

「あんた。なんでわしらに忠告してくれるんない」

どこの馬の骨ともわからんやつらなど、どうなってもいいはずだ。

大上はサングラスを外すと、眉間《みけん》に皺《しわ》を寄せた。

「こんなら、なんで堅気《かたぎ》にゃァ手を出さんのじゃ」

意外な問いに、沖は戸惑った。

「わしが知るかぎり、こんならァ堅気にだけは手を出しちょらん。こんならが歯向こうとるんは、薄汚い極道だけじゃ。なんでじゃ」

沖は言葉に詰まった。大上の言うとおり、いままで堅気に手をあげたことはない。悪さをしている堅気を目にしたことは幾度もあるが、自分たちに火の粉が降りかからない限り無視してきた。

なぜ堅気には手を出さないのか——考えてみたが、自分でもよくわからない。

大上は眉間の皺を解《ほど》くと、再びサングラスをかけた。

「わしゃァのう、堅気に手ェ出すやつは許さん。極道だけじゃない。愚連隊《ぐれんたい》や暴走族も、じゃ。まあ、そいつらは大概、極道にケツ持ちしてもろうとる。こんなら、一本でやっとるそうじゃない。極道や不良に喧嘩売りまくって——ええ根性しとる。根性があるやつが、わしは好きでのう」

大上がソファから立ち上がった。沖を見下ろして言う。

「わしの仕事はのう。堅気に迷惑かける外道《げどう》を潰すことじゃ。そういうことよ」

大上は上着の内ポケットから財布を取り出すと、なかから万札を一枚抜き出しテーブルに放った。

「このあいだは初対面じゃったけん、挨拶《あいさつ》代わりにわしが奢《おご》ったが、これからは割り勘じゃ。顔馴染みじゃけんのう」

大上は笑いながら出口へ向かうと、ドアの手前で香澄を振り返った。

「エミリーちゃん。騒がせたのう。また来るわい」

少し、戸惑うような間があった。が、香澄はすぐに愛想笑いを顔に浮かべた。

「え、ええ。ガミさんならいつでも大歓迎じゃけ。また来てね」

大上は片手をあげると、店から出ていった。

十一章

大上は根本まで吸った煙草を路面に落とすと、つま先で揉《も》み消した。足元に四、五本の吸い殻が散らばっている。すべて大上が吸ったものだ。

大上は路地の角から、少し離れた場所にある横断歩道を見つめた。

青信号の交差点を、車が何台も行きかっている。駅から離れた商店街にあるこのあたりの道路は、さほど広くない。だが、夕暮れ時のこの時間、交通量は多かった。

道路の両側には、信号が変わるのを待っている通行人がいる。

大上は自分の腕時計を見た。午後六時三十分。

信号が赤に変わる。歩行者が道路を横断しはじめた。ひとりひとりに目を凝らす。大上が狙っている人物の姿はない。

歩行者用の信号が点滅し、赤になった。再び車が走り出す。

大上は上着の内ポケットから新しい煙草を取り出した。部下がいればすぐに火を差し出してくれるのだが、今日はひとりだ。自分で煙草に火をつける。

本来、刑事は二人ひと組で行動をする。そのほうが、突発的な事態にも俊敏な対応ができるし、身の安全を高めることができる。また、聞き取りの場合はダブルチェックになるし、不正の防止にもなる。だが、大上は単独行動を許されていた。

三日前、大上は飯島係長に、嘘の報告をした。

五十子が覚せい剤の取引をするという情報を自分が飼っているエスから仕入れた、というものだ。取引額はおよそ二億。事の真偽を確かめるためひとりで行動したい、と飯島に頼んだ。

エスは刑事の財産だ。同僚といえども正体を明かすことはできない。刑事の心得だった。そこを強調した。点数に目がくらんだ飯島は、二つ返事で単独捜査を許可した。

その足で大上は呉原に向かった。沖の実家を訪ね、一之瀬と沖に会い、翌日、広島に戻った。時刻は昼前になっていた。

首を長くして待っていたのだろう。大上が二課に入るなり、飯島は廊下へ連れ出した。ひと気のない廊下の突き当たりに行くと、誰もいないことを確認し、大上に訊《たず》ねた。

「ご苦労じゃったのう。で、例の件はどうじゃった」

五十子が覚せい剤の大口取引をするという、嘘の案件だ。

二億の覚せい剤――この取引現場を押さえれば、大手柄で出世の道が開け、飯島は前途洋々たる警察官人生が約束される。

飯島は鼻息を荒くしながら、大上の答えを待っている。

大上は笑い出しそうになるのを堪《こら》えて、真面目な顔で飯島を見た。

「係長。どうやら当たりくさいですよ」

「ほんまか！」

飯島の目が輝く。

「わしが見たとこ、エスが口から出まかせ言うとる感じはせんでした。ありゃァ、ガセじゃとは思えんです」

「ほうか、ほんまか」

飯島は腕組みをした。すでに大上を見ていない。宙を見つめる飯島の目に映っているのは、警視のバッジをつけた自分の幻か。

「よし、いますぐ専属班を立ち上げて――」

意気込む飯島を、大上は止めた。

「待ってください。この案件はかなりでかい。情報提供者本人は、自分の口から漏れたと知れたら命はないと、ようわかっとります。今回の情報を仕入れたんは、その男と付き合いが長い、わしのエスです。ふたりは刑務所時代からのポン友です。じゃが、情報提供者はかなりびびっとって、エスにも詳しいことを言わんのです。ポン友にも言わんことを、なんぼ紹介じゃいうて、一度や二度会《お》うただけの人間に話さんですよ。もちいと時間をかけて、信頼関係を築かんと――」

飯島は大上の話を遮った。

「そがあな悠長なこと言うとる場合か。犯罪の速やかな防止が、警察の役目じゃ。ぼやぼやしとって余所《よそ》に先を越されたら――」

そこまで言って、飯島は我に返ったように口を噤《つぐ》んだ。バツが悪そうにそっぽを向く。

つい本音が出たのだ。飯島が取引の話を刑事部屋でしなかった理由は、誰かの耳に入り、手柄を横取りされたくなかったからだ。

大上は胸糞《むなくそ》が悪くなった。

飯島が点数を欲しがるからではない。飯島の態度に、腹が立った。手柄を立てて出世したいのは誰もが同じだろう。だが飯島は、自分にはそんなさもしい根性はない、と聖人君子ぶる。そこが気に入らなかった。

大上は気を静めて、飯島の肩を叩《たた》いた。

「係長、落ち着いてください。確かにわしァ、当たりくさい、言いました。じゃが、当たり、とは言うとらんです」

飯島の眉間《みけん》の皺《しわ》が、さらに深くなる。

駄目を押した。

「ここで騒いで、情報がガセじゃったら、恥かくんは係長ですよ。それでもええんですか」

飯島は拗《す》ねた子供のように、口を尖《とが》らせた。

「そりゃァ、そうじゃが……」

飯島は俯《うつむ》いていた顔をあげると、大上を見た。怒ったように言う。

「これはわしらが掴《つか》んだ情報じゃ。麻薬取締官《マトリ》にでも横取りされたら、腹の虫が治まらん」

わしらという言い方に、大上は心のなかで苦笑した。

机にふんぞり返り、部下の手柄を横取りしようとしているボンクラに、相棒のような呼ばれ方などされたくない。

虫唾《むしず》が走った。

「のう、お前もそう思うじゃろう」

詰め寄ってくる飯島から、大上は一歩退いた。ズボンのポケットに両手を入れ、あたりに人がいないかと確かめる。

「わしに考えがありますけ」

距離を、また飯島が詰める。

「考えいうて、なんなら」

大上は懐《ふところ》から煙草を取り出し、一本抜いた。灰皿がないここでは吸えない。手のなかで転がす。

「探りを入れる糸口は掴みました。もう少し、情報提供者にええ思いさせて、ちいとずつ網を手繰り寄せるつもりです。やつがわしを信用すれば、今回の手柄、半分は手に入れたようなもんです。そこでひとつ頼みがあるんですが」

話に聞き入っていた飯島は、気が急《せ》くあまり言葉に詰まりながら訊《き》き返した。

「な、なんじゃ。言うてみい」

「もうしばらく、ひとりで内偵を続けさせてもらえんですか」

飯島は腕を組んで険しい顔をした。

単独行動は緊急時における一時的な対応で、長期にわたり行うものではない。長くなればなるほど、捜査員に危険が伴う。それに、単独行動を許可するには、上席の決裁がいる。

上席に取引の話をすれば、自分の手柄を横取りされかねない。適当な理由をつけて判子を押させるしかないのだが、いい理由が思いつかないのだろう。飯島は一点を見つめたまま動かない。

大上は鼻の頭を掻《か》くと、小声だが力強く言った。

「心配せんでください。係長の悪いようにはせんですけ」

飯島は半信半疑といった表情で口を開けた。念を押すように訊く。

「ほんまに、大丈夫なんか」

大上は飯島の背中を軽く叩いた。

「係長はなァんも考えんでええです。課長にはなんじゃかんじゃ誤魔化しときゃァええんです。あとはわしが上手《うも》うやりますけ」

自分に害は及ばない、そう思ったのだろう。強張《こわば》っていた飯島の顔が崩れた。大きく肯《うなず》く。

「わかった。上には適当に言うとくけん。くれぐれもヘタァうつなよ」

――くれぐれもヘタァうつなよ。

大上は込み上げてくる笑いを堪えた。

上司なら部下の身を案じ、くれぐれも危ない橋は渡るなよ――そう言うべきだろう。

この男には、出世と保身しかない。部下など持ち駒のひとつとしか見ていないのだ。

もっとも、大上も、たいていの上司をハサミくらいにしか思っていないからお互い様だ。馬鹿とハサミは使いよう。せいぜい利用させてもらう。

単独行動の裁可さえ得られれば用はない。

大上は会釈をすると、手のなかで転がしていた煙草を咥《くわ》え、その場から立ち去った。

再び信号が赤になり、車が止まった。待っていた人々が、道路を渡りはじめる。

歩行者用の信号が点滅し、赤に変わろうとしたとき、小走りに道路を横切る女が目に入った。

大上は吸いかけの煙草を側溝に投げ捨てると、急いで女に駆け寄った。道路を渡り切るのと同時に、走り出した車がすぐ後ろを掠《かす》めていく。

何事もなかったかのように歩き出す女に、大上は背後から声をかけた。

「真紀ちゃん、あんたクインビーの真紀ちゃんじゃないの」

女が振り返る。間違いない、沖の女、真紀だ。

真紀が沖の女だという証拠はない。だが、店での沖と真紀を見ていれば、ふたりが出来ていることは一目瞭然《りょうぜん》だった。沖はさほどでもないが、真紀は沖にぞっこんだ。沖を見つめる真紀の目には、惚《ほ》れた女が持つ特有の潤みがあった。

大上が張っていた交差点は、クインビーがある路地へ続いていた。路地はコンコン通りと呼ばれている。道の脇に古いお稲荷《いなり》さんがあるからだ。

コンコン通りの造りは巾着《きんちゃく》形になっていて、出入り口となっているアーチ状の看板をくぐると、なかは細かい路地が入り組んでいる。

大上は夕方の五時半から、コンコン通りの出入り口を見張っていた。真紀と偶然を装って出会うためだ。店の前で待っていては偶然にならない。ママや同僚の目もある。真紀にはどうしても聞きたいことがあった。

水商売の女が出勤するのは、たいがい店が開く一時間ほど前――六時から七時のあいだだ。念のため、少し早めに大上は張り込んでいた。

いきなり現れた昨夜の刑事に、真紀は身構えるようにシャネルのバッグを両手で抱きかかえた。口紅を塗った真っ赤な唇がへの字に曲がる。

「どうも」

形ばかりの会釈をする。

真紀は口紅と同じ色のワンピースを着ていた。大上は精一杯の世辞を言う。

「よう似合《にお》うとるじゃないの。テレビで見るモデルにも負けとらんわい」

客のあしらいに慣れているのだろう。真紀も世辞で返す。

「お客さんもその帽子、よう似合うとりますよ」

真紀は、大上が被《かぶ》っているパナマ帽を顎《あご》で指した。昨日、沖から手に入れたものだ。

大上は鍔《つば》に手を添えて、笑みを浮かべた。

「気前のええ虎ちゃんのおかげじゃ。ありゃァそのうち、大物になるで」

大上の軽口を無視して、真紀は訊ねた。

「うちを待っとったんでしょ。なんの用ですか」

大上は心外だとばかりに、声をあげた。

「おいおい。待ち伏せしとったわけじゃないで。ただの偶然じゃ」

真紀はじろりと大上を見た。

「うち、長《なご》うこの道使《つこ》うとるけど、お客さんを見かけたこと一度もないわ。昨日と今日、ふつか続けて偶然の出会いなんて、安いポルノ映画でも使わんわ」

頭の軽い姉ちゃんかと思っていたが、案外そうでもないらしい。

香澄を通して真紀の住所を訊き出し、直接、部屋を訪ねてみようかとも思ったが、待ち伏せのほうで正解だった。部屋を訪ねれば、もっと警戒され、知りたい情報を入手できなかった可能性が高い。

大上は懐から煙草を取り出し、耳に挟んだ。

「まあ、偶然じゃゃなかったとしてもよ。そっちに悪い話じゃないけ。ちいと時間をくれや」

真紀はわざとらしく、自分の腕時計を見た。

「時間に遅れるとママが煩《うるさ》いけ、またにしてください」

真紀が踵《きびす》を返し、大上に背を向ける。

大上は真紀の前に回り込み、立ちはだかった。

「おっと。ママにゃァ、わしから話を通しとく。なァんも心配せんでええ」

大上の強引さに、真紀は少したじろいだようだった。

大上は腰を屈《かが》めて真紀の顔を下から見やると、声を潜めた。

「虎ちゃんたちが揉めた不良がのう、仕返ししちゃる、いうて騒いどるらしいんじゃ」

真紀の顔色が変わった。

「それ、ほんまですか」

大きく肯く。

「おお、本当じゃ」

当てずっぽうだった。

元は頭に包帯を巻いていた。揉め事があったことに間違いはない。

相手が極道なら、自分のところになんらかの情報が入る。入っていないということは、相手はそこらの不良か愚連隊《ぐれんたい》だろう。そう当たりをつけた。

真紀の顔が青ざめていく。いくら沖たちが強いとはいえ、騙《だま》し討ちにあったり、大勢で殴り込《カチコミ》みをかけられたら、無傷ではすまない。その不安が頭を過《よぎ》るのだろう。

押し黙ったままの真紀に、大上は優しく声をかけた。

「虎ちゃんにゃァ、わしも借りができたけん。喧嘩《けんか》相手に牽制《クンロク》かまして、騒ぎが治まるよう、案配しちゃる。じゃけえ、ちいと話をきかしてくれや」

さきほどまで仇《かたき》を見るようだった真紀の目が、いまは救いを求めるそれになっている。

すっかりしおらしくなった真紀は、泣きそうな顔で言った。

「沖ちゃんを、守ってくれるん？」

唇を舐《な》める。目尻《めじり》を下げて言った。

「おお、あんたが大好きな沖ちゃんを、わしが守っちゃる」

大上は真紀を連れて、近くの喫茶店に向かって歩き出した。

喫茶店で大上はアイスコーヒーを頼み、真紀は大量の甘いものを注文した。

生クリームがたっぷりのったホットケーキとフルーツパフェ、飲み物はアイスてんこ盛りのクリームソーダだ。

テーブルの上に並べられた品を見ながら、これだけの量を本当に食えるのか、と思ったが、大上の疑問をよそに真紀はあっという間に平らげた。

大上も甘いものは食べる。特に疲れているときは、無性に欲しくなる。だが、食べたとしても少量だ。大概の女は甘いものが好きだが、それでも真紀は特別なのだろう。

喫茶店には一時間ほどいた。

店を出て真紀と別れた大上は、近くの煙草屋でハイライトを買った。最後の一本を呑《の》んだのは三十分ほど前だ。これほどニコチンを切らしたのはいつ以来か。自問しながら煙草に火をつけ、大きく吸い込む。

真紀の喰《く》いっぷりを思い出すと胃が気持ち悪くなるが、収穫はあった。

自分が惚れている男の身に危険が迫っていると聞いた真紀は、大上の質問に素直に答えた。

真紀が語ったところによると、沖とはいまからひと月前に店で知り合った。いまでは週に二回は店に顔を出す。そのときはたいてい真紀の部屋へ泊まっていくが、どこに塒《ねぐら》があるか知らない。店に来るときは、沖と三島、元の三人、いつも一緒だ。三島は同じ店で働いている由貴とできている。元の女性関係は知らないが、おそらく女がいるのだろう。三人とも広島に親しい知人はいないらしく、どこへいくにも一緒に行動していると聞いている。そんなことを、スプーンでクリームを口に運びながら話した。

多くは大上が知っている情報だったが、新しく摑んだものもあった。

沖たちの溜《た》まり場だ。

駅前大通りから横に入った裏路地にある「佐子」というホルモン屋——かつて大上もよく顔を出していた店だ。安くてボリュームがあり、金がない若い時分は、だいぶ通った。しかし、最近は歳のせいか、酒を飲む量が増えたせいか、脂っこいものが胃にもたれるようになり、ご無沙汰《ぶさた》している。

佐子は戦後の混乱期に開店し、以来、ずっとホルモン専門の店を続けている。店を開いた亭主は、喧嘩で負った傷が原因で、四十過ぎで死んだと聞いた。その後、妻が店を切り盛りした。それがいまの女将《おかみ》だ。

名前は金田《かねだ》米子《よねこ》。古希は過ぎているはずだ。人を容易に信用しないのは、生まれ持った性格なのか、人一倍、苦労が多かったのか。だが、一度顔見知りになれば懐は深く、多少の無理も聞いてくれる。

広島に出てきて間もない沖たちが、よく佐子に入り込めたものだと思う。沖には、どこか人を惹《ひ》きつける魅力がある。カリスマ性といってもいい。それは大上も感じていた。

真紀と別れた喫茶店から佐子までは、そう遠くない。ゆっくり歩いても二十分ほどだ。

行き交う車のテールランプが灯《とも》りはじめた。夕暮れの街を、大上は佐子に向かった。

煮染めたような暖簾《のれん》をくぐると、カウンターのなかにいる米子が目だけで入ってきた大上を見た。

客はいない。壁の上にずらりと並んだ品書きの張り紙も、昔のままだ。店の暖簾同様、色褪せている。

以前、指定席だったカウンターの隅に大上は座った。

パナマ帽にサングラスという出で立ちに、米子の顔があからさまに険しくなった。下を向いて、包丁を動かしはじめる。

「悪いがあんたはお断りじゃ。うちはその筋の人間は入れん」

大上は米子を見ながら、サングラスを指で鼻先まで下ろした。

「おばちゃん。しばらく会わんあいだに、老眼が進んだんか？」

声を覚えていたのだろう。米子は目を丸くして顔をあげると、目の前の大上をまじまじと見つめた。

「ありゃあ、ガミさんじゃなあの！　どこの筋者《すじもん》かと思うたわ。少し見んあいだに、貫禄《かんろく》がついたのう」

大上はサングラスを外し胸ポケットにしまうと、苦笑した。

「筋者はないじゃろう、筋者は」

米子は昔と変わらず、豪快に笑う。

「警察も極道も、似たり寄ったりじゃろうが」

ふたりの笑い声が聞こえたのだろう。店の奥から若い女性が顔を出した。

「なに？　お客さん？」

女は、英語のロゴが入ったTシャツを身に着け、ホットパンツを穿《は》いている。雰囲気はまるで違うが、整った顔立ちがどことなく清子を思い出させる。

清子に似た女は大上と米子を交互に見た。

「ずいぶん楽しそうね。おばちゃんの知り合い？」

米子は笑いながら答えた。

「昔の男じゃ」

女が白い歯を見せて笑う。

「また出た。この店にくる男のお客さんは、みんなおばちゃんの昔の彼氏じゃもんね」

女性はカウンターから出てきて、大上におしぼりを渡した。パナマ帽を外し、顔を拭《ふ》きながら女性を眺める。

「別嬪《べっぴん》さんじゃのう。アルバイトか」

褒められることに慣れているのか、女は大上の誉め言葉は無視して答えた。

「おばちゃんの妹の孫。今日子いいます。よろしく」

どこからみても胡散臭《うさんくさ》い大上に、物おじせずに口を利く。肝《きも》が据わっているところは大伯母《おおおば》譲りか。

今日子は入り口のそばにあるガラス製の冷蔵庫の戸を開けた。

「なんにされます?」

「ビールじゃ。一番冷えとるやつ、頼むわ」

今日子はなかから缶ビールを取り出すと、大上の前に置いた。

「グラスは」

「このままでええ」

プルタブを引き上げ、冷えたビールを喉《のど》の奥に流し込む。

「ガミさん、モツはどうする」

米子が訊ねた。焼きか天ぷらか、聞いているのだ。

「久しぶりじゃけ、名物の天ぷら、貰《もら》おうかの」

米子がカウンターの向こうから、お通しの広島菜の漬物を出した。箸《はし》をつけながら大上はさりげなさを装い訊ねた。

「ところでよう。最近、この店で喧嘩があったげなのう」

米子は手を動かしながら答える。

「誰が言うたん。喧嘩なんかありゃァせんが。ここんとこ、大人しゅうもんじゃ」

大上は素早く、頭を回転させた。

元は頭に包帯を巻いていた。頭部を縫うような怪我を負ったことは間違いない。

米子が嘘をつく理由はない。店で喧嘩があったら、あったと言うはずだ。ということは、店は無関係か、もしくは——。

大上はカマをかけた。

「わしが耳にした話じゃと、血だらけの若い兄ちゃんが担ぎ込まれたそうじゃない。見た者がおってじゃ」

もし、元の包帯と店になんらかの関係があるとしたら、筋書きはこれしかない。

米子は呆《あき》れと感心が入り混じったように笑った。

「相変わらず、よう知っとるね。地獄耳のガミ、言われるだけあるわ」

思ったとおりだ。

大上はビールの残りをひと息で飲み干した。

「もう一本、頼む」

テーブルの椅子に座っていた今日子が、冷蔵庫から缶ビールを取り出しカウンターに置いた。

天井の隅に備え付けられたテレビでは、カープと巨人の対戦が放映されている。今日子は試合に夢中で、テレビを見詰めていた。

「その兄ちゃん、どこで揉めたんなら」

米子は天ぷら鍋《なべ》を置いているガスコンロに火をつけた。

「あそこのパチンコ屋じゃ、いうとったが」

あそこ、と言いながら、店の向かい側に顎を振る。あのあたりにあるパチンコ屋といえば、パーラークラウンしかない。

「相手は」

続けて大上が訊ねる。

米子は即座に答えた。

「よう知らんが、揃いの特攻服着とったいうてじゃけ、そこいらの暴走族じゃないんかいのう」

野球を見ていた今日子が、後ろを振り返り米子に厳しい口調で言った。

「おばちゃん、そん人に軽々しく教えてええん？　余計なことしゃべりやがってって、その暴走族から逆恨みされたら大変じゃが」

米子は切ったモツを天ぷら衣にくぐらせながら、今日子をきつい目で見た。

「あんた、子供んときからうちを見とってからに、なんもわかっとらんね」

米子は熱くなった天ぷら油に、投げ込むようにモツを入れた。

音を立てて、油が撥《は》ねる。

「客商売やっとると、嫌でも人を見る目が肥えてくる。ガミさんは、柄は悪いけど、堅気《かたぎ》を困らせたり、難儀《いたしゅう》になるようなことはせん。あんたも男見る目養わんと、つまらんやつにひっかかるよ」

「ふうん」

今日子はいまひとつ信じられないといった様子で大上を見ると、野球観戦に戻った。

「ほい、できたで」

揚げたばかりの天ぷらを、米子が皿に載せて大上に差し出す。

「お、これこれ。懐かしいのう」

大上は皿を受け取ると、側に置いてある小型の出刃を手にした。目の前にあるまな板の上で、ひと口大に切る。

口に入れると、じわっとホルモン特有のうま味が広がった。

「やっぱりここのホルモンは、日本一じゃ」

嘘ではない。佐子のホルモンは、どこの部位でも臭みがない。新鮮だから、揚げても焼いても美味《うま》い。

困るのは、固まりで出てくるので、ひと口大に切っても嚙《か》み切るのに往生することだ。口の中で何度も咀嚼《そしやく》し、ビールと一緒に呑み込む。

ビールとホルモンを胃袋に流し込みながら、沖たちに関してそれとなく探りを入れる。が、パーラークラウンで揉めた以外の情報は得られなかった。

大上はホルモンを半分ほど残して席を立った。

「ごちそうさん、また来るわい」

数年前なら平らげたが、やはりこの歳では脂がきつい。

「二千八百円です」

いつのまにか、今日子が後ろに立っていた。

大上は財布から三千円出すと、今日子に渡した。

「釣りはいらん。菓子でも買うてくれ」

子ども扱いされたことが気に入らなかったのだろう。今日子は頰を膨らませると、ぷいっと大上に背を向けた。

米子がカウンターのなかから大上に言う。

「今日子はあんたが気に入ったみたいじゃ。また顔見せに来んさいや」

いまのやり取りで、どうしてそう思うのか、大上にはわからない。わからないまま、大上は佐子を後にした。

外に出ると、大上は咥え煙草でパーラークラウンに向かった。

紫煙を吐きながら考える。

沖たちが誰と揉めたのかは、パチンコ店の店員に訊けばわかるだろう。

そのあと、沖をどう使うか——大上の頭のなかに、具体的なアイデアがあるわけではなかった。が、情報は集められるだけ集めるに越したことはない。世の中で、いくらあっても邪魔にならないのは、銭と情報だけだ。

大上の横を、赤子をおんぶした女が通り過ぎた。

機嫌が悪いらしく、赤子は火が付いたように泣いている。

大上はふたりを振り返った。

女は背中で赤子を揺らしながら、とぼとぼと遠ざかっていく。

大上は赤子の泣き声が聞こえなくなるまで、ふたりを見ていた。

なにげなく、上空を見た。月は、どす黒い雲で隠れている。

そうだ。世の中、銭と情報を持つ者が勝つのだ。銭で情報が手に入り、情報を売ることで銭が入る。そのふたつを巧みに操ることが、生き残る術《すべ》だ。

根本まで煙草を吸い、煙を吐き出した。見上げた空を、紫煙がよぎる。

――かつての自分に銭と情報があれば、清子と秀一を救えた。

大上は首を下ろすと、路上に煙草を投げ捨てた。足で揉み消す。

背後を振り返った。

人ごみに紛れたのか、女と赤子の姿はない。

大上はパナマ帽を被り直すと、パーラークラウンに足を向けた。

十二章

スチール製のドアがノックされた。

沖の向かいに座っていた三島が、畳から立ち上がる。ドアの覗《のぞ》き穴から訪問者を確認すると、沖を振り返った。

「元じゃ」

沖は壁の時計を見た。午後二時。三十分の遅刻だ。

元が遅れてくるのは毎度のことだ。それを見越して、元にはいつも早めに予定の時間を伝えてある。

三島が開けたドアの隙間から、元がこれもいつもどおり、ふたりの顔色を窺《うかが》う。

「沖ちゃん、みっちゃん、いつもすまんのう。今日は起きてからずっと頭痛が酷《ひど》うてのう。薬飲んで横になったんじゃが、効きがよかったんか、寝過ごしてしもうたわ」

頭の裂傷を縫った数日後には、痛みには薬よりも酒が効くとのたまい、鯨飲していた者の言い草とは思えない。

大上とクインビーで会ったのは、昨夜のことだ。大上が店を出てすぐ、沖たちも解散したが、たぶんそのあと、夜が明けるまでどこぞの女と楽しんでいたのだろう。

聞き飽きた言い訳を受け流し、沖は手招きした。

「そがなとこに突っ立っとらんと、早《はよ》う入れや」

元は沖と三島に何度も頭を下げながら、なかへ入った。手にしたビニール袋から、コーラの瓶を三本取り出す。よく冷えているのか、瓶に水滴が浮いている。

「これ、そこで買《こ》うてきた」

遅刻の詫《わ》びだ。

こういうところが、憎めない。

元が勝手知ったる様子で、冷蔵庫の上の栓抜きを手に取る。沖の右に座ると、コーラ三本と栓抜きを畳の上に置いた。

「真紀ちゃん、出掛けとるんか」

男同士の話があるからと、真紀にはしばらく席を外すよう、因果を含めてあった。そう言っておけば、余計な詮索《せんさく》はしない。良からぬ相談だろうと思っても、女関係以外のことには関知しないのが、真紀のいいところだ。

沖は短く答えた。

「マッサージじゃと」

元が下卑《げび》た笑いを浮かべる。

「いつもする側じゃけ、たまにゃァ、自分もしてもらわんとのう」

沖は目の端で元を睨《にら》んだ。

真紀とは寝るが、特別な女だとは思っていない。だが、情がないわけではない。自分が抱いている女がちゃかされたようで、癇《かん》に障った。

沖の心持ちを察したのか、三島は元の包帯頭を軽く小突いた。

元が短い悲鳴をあげる。縫った傷がまだ痛むのだろう。

なぜ小突かれたのかわからない、といった顔で、元は眉根《まゆね》を寄せた。口を開けて三島を見る。

三島は元の視線を無視して、沖の向かいに腰を下ろした。

灰皿を中心に、三人が輪になる。

元が栓抜きで、持ってきたコーラ瓶の蓋《ふた》を開ける。

沖は瓶を受け取ると、口をつけてラッパ飲みした。二日酔いの頭に、冷えた炭酸が効く。

一気に半分ほど飲んだ元が、盛大なゲップを吐く。濡《ぬ》れた口元を手の甲で拭《ぬぐ》った。

「いやあ、外は超《ぶち》暑い。頭に包帯巻いとるけ、余計に応《こた》える。沖ちゃんみとうな帽子が欲しゅうなったわ」

そこまで言って元は、昨夜のことを思い出したのか、自分の頭を指さして沖に訊《たず》ねた。

「ほんまによかったんか、あの帽子。沖ちゃんによう似合《にお》うとったのに、あがあなデコスケなんかにやって」

沖は元に視線を向けた。

「そこよ。今日の用事は」

元は勘違いしたらしく、意気揚々と身を乗り出した。

「やっぱり、あの帽子取り返しに行くんか！」

隣で三島が、呆《あき》れたように溜《た》め息を吐いた。

「もともと血の巡りが悪い、思うとったが、怪我して酷うなったのう」

「なんじゃと！」

元がいきり立つ。

いつもなら、ふたりのじゃれあいを静観するのだが、今日はそうはいかない。早急に相談したい問題があるからだ。事と次第によっては、すぐ動かなければならない。

腰を浮かした元の首根っこを摑《つか》むと、沖は力ずくで畳に座らせた。

「今日、お前らを呼んだんは、その大上のことじゃ。お前ら、あいつをどう思う」

「どうって……」

元は口ごもり、助けを求めるように三島を見た。

視線を受け、三島が口を開く。

「ひと言でいうて、食えんやつじゃ。はじめて会《お》うたときからそうじゃった。いきなり横からしゃしゃり出て、場を勝手にまとめよった」

喫茶店ブルーで、笹貫組の横山たちと揉《も》めたときのことを言っているのだ。

元が思い出した態《てい》で同意する。

「そうじゃ、そうじゃ。しかもあいつ、わしらの銭《カスリ》の半分を、自分の懐《ふところ》に入れやがった」

沖はふたりを交互に見た。

「喫茶店で会うたんは、偶然じゃァ思う。じゃが、昨日は違う。あれはわしらを探してきとる」

元は少し考え、沖に訊ねた。

「のう、沖ちゃん。なんで大上はクインビーのこと知っとったんじゃろ」

三島が、苦々しい顔をする。

「やつが蛇《じゃ》の道は蛇《へび》、いうとったじゃろうが。どっかから漏れたんじゃろ。問題は、それがどこか……」

三島が首を捻《ひね》る。

沖にもそこがわからなかった。だから、元と三島を呼んだ。ふたりの考えを聞きたかったからだ。

いくら蛇の道は蛇とはいえ、自分たちは広島で、表立って動いておらず、顔が売れているわけではない。昨日のクインビーのママ、香澄の様子と大上との会話から、香澄本人から情報が漏れたとは思えない。

水商売の店はたいてい、組がケツ持ちしている。極道の筋から漏れた可能性も考えたが、それは打ち消した。

広島を仕切っているのは綿船組だ。沖たちが綿船組傘下の笹貫組幹部と揉めたのはついこのあいだのこと。当の横山が躍起になって、沖たちを追っている可能性は、あるにはある。

だが、面子《メンツ》を潰《つぶ》されたのは横山個人だ。組の看板をちらつかせた以上、引くに引けない立場はあっても、組そのものが出張ってくるとは思えない。なぜなら、その場を収めたのが、マル暴の大上だからだ。ヤクザが警察に喧嘩《けんか》を売るのは、今日び自殺行為だろう。

もうひとつ、組関係から情報が漏れたとは思えない理由があった。

一年前の賭場《とば》荒らしの件だ。

大上は、沖たちが賭場荒らしの張本人であっても不思議はないと、推測している。喫茶店で匂わせたのが、その証拠だ。

もし大上が綿船組とツーカーなら、笹貫の耳にも入っているだろう。だとすれば、笹貫は遮二無二、呉寅会に追い込みをかけるはずだ。それがない、ということは、極道の筋は消える。

沖がそこまで話したとき、沖の推論を黙って聞いていた三島が口を開いた。

「やつが賭場荒らしの件を伏せて、探りを入れたことは考えられんじゃろうか」

沖もそれは考えた。だが、その可能性も低いと踏んだ。

理由は、大上がマル暴だからだ。

極道が賭場を荒らされて、警察に被害届を出せるはずがない。したがって、賭場荒らしを警察は認知していない。大上は知っているが、上層部に報告していない。していれば、警察が捜査に乗り出している。警察が捜査に乗り出せば、マスコミが報道するだろう。それもない。そもそも、大上が極道と癒着していれば、賭博行為が表沙汰《おもてざた》になり、組の望まない結果になる。

大上がまっとうな刑事なら、さらに筋が通らない。

警察は点数を稼いでなんぼの世界だ。

大上にとって沖たちは、ついこのあいだ広島に出てきたばかりのチンピラに過ぎない。沖たちが呉原でなにを仕出かしたか摑《つか》んでいても、五十子は覚せい剤の件で被害届を出せないし、事件にしようにも証拠がない。扇山に埋めた死体の件もそうだ。

自分たちは現時点で、たいした点数にはならない。チンピラを引っ張ったところで、高が知れている。大上が極道に借りを作ってまで、探りを入れたい対象とは思えなかった。

沖がそう説明すると、三島も元も得心したように肯《うなず》いた。

沖は畳に置いていた煙草を手にした。元がライターの火を差し出す。深く息を吸い込み、天井に向かって吐き出した。

——わしの仕事はのう。堅気《かたぎ》に迷惑かける外道《げどう》を潰すことじゃ。

耳の奥で、クインビーで放った大上の言葉が蘇《よみがえ》る。

やつを信用しているわけではない。が、丸っきり嘘とも思えなかった。そう思わせるだけの重い響きが、大上の声にはあった。

ひとつひとつ潰していくと、大上が極道を利用してクインビーの情報を得たとは考えづらい。

沖は大上が気に入らなかった。横からちょっかいを出して、自分たちの嫌なところを突いてくる。油断がならない相手だ。

だが、堅気に対する考えは、大上と似通っている。

沖はいままで、ろくでもないことばかりしてきた。脅し、盗み、殺し——しかし、誰彼見境なく、襲い掛かったわけではない。

沖が狙うのは、チンピラや極道だけだ。外道がのさばっていると思うだけで、背筋が粟立《あわだ》ち、自分でも抑えようがない衝動に駆られる。

沖の行動の根幹は、すべてそこにある。外道に対する嫌悪と憎悪だけだ。堅気に手を出したことはない。

三島が残ったコーラを呑《の》み干し、瓶を畳に置いた。さっきと同じ疑問を繰り返す。

「じゃったら、どこから、わしらのことが漏れたんじゃろう」

沖は三人の中心にある灰皿に、煙草の灰を落とした。

可能性は、おそらくはひとつ。

沖は目だけでふたりを見やった。

「たぶん、水商売の筋じゃ」

元が意外な顔をする。

「水商売いうても、わしらが根城にしとるんは、クインビーくらいで」

三島も同調するように、首を捻った。

「昨日の様子じゃと、ママが大上と繋《つな》がっとったとは思えん。わしらはほかの店にはほとんど行っとらんし」

沖は紫煙を吐きながら、ヤニで黄ばんだ壁を睨んだ。

「商店街の煙草屋のおばちゃん、金貸し、水商売、極道、やつはいろんなとこに顔が利く。昨日のママの顔、見たじゃろう。大上はとことん、夜の世界に食い込んどる。やつの情報網は半端じゃない」

元はあり得ない、という顔をした。

「そうはいうても、広島にゃァ、何百軒いう店があるんで。わしらが出入りしとる一軒を探し出すいうんは、なんぼなんでも無理じゃろ」

沖は自分の推論を述べた。

「まず取っ掛かりに、行きつけの店何軒かへ、わしらの年恰好《かっこう》を伝える。水商売にも横の伝達があるけ、すぐ広まるじゃろ。わしらはたいてい三人で動いとる。最近、店に顔を出すようになった三人組を知らんか、いうて情報収集する。あとは、それらしい話がある店を、虱潰《しらみつぶ》しに当たる」

大上が持っている情報網は、毛細血管なみだと、沖は推察していた。暴力団にも水商売にも、顔が売れている。横山やクインビーのママの対応を見ていればわかる。身体のどん詰まりのつま先に隠れていても、末端まで巡っている伝手《つて》という名の血管をたどって、狙った獲物の居場所を探し出す。

あいつはそういう男だ。

大上の言動を間近に見て、沖はそう確信していた。

三島が納得できないという顔で、溜め息を吐いた。

「そこまでするかのう」

「するじゃろ、大上なら」

沖は即答した。

「あの刑事はのう、スッポンみとうなやつじゃ。喰《く》らいついたら離れん。おまけに蛇みとうに執念深い。頭も切れる」

三人のあいだに、沈黙が広がる。

元が背中を丸めて、ぽつりと言った。

「大上は、笹貫や五十子が賭場《とば》を荒らしたやつが誰か感づいとる、いうとったのう」

声に不安が滲《にじ》んでいる。

三島が決断を迫るように、沖を見た。

「わしら、広島から身をかわすんか」

沖は少し間をおいて、答えた。

「いや――その逆じゃ」

俯《うつむ》いていた元が、顔をあげて沖を見る。

沖は語気を強めて言った。

「地元におる者を、すぐ広島へ呼び出す」

呉原には呉寅会の半分、十人近くのメンバーが残っている。

「呼び出して、どうするん？」

元が訊《き》く。

沖は三島と元を見て、にやりと笑った。

「戦争の準備よ」

三島と元が、驚いた顔で沖を見つめた。

沖は三島に顎《あご》をしゃくった。

「林にいうて、瀬戸内連合会の集会日を探らせろ」

林の特技は車上荒らしだけではない。いろいろな情報を集めてくるのも、やつの得意技だ。

「戦争と瀬戸内のやつらと、どんな関係があるんじゃ」

三島が訊ねる。

沖は目を細めた。

「元とじゃれとるうちに、お前まで血の巡りが悪うなったんか。戦争には兵隊がいるじゃろうが。瀬戸内のやつらはその兵隊じゃ。わしらの傘下に入れる」

「そりゃあ無理じゃ！」

元が声をあげる。

「瀬戸内連合会の身内にゃァ、笹貫組の幹部がおるんで。あいつら全部のしたところで、笹貫が怖《こお》うて、わしらの下につくはずあるまあが」

三島が元の側についた。

「そんなことになったら、笹貫だって黙っとらんじゃろ」

沖は口角を上げた。

「まあ、見ちょれ。わしに考えがある」

「考え、いうて？」

元の問いに答えず、沖は煙草を乱暴に灰皿でもみ消した。

立ち上がる。

「いくで」

戸惑っているふたりに背を向け、沖はドアに向かった。


沖はセドリックのボンネットに腰かけると、煙草に火をつけた。

腕時計を見やる。午後六時半。

まだ誰も来る気配はない。

いまは使われていない工場跡――広い敷地には、寂れた倉庫が立ち並んでいる。コンクリートの壁には、下品な言葉がいくつも、スプレーで落書きされていた。窓の多くは、ひび割れている。

沖は今夜、瀬戸内連合会を全滅させるつもりでいた。

五日前、三島と元とともに大上について相談したあと、沖は近くの公衆電話から呉原に残っている呉寅会のメンバーのひとり、高木章友《たかぎあきとも》に電話をした。

高木は、赤石通りにあるフリー雀荘《ジャンそう》をネグラにしている。客同士の揉め事を収めたり、質《タチ》の悪い客が来たときに追い払う、いわゆる用心棒だ。

家に帰ることは滅多にない。家族との折り合いが悪いからだ。用事がないときはたいてい、雀荘にいる。電話で一番捕まえやすいのが、高木だった。

高木は高校二年のとき、喧嘩相手の不良をナイフで刺し、銃刀法違反と傷害の罪で少年院に三年入った。出所してきたのは二年ほど前だ。

出て早々、呉原の繁華街でチンピラ五人と揉めているところを救ったのが、三島だった。以来、三島を兄貴分として慕い、呉寅会の傘下に入っている。

「仲間をぜんぶ集めて、バイクを調達せえ」

電話に出た高木に、沖はそう命じた。

呉寅会の正規メンバーはおよそ二十人だが、それぞれが何人かの弟分や子分を抱えている。すべて合わせれば、五十人は集まる。

「全員分のバイクを、ですか……」

受話器の向こうで、高木が逡巡《しゅんじゅん》するように訊ねた。

バイクを調達しろ、という言葉の意味を、人数分を用意しろ、と受け取ったらしい。

メンバー全員がバイクを持っているわけではない。バイクどころか、免許すら持っていない者もいる。足りない分は盗むしかない。

呉原は狭い。五十台近くのバイクを調達するのが無理なことは、沖にもわかっている。

沖は戸惑っている高木に、鼓舞するように声をかけた。

「用意するバイクは半分でええ。残りはこっちで準備する。バイクのケツに、ひとりずつ乗せてこい。それで皆、呉原から来れるじゃろう」

二十台くらいならなんとかできると思ったのか、そこまで言われたら、なにがなんでも用意しなければいけないと思ったのか。高木は語気を強めた。

「任せてください」

「ほいじゃァ、広島での」

電話を切ろうとする沖に、高木が声を潜めて問いかける。

「広島で、なんかあったんすか」

「ああ。詳しいことはこっちで話す。念のため言うとくが、武器《どうぐ》を忘れんなよ」

武器――と言われて、喧嘩だと悟ったのだろう。高木が細く長い息を吐く。

「わかりましたけ」

腹の底から絞り出したような、低い声で答えた。

電話を切って振り返る。すぐ後ろで聞き耳を立てていた三島と元が、わずかに身を引いた。

ふたりとも頬が紅潮している。肩に力が入っているのが、傍目《はため》にもわかった。湧き上がる興奮と武者震いを、抑えているのだろう。

三島が相撲取りが気合を入れる時のように、両頬を力強く叩いた。

「林の出番じゃな。やつなら昭二と昭三を使って、すぐに台数揃えられるじゃろう」

「腕っぷしが強うないあいつには、これしか能がないけえのう」

元が、右手の人差し指をくいくいと曲げる。

どんなときでも、どんなことでも、元は冗談のネタにする。

応じて三島が、いつものように元をこき下ろす。

「指先が器用なんはすごいことじゃろうが。それに林は頭も切れる。腕っぷしも頭も中途半端なこんなより、よっぽど偉いわ」

「なんじゃと!」

あたりを行き交う者が、沖たちを怪訝《けげん》そうに見やる。

沖は苦笑いを浮かべ、ふたりの肩に腕を回した。

「ええ加減にせい」

「腹が減っては戦《いくさ》はできぬ、じゃ。美味《うま》い肉でも食うて、精でもつけようや、のう」

沖は三島と元を連れて、佐子に向かって歩き出した。

三島が元をこき下ろしたときに使った言葉は、本当だった。

沖からバイクの調達を命じられた林は、三日で二十台近くのバイクを盗んできた。たった三日でこれほどの台数を揃えるなど、ほかの者にはできない芸当だ。車上荒らしの常習犯だった林だから可能なのだ。

加えて林は、バイクを調達するあいだに、もうひとつの得意技であるリサーチ能力を働かせて、三つの重要な情報を入手してきた。

ひとつは瀬戸内連合会の集会日時。

林の情報によれば、瀬戸内連合会は毎週土曜日、いまは使われていない工場跡に集結する。市内の国道を走り回り、その後、街の中心部から離れた聖王山《せいおうさん》に向かう。

暴走開始は午後七時。聖王山の頂上に着くのは、深夜零時ごろだ。メンバー全員が頂上へたどり着くと、ヘッドが訓辞を垂れ、散会するという。

これが一番知りたかった。いつどこで襲撃すればやつらを叩き潰せるかは、今度の戦争の肝《きも》だ。

ふたつ目は、笹貫組の幹部、安藤将司《あんどうまさし》の存在だ。

夜の駐車場でのした瀬戸内連合会の安藤を名乗る男の兄貴が将司だった。こいつを押さえておけば、瀬戸内連合会との争いがもつれ込んだときの切り札になる。

将司の住居《ヤサ》を林に調べさせ、やつがひとりでマンションから出てきたところを攫《さら》った。隠れ家のひとつである空家に連れ込み、監禁して暴行を加えた。将司は血反吐《ちへど》を吐き、泣きながら命乞いした。やつはいま、縄でぐるぐる巻きにし、頭に布袋を被《かぶ》せて、林が盗んできたセドリックのトランクに放り込んである。

三つ目は、瀬戸内連合会の内部情報だ。

連合会を束ねていると思っていた安藤俊彦《としひこ》はヘッドではなく、特攻隊長だった。

ヘッドの名前は吉永猛《よしながたける》。

不良の巣窟《そうくつ》といわれる、悪名高い瀬戸内南高校の番長を張っていた男だ。傷害や恐喝の罪で、書類送検された過去がある。少年院送りにならなかったのは、吉永の父親が市会議員を務めているからだという、もっぱらの噂だった。

広島最大の暴走族の頂点に立つくらいだから、喧嘩はそこそこ強いのだろう。が、特攻隊長があのざまでは、所詮、会全体の戦闘力は知れている。恐れるに足りない、と沖は思っていた。

暴走族のヘッドはたいてい、メンバーとは違う特攻服を着ている。平メンバーが白の特攻服なら黒、もしくは赤、なかには金糸で、派手な刺繍《ししゅう》を入れていたりもする。いずれにせよ、ひと目でそれとわかる恰好だ。

沖は真っ先に、吉永を襲うつもりでいた。

タイマンと違い、集団での乱闘は蛇を殺すのと同じだ。頭をやれば、尻尾《しっぽ》は動くに動けない。大将の首を取れば、敵は戦意喪失する。それが戦だ。戦国時代もいまも戦法に変わりはない。

人数では負けているが、この喧嘩は呉寅会が勝つ、と沖は確信していた。相手の人数が倍でも三倍でも、沖たちが負けることはない。呉寅会のメンバーはみな肝が据わっている。

――舐《な》められたら終《しま》いだ。

それが沖の信条だ。

喧嘩のとき沖は、いつも相手を殺す覚悟で臨んできた。実際、殺しもした。殺す覚悟があるということは、殺される覚悟もいる、ということだ。

――いつ死んでも、いい。

嘘や方便ではなく、沖はそう思っている。

大人しく生きたところで、事故や病気で死ぬときは死ぬ。

――好きなことを、好きなようにやり、誰からも指図されず、太く短く生きる。

どうせ人間、一度は死ぬ。天国と地獄がもしあるなら、沖は間違いなく、地獄に落ちるだろう。

神や仏など信じていないが、たとえ地獄に落ちたとしても、高が知れている。

地獄など、幼い頃にさんざん見てきた。

地獄の鬼と、シャブ中の外道――父親に、たいした違いはないだろう。

沖は腰かけているセドリックの後方に目をやった。

呉寅会のメンバーとその舎弟、合わせて五十三人の男たちが、臨戦態勢に入っていた。

呉原のメンバーが自前で揃えたバイクは二十台。林が用意したのは、バイクが十八台と車が二台。これだけあれば、瀬戸内連合会と戦うには充分だ。

林はセドリックの隣に停めてある、マークⅡの運転席にいた。

頬が削《そ》げ、青白く歪《ゆが》んだ林の顔も、その能力を知っていれば、邪鬼にも似た凄《すご》みを感じさせる。

元より林のほうが優《まさ》っているとは思わない。しかし、林には、足りない腕力を補って余りある技術がある。呉寅会にとって、なくてはならないメンバーであることは確かだった。

マークⅡの後部座席には、昭二と昭三が腰かけていた。双子はすでに、それぞれ得意の得物――ダンベルとヌンチャクを手にしている。

沖は、工場跡の入り口に目をやった。門の広さは約三メートル。車一台なら余裕だが、二台同時に出入りするのは難しい。

一度は、暴走を終えた瀬戸内連合会のやつらがたどり着く聖王山の山頂で襲うことも考えた。しかし、沖は最終的にここを対決の場に決めた。

聖王山山頂には展望台があり、それなりに広い駐車場がある。だが、百人以上を相手に暴れ回るほどのスペースはない。加えて、山頂には逃げ道がある。小回りの利くバイクで細い山道に入られたら、取り逃す恐れがあった。

暴走の出発地点の工場跡と到着地点の山頂、ひと気がないのはどちらも同じだ。ならば、広さがあり、逃げ道を塞《ふさ》げるこの場所のほうがいい。

呉寅会のなかでも腕っぷしの強い四人を、沖は敷地外に待機させていた。集会がはじまったら入り口にピアノ線を何重にも張らせる手筈《てはず》になっている。蟻の子一匹、逃すつもりはなかった。

吸い終わった煙草を地面に捨て、靴で揉み消す。

どこからか、鴉《からす》の鳴く声がした。

頭上を見やる。空が、薄墨と橙《だいだい》を混ぜた色に染まっていた。電柱の上を、黒い影絵のような鴉が飛んでいく。

新しい煙草を咥《くわ》え、火をつけた。煙草の煙を、空に向かって吐き出す。

昔から、夕暮れ時が嫌いだった。家へ帰らなければいけない気持ちにさせるからだ。

子供の頃に住んでいた長屋の前に、共同の洗い場があった。そこで母親たちは洗濯をしたり、野菜を洗ったりしていた。この時期には、子供たちが水遊びをしたものだ。

陽があるうちは、洗い場の周りは人が集まり賑《にぎ》やかだった。しかし、夕暮れになると、ひとり減り、ふたり減り、やがて誰もいなくなる。沖はいつも、最後のひとりになるまで、長屋の外で佇《たたず》んでいた。

夜になってしまえば、どうってことはない。多くの子供が恐れる闇は、沖にとって心地がよかった。父親から逃れる、絶好の隠れ蓑《みの》だったからだ。

かつて恐れていた地獄の鬼は、もういない。いまの沖に、恐れるものはなにもない。五十子会も笹貫組も瀬戸内連合会も、怖くはない。

ただ、かつて夕暮れ時に抱いたこの気持ちだけは、いまでも嫌だった。この世に自分ひとりだけのような心淋《うらさび》しさは、大人になったいまでも沖を虚《むな》しくさせる。

沖は目の端で、セドリックの運転席を見た。

車のサイドミラーに腕を預けて、三島が遠くを見ている。口に咥えた煙草を、せわしなく上下させている。

助手席に目を移す。

頭に巻いていた包帯が取れたばかりの元が、ダッシュボードに片肘《かたひじ》を乗せている。

キャップを被っているのは、傷口を保護するためではない。縫うために髪を刈られてできた禿《は》げを、見られるのが嫌なのだ。

沖は俯いて煙草を深く吸った。

俺はいま、仲間といる――。

「兄貴」

マークⅡの開け放ったドア窓から声がした。

昭三だった。

「今日の喧嘩、ほんまに思いっきりやってええんですか」

沖は口角を上げた。

「昨日、言うたじゃろう。かまわん。殺さん程度にやり上げちゃれ」

昭三は鼻息を荒くして、砂入りのヌンチャクを目の前に掲げた。

沖も今日は、とことんやるつもりだった。この喧嘩、勝つと確信しているが、油断は禁物だ。驕《おご》りが思わぬ結果を招く恐れがある。

武器《どうぐ》を持っているのは、昭三だけではない。メンバー全員に、木刀、チェーン、刃物《ヤッパ》を用意させてある。

沖の脳裏に、大上の顔が浮かんだ。

この光景を目にしたら、やつはどうするだろう。愚連隊《ぐれんたい》と暴走族を一網打尽にするため、お巡りとパトカーを集められるだけ集めるだろうか。

いや、と沖は心のなかで首を横に振った。

大上はきっと笑って見ている。手柄や点数などで、やつは動かない。大上が牙《きば》を剝《む》くのは、極道が堅気に手を出すときだけだ。不良同士の喧嘩など、大上にとっては野良犬の喧嘩と同じだろう。

——やりおうてくれて、手間が省けるわい。

大上の声が、薄暮の空から聞こえたような気がした。

セドリックのボンネットに腰かけ、沖が空き地の入り口に目を凝らしていると、元の不機嫌な声がした。

「ほんまに、こがあなもん、着る必要あったんかのう」

振り返る。元が助手席で、Tシャツの胸元を眺めていた。眉間《みけん》に皺《しわ》が寄っている。不満を隠そうともしない。

今回の襲撃に備えて、沖は呉寅会のメンバー全員に、揃いのTシャツをあつらえた。胸に黒字で「呉寅会」と刺繍を入れたものだ。

作った店は、広島市内にある暴走族ご用達《ようたし》の洋服屋だ。二日で仕上げろというと、店の親父は首を振った。五十枚近く作るとなると、十日は必要だという。親父のケツをぶしあげ、有無を言わせず承諾させた。

口をへの字に曲げた元を、隣の三島が呆れ口調で諭す。

「何遍、同じこと言うなら。今日の呉寅会は愚連隊じゃない。暴走族で。会と会との大喧嘩じゃ。それなりの恰好つけんと、面子が立たん、言うとるじゃろが」

元はそれでも、引き下がらなかった。三島のほうを向くと、自分のTシャツの刺繍を指さす。

「ほうじゃけん、いうても、いままでこがあなもん着て喧嘩《ゴロ》売ったことないじゃない。わしは昔から名札いうんが好かんじゃ。名前覚えられてよかったことなんか、なんもなかったけんのう」

ふたりの会話に、沖は割って入った。

「じゃったら、お前だけ特攻服でも着とれ」

元が慌てた様子で、開け放った車の窓から首を突き出す。沖に向かって、子供が駄々をこねるようにはぶてる。

「あがあなもん、もっと嫌じゃ。そがな目立つもん着とったら、一番先に狙われるじゃないの」

三島が苦笑する。

「ほんまに根性がないやっちゃのう。弱いもんは四の五の言わんと、言うとおりにしちょれ」

沖が揃いのTシャツを宛てがったのには、理由がある。

族対族の喧嘩は全面戦争か、頭同士のタイマンのどちらかだ。できれば、瀬戸内連合会を無傷のままで傘下に収めたい。兵隊は活《い》きがいいに越したことはない。

――殺さん程度にやり上げちゃれ。

昭三に言った言葉は嘘ではない。そのくらいの気迫がなければ、乱闘には勝てない。が、出来れば、沖はタイマン勝負に持ち込む腹だった。

負ける気はしない。いや、絶対に負けない。死ぬことを恐れなければ、勝てない勝負はない。沖はそう確信していた。

最後の煙草に火をつけたとき、微《かす》かにバイクの音が聞こえた。一台ではない。かなりの数だ。爆音は次第に近づいてくる。

沖は火をつけたばかりの煙草を、地面に投げ捨てた。

「来たぞ」

入り口を睨みながらつぶやく。

メンバーたちもバイクの音に気づいたのだろう。誰もが口を閉ざした。あたりの空気がぴんと張り詰める。

ボンネットから降りる。振り返り、メンバーに向かって叫んだ。

「ええか。言うたとおり、わしが合図するまで、動くんじゃないど」

襲撃は、相手のメンバーが全員揃ったところではじめる手筈になっている。あらかじめ伝えてあったが、沖は念を押した。頭に血がのぼって、先走るやつがいるかもしれないからだ。

工場跡は、国道から奥まった脇道のどん詰まりにある。

空地へ続く一本道を、数台のバイクが先頭を切って走ってくる。

空はすっかり暮れていた。

ヘッドライトが眩《まぶ》しい。後続車のライトが照らす特攻服は、パチンコ屋でやりあったときと同じ黒だった。

沖はセドリックの後部座席に、半身だけ滑り込ませた。乗り込む前に、いま一度、背後を見やる。

全員がバイクや車に乗り込み、臨戦態勢をとっていた。エンジンは切ったままだが、沖が合図をすれば、すぐに飛び出せる用意はできている。

後部座席に乗り込み、ドアを閉める。運転席の三島が、前を見やりながらつぶやいた。

「じりじりするのう」

背中から、興奮の気が迸《ほとばし》っている。

沖は落ち着かせるために、後ろから三島の肩を叩いた。

「ええの。さっきも言うたが、雑魚《ざこ》がみな網に入るまで、早まるなや」

工場跡地に、バイクが続々と集まってくる。
二十、三十、四十——まだ、最後尾が見えない。
元が気を引き締めるように、キャップを被りなおした。

「ここまで大きな喧嘩は、久しぶりじゃのう」

隣で三島が同意する。

「そうよ。埠頭《ふとう》で五十子のシャブを横取りして以来じゃ」

瀬戸内連合会のすべてのバイクと車が集まったあと、リーダーが訓示を垂れるはずだ。襲撃の開始は、その瞬間と決めてある。

後部座席から三島の背中に顔を近づける。囁《ささや》いた。

「準備はええか」

三島が、咥えていた煙草を、窓の外へ放り投げる。ギアに手を添え、抑えた声で言った。

「ああ、準備万端じゃ」

肯く。あとはときを見計らって、合図を出すだけだ。シートに背を預け、両手を組む。知らず知らず力がこもった。

まっすぐ、前方を見詰める。溜めていた息を、大きく吐き出した。

コツコツ——突然の窓を叩く音。

驚いて真横の窓を見る。男が立っていた。

サングラスを掛け、パナマ帽を被っている。

沖は思わず、声をあげた。

「大上――」

大上は腰を屈《かが》め、車のなかを覗きこんでいる。沖に向かって手を挙げ、白い歯を見せた。

動揺した。頭が白くなる。

「なんで……」

助手席の元が振り返り、言葉に詰まった。

三島の口も半開きだ。

頭が高速で回転する。

――なぜだ。

――どこから漏れた。

――なぜ大上がここにいる。

沖は渦巻く疑問を払いのけ、咄嗟《とっさ》の行動に出た。

車から飛び出し、大上が着ている黒いシャツの胸元を摑みあげる。考える間もなく、言葉が喉《のど》を突いて出た。

「なんなら、おどりゃァ！」

鼻を突き合わせて、声を抑えて怒鳴る。

胸倉を摑みあげられても、大上は表情ひとつ変えなかった。にやにや笑いながら、余裕の笑みを見せている。

「まあ、そういきるなや」

三島を押しのけるように、元が運転席の窓に首を伸ばした。

「なんであんたが、ここにおるんじゃ」

大上が元に目を向ける。お、と短い声をあげた。

「頭の怪我、治ったんか。今日でまた病院送りにならんよう、せいぜい気をつけとけよ」

話をはぐらかす大上に、元は怒鳴り声を浴びせた。

「そがいなことどうでもええわい！　なんであんたがここにいるか、答えんかい！」

「そがな大きい声出さんでも、聞こえとる。まだここが――」

自分の耳を指さす。

「いかれる歳じゃ、ないけんのう」

三島が元の肩を摑んで、助手席に無理やり腰を戻させる。

沖は笑っている大上を睨んだ。

「なんでわしらがここにおること、知っとるんじゃ」

大上は屈めていた腰を伸ばすと、胸倉を摑む沖の手を払いのけた。

「今夜、ここで花火大会がある、いうて聞いてのう。見物に来たんじゃ」

「誰から聞いたんなら」

沖は被せるように答えを強いた。

大上はパナマ帽を斜《はす》に被りなおすと、そっぽを向いた。

「そりゃァ、言えんのう」

「なんじゃと、こら！　わしらを舐めとるんか！」

またもや元が、三島の膝《ひざ》に乗りかかるようにして、絶叫に近い声をあげた。

三島が耳を押さえ、顔を顰《しか》める。

「もちぃと静かにしゃべれ。耳がやられるわい」

言いながら元を、再び助手席に押し戻す。

大上は首を折ると、サングラスを鼻先までおろした。フレームの上から目を覗かせ、沖を見やる。

「公務員にゃァのう、守秘義務ちゅうもんがあってよ。業務上知り得た情報は、他へ漏らしたらいけんのよ」

すまなそうな顔をしているが、目は笑っていた。明らかに面白がっている。

問い詰めようとしたとき、バイクのラッパ音があたりに響いた。

空き地を見ると、バイクや車が所狭しと集結していた。

ざっと見て、バイクがおよそ百台近く、車は確認できるだけで五台はいる。

瀬戸内連合会が、エンジンを空ぶかししている。バイクのスロットルをひっきりなしに回し、マフラーを外した車は、地鳴りのような轟音《ごうおん》を発している。あたりの空気が、震えるような爆音だ。

瀬戸内連合会の集会がはじまろうとしている。

駒は揃った。合図の瞬間が近づいている。

沖は大上を睨んだ。吐き捨てるように言い放つ。

「ほいで――どうする気なら」

るのか。

薄暮の空の下で考えていたことが、現実になっている。この光景を見て、大上はなんと答えるのか。

大上は口角を上げると、サングラスを外した。余裕の仕草で、シャツの胸ポケットに差す。

「どうするも、こうするもないよ。わしァ、花火を見物に来ただけじゃけ。こんならが好きなようにやれや。雑魚は雑魚同士、喰いおうたらええ」

沖を見る大上の眼に、冷酷な色が浮かぶ。

「まァ腹一杯、共喰いせえや」

背中を、冷たい汗が滴る。

やはり、大上はこういうやつだった。点数や手柄など頭にない。こいつは自分が知っているポリ公とは、まったく違う人種だ。

金や手柄で動くポリなど、怖くはない。相手が求めるものを与えれば、簡単に手なずけられる。怖いのは、一筋縄ではいかないやつだ。金や名誉を求めないやつは——まして、なにを考えているのかわからないやつは、手に負えない。

喧嘩を止めるためにきたのではないなら、なぜこいつはここにいるのか。

溶けたアスファルトのように粘りつく疑問が、頭を離れない。

大上はズボンのポケットから煙草を取り出すと、一本抜いて火をつけた。煙を大きく吐き出す。

「ただし、やるなら頭同士のタイマンにせえ。死人や怪我人が仰山でたら、あとが面倒じゃけえのう。やり方は素手喧嘩《ステゴロ》じゃ。武器《どうぐ》を使わんとっても、気ィ抜くなよ。拳《こぶし》でも蹴《け》りでも、当たり所が悪けりゃ逝くけん。まあ、そんときゃァ、わしが看取《みと》っちゃる」

大上はそう言うと、鼻で嗤《わら》った。

看取る——大上の言葉から、どちらが死んでも構わない、というニュアンスが伝わってくる。

粘りついて離れない疑問が、再び頭を擡《もた》げる。

——なぜ、こいつが襲撃のことを知っている。

今夜のことを、瀬戸内連合会が知るはずはない。組関係もわかるはずはない。笹貫組の幹部、安藤将司を攫ったのはたしかに自分たちだ。しかし、万が一それが笹貫組にバレても、襲撃の計画まで知るはずはない。

だとしたら、考えられるのはひとつ。

沖は奥歯をぎりっと嚙《か》んだ。

——身内のなかに裏切り者がいる。

沖の思考を、元の怒声が遮った。

「そがあな御託、聞きとうないわ！　わしらはのう、昔からやりたいようにやるんじゃ。ああじゃ、こうじゃ、うるさいんじゃ、ボケ！」

三島は前を向いたまま、黙っている。自分と同じことを考えているのだろう。

ひときわ高いラッパのクラクションが、空き地に響いた。

沖は集団の先頭にいる男を見た。

ほかのメンバーは全員黒い特攻服を着ている。が、男は、ひとりだけ白い特攻服を着ていた。

男は跨《また が》っていたバイクのシートから降りると、メンバーたちと向き合った。

大上は顎をしゃくり、男を指した。

「あれがヘッドの吉永じゃ。あれのことは小《こ》まい時分からよう知っとるけ。わしが話をつけてきちゃる」

言い返す間もなく、大上は倉庫の陰から出た。男に向かって近づいていく。

どうすることもできず大上の背を見ている沖に、三島が訊ねた。

「沖ちゃん、どうする」

振り返ると、開いた窓に腕を預けて、三島がこっちを見ていた。声に疑心の色が滲んでいる。

タイマン勝負のことを言っているのか、裏切り者のことを言っているのか。

沖は少し考えたあと、顔をあげて元に命じた。

「計画変更じゃ。しばらく様子を見る。メンバーに伝えてこい」

元が驚いた顔で聞き返す。

「あいつの言いなりになるんか」

言いなり、という言葉が、沖の自尊心を刺激した。

――グレてこのかた、誰かの言いなりになったことはない。

大上の思うままに操られるのは癪《しゃく》だが、あいつが動いてしまったいまとなっては、奇襲をかけることはできない。

呉寅会は少数精鋭だ。相手が何人だろうと必ず勝つ。しかし、相手に情報が筒抜けでは、こちらの被害も大きくなる。先々――組との戦争を考えると、なるべく兵隊を消耗したくなかった。

沖は元に向かい、声を荒らげた。

「お前はわしの言うとおりにすればええんじゃ。つまらんこと言っとらんで、さっさとメンバーに伝えてこいや」

きつい言い方に、元は身体をびくりとさせた。急いで車を降りて、背後にいるメンバーのところに駆けていく。

車に残った三島は、シートに背を預けると、天を仰いだ。

「このタイマン、沖ちゃんが勝つじゃろ。問題は、誰が密告《チク》ったかじゃ」

やはり三島は、沖と同じことを考えていた。

沖は空地を見やった。ヘッドライトを背に、大上がこちらへ戻ってくるのが見えた。

「この喧嘩の片が付いたら――」

次第に近づいてくる大上の黒い姿を、沖は睨んだ。

「裏切り者を炙《あぶ》り出して、消す」

三島の喉が、唾《つば》を呑むように動いた。


吉永に向かって、大上は軽く手をあげた。

「よう、久しぶりじゃのう。相変わらず元気そうじゃないの」

いきなり目の前に現れた大上に、吉永はひどく驚いた様子だった。

「なんであんたがここにおるんじゃ」

集会に水を差されたメンバーたちが、大上に向かってバイクのエンジンを吹かす。

メンバーたちの威嚇《いかく》を無視して、大上は事情を伝えた。事情といっても込み入った話ではない。頭同士のタイマンで負けたほうが勝ったほうの傘下に入る、それだけだった。

「けった糞《くそ》悪い」

大上の話を聞いた吉永は、地面に唾を吐いた。

「沖っちゅう男も、呉寅会ちゅう名前もはじめて聞いたわ。そがな小物相手に、なんでわしがタイマン張らないかんのじゃ」

吉永の言い分は、もっともだった。広島最大の暴走族の頭と、広島では無名に等しい新参者とでは、格が違いすぎる。

吉永は眉間に皺を寄せ、大上を斜に見た。

「その沖っちゅうやつ、えろう捻《ひね》くれとるのう。わしらの傘下に入りたかったら、土下座すりゃあええんじゃ。下のもんの手前、根性見せんといけん、思うてのことじゃろうが、こっちからすりゃァ超《ぶち》迷惑な話よ。そがあな面倒なやつ、手下にしとうないわ」

よほど腕に自信があるのだろう。吉永は、戦う前から自分が勝ったつもりでいる。

大上は吉永の特攻服を見た。代々受け継がれているものだろう。白い生地のところどころが汚れている。黒ずんでいる染みはおそらく血の跡だ。自分が流した血か、相手の返り血か。どちらにせよ、場数を踏んでいることに間違いはない。

大上は吉永を軽くいなした。

「まあ、そういきるなや。お前の言い分は、ようわかる。じゃが、わしにもいろいろ事情があってのう。お前の腕っぷしなら、拳一発でけりがつくじゃろうが」

大上は空世辞を飛ばしたあと、吉永に顔を近づけた。

「悪いようにはせんけ、ここはひとつわしの顔ォ立ててくれや」

大上の言葉に、吉永の頰がぴくりと痙攣《けいれん》した。

吉永は今年で二十歳になる。

大上は吉永を、十五歳のときから知っている。当時からすでに身長は百八十を超え、大人びた顔立ちをしていた。ニキビ面で、高校生に間違われることも多かった。

吉永をはじめて引致《いんち》したのは、中学三年生の夏だ。他校の生徒を恐喝し、金品を奪ったうえ、顔面にパンチを三つくれた。それを知った被害者の親が、交番に被害届を出した。

吉永はまだ中学生だというのに、えらく喧嘩が強く、いたるところで揉め事を起こしていた。あれは将来、面倒なやつになる。それが広島北署少年係の一致した意見だった。

吉永を二度目に補導したのは、吉永が高校一年生のときだった。

広島の流通りで、笹貫組組員の安藤将司と瀧井組組員の宮島博《みやじまひろし》が、些細《ささい》な事から口喧嘩をはじめた。双方の組員たちが駆けつけ、繁華街の路上は剣呑《けんのん》な雰囲気になった。そのとき、安藤の側にいたのが吉永だ。

のちに知ったことだが、瀬戸内連合会現特攻隊長の安藤俊彦は、安藤将司の実弟だった。暴走族仲間として俊彦と知り合い、その流れで実兄の将司にくっついていたのだろう。

吉永は、ジーパンの尻《しり》ポケットに折り畳みナイフを所持し、いつでも相手に挑みかかれるように準備をしていた。

ナイフの刃渡りは五センチ。状況によっては、銃刀法違反の要件に引っかかる。

大上は瀧井と笹貫の組員同様、吉永を引っ張った。

二回目の補導で、しかも今回は極道が絡んでいる。ここで痛い目に遭えば、まっとうな道に戻るかもしれない。

そう思ってのことだったが、吉永は書類送検で終わった。

吉永の父親は市会議員だ。出来の悪い子供ほど可愛いというが、父親は伝手《つて》を頼って掛け合ったと聞く。結果、その工作に、上層部が折れたのだ。

道を踏み外した吉永にも、まだ恥というものが残っているのだろう。親の顔で少年院送りを逃れて以来、大上と出くわすと、苦々しげに顔を背けるようになった。

吉永の非行は、それで終わらなかった。高校二年のとき、入り浸っていたゲームセンターの店員を殴り、全治二週間の傷を負わせている。後難を恐れたのか、店員は被害届を出さなかった。

大上は自分が飼っているエスから、その情報を仕入れた。事件に着手したところで、二回目同様、どうせ上が握り潰す。それよりも、この事件は寝かせておいたほうがいい、と大上は判断した。

傷害罪の時効は十年だ。吉永には、恐喝や銃刀法違反の前科がある。この事件が明るみに出れば、今度こそ実刑は免れない。このネタは、いざというとき、吉永を上手《うま》く使うための切り札として取っておく、そう考えたのだ。

大上が傷害のネタを持っていることを、吉永は薄々感づいている。事件のあと、道で偶然すれ違ったとき、それとなく釘《くぎ》を刺したからだ。

――やりすぎるなよ。わしァいつでも、こんなを牢屋《ろうや》にぶち込めるんで。

吉永はそれ以来、大上に逆らえずにいる。

今回も、意にそぐわないのだろうが、大上が出てきては肯《うなず》かないわけにはいかない。後ろのメンバーを振り返ると、声を張った。

「予定変更じゃ！　いまから呉原のイモを、しごうしちゃる！」

近くにいたメンバーからどよめきが起きる。驚きの波は、口伝えで瞬く間に、後方まで広まった。

話がつくと、大上は沖のもとへ戻った。

視認した限り、呉寅会のメンバーはおよそ五十人。

瀬戸内連合会は、百五十人近くいる。

圧倒的に数が違う。だが、大上は沖たちが負けるとは思っていなかった。勝てないまでも、間違いなく引き分けには持ち込む。

雑魚は雑魚同士、やりあったらいい。その考えは変わらない。しかし、負傷者はできる限り出したくない。

大上はズボンの尻ポケットから煙草を出すと、ライターで火をつけた。煙を吐き出し、沖に言う。

「話はついたけえ。思う存分やってこい」

沖が大上を睨む。眼が殺気立っていた。

「あんた。なんでわしらにちょっかい出すんじゃ」

「ちょっかい？」

煙を吐き出しながら、大上はオウム返しに問うた。

沖が詰め寄る。

「喫茶店でも呑み屋でも、ほいでここでも、なんでわしらに絡むんじゃ」

声が苛立《いらだ》っている。

大上はそれとわかるように口角を上げた。

「わしゃァのう、昔から世話好きなんじゃ。極道相手に命張るような馬鹿たれ見るとのう、可愛《かわゆ》うて、仕方ないんよ」

空地のほうから、ひときわ高いラッパ音が響いた。はやく出てこい、と沖たちを急《せ》かしているように聞こえる。

沖は地面に唾を吐いた。

「まあええ。あんたとの片は、あとで付けちゃる」

そう言い残し、沖は瀬戸内連合会のバイクの輪に向かって歩き出した。

車から降りて大上と沖のやり取りを見ていた元が、我に返ったように沖の背中に声をかける。

「沖ちゃん。わしらは――」

続く元の言葉を、大上は手で遮った。車の運転席にいる三島に向かって叫んだ。

「なにぼさっとしとるんじゃ。自分とこの頭がタイマン張るんじゃ。さっさと追いかけて応援せんかい。なんぼ虎が強いゆうても、ここはアウェーじゃ。呑まれてやられるかもしれんど！」

三島は窓から身を乗り出すと、後ろのメンバーに、前に行け、と手で指示した。

それを合図に、呉寅会のメンバーは一斉にバイクと車のエンジンをかけた。地鳴りのような音が、あたりに響く。

呉寅会のバイクは盗んできたものだ。改造はしていない。通常のマフラーだから、音は暴走族のそれとは違うが、それでも、近くにいると耳をつんざくような咆哮《ほうこう》だった。

三島が、車のヘッドライトを点《つ》けた。ライトが、前方を歩く沖の背中を照らす。

大上はセドリックのドアを開けて、後部座席に乗り込んだ。

三島が血相をかえて、大上を振り返った。

「なんなら、無断で！」

大上は軽く舌打ちをくれると、シートにふんぞり返った。

「なんならも糞もあるかい。審判がおらなんだら、試合にならんじゃろうが。ええけん、早《はよ》う出せ」

納得がいかないのか、大上の言いなりになるのがいやなのか、三島はアクセルを踏まない。

大上は運転席のシートを、足で蹴り上げた。

「もたもたしとったら、試合がはじまってしまうじゃろうが。さっさと言うとおりにせんかい！」

ここで揉めても埒《らち》が明かない。そう思ったのだろう。三島は元を呼んだ。

「早う、車に乗れ！」

元が慌てて助手席に乗り込む。

ドアが閉まると同時に、三島がアクセルを踏んだ。

倉庫の陰から車を出すと、三島はスピードをあげた。

地面の小石が跳ね、フロントガラスに当たる。

三島は車を加速させながら、敵陣に突っ込んでいく。

仲間のバイクを追い越し、先頭に出た。

助手席の元が、窓から半身を乗り出し叫ぶ。

「おらおら、どけい！　呉寅会の参上じゃ！　どかんと、おどれらみな、轢《ひ》いてまうど！」

百数十台にも及ぶバイクや車のエンジン音とクラクションが、元の怒声を掻《か》き消す。

が、元は構わず、敵を威嚇《いかく》し続けた。

「おらおらおらァ――」

後方で呉寅会のメンバーも、奇声を上げている。

大上はセドリックの後部座席で、耳を塞いだ。

「これじゃけえ、ガキの喧嘩はやれんわい」

口から出た言葉は辟易《へきえき》のそれだが、内心は違う。

喧嘩は祭りや花火と同じだ。派手なほど面白い。

自分でも口角が上がるのがわかった。

車はスピードを緩めることなく、敵陣目指して突き進む。

衝突寸前――瀬戸内連合会のバイクが、左右に割れた。

三島が車をドリフトさせ、急ブレーキを踏む。

勢いで、首が持っていかれそうになる。

大上は思わず、三島を怒鳴りつけた。

「もちいと、ましな停め方せんかい！」

背後からけたたましいスキール音と、軋《きし》むようなブレーキ音が響く。

と、いきなり静寂が訪れた。

聞こえるのは、微《かす》かなアイドリングの音だけだ。

バイクと車の輪の中心に、沖と吉永がいた。周囲のヘッドライトが、舞台に立つ役者を照らすように、ふたりを映し出している。

三島と元は、いつでも飛び出せるよう、開け放ったドアに手を置き、前方を凝視している。

大上は首をぐるりと回した。

「わしがむち打ち症にでもなったら、こんならみんな、道交法違反でブタ箱へぶち込んじゃるんど」

独り言のようにつぶやき、ドアを開ける。

車を降りた。

輪の中心に向け、ゆっくり歩を進める。

レフリーが現れたことで、いよいよ試合がはじまる——そう、肌で感じ取ったのだろう。双方のメンバーが、一斉にエンジン音を響かせた。野次や声援も混じり、凄《すさ》まじい咆哮となって耳をつんざく。

たまらず大上は、片耳に指を突っ込んだ。睨み合う沖と吉永のあいだに立ち、ふたりに命じる。

「あの音をやめさせい。煩《うるそ》うて、耳がやられるわい」

偉そうにこの場を仕切る刑事が気に入らないのだろう。ふたりは敵意むき出しの目で、大上を睨んだ。が、ここで逆らっても時間の無駄だと思ったらしく、自陣のメンバーに向かって怒鳴り声をあげた。

「空ぶかしやめい！」

「静かにせいや！」

頭の声を耳にしたメンバーが、伝言ゲームのように後ろに指示を伝える。威嚇音が次第に収まり、アイドリングの音だけに戻った。

あたりが静まると、大上はこの場にいる全員に聞こえるように声を張った。

「ええか。頭同士のタイマンじゃ！　負けた方が、勝った方の傘下に入る。族の掟《おきて》じゃ。ええの！」

返答はない。誰もが押し黙っている。承諾の意だ。

異論がないことを確かめると、大上はふたりに向き直った。

「念のため、検《あらた》めるで。両手、上げい」

なんでもありの喧嘩では、釘一本でも武器になる。

沖と吉永が、万歳をする。大上はそれぞれの全身を、軽く叩きながら撫《な》でた。

ふたりは両手を上げたまま、互いの目に視線を据えている。

吉永が小馬鹿にしたように笑った。

「呉原の芋が——調子こきやがって」

沖が冷静な口調で返す。

「抜かすな。うどの大木が」

啖呵《たんか》の切り合いなら、どっこいどっこいだ。

だが、この勝負は沖が勝つ、と大上は確信していた。

吉永の身長は百八十を超える。体重は百キロを超えるだろう。ボクシングとウエートトレーニングが趣味で、筋骨は隆々としている。

一方の沖は、ガタイはいいが、吉永ほどの身長《たっぱ》はない。せいぜい百七十半ばだろう。なにより、リーチが違う。腕の長さはたいがい身長に比例する。いま上げている腕を見比べても、明らかに吉永のほうが長い。

体格勝負なら吉永の楽勝だ。が、喧嘩は体格の勝負ではない。勝敗を分けるのは、肝っ玉の太さだ。たとえボクシングの心得があろうと、吉永は沖には勝てない。性根の据わり方が違う。ヤクザの賭場を荒らし、極道に恐喝《ハイダシ》をかける根性が、吉永にあるはずがない。

飼い犬は所詮、飢えた野犬には勝てない。

武器を持っていないことを確かめると、大上は双方を見やった。

「ふたりとも、準備はええの」

沖と吉永は、互いを睨みつけたまま肯いた。前屈みになり、構える。

「よし！　開始じゃ！」

大上は叫んで、その場から飛び退《すさ》った。

メンバーたちの息を吞む気配がする。

先に仕掛けたのは沖だった。雄叫《おたけ》びをあげながら、吉永に突進する。

吉永の太い腕が、横殴りに沖の頭を狙う。

フック——速い。

吉永の拳《こぶし》が、沖の顔面を捉《とら》える。

沖は大きく体勢を崩した。

前のめりになった沖の顎を、吉永のアッパーが掠《かす》める。

すんでのところで拳を躱《かわ》した沖は、自分から地面に倒れ、吉永の足を搦《から》めた。

カニばさみの要領で、吉永を横倒しにする。

沖が馬乗りになり、首を絞めた。

吉永が両腕で顔面を殴りつける。

絞め技が解け、ふたりとも飛び退くように立ち上がる。

沖の肩が上下に揺れる。

吉永の息は切れていない。

ジャブを繰り出し、間合いを詰めた。

渾身《こんしん》のストレート——沖の膝が、がくんと折れた。

そのまま身体をぶつけ、地面に突き倒す。

倒れた沖に跨り、矢継ぎ早に拳を振り下ろす。

沖は両腕で顔面を防御した。隙を突き、反撃に出る。腹筋の要領で上半身を持ち上げ、吉永に頭突きを喰らわせた。

ゴツゴツ——と、骨と骨がぶつかる嫌な音が、あたりに響く。

このままでは埒が明かないと思ったのか、吉永は立ち上がり、沖に蹴りを見舞った。

顔を目掛けて振り下ろされる安全靴——沖が身体を反転させて避ける。転がりながら体勢を立て直し、蹴りを返す。

スニーカーの先が、吉永の腹にめり込んだ。

吉永が膝を突く。

今度は沖が、吉永に襲い掛かった。

背を丸めた吉永の顎に蹴りを喰らわす。吉永は仰《の》け反るように背中から倒れた。

馬乗りになり、顔面を連打する。

しかし、ボクシングをやっているだけあって、吉永のガードは固い。

業を煮やした沖が、渾身の一撃を狙い、腕を高々と上げた。

振り下ろした刹那《せつな》——吉永が身を捩《よじ》る。空振りした拳は、地面を殴った。拳に砂利がめり込んだのか、沖の顔が歪んだ。

吉永は両手で、下から沖の胸を突き飛ばした。

ほぼ同時に、ふたりが立ち上がる。

さすがに消耗したのか、吉永の膝が笑っている。沖も同じだ。

大上はいらいらしながら、ふたりの喧嘩を見ていた。

——なに眠たいことやっとんじゃ。格闘技の試合じゃあるまいし。

沖なら、一発でケリをつける。そう思っていた。

不良同士の喧嘩なら、それなりの仁義がある。学生時代に大上がやってきた喧嘩は、そうだった。相手の命《タマ》は取らない。相手に後遺症を残さない。それが最低限のルールだった。

沖は、ただの不良ではない。

ヤクザ相手に喧嘩を売る、命知らずの野良犬だ。

蹴りや拳を繰り出すだけの上品な喧嘩は、沖には似合わない。

このままでは、いつまで経っても同じことの繰り返しだろう。

そうなれば、体力的に分のある吉永に軍配が上がる。

ふたりの様子から、瀬戸内連合会のメンバーもそう察しているのだろう。エンジンの回転をあげて、言葉にならない奇声をあげている。

大上はあからさまに舌打ちをくれた。

沖が負ければ、目算が狂う。

呉寅会を手懐《てなず》けて、外道どもを締め上げるつもりが、真逆になる。沖たちが瀬戸内連合会の軍門に下れば、外道を太らせるだけだ。

ジャブを放ちながら、吉永がまた間合いを詰める。

左ジャブ。

右ストレート。

顔面を防御する沖の、がら空きになった腹部にボディーブロー。

コンビネーションがきれいに決まる。

沖の顔が大きく歪んだ。口から呻《うめ》き声が漏れる。

止《とど》めのアッパーが、顎を捉えた。

沖が膝から崩れ落ちる。

吉永の足技が飛んだ。

腹を庇《かば》おうとする沖の右手を、片足で踏みつける。

そのまま左手を、サッカーボールのように蹴り飛ばした。

沖の左手はもう使えないだろう。おそらく指が折れている。

吉永の目が獰猛《どうもう》に光る。

沖の顔面を力いっぱい踏みつけた。安全靴の底が、顔にめり込む。一瞬、沖の頭が地面に埋もれたように見えた。

吉永は毛虫を潰すように、何度も顔面を踏みつける。

なぶり殺しだ。

いつしか、あたりは静まり返っていた。口を利く者は誰もいない。エンジンを吹かす者もいない。みな、吉永の狂暴さに、圧倒されている。

ガツガツという、顔面と靴底がぶつかる音だけが響く。

吉永は、沖の顔をさらに強く踏みつけると、煙草をもみ消すように靴底を捩《ね》じった。

大上は咥えていた煙草のフィルターを、きつく嚙んだ。

ここまでか――。

地面に目を落とし、吸い終わった煙草を踏みつけた。

大上がレフリーストップをかけようと足を踏み出したとき、突如、絶叫が響いた。

見ると吉永が、股間《こかん》を押さえ、のたうち回っている。

いつの間にか、沖が立ち上がっている。

金的蹴り――。

地面に倒れた吉永が、エビ反りになって身体を震わせている。

反り上がった腹部に、沖が飛び乗る。

右手の指を二本、これ見よがしに掲げた。

「往生せい！」

言うや否や、吉永の両眼に突き立てる。

断末魔の悲鳴があがる。

止める間はなかった。

空手でもなんでも、武術では眼球突きは禁じ手だ。下手をすると一生、視力を失う可能性がある。だが、眼球に指が、まともに刺さることはまずない。手の動きより、瞼《まぶた》の動きのほうが俊敏だからだ。

まして沖は、一度大きく、突き刺す指を見せている。とはいえ、相手の戦意を喪失させるには充分だった。

大上はその場で、両手を高々と上げた。

「よし、そこまで！」

喧嘩の終了を告げる。

この場にいる誰もが、なにが起こったのか、咄嗟にわからないようだった。

静寂を破ったのは、セドリックのクラクションだった。ひとしきりクラクションを鳴らし終えると、三島が勝鬨《かちどき》の声をあげた。

「どうじゃ！　わしらの勝ちじゃ！」

三島の声を合図に、呉寅会のメンバーが雄叫びをあげた。怒号のような歓声が沸き上がる。

真っ先に沖へ駆け寄ったのは、元だった。放心したように膝立ちしている沖の肩に、そっと手を置く。

「沖ちゃん、大丈夫か……」

沖の頭がわずかに上下した。肯いたのだ。

駆けつけた三島も、後ろから心配そうに覗き込んでいる。

「救急車、呼ぼうか」

今度は、はっきりそれとわかるように、沖が首を横に振る。

大上は、静まり返った瀬戸内連合会のメンバーに向かって怒鳴った。

「なにぼさっとしとるんじゃ！　誰か、早う病院に連れてっちゃれ！」

前列にいた男が数人、我に返ったように顔を見合わせ、吉永のもとへ駆けてきた。

吉永は、目を両手で押さえながら、呻き続けている。

男たちは吉永を担ぎあげ、車へ運んだ。

吉永を乗せた車が、猛スピードで工場跡を出ていく。

大上は残った瀬戸内連合会のメンバーを見渡した。

「勝負はついた。今日からこんなら、沖に連れちゃってもらえ」

瀬戸内連合会のメンバーは、どうしていいのかわからないというように、立ち尽くしている。

大上は大声で念を押した。

「掟は掟じゃ。守ってもらうど！」

瀬戸内連合会の面々が、項垂《うなだ》れるように首を折る。

それを見た呉寅会のメンバーが、もう一度、雄叫びをあげた。

後ろに気配を感じ、大上は振り返った。元と三島に肩を借りた沖が、ゆっくりこちらに近づいてきた。

大上の前までやってくると、沖は腫《は》れあがった顔で、途切れ途切れに息を吐いた。

「こっちは、片が、ついた。今度は、そっちの、番じゃ」

十三章

沖は腫《は》れあがった唇に、煙草を差し込んだ。幸いなことに歯は折れていない。フィルターを軽く嚙《か》む。唇だけでは、煙草を支えるのが心もとない。

元が素早く火をつける。

ニコチンを吸い込んだ。が、口元に力が入らず、大半は肺まで届かない。味のしない、しけった煙草を吸っているみたいだ。

クインビーの狭い店内には、由貴の歌声が響いていた。

スツールから立ち上がり、マイクを握りしめ、悦に入って小節《こぶし》を利かせている。音程が外れているのはご愛嬌《あいきよう》だ。

カウンターにはママの香澄と真紀が座っていた。

ママはカラオケのページを捲《めく》りながら、グラスを口に運んでいる。真紀はこちらが気になって仕方がない様子だ。水割りをちびりと飲んでは、こちらをちらちら振り返っている。

瀬戸内連合会の頭、吉永との決着がついたあと、沖は三島と元を連れ、クインビーに来た。

――お前ら、これで、どっかで飲んどれ。

工場跡で、沖は林に財布を放り投げた。財布にはいつも十万入れている。残りの呉寅会のメンバーは、居酒屋あたりで祝杯をあげているはずだ。

メンバーと別行動をとったのには理由がある。

大上だ。

向かいのソファには、その本人が座っている。大上はご機嫌で、自分で作った焼酎《しょうちゅう》の水割りを、頻繁に口に運んでいた。店に来て、まだ二時間も経っていない。テーブルには空の焼酎ボトルが、二本並んでいた。そのうちの一本は、遅れてきた大上が空けたものだ。

沖の隣に元、元の斜向《はす》かいに三島が腰を下ろしている。沖を除く三人は、今日の喧嘩《けんか》の話で盛り上がっている。

大上はグラスに残っていた焼酎をひと息で飲み干すと、テーブルに身を乗り出した。

「それにしても、こんなァ強いのう。勝つとは思うちょったが、金的蹴《げ》りに目潰《めつぶ》しとは、さすがのわしも驚いたわ」

空世辞だ。

修羅場《しゅらば》をくぐったマル暴が、金的くらいで驚くはずはない。

すでに酒が回っている元は、大上のお愛想にすっかり乗せられている。

「やっと沖ちゃんの強さがわかったか、おっさん。吉永の外道《げどう》、メンバーの前であれだけこてんぱんにやられたんじゃ。もう顔が立たんじゃろう。立たんいうたら、こっちも立たんじゃろうがのう」

こっち、と言いながら、元は自分の股間《こかん》を擦《さす》った。

大上が声をあげて笑う。

三島が被《かぶ》せるように言った。

「ありゃア、一生、子供が出来んかもで」

三人の哄笑《こうしよう》が弾《はじ》ける。

沖は自分のグラスに口をつけた。少し唇を湿らせただけで、アルコールが沁《し》みる。我慢して、ぐびりと腹に流し込んだ。

うっ——短い声が思わず、口を衝《つ》いて出る。顔を顰《しか》めた。

歯医者で虫歯を削られるときのような、神経を直《じか》に刺激される痛みだ。

カウンターからこちらを見ていた真紀が駆け寄ってきた。

恐る恐る声をかける。

「大丈夫？　これで冷やした方がええよ」

後ろから、冷たいおしぼりを差し出した。

沖は乱暴に受け取ると、肩越しに真紀を睨《にら》んだ。

「あっちに行っとれ、いうたじゃろうが。ええけ、景気のええ曲でも、歌《うと》うとれ」

歯茎に麻酔を打たれたあとのように、唇が動かない。口元から涎《よだれ》が伝った。

睨まれた真紀は、びくりと肩を震わせた。怒声さえ間抜けに聞こえる、いまの沖を哀れんだのか。

吉永に殴られ、蹴られ、踏みつけられた顔面は、ひどいものだった。瞼《まぶた》は腫れ、顔は痣《あざ》だらけだ。唇が切れて、口腔《こうこう》内はずたずただった。

沖の変わり果てた形相を見て、真紀はひどく動揺した。泣きながら、病院へ行くことを懇願した。由貴も医者にかかるよう、執拗《しつよう》に勧めた。夜の商売で修羅場を見慣れているからか、落ち着いていたのはママだけだ。

——女は黙っとれ。

真紀と由貴の頼みを、沖は一蹴《いっしゅう》した。

おしぼりと置き薬のヨードチンキで応急処置を施すと、真紀は目元を拭《ぬぐ》い、店を飛び出した。真紀が十分ほどで息を切らしながら戻ってくると、沖の血塗《ちまみ》れのシャツとズボン、汗まみれの下着を脱がし、アパートの部屋から持ってきた洗濯済みのものと着替えさせた。

カウンターにいた香澄が、真紀を振り返った。

「真紀ちゃん、ええけん、ほっときんさい。喧嘩して痛い思いをするんは、自業自得じゃけえ」

真紀は心配そうに視線をくれながら、カウンターに戻っていく。

女たちにカラオケを命じたのは沖だった。自分たちの会話が聞こえないようにするためだ。直感で、場の空気を察したのだろう。香澄は店を看板にすると、適当に曲を入れた。真っ先に歌いはじめたのは、由貴だった。カラオケが大好きで、頼まれなくても、よく歌う。

それにしても——。

沖は大上に視線を戻した。

吉永をぶちのめしたあと、沖は胸にわだかまった疑念をさらに深めた。

今度は大上とのケリをつける、そう思って詰め寄る沖を、軽くいなして、大上はセドリックに近づいた。後方へ回ると、沖たちを見やり、トランクをバンバンと叩《たた》く。

「なかに居《お》るやつは、わしが土産に貰《もろ》うていくが、文句ないの」

沖は、瞼が腫れあがり視界が利かない目を見開いた。

なぜ、トランクに人が入っているると知っているのか。

元と三島も、わからないといったように顔を見合わせている。

三人が答えられずにいると、大上の口調が一変した。

「おい、聞こえんのか。さっさと開けんかい」

大上の怒鳴り声や凄《すご》んだ声は、これまで何度も聞いていた。が、あのときの声はそのどれでもなかった。意に沿わなければ殺してでも従わせる。そう感じさせるほどの、殺気が込められていた。

極道相手に渡り合ってきたマル暴の凄みを、沖ははじめて知った。

三島が操られるように、トランクを開けた。

安藤は手足を縛り、猿ぐつわをかまして頭部に布袋を被せてある。シャツは血で赤く染まり、ズボンはズタボロだ。縄で雁字《がんじ》搦《がら》めにされた上体は、わずかにうねるが、下半身は微動だにしない。沖が大腿骨《だいたい》を折ったからだ。小便を漏らしたのか、ズボンの股間が黒ずんでいた。リンチを加えたことは、ひと目でわかる。

大上は顔色ひとつ変えず、布袋を外した。

猿ぐつわの隙間から、安堵《あんど》の呻《うめ》き声が漏れる。

眼球は忙《せわ》しなく動き、必死に助けを求めている。歯は折れ、顔面が青黒く変色している。

安藤の顔を見た瞬間、大上の眉間《みけん》に皺《しわ》が寄った。ぼそりと言う。

「命は助けちゃる。大人しゅうしとれ」

大上はトランクを閉めると、三島に声を張った。

「車ァ、借りるど」

三島の返事も聞かず、大上は運転席に乗り込んだ。差し込んだままのキーを回す。

エンジンをかけながら、大上は三人を険しい目で睨んだ。

「相手がなんぼ外道でも、ちいとやり過ぎじゃ」

大上がエンジンを吹かす。

「クインビーに行っとれ。あとでわしも行くけ」

そう言い残し、大上はその場をあとにした。


沖は灰皿に煙草を押しつけた。手の動きがぎこちない。

回想を振り払い、最初の疑問に戻る。

なぜ大上は、トランクに人が押し込められていると知っていたのか。

クインビーにやってきた大上に、開口一番、それを訊《たず》ねた。大上は何食わぬ顔で惚《とぼ》けた。

セドリックに乗り込んだとき、後ろから物音が聞こえた——そんな見え透いた嘘が通用するとは、大上自身も思っていないはずだ。

安藤は縄で雁字搦めにされ、身動きなど取れない。まして、使われなくなった工場跡は、石やコンクリートの破片がそこら中に転がっている。仮に安藤が身体を揺さぶられたとしても、車の振動と周囲の騒音に掻《か》き消されて、大上の耳に届くはずがない。

大上は最初から、トランクに安藤がいると知っていた。

布袋を外した大上が眉間に皺を寄せたのは、素人が極道にあそこまで凄惨《せいさん》な暴力を加えたことに対する、驚きからだろう。

沖は新しい煙草を咥《くわ》え、フィルターを嚙んだ。

――やはり、身内にスパイがいる。

火を差し出す元を手で制し、大上の目を見据えた。

大上ははぐらかすように、カウンターに視線を向けた。

「おーい、ママ。もう一本頼むわ」

真紀が弾かれたように立ち上がり、新しいボトルを手にボックス席にやってくる。

大上のグラスを持ち、水割りを作ろうとする真紀の手を、沖は邪険に払い除《の》けた。

「余計なことすな、言うとるじゃろうが」

火のついていない煙草を咥えたまま、怒鳴りつける。

真紀が目を伏せ、唇を嚙みしめた。

元が気遣うように声をかける。

「真紀ちゃん。男同士の話じゃけ……沖ちゃん、まだ気ィ張っとるし」

無言で肯くと、真紀は肩を落としてカウンターに戻った。

気まずい雰囲気を振り払うかのように、大上が快活な声を上げる。

「それにしても、こんなァ強いのう」

グラスに焼酎を入れながら、今夜三回目の、同じ言葉を口にした。

調子を合わせ、元が話を蒸し返す。

「そうじゃろうが。沖ちゃんここが据わっとるけん」

言いながら自分の胸を叩く。

大上は水割りを作り終えると、沖に話を振った。

「空手とか、やっとったんか」

最初に訊《き》いたときは柔道だった。次は剣道、今度は空手だ。

いらいらが募る。

限界だった。

自分で煙草に火をつけると、両腿《りょうもも》に手を置き、前屈《まえかが》みになった。首を斜に傾け、上目遣いに大上を睨む。

「おっさん、なんで今回のこと知っとったんじゃ」

声にありったけの憎悪を込める。

大上は聞こえない態《てい》で、元に笑みを向けた。

「人間はのう、なんぼ身体鍛えても、目と金玉だきゃァ、鍛えられん。相手の弱点を突くんが、喧嘩の極意じゃ。のう、元」

酔っている元はご機嫌で、話を合わせる。

「ほうじゃ。沖ちゃんの金的蹴りは昔から見とるが、あれ一発で、みんな終《しま》いじゃ。あれ喰《く》ろうて立っとったやつは、少年院《ねんしょう》におった根本《ねもと》くらいじゃ」

大上が意外そうな顔をする。

「根本いうて、健《けん》のことか」

「そうよ。モトケンよ」

三島が横から口を出す。

大上が、感心したように息を漏らした。

「モトケンいうたら、いま売り出し中の、バリバリの兄さんじゃないの」

根本はいま、愚連隊《ぐれんたい》時代の仲間を引き連れ、瀧井組の若い衆に収まっている。

大上は元に顎をしゃくり、続きを促した。

「ほいで、その勝負、勝ったんか」

「当たり前よ」

元は胸を張った。

「言うとっちゃるがのう。沖ちゃんは、喧嘩で負けたことは一遍もないんで」

まるで我がことのように、元は自慢した。

「ほうの。こんなが見て、一番歯ごたえがあった喧嘩相手は、誰じゃった」

「そりゃァ、なんちゅうても――」

言いかけた元の頭に、沖は肘鉄《ひじてつ》を喰《く》らわした。

元が驚いて、頭を抱える。

「煩《うるさ》い。ちいと、黙っちょれ」

押し殺した声から、沖が本気で怒っていると察したのだろう。元と三島の顔色が変わった。

沈黙が場を支配する。

ボックス席の剣呑《けんのん》な空気を感じ取ったのか、由貴の歌声が止まった。

沖はカウンターに顔を向け、目を細めた。

「なんじゃい。わしが歌え言うたの、忘れたんか」

由貴はびくりと身体を震わせると、急いで歌詞を追った。

沖は吸いかけの煙草を、灰皿でもみ消した。

——なんとしてでも、大上の飼い犬を炙《あぶ》り出す。

ソファの背にもたれ、丹田《たんでん》に力を込めた。

「答えんなら、何遍でも聞くがのう。あんた、なんでわしらに構うんじゃ」

そこが根っこだ。そこがわかれば、おのずと絡まった糸は解《ほど》ける。

大上は少しのあいだ、なにか考えるように黙っていた。

パナマ帽を阿弥陀《あみだ》に被り直し、サングラスを指で鼻先に下げる。

ひと息吐いて、口を開いた。

「昔の知り合いに、向こう傷の政《まさ》、いう男がおってのう。お前らも名前くらい、聞いたことがあるじゃろ」

向こう傷の政——聞いた覚えはない。三島と元も、口を半開きにして首を傾げている。

大上は眉根《まゆね》を寄せ、意外そうな顔をした。

「ほうか。知らんのか」

水割りを口に含み、ごくりと喉《のど》を鳴らす。

「まあ、こんならが生まれる前の話じゃけ、知らんでも仕方ないがのう」

そう言うと、大上は遠くを見やった。

「ありゃァ、わしが中学生のときじゃ。まだ戦後の闇市が、駅の裏に残っとったころでのう」

広島駅の西側には、いまでも小汚い店が立ち並んでいる。大半は、八百屋や魚屋、金物屋など、食べ物や日用雑貨を扱う小売りの店だ。戦後、あのあたりに闇市があったことは、沖も知っていた。

小西政治《こにしせいじ》こと、向こう傷の政は、広島では愚連隊の神様、と呼ばれた不良の大物だった。そのころは二十代半ば——兄貴分と慕う手下《てか》は、三百人を超えていたという。向こう傷のふたつ名は、敵対する愚連隊に闇討ちをかけられたときに負った、眉間の斬り傷が由来だ、と大上は説明した。

「わしがはじめて政と出会《でお》たんは、むかし流通りにあった、映画館の裏じゃった……」

大上は遠い目をしたまま、ぽつりぽつりと、昔語りをはじめた。

大上が煙草を咥え、火をつける。

煙を大きく吐き出すと、話を続けた。

「その頃はのう、わしも生腰《いきごし》がよかったけ。相手かまわず喧嘩三昧《ざんまい》での」

話がはじまってすぐに、元が出鼻を挫《くじ》いた。

「生腰いうて、なんの」

遮られた大上は、機嫌を損ねるでもなく、むしろ面白そうに元を見た。

「こんなァ、生腰、知らんのか」

気まずそうに元が、沖と三島を見やる。

「知っとるか？」

沖は黙ることで知らないことを示し、三島は軽く首を横に振った。

大上が前のめりになる。子供を諭すような目で三人を見た。

「生腰いうんはのう、気持ちの勢いのことよ。オラオラ、イケイケじゃ。おどりゃァ、すどりゃァ、いうて吼《ほ》えるじゃろ、お前らも。売られた喧嘩は銭ィ払《はろ》うてでも買う。極道でも不良でも、生腰が足らんやつは舐《な》められる。この世界じゃ生き残れん」

「じゃったら、おっさん、いまでもイケイケじゃないの。わしらの喧嘩に首ィ突っ込んできてよ」

またしても元が口を挟む。

大上がソファの背にもたれる。指に挟んだ煙草の先を、三人に順ぐりに向けて笑った。

「喧嘩したんはこんならじゃろうが。わしじゃない。それにのう、いまのわしァ、誰彼かまわず喧嘩売ったりはせん。なんせ、警察官じゃけのう。わしが喧嘩売るんは、堅気《かたぎ》に手ェ出す外道だけじゃ」

「ほいで？　あんた、映画館の裏でその政いうんに、喧嘩売ったんか」

元が話を戻す。

沖は焼酎の水割りを、ぐいっと飲んだ。

話は聞き役がいるほうが、早く進む。元がこの場にいてよかった。いつもは気に障るお喋《しゃべ》りが、今日はありがたい。

大上は咥え煙草を上下に揺らした。

「いや、わしが仕掛けた喧嘩じゃない。売ってきたんは、政んとこの若いもんじゃ」

沖も知っている昭和館は、少し前に取り壊されたが、当時は新築したばかりだったという。ヤクザ映画の三本立てを見たあと、大上は小便をしに外へ出た。館内に便所はあったが、上映中に我慢していた男たちで行列ができていた。待てなかった大上は映画館を出ると、人目がない裏手に回った。

隣のビルと昭和館の隙間には、先客がいた。それが、政のところの若いもんだった。

「こっちも小便が漏れそうじゃけん、先客から少し離れたところで用を足したんじゃ。そしたら、やつらなにを思ったのか、ズボンのファスナーを上げるやいなや、吹っかけてきよった」

「小便しただけでか」

元が眉間に皺を寄せる。

大上が声音を高くした。

「喧嘩《ゴロ》売るんに、理由なんかあるかい。目が合った、面構えが気に入らん、なんでもありじゃ。こんならもそうじゃろうが」

大上が沖たち三人を見渡す。口角を上げた。

「じゃが、心当たりは、ないこともない。たぶん――」

大上はそこで、含み笑いを漏らした。

「わしの一物がよ、そいつらよりデカかった」

元が大声で笑う。三島も口の端で笑った。

沖は笑わなかった。やつの持ち物の話なんかどうでもいい。さっさと話を進めろ、そう心のなかで毒づく。

沖の内心が伝わったのか、大上が話を繋《つな》ぐ。

政の子分は六人。みな若く、喧嘩慣れしているのか、身のこなしも隙がない。

大上も体力と腕力には自信があった。が、相手はバリバリの愚連隊だ。多勢に無勢で、さすがに分が悪い。ど突かれ、蹴られ、大上の顔はサッカーボールのように腫れあがった。着ていたシャツは引き裂かれ、ズボンは泥まみれ。それでも、大上は音を上げなかった。

「わしも、喧嘩は朝飯前の口じゃ。黙ってやられとったわけじゃない。反撃に出た。金的、頭突き、嚙みつき、なんでもありじゃ。ふたりはのしたかのう。その場におったもんのうち五人は、無傷じゃ帰さんかった」

「六人のうち五人やりあげたんか。やるのう！」

元が興奮気味に叫ぶ。

大上が焼酎の水割りを口に運ぶ。喉を湿らせると、素っ気ない口調で肯《うなず》いた。

「まあの」

大上の武勇伝を、沖は話半分に聞いていた。喧嘩自慢は吹かしてなんぼ、だ。なかには、米粒を握り飯大にまで膨らませて話すやつもいる。だが、枝葉は別にして、話の大筋は間違ってはいないだろう。やつなら、そのくらいやりかねない。

大上は煙草の煙を大きく吐き出すと、じゃが、と顔を顰めた。

「最後に出てきたひとりが厄介じゃった。あとで知ったが、もとはプロボクサーでのう。目ェ悪うして引退したらしいんじゃが、こいつの拳《こぶし》はすごかった。腐っても鯛《たい》いうが、辞めてもプロはプロよ。腹に一発喰ろうただけでゲロ吐いて、起き上がれんかった。こりゃァ、下手したら殺されるかもしれん。金玉がキュンと上がってのう、脂汗がだらだら出てきた。そんときよ、怒鳴《どな》り声が聞こえたんは」

大上は、声音を真似るように、だみ声を張り上げた。

「おどれら、子供相手になにしとるんなら！　みっともない真似しくさって！」

カウンターにいた真紀たちが、驚いて一斉に振り返る。こっちに構うな――沖が睨むと、女たちは慌てて顔を戻した。

大上は懐かしむような目で、遠くを見た。

「地面にうずくまった恰好《かっこう》で、ようよう首だけあげた。ほしたら、目の前に革靴のつま先があった。鏡みたいにピカピカでのう。あとで聞いたが、イタリアの高級品で、若いもんが二時間かけて磨いとったげな」

政は、その場を目にして、たちどころに状況を把握した。一喝するとたちまち、若いもんにビンタを食らわしたという。

「地面に伸びとるやつも、胸倉を摑《つか》み上げてこうやって――」

大上が右手を掲げて、往復ビンタの真似をする。

「張り倒すと、わしのところにやってきてのう。片膝《かたひざ》ァ突いて、内ポケットから札を挟んだマネークリップを取り出した。数十枚はあったかのう。そこから五千円札を一枚抜き出して、わしの目の前に置いたんじゃ。これで病院行って、新しい服買えや、言うてのう。当時の五千円いうたら、大金じゃ。そりゃァ、恰好よかったで。ダブルの白スーツにサングラス。頭はポマードで固めて、前髪がのう、こうちょこっと――」

言いながら大上は、自分の前髪を一筋、二筋、額に垂らした。

「ちょうど、眉間の斬り傷に掛かるよう、前髪が垂れとるんじゃ。それでわかった。ああ、これが向こう傷の政か、いうてのう」

耐え切れず、沖の口から失笑が漏れた。

「おっさん。それ、なんの映画じゃ」

そんな出来過ぎた話、あるわけがない。白のダブルにサングラスなんて、いまどきヤクザ映画の役者だって身に着けない。

沖の茶々を、大上は無視して話を続けた。煙草を灰皿で揉《も》み消す。

「政は広島の不良の憧《あこが》れの的じゃった。極道相手にもイケイケでのう。ダンプカーみとうに、破竹の勢いでシマを踏み潰して、自分のもんにしとった。一時《いっとき》はのう、市の西半分は政、東半分は綿船組で、広島の勢力図は二分されたくらいよ」

元はもともと飽きっぽい。最初は大上の話を身を乗り出して聞いていたが、興味がなくなったのだろう。大きな欠伸《あくび》をした。そっぽを向いて吐き捨てる。

「おっさん。話が長いんじゃ」

三島は黙ってグラスを傾けている。足元に目をやると、膝頭を小刻みに揺らしていた。いつまでも本題に入らない大上に、焦《じ》れているのだ。

与太話に付き合うのも、これが限界だ。沖は大上を睨みつけた。

「その政っちゅうやつが、わしらとなんの関係があるんじゃ」

大上は氷が溶けた水割りに焼酎をなみなみと注いだ。迎えにいくように口を運び、中身を舐めとる。そのまま上目遣いに沖を見た。

「こんなの声がのう。政とよう似とるんよ」

「なんじゃと？」

思わず訊き返した。

大上はグラスに氷を入れ、手に持ってぐるりと回した。

「最初は気がつかんじゃった。どっかで聞いた覚えのある声じゃ、思うてようよう考えたら、こんなの声は、政とそっくりじゃった」

目を細め、大上を見た。

「じゃけえ、わしのことを気に掛けとる、いうんか」

大上は肯いた。

「ああ、そうじゃ」

カラオケの曲が途切れた。

沖は手にしていたグラスを、テーブルに乱暴に置いた。

「そがあな話、わしが信じる思うちょるんか！」

静かになった店内に、怒声が響く。

声を低めて言った。

「散々、どうでもええ話しくさって、それが答えか。ガキの言い訳じゃないんど」

沖の言葉に、三島が声を被せた。

「どうせ、作り話じゃろうが」

大上がどう言い繕うか。沖は出方を窺《うかが》った。

少しのあいだ、大上は自分のグラスに目を落としていた。が、やがて、沖を見やると口の端を上げた。

「ほうよ。作り話よ」

悪びれもせず、嘘だと言い切る大上の太々《ふてぶて》しさに、沖の怒りは沸点に達した。

「おどれ、おちょくるんも大概にせえ！」

沖はソファから立ち上がった。摑みかかるつもりだった。身体の痛みよりも、怒りが勝った。

三島が慌てて止めに入る。沖の肩に手を置き、力ずくでソファに座らせた。

「沖ちゃん、落ち着けや。それにしてもおっさん」

三島が大上を睨む。

「あんた、なに考えとるんじゃ。ここまでわしらコケにする理由《わけ》はなんじゃ」

元も腕まくりで臨戦態勢に入る。

大上が片手を上げ、鼻息を荒らげる沖たちを宥《なだ》めた。

「まあ、黙って最後まで聞けや」

大上は真顔になって、話を続ける。

「政の話はほんまじゃ。威勢がよかったのも、恰好よかったのも、のう。じゃが、飛ぶ鳥を落とす勢いじゃった政も、最期は哀れなもんでのう」

大上がわずかに目を伏せる。

「極道の米櫃《こめびつ》に、手を突っ込み過ぎてのう。広島中の極道から目の敵にされて、追い込みを掛けられた。追い詰められて、情婦《おんな》の家におるところを、身柄《がら》ァ拉致《しやく》られてよ。膾《なます》斬りにされて、那可川に放り投げられた」

大上は自分の手を見つめた。

「政の手と足の指は全部、詰められてのう。目玉は潰されとったらしい」

元が顔を顰める。

大上は、きつい目で沖を見た。

「極道はのう、顔で飯食うとる。極道の喧嘩いうたら、殺《と》るか殺られるかのふたつにひとつじゃ」

「そがあなことァ、あんたに言われんでもようわかっとる」

沖は啖呵《たんか》を切った。

「のう、虎」

大上は、沖の顔を覗き込み、諭すような口調で言った。

「こんながなんぼ太うなってもよ、金看板の筋者《すじもん》に手ェ出したら、明日は太田川か那可川か、三途《さんず》の川に浮かぶんで。政みとうによ」

元が挑みかかるように、声を張り上げた。

「極道がなんぼのもんじゃ！　わしら呉寅会に、怖いもんなんか、ありゃァせんわい！」

いきり立つ元を無視して、大上は声に凄みを滲《にじ》ませた。

いている。


「わしゃあ、本気で、言うとるんで」

大上が放つ威圧感に、沖は唾《つば》を飲み込んだ。威勢が良かった元も、口を閉ざした。三島は俯《うつむ》いている。

大上は一転、静かな口調で言葉を発した。

「三年前の五十子の覚せい剤強奪したんも、一年前に起きた綿船んとこの賭場《とば》荒らしも、やつら、ぼちぼち的を絞りはじめとる。やつらが襲撃した犯人を見つけたら、そいつらは間違いなく殺られる。極道の顔に、糞《くそ》どころか唾や小便も塗りたくったんじゃ。政の殺され方がマシに思えるくらい、惨《むご》たらしいやり方でのう」

大上は、新しい煙草を咥え、火をつけた。

「そいつらが川に浮かぶのも、時間の問題じゃ」

元が、肩をぶるっと震わせた。おそらく、自分がなぶり殺しにされる最期を想像したのだろう。三島の顔も、心なしか青ざめている。

沖は、大上の口を怒声で遮りたかった。が、喉が詰まったように、声が出ない。

大上は、灰皿に煙草の灰を落とした。

「のう……」

沖と元、三島の視線が、一斉に大上を捉《とら》える。

「一度しか言わんけん、よう聞いとけ。極道の米櫃に手を突っ込んで、こんならが殺されるんは構わんが、呉原の尾谷と、綿船んところの瀧井にゃァ、絶対に手を出すな。念のため言うとくが、堅気に手ェ上げたら、こんならみんな、死んだほうがましじゃ、いうて思えるくらい締め上げて、一生、ブタ箱へ抛《ほう》りこんじゃる」

沖は眉根を寄せた。

大上が言う、絶対に手を出してはいけない極道が、呉原の尾谷組だというのはわかる。組長の尾谷憲次は、昔気質《かたぎ》の筋が通った極道だ。尾谷の薫陶を受けた若頭《わかがしら》の一之瀬守孝も、大上が言うところの「生腰」のある筋者だとの噂だった。

わからないのは、瀧井組だ。瀧井組は、金看板である綿船組の二次団体だ。それをいうなら、笹貫組も同じだ。ほかにも、綿船組の二次団体は多くある。そのなかで、なぜ大上は瀧井にだけは手を出すな、と言うのか。

自分を見る沖の目から、疑問を感じ取ったのだろう。大上は歯を見せ、やんちゃ坊主のような顔で言った。

「瀧井はのう、わしの――友達じゃけ」

沖は心のなかで舌打ちをくれた。どこまでいっても食えないやつだ。

「安藤はどうしたんなら」

三島が大上を見ながら、ぼそりと訊いた。

安藤のことは、沖も気になっていた。吉永とのタイマンに決着がついたあと、大上はトランクに安藤を詰め込んだまま、車をどこかへ走らせた。

ああ、と大上は声を漏らし、煙草の煙を天井に向かって吐いた。

「心配せんでもええ。ありゃァわしの知っとる医者んところへ運んである。署に連れて帰りゃァ、事件にせんと、いけんけえのう。あの医者は銭には汚いが、口は堅い。安心せえ」

まだ、怯《おび》えているのだろう。元が、恐る恐る口を挟む。

「ほいで安藤は、どうすんの」

「安藤かァ」

大上は遠くの方向を見た。

「ありゃァ、わしが飼《こ》うちゃる」

スパイにするということか。

沖の胸に、粘りつくような疑念が頭を擡《もた》げる。自分の身近にいる人間も、すでに大上に飼われているはずだ。そいつは誰か。

「あんた、わしんとこの者を――」

本音をぶつけようとしたとき、大上はいきなり立ち上がった。

カウンターの女たちが、気配を察して振り返る。

大上は、財布から一万円札を取り出し、テーブルに置いた。

「こんならと違《ちご》うて、わしゃァ公務員じゃけ。明日も仕事じゃ。そろそろ帰るわい」

沖は勢いよく立ち上がった。

「まだ話は終わっとらん！」

引きとめようとする沖を無視して、大上が出口へ向かう。

「おどりゃ、どこまでわしをコケにするんじゃ！」

沖はあとを追おうとした。

大上はドアノブに手をかけて、沖を振り返る。

パナマ帽を被り直し、ズボンのポケットに空いている手を突っ込む。真顔で言った。

「ええか。わしの言うたこと、忘れんなや。ちいと大人しゅうしとれ。極道はのう、一遍、殺《や》ると決めたら、なにがあっても殺《と》りにくるんで。特にこんなみとうなんは、ただでは殺してくれん。散々いたぶって、なぶり殺しにされるんど」

大上の視線が突き刺さる。

怖気《おぞけ》が立った。いままでどこか遠かった死が、大上の言葉で現実味を帯びる。

俺は殺されるのか。極道から陰惨な拷問を受けて。死ぬときは痛いのか、苦しいのか、それともなにもわからないまま終わるのか。

――この店を出たら、五十子や綿船の組員が待ち構えているかもしれない。

こめかみを汗が一筋伝う。

「虎ちゃん」

名を呼ばれ、はっとして横を見た。真紀が心配そうに顔を覗き込んでいた。

我に返った沖は、出口を見た。

大上がドアを開けて、出ていくところだった。

精一杯、虚勢を張った。声を振り絞る。

「大上！　待てや！」

振り返ることなく、大上は店を出ていった。

十四章

――平成十六年八月二日。

登ってきた石段の途中で、沖虎彦は足を止めた。

いまきた道を振り返る。

然臨寺《ぜんりんじ》の高台からは、瀬戸内海が一望できた。

夕陽が海に反射している。

沖は目を細めた。

空の色を映して橙《だいだい》色に染まる海も、日中の熱気が残る夕風も、四方から聞こえてくるヒグラシの声も、昔と変わらない。

水が入った手桶《ておけ》を持ち直し、沖は再び石段を登りはじめた。

然臨寺は、広島市の東端に位置する小山にある。

旧盆を前に参った者が供えていったのだろう。丘の傾面の墓地には、色とりどりの盆提灯《ぼんぢょうちん》が立ち並んでいた。

石段を登っていくと、道端に百日紅《さるすべり》が咲いていた。見事な枝ぶりから、かなりの樹齢と思われる。

沖は百日紅の樹の角を、右に曲がった。数えて三つ目の墓を見やる。飾り気のない墓石に、大上家之墓と刻まれていた。

誰かが参ったあとなのか、墓の周辺は掃除されていた。雑草は刈り取られ、供えられた菊の花はまだ咲いている。

脳裏に浮かんだのは、晶子の顔だった。大上の行きつけだった「小料理や　志乃」の女将《おかみ》だ。

――ガミさんのお墓ならすぐわかるよ。百日紅の樹を右に入って三つ目じゃけえ。

大上の墓を探している沖に、そう教えてくれたのが晶子だった。

沖は、墓石の横にある、板状の石を見た。墓に入っている者の名前が刻まれている。右から順に、大上清子、大上秀一とあり、その隣に大上章吾とあった。

沖は柄杓《ひしゃく》で手桶の水を汲《く》むと、墓にかけた。残った水は、地面に撒《ま》いた。

シャツの胸ポケットから、煙草を取り出す。火をつけて墓に供えた。線香代わりだ。

自分も新しい煙草に火をつけて、胸に深く吸い込んだ。墓石に向かって、煙を吐き出す。

――おっさん。

心のなかで呼びかけた。呼びかけたはいいが、あとに続く言葉が見つからず、ただ立ち尽くす。

大上が死んだと知ったのは、熊本刑務所のなかでだった。

逮捕された沖は、鳥取刑務所に収監された。鳥取、福岡を回り、最後に入っていた熊本刑務所を出所したのは、一週間前だ。刑務官《おやじ》と揉《も》めて不良押送《おうそう》を繰り返し、懲役を満期で終えての出所だった。

沖が逮捕されたのは、瀬戸内連合会の頭、吉永猛とのタイマンに勝ち、呉寅会の勢力を一気に伸ばした翌年だ。

罪状は、殺人教唆《きょうさ》、銃刀法違反、凶器準備集合、傷害、覚せい剤取締法違反。札束を積んで雇った弁護士は、不幸な生い立ちと家庭環境を持ち出し、情状酌量を求めた。一方、検察は、沖の率いる不良グループは暴力団と同等に凶悪な集団であるとし、少年院送致の過去と行状から、懲役二十年の重罰を求めた。裁判官が下した判決は、求刑より二年安い懲役十八年だった。広島の笹貫組が、呉寅会に追い込みをかけはじめたのは、瀬戸内連合会を傘下に収めた一か月後だった。

吉永とタイマンを張った夜、クインビーで大上が残した言葉が、沖はずっと胸に引っかかっていた。

――三年前の五十子の覚せい剤強奪したんも、一年前に起きた綿船んとこの賭場《とば》荒らしも、やつら、ぼちぼち的を絞りはじめとる。

あのときの大上の真剣な表情が、眼前から離れなかった。三島考康と重田元も同じだったらしく、呉寅会のメンバーが二百名を超える大所帯になったというのに、日々、浮かない顔をしていた。

当時は、己の心境を、よくわかっていなかった。いや、わかっていたが、認めたくなかった。あの頃の自分を支配していた感情は、怯《おび》えだ。ほんの微《かす》かな物音が気になり、飯の味がしなくなった。かつて自分を守っていた暗闇が恐ろしくなり、己の身が悲惨な姿で川に浮かぶ夢を見た。

子供の頃は、父親の存在に毎日、怯えて暮らしていた。その父親が死んでから、怖いものがなくなった。怯えというものを忘れていたのだ。

極道も愚連隊《ぐれんたい》も、構図は同じだ。

上が奮えば下は立ち上がり、上が怯《ひる》めば下は竦《すく》む。

心の奥に封印したはずの怯えは、波のように下へ伝わった。

メンバーを集結して檄《げき》を飛ばしても、手応《てごた》えがなかった。声を張れば張るほど、言葉がうつろに響く。自分自身、そう感じた。

死への恐怖――あれほど忌諱《きい》していた怯懦《きょうだ》が、頭を擡《もた》げた。

いつ死んでもいい、そう思ってきたはずなのに、なぜ恐怖を感じるのか。

自らに問いかけたが、答えは見つからなかった。

笹貫組が沖たちを狩りだしたのは、呉寅会の足元がぐらつきはじめたときだった。

最初に襲われたのは、高木だった。

フリー雀荘《ジャンそう》を塒《ねぐら》にしている高木は、確実に狙える絶好の的だった。雀荘を閉めた深夜、ゴミ袋を店の裏口から出したところを、三人組に襲われた。

笹貫組のバッジをつけた男たちは、高木を締め上げた。沖の居場所を吐け、と殴る蹴《け》るの暴行を繰り返した。

高木は少年院に三年入ったことがある。呉寅会のなかでも、肝《きも》は据わっているほうだ。笹貫組のリンチにも、口を割らなかった。

しかし、ひとりの男が取り出した武器《えもの》が、高木の心を折った。サバイバルナイフだ。

高木は二人掛かりで後ろから羽交《はが》い締めにされて、口をこじ開けられた。

「しゃべれんのなら、いらんじゃろう」

男は高木の口から、舌を引きずり出し、サバイバルナイフをちらつかせた。

はったりではない、と高木にはすぐわかった。

――こいつらは本気だ。

そう思った瞬間、言葉が口を衝《つ》いて出ていた。

「広島じゃ！　広島におる！」

「広島の、どこなら！」

男がナイフを舌に当て、問い詰める。

高木は失禁した。沖の塒は、三島と元にしか教えていない。高木には、答えようがなかった。

「それしか知らん！　ほんまに知らんのじゃ！　のう、頼む。それだきゃァ、勘弁してくれ！」

男が舌に切り込みを入れた。

涎《よだれ》を垂れ流す口元から、絶叫が迸《ほとばし》るはずだった。が、こじ開けられた口から漏れたのは、喉《のど》を震わせる、くぐもった振動音だけだった。

高木は何度も尋問された。しかし高木に出来たのは、首を左右に振ることだけだった。そのたびに、切り込みが深くなった。

高木の答えがどうあろうと、男たちの腹は最初から決まっていたのだろう。高木の舌を、躊《ちゆう》躇《ちょ》なく切り落とした。

血塗《ちまみ》れの高木を発見したのは、新聞配達の少年だった。

沖が寝泊まりしていた真紀の部屋に、元が駆け込んできたのは、翌日だった。

「高木がやられた！　笹貫組の仕業じゃ！」

高木への凄絶《せいぜつ》なリンチを知った沖は、戦慄《せんりつ》した。

耳に、大上の声が蘇《よみがえ》る。

──極道はのう、一遍、殺《や》ると決めたら、なにがあっても殺《と》りにくるんで。特にこんなみとうなんは、ただでは殺してくれん。散々いたぶって、なぶり殺しにされるんど。

沖は、染みで汚れた部屋の壁を睨《にら》んだ。

──こうなったら、殺《や》られる前に殺るしかない。

沖は気力を振り絞り、自らを奮い立たせた。

目にありったけの力を籠《こ》め、元に命じた。

「メンバーをいつもの場所に集めろ」

いつもの場所とは、吉永とタイマンを張った工場跡だ。瀬戸内連合会を吸収したあと、沖はその場所を呉寅会の集合場所にしていた。

「それから、三島と林に、ここへ来るように伝えい。ああ、いますぐじゃ」

元の顔には、血の気がなかった。恐怖ですくみ上がっている。

青ざめた顔で立ち尽くしている元を、沖は怒鳴《どな》りつけた。

「なにぼさっとしとるんなら！　さっさと行かんかい！　もう戦争ははじまっとるんで！」

沖の怒声で我に返ったのか、元は靴を履くのももどかしそうに、部屋を飛び出していった。呉寅会のメンバーは、一時間ほどで集まった。昼間という時間帯にもかかわらず、吉永とタイマンを張った工場跡に集まったメンバーは二百名を超えた。

セドリックの屋根に仁王立ちし、沖はメンバーに向かって声を張った。

「笹貫と全面戦争じゃ！　この戦争に勝って、わしらが広島の天下をとる。腹ァ括《くく》って、ついてこい！」

一時、土台が揺らいでいた呉寅会だが、このときは結束した。少なくとも、沖にはそう見えた。


沖は、二本目の煙草に火をつけた。大上の墓を見やりながら、今度は声に出して言う。

「なあ、おっさん。なんか言えや。のう、前みとうに吼《ほ》えてみい」

静寂――盆提灯の飾りが風になびく音と、ヒグラシの鳴き声しか聞こえない。煙草の煙が、風に消えていく。


高木を襲撃した日から、笹貫組は〝虎狩り〟と称し、本腰を入れて呉寅会を潰《つぶ》しにかかった。日を置かず、メンバーが次々と襲われた。ある者はすべての指を折られ、ある者は脳挫傷《ざしょう》を起こし、ある者は情婦《おんな》を目の前で乱暴されたうえ、半殺しにされた。

笹貫が動き出したと知って、真っ先にケツを割ったのは、元瀬戸内連合会のやつらだった。仲間の身に続出する凄惨なリンチを知るや、蜘蛛《くも》の子を散らすように逃げ出した。

なかには、敵方の笹貫組に寝返る者もいた。

呉寅会のメンバーは、半月で四分の一に減った。残ったやつらは、皆、呉寅会の生え抜きだった。

テレビのニュースや新聞が、笹貫組と呉寅会の抗争を扱わない日はなかった。

大半のマスコミが、呉寅会を準暴力団と見做《みな》した。

当然、県警は特別捜査本部を立ち上げた。あとで知ったが、広島北署の大上は対笹貫班に加わり、笹貫組の情報収集と組員の取り調べを担当していた。

一方で綿船組本体は、静観を決め込んでいた。あくまでも、笹貫組単独の抗争、という立場を崩さなかった。下手に兵隊を出せば、後難が降りかかることは目に見えていた。

沖たち残りのメンバーは、笹貫組組員に執拗《しつよう》な報復を繰り返した。目には目を、歯には歯を、で同等の仕返しをした。

双方から多くの逮捕者と負傷者が出たが、勝負は互角――笹貫との争いは、均衡を保っていた。

バランスが崩れたのは、抗争が勃発《ぼっぱつ》してひと月後のことだった。

呉寅会からついに、死者が出たのだ。

一線を越えた原因は、林への襲撃にあった。

林は人嫌いだった。沖たちは例外だが、出歩くときは大概ひとりだ。笹貫組との抗争が激化しても、林はそのスタイルを崩さなかった。

その日、林はいつものようにひとりで夕飯を食い、塒へ帰る途中だった。自動販売機で寝酒を買っているところを、背後から三人組に襲われた。

日本刀《ダンビラ》を担いだ三人は、容赦がなかった。

林をひと気のない裏道に引きずっていくと、地面に押し倒し、両手を後ろで縛った。罵声《ばせい》を浴びせる林の口に用意していたタオルをねじ込み、身体の自由を奪うと、三人は激しい暴行を加えはじめた。

林は一命をとりとめたものの、肋骨《ろっこつ》と大腿骨《だいたい》を折られ、最後は、右腕を斬り落とされた。

車上荒らしをシノギにする林は、飯のタネを奪われた。

沖は激怒した。三島と元も同じだ。林に可愛がられていた昭二と昭三の怒りは、沖たち以上だった。

「笹貫のやつら、皆殺しじゃ！　いまから事務所へ殴り込んだる！」

隠れ家から飛び出していこうとするふたりを、沖は止めた。気持ちはわかる。しかし、ふたりで襲撃をかけても、多勢に無勢でやられるのは目に見えている。いまから呉寅会のメンバーに召集をかける。数がそろうまで待て、と命じた。

沖の説得に、昭二も昭三も、折れたように見えた。しかし、ふたりは堪《こら》えきれなかった。沖に無断で、報復に走った。

林の腕を斬り落とした幹部の住居《ヤサ》へ、殴り込みをかけたのだ。

昭二と昭三の最期は、呆気《あっけ》ないものだった。

ふたりは、幹部の銃弾に倒れた。

45口径のコルトガバメント――腹に文字通り風穴を開け、顔面を吹き飛ばされた。

ふたりが焼かれている斎場で、昭二と昭三の母親と会った。所轄《しょかつ》の遺体安置所で、遺体の確認をしたという母親は、どちらが昭二でどちらが昭三か、親でさえもわからなかった、と泣き崩れた。

斎場を出た沖は、元と三島へ向け、唾《つば》を飛ばした。

——四十五《ヨンハン》じゃ。ヨンハン用意せい！　昭二と昭三はヨンハンでやられたんじゃけ、笹貫の首はヨンハンで殺《と》っちゃる！

三島と元が、たけり狂う沖をなんとか宥《なだ》めようとした。

振り回す腕をふたりに摑《つか》まれながら、沖は、笹貫の顔を思い浮かべた。以前見た、実話系の週刊誌に笹貫の写真が載っていた。太々《ふてぶて》しい面構えとは、こういうものをいうのだろう、そう思わせる顔だった。

あれほど自分を苛《さいな》んだ、死への恐怖はなかった。

心の底から湧き上がる強烈な怒りのマグマは、死への恐怖さえも溶かす。

——あのときと同じだ。親父を殺したあのときと。

肩が知らず震えた。

恐怖からくる震えではない。

武者震いだ。

沖は、はっきりと自覚した。

沖は隠れ家に、三島と元、信用できる呉寅会の初期メンバー三人を呼びつけた。

この頃、沖は真紀のアパートから塒を移した。自分が出入りしていては、真紀を巻き添えにする危険がある。そう考え、広島市郊外の空き家に布団を持ち込み、そこをアジトにした。

隠れ家にメンバーが集まると、沖は笹貫を潰す計画を周到に練った。

事務所に襲撃《カチコミ》をかけたところで、笹貫がその場にいるとは限らない。第一、笹貫の事務所周辺には監視カメラが何台も設置され、ドアには厚い鉄板が嵌《は》め込まれている。厳重な監視と防御を掻《か》い潜《くぐ》り、首を取れる可能性は百にひとつだ。

笹貫の住居《ヤサ》を襲うことも考えたが、女子供を巻き添えにする可能性がある。

殺《や》るなら、車だ。林の情報から、車体と窓ガラスには特注の防弾仕様がなされていることはわかっていた。マシンガンを連射したところで、確実に仕留められるかどうか、不安が残る。

車に乗降するところを狙うのが、もっとも成功の確率が高い。沖はそう判断した。

笹貫は家でも事務所でも、車庫で乗り降りしている。家には家族がいるし、事務所は鉄壁の警備だ。狙うとすれば、それ以外の場所しかない。

それはどこか。必死に考えた。仕留めるとすれば、可能性の有無ではなく、確実性が問われる。メンバーの口から様々な案があがったが、どれも決め手に欠けた。

思案に暮れるなか、義理事《ぎりごと》で笹貫が岡山に向かうとの情報を元が摑んだ。岡山市内で、一岡《いちおか》組三代目の襲名披露に出席するという。

笹貫が岡山に出発するのは襲名披露の前日、情報を得た日から一週間後だった。

移動中なら、無関係の人間を巻き添えにする危険は少ない。鉄壁の警備も、普段より崩しやすいだろう。殺るならそのときしかない。

三島と元をはじめとする襲撃メンバーも、沖の意見に賛同した。

沖たちは、笹貫が岡山へ向かう前夜、襲撃の準備を整えた。

揃えた武器《どうぐ》は、日本刀、マシンガン、拳銃《けんじゅう》だ。

見るからに組のものとわかる車両を襲撃し、トランクに隠し持っている武器を盗んだり、チンピラから脅し取ったりして揃えた。呉寅会のメンバーが所持しているものもある。

沖が持つのは45口径《ヨンハン》だ。裏路地を歩いていたチンピラから奪ったものだ。昭二と昭三の仇《かたき》は、これで討つと決めていた。

パーキングエリアでのトイレ休憩、信号待ち、踏切——笹貫の車が停まったとき、マシンガンの連射で防弾ガラスを打ち破り、45口径のコルトで仕留める算段だった。

もしそれが不可能なら、最悪、襲撃場所は円井楼《まるいろう》と決めていた。一岡組組長の襲名披露が行われる、岡山市内の料亭だ。その門前に笹貫が着いたとき、やつを確実に地獄へ突き落とす。

襲名披露がはじまるのは、午前十時だ。広島を出たときから、笹貫の車を尾行する。運よく岡山までたどり着けたとしても、笹貫の命運はそこで尽きる。万が一に備え、別動隊の三島ら三人は、朝の八時から、円井楼の近くで待機する手筈《てはず》になっていた。

念入りに武器を点検し、床に入った。明日は早い。少しでも長く寝て、万全の態勢で臨まなければならない。そう思うのに、寝付けなかった。気持ちを落ち着かせようとするが、笹貫が血塗れになってこと切れる姿が脳裏に浮かび、神経が昂《たかぶ》ってしまう。

他のメンバーも同じらしく、狭い部屋で雑魚寝《ざこね》をしながら、ひっきりなしに寝返りを打っている。

時間が気になり、沖は枕元の目覚まし時計を手に取った。

蛍光塗料を塗られた時計の針が浮かびあがる。

午前二時。いまから寝入ったとしても、数時間しか眠れない。

沖は、意識して閉じていた瞼《まぶた》を開けた。

天井からぶら下がる裸電球が見える。

暗がりにぼんやりと浮かぶ白い球体を見つめる。

恐怖と驚愕《きょうがく》——死の直前の笹貫の顔が、脳裏をかすめた。

頭のなかで、裸電球に拳銃の弾《たま》を打ち込んだ。電球が木っ端微塵《みじん》に砕ける。瞬間、スローモーションとなって欠片《かけら》が粉雪のように降り注ぐ。

その光景が、笹貫の最期と重なる。

色は白い雪ではなく、どす黒い血しぶき。

脳漿《のうしょう》が吹き飛ぶ様を想像した。

ぶるっと、身体が震える。

武者震いだ。

そう思おうとした。

眠るどころか、目はますます冴《さ》えてくる。

沖は天井に向かって手を伸ばした。宙《くう》で、裸電球を握りつぶす。

眠れないなら、このまま朝まで起きていよう。憤怒《ふんぬ》と復讐《ふくしゅう》の炎を、無理に鎮める必要はない。

胸に滾《たぎ》るありったけの憎悪を拳銃の弾に込め、気が済むまで笹貫の脳天に打《ぶ》ち込めばいい。

そう腹を決めたとき、部屋の窓ガラスが割れ、強烈な光の束が目を貫いた。

刹那《せつな》、なにが起こったかわからなかった。が、すぐに、脳が敵の襲撃だと察知した。

閃光弾《せんこう》——笹貫の襲撃。

目を瞑《つむ》り、声を限りに叫ぶ。

「武器《どうぐ》じゃ。武器！」

枕元の側に置いてある拳銃を、手探りで引き寄せた。

忙《せわ》しなく動くメンバーの手が重なる。みな必死に、臨戦態勢を取ろうとした。

フラッシュライトが消えた瞬間、大勢の人間がなだれ込んできた。

投光器が沖たちを照らす。

男の怒声が響いた。

「警察だ！　動くな！」

耳を疑った。なぜ警察が——。

「武器を捨て、両手をあげろ！」

逆光——目が視界を取り戻す。

防弾チョッキを身に着けた警官隊が、中腰で銃を構えている。

「抵抗したら、容赦なく発砲する！」

別の男が警告した。

完全武装の警官隊。十人以上いる。

「早う、せんか！」

苛《いら》立《だ》った声で、若い警官が語気を荒らげた。

トリガーに指が掛かっている。

指は震えていた。

いまにも、銃口が火を噴きそうだ。

言われるまま、沖はゆっくりと銃を畳に置き、両手をあげた。

メンバーもみな、沖に倣《なら》う。

警官隊が一斉に飛び掛かってきた。

「確保！」

「離せ！」

「なんなら、お前ら！」

警官隊とメンバーの怒声が飛び交う。

沖は後ろから、身体を羽交い絞めにされた。

数人がかりで、自由を奪われる。

見知った顔が、目の前に立った。

「大上――」

眉根《まゆね》を寄せ、苦いものでも呑《の》み込むような顔をした大上は、しゃがれ声を発した。

「虎、年貢の納めどきじゃ。往生せい」

沖はすべてを察した。

スパイの仕業だ。

隠れ家を用意してから、まだ日は経っていない。いくら警察が優秀だとしても、これほど短い日数でここを探り出すのは無理だ。仮に、探り当てたとしても、沖たちが笹貫を襲撃する直前に踏み込むのは出来過ぎている。

胸に、笹貫への怒りとは違う憎悪が込み上げてきた。

沖は大上を睨んだ。

「……誰じゃ」

胸にわだかまって粘りつく疑問を、大上に向かって吐き出した。

「こんなにわしらを売ったやつは誰じゃ！　おお！」

沖は大上に摑みかかろうとした。

三人の警察官が、暴れる沖を懸命に抑える。

沖は身をよじりながら怒鳴った。

「誰を誑《たら》し込んだんじゃ！　言え！　裏切り者は誰なら！　ぶっ殺しちゃる！」

沖の肩を抱いていた警官の腕が、首に回された。きつく締め上げてくる。

喉から呻《うめ》き声が漏れた。顔が熱くなり、意識が遠ざかる。

顎《あご》を下げ、落ちないように抗《あらが》った。

こじ開けた瞼の隙間から、大上の顔が見えた。

苦悶《くもん》にも似た歪《ゆが》んだ表情で、じっとこちらを見ている。

「お、お、がみ……」

声を絞り出す。喉が半分潰されている状態では、それだけ言うのがやっとだった。

大上は沖の頭上に視線をずらし、ぼそりとつぶやくように言った。

「なんのことじゃ」

白を切る。

怒りで我を忘れた。声にならない声で吠《ほ》える。

「おどれ……」

大上は沖の背後にいる警官に目をやると、玄関に向かって顎をしゃくった。

「連行せい」

命じられた警官は、三人がかりで沖を外へ引きずり出した。

パトカーの後部座席に座らされた沖は、前方を凝視した。が、視界に景色はなかった。あるのは、大上の残像だけだった。

自分を見据える大上の顔に浮かんでいた表情は、哀れみか嘲《あざけ》りか。

沖は奥歯を嚙《か》みしめた。

裏切り者は誰だ——。

手錠を嵌められた手が、怒りで震えた。

警察に連行された沖たちは、六人全員、裁判で長期刑を喰《く》らった。銃刀法違反、凶器準備集合、床下に隠していた営利目的の覚せい剤所持、そこにかつての傷害が加わり、沖は十八年、三島は十五年、元は十年の懲役だった。ほかのメンバーは、八年がふたり、五年がひとりだ。

頭を失った呉寅会は、大きく揺れた。

呉寅会のメンバーは、最も多いときで二百名を超えていた。だが、笹貫組との抗争で、逮捕者、離脱者が相次ぎ、その時点で、ほぼ四分の一になっていた。そこに追い打ちをかけるかのような沖たち幹部の逮捕は、残されたメンバーの士気を完膚なきまでに叩《たた》き潰した。呉寅会は、沖たちの逮捕から半月も経たずに、跡形もなく壊滅した。

最初に収監された鳥取刑務所で、沖は来る日も来る日も考えた。

いったい誰が密告《チンコロ》したのか。大上は誰を飼っていたのか。

メンバーの顔をひとりずつ思い浮かべ、当時の言動を振り返った。

刑務所での生活は、規則にしばられ、同じことを繰り返すだけだ。変化がない時間は、人の思考を堂々巡りさせる。出口のない猜疑《さいぎ》心は、際限なく膨らみ、沖を塗炭《とたん》の苦しみに沈めた。

メンバー、抱いた女、行きつけだった店のホステス、すべてを怪しんだ。元や三島、林も例外ではない。右腕ともいえる幹部たちさえ疑った。しかし、いくら考えても、裏切り者の正体は判然としなかった。

沖は毎晩、床につくと、同じ言葉を心のなかでつぶやいた。

──覚悟しちょけ。娑婆《しゃば》に戻ったら、きっちりケジメをつけちゃる。

長い刑務所生活で沖が腐らずにいられたのは、雪辱、その一念があったからこそだ。姿が見えない裏切り者を、思いつく限りの方法で痛めつけ、殺すことだけを考えた。

大上と裏切り者への恨みは、時を経ても薄れることはなかった。むしろ、強くなっていく。刑期を終えて出所したら、沖は、その足で大上のところへいく気でいた。どんな手段を使ってでも大上の口を割らせ、裏切り者を炙《あぶ》り出すつもりだった。

しかしその決意は、実を結ばなかった。

大上は死んだ。

出所した沖を出迎えたのは、三島ひとりだった。

熊本刑務所の門を出た沖は、塀に背を預け、俯《うつむ》いて足元を見ている男を見つけた。

細身の体軀《たいく》と、少し背を丸めて両手をポケットに突っ込んでいる姿は、二十年経っても変わっていない。

ボストンバッグひとつで目の前に立った沖に、三島は煙草を差し出した。

口に咥《くわ》えると同時に、三島が百円ライターで火をつける。

大きく吸い込んだ。二十年ぶりのニコチン――頭がくらくらした。

紫煙を吐き出す沖に、三島は昨日会ったばかりのような口調で言った。

「調子はどうじゃ」

改めて近くで見ると、整髪料で整えた髪には白いものが交じり、顔には細かい皺《しわ》があった。

考えてみれば、ふたりとも四十を過ぎている。二十年の月日が経ったのだと実感した。

時間の経過を感じつつも、沖は二十年前と変わらない口調で答えた。

「良うもないが悪うもない。そっちはどうじゃ」

三島は小さく笑った。

「まあ、ぼちぼちじゃ」

白いポロシャツに、生成りのパンツを穿《は》いている。足元は革靴だ。上等なものには見えないが、悪いものでもない。少なくとも、暮らしが逼迫《ひっぱく》している感じではなかった。

駅まで歩き、裏通りにある定食屋に入った。

小さな店内は、サラリーマンと思《おぼ》しき男が、カウンターにひとりいるだけだった。

壁にかかった時計に目をやる。十一時半だ。

テーブル席につくと、三島は胸ポケットから、封切り前の新しい煙草を取り出した。使い捨てライターと一緒に、沖の前に滑らせる。

封を開け、パッケージの頭を叩いて一本抜く。

三島が自分のライターに火をつけ、素早く差し出した。水を運んできた店主に、素っ気ない口調で言う。

「とりあえず、ビール二本くれや」

三島は、壁に貼られた品書きに視線を移した。

「兄弟――」

いつのまにか、呼び方が変わっていた。

この歳で、沖ちゃん、と呼ぶのは気恥ずかしいのだろう。

「なんがええ？　わしゃァ、広島刑務所《ひろけい》出たとき、真っ先に食うたんはかつ丼じゃった」

かつ丼は昔から三島の好物だ。

品書きに目をやる。

カレー、焼きそば、かつ丼、親子丼、チキンライスにオムライス、焼き魚定食に煮魚定食と、大衆食堂にありそうなものは、およそなんでも揃っていた。

「焼きそばとオムライス」

刑務所にいると甘いものに飢える。同時に、ソースやケチャップにも飢える。刑務所の飯は薄味で、調味料など、塩と醤油《しょうゆ》、味噌《みそ》くらいしか使われないからだ。

沖の言葉を受けて、三島が大声で注文を通す。自分の飯は、やはりかつ丼だった。

運ばれてきたビール瓶を手にし、三島が沖のグラスに注ぐ。自分の分は手酌だ。

グラスを合わせた。

ひと息で飲み干す。

アルコールが五臓六腑《ごぞうろっぷ》に染み渡る。

煙草を吸い込んだ。

娑婆に戻ったのだ、と実感した。

会ったら真っ先に訊《き》こうと思っていたことを、沖は口にした。

「大上は、誰に殺《や》られたんなら」

三島は小さく息を吐くと、目を逸《そ》らした。

「自殺じゃ、いうて言われとる」

確かに、新聞のベタ記事にはそう出ていた。だが、刑務所にいる広島の暴力団関係者で、それを信じるやつは誰もいなかった。

——あの大上が、自分で死ぬわけがない。

誰しもそう口にした。

三島がビールを飲みながら言う。

「わしも刑務所におったけん、詳しいことはわからん。じゃが、出てから、五十子会が噛んどるいう噂は聞いた」

五十子会の五十子正平は、大上が死んだあと、仁正会《じんせい》を除名された。それを機に、尾谷組と五十子会、その傘下の加古村組とのあいだで抗争の火蓋《ひぶた》が切られた。尾谷組の若頭《わかがしら》、一之瀬守孝は襲撃され重傷を負ったが、戦いは尾谷の一方的な勝利に終わっている。

五十子正平は尾谷組の幹部に射殺され、加古村組も多くの死傷者と逮捕者を出した。五十子会も加古村組も壊滅状態に追い込まれ、呉原はいま、尾谷組の天下だ。

事件のあと、沖がいる鳥取刑務所へ収監されてきた仁正会のチンピラから、そう聞いた。

沈黙がふたりの間に横たわる。聞こえてくるのはテレビの音と、店主が鍋《なべ》を振るう音だけだ。

三島が黙って沖のグラスにビールを注ぐ。

ビールを飲み、煙草を立て続けに吸った。

ほかにも訊きたいことは山ほどあった。

三島はいま、なんの仕事をしているのか。出所したあと、どのように生きてきたのか。出所を知らせたが来なかった元はどうしているのか。腕を落とされた林は、元気にやっているのか。

なによりも、真紀はなぜ消息を絶ったのか、その理由が気にかかっていた。

沖が刑務所に入った当初は、頻繁に面会に訪れ、手紙も三日にあげず書いて寄越《よこ》した。便りがぱったり途絶えたのは、七年前だ。何度手紙を書いても、梨《なし》のつぶてだった。呉寅会のかつてのメンバーやクインビーのママにも、手紙で消息を訊《たず》ねた。が、真紀の居所を知る者はいなかった。

塀のなかにいるあいだに、女が去っていくのはよくあることだ。むしろ、そのほうが圧倒的に多い。

帰って来るまで何年でも待つから――涙ながらにそう口にした女が、舌の根も乾かぬうちに離婚届を送り付けてくることなど、珍しくもなんともない。

そうわかっていても、自分だけは違う、と信じたくなるのが懲役だ。

邪念を振り払う。

「兄弟――」

沖も呼び方を改めた。

「わしゃあ、刑務所におるあいだ、ずっとひとつのことだけ考えとった」

沖は声を潜めた。

「誰かが大上にわしらを売った。それもすぐ側におる身内の誰かじゃ。こんなァ、心当たりはあるか」

三島は躊躇《ためら》うように、目を泳がせた。

沖がもう一度訊ねようとしたとき、店主が注文の品を運んできた。

焼きそばとオムライス。見ただけで腹の虫が鳴った。

沖は掻き込むように料理を平らげる。

早飯、早糞《はやぐそ》は、懲役の基本中の基本だ。

あっという間に、両方の皿を空にした。

手酌でビールを注ぐ。

手にしたグラスを通して、向こう側を見た。クインビーで、焼酎《しょうちゅう》の水割りを飲んでいた大上の姿が重なる。

幻想を掻き消すために、ビールをひと息で呷《あお》った。

まだかつ丼に箸《はし》をつけている三島に目をやった。

ふと、思いもしなかった言葉が口を衝いて出る。

「大上の墓、どこにあるか知っとるか」

三島は怪訝《けげん》そうな顔をした。

「なんじゃ、そがあなこと知って、どうするんなら。墓参りでもするんか」

沖は椅子の背にもたれた。

「墓参りじゃない。お礼参りよ。わしゃあ、どがあな手を使《つこ》うてでも、裏切り者が誰か知りたいんじゃ。墓まで行って、やつを締め上げてくる」

冗談めかして言ったが、半ば本心だった。

——どんな手を使ってでもエスを炙り出す。

その考えに微塵の揺らぎもない。

大上の墓へ出向くのは、その決意表明だ。

脳のどこからか、そんな声がした。

三島は、大上の墓を知らなかった。大上が懇意にしていた呑み屋の女将なら知っているかもしれない、そう答えた。

「どこにある店じゃ」

沖は訊ねた。

「呉原よ。赤石通りの、路地裏にある、いうて聞いたがのう」

そう言うと、三島は箸を置き、意を決したように言葉を発した。

「兄弟。これから、どうするんや」

これからの予定ではない。シノギのことを言っているのだ。

沖はそれには答えず、吸い終わった煙草を灰皿に押しつけ、五十子から強奪した覚せい剤のことを考えた。

警官隊の襲撃で一部は押収されたが、別の場所に、まだ隠している残りがある。売り捌《さば》けば数千万にはなるだろう。

ライターと煙草をポケットにしまい、沖はゆっくりと腰を上げた。

もう一度、広島で天下を取る――。


三島から聞いたその店は、静かな裏路地にあった。

赤石通りを脇に入り、川に向かって歩いていく。ひっそりとした細道の奥に、古い和看板が灯《とも》っていた。「小料理や　志乃」と書かれている。

呉原は地元だ。繁華街にある赤石通りは、ぐれていた頃から何度も訪れていた。しかし、志乃のことは知らなかった。沖がもっぱら出入りしていたのは、ネオンと騒音が溢《あふ》れる雑多な界《かい》隈《わい》で、大人が足を運ぶ小料理屋には、興味がなかった。

格子の引き戸を開けると、醤油を煮込んだ甘辛い匂いがした。

午後六時。口開けの早い時間を選んだ。他の客がいれば、訊きたいことを訊けない可能性がある。

縄《なわの》暖簾《れん》をくぐり店に入ると、カウンターのなかにいる女が顔をあげた。

「いらっしゃい」

店の女将だろう。白の紬《つむぎ》と黒の帯が似合っている。五十代前半か。薹《とう》は立っているが、髪をあげた白い項《うなじ》に、色香があった。

沖はあたりを見渡した。店のなかは狭く、カウンター席が四つしかない。壁には、ビール会社のポスターが貼られている。ジョッキを手にした水着姿のモデルは、沖が娑婆にいたころアイドルだった女だ。ポスターの色は、かなり褪《あ》せていた。

カウンターの隅に座った沖に、女将がおしぼりを差し出した。

「今日も暑かったですねえ」

沖は無言でおしぼりを受け取った。熱い。手を拭《ふ》き、そのまま顔に当てた。温かいおしぼりで顔を拭《ぬぐ》うのはいつ以来だろう。最後におしぼりを使ったのは、クインビーだったように思う。

二十年の歳月を、改めて感じた。

「ビールくれや」

ぶっきらぼうな口調でそれだけ言った。

女将が冷えたグラスを沖の前に置く。カウンターの向こうからビールを注いだ。

おつまみは、小鯵《こあじ》の南蛮漬けだ。

「今日は、いいタチウオが入っとります。お刺身でもどうですか」

無言で肯《うなず》いた。

「地元の方ですか」

女将が包丁を動かしながら訊く。

「ああ」

地元民と知って、女将が挨拶《あいさつ》代わりに訊いた。

「今年もカープは駄目ですかねえ」

とりあえず広島カープの話題を振っておけば、県内ではどこであろうと場は持つ。初対面の相手ならなおさらだ。

沖が収監された昭和六十一年、カープは古葉《こば》竹識《たけし》から阿南準郎《あなんじゅんろう》に監督が代わり、前年の二位から雪辱を果たして優勝した。だがその後、あれほど強かったカープは長いあいだ低迷し、第二次山本浩二《やまもとこうじ》政権四年目のこの夏は、最下位に沈んでいる。

沖は皆ほど熱狂的なカープファンではないが、それでも地元球団の成績は気になり、刑務所のなかで新聞のスポーツ欄は欠かさず読んでいた。

「浩二も選手のときは最高じゃったが、監督としちゃァ良うないの」

「ほんまじゃねえ。名選手、名監督ならず、いうて言うけんね」

打ち解けてきたのか、はじめて店にきた沖を、女将は常連客のように遇した。

「サービスじゃけ、どうぞ」

刺身と一緒に、枝豆をカウンターに置く。

頭は五分刈り、夏なのに長袖《ながそで》長ズボン、何年も日焼けしていない青白い肌。見る者が見れば、刑務所を出たばかりだとわかる。わからずとも、沖が纏《まと》う剣呑《けんのん》な空気から、訳ありの者だと察しがつくだろう。

だが、女将に怯える様子はなかった。大上が通っていた店の女将だ。やはり腹が据わっている。

話の流れで、女将は沖のふた回り近く上の年齢だと知った。女は下に鯖《さば》を読む。上に読むやつはいないはずだ。本人の言葉が本当なら、還暦を超えている。とてもその歳には見えなかった。

日本酒の冷やを頼む。

「あんた、名前は」

突然の問いかけに、女将は一瞬、戸惑った表情を見せた。が、すぐ笑顔に戻って答える。

「晶子です。そちらさんも、よかったら名前、教えてくれんね」

沖は苗字《みょうじ》だけ伝えた。

「ここは、むかし大上がようきとったげなのう」

穏やかだった晶子の表情が、たちまち曇る。

「ガミさんのこと、知っとるん?」

考えてきた言い訳を口にする。

「むかし、世話になったことがあってのう。刑務所《べっそう》におったけん、葬式にも顔を出せんじゃった」

世話になったのは、まんざら嘘でもない。

一拍おき、晶子が得心したように溜《た》め息を吐いた。

「ほう、じゃったん」

あいだに挟んでいた薄紙を剝《は》がしたような言い方だった。

「出てきたばっかりでのう。墓参りにもまだ行っとらん」

「ガミさんはそがなこと、気にしゃァせんよね。悼む気持ちだけで充分、喜んどる思う」

宙を見やり、晶子が懐かしむように、柔らかく言葉を発した。

ふたりがどんな関係だったかはわからない。だが、強い結びつきがあったことは見て取れた。

大上と沖の関係を、晶子は訊ねなかった。大上の世話になった人間――警察関係者でなければ、極道か不良しかいない。

銚子が空く。晶子が訊ねた。

「もう一本、いく？」

沖は首を横に振った。

長くアルコールを抜いていた身体には、一合でも酔いが回った。

そろそろ潮時だ。

来意を告げた。

「大上の墓がどこにあるか、あんた知っとるか」

晶子はまな板の上で動かしていた手を止め、面を上げた。

少しのあいだ、なにか考えるように黙っていたが、やがて、ぽつりと答えた。

「然臨寺、広島にあるんよ」

広島市内の東のほうにあるという。

「墓参りに行くん？」

「そのうち」

適当に答える。

カウンターに置いていた煙草を、口に咥える。

晶子がライターで火をつけた。

「百日紅——」

晶子がつぶやく。

咄嗟《とっさ》には、なんのことを言っているのかわからなかった。

伏せていた瞼をあげ、晶子は空《くう》を見やった。

「然臨寺は小山にあってね。山の斜面が墓所になっとるんよ。ガミさんのお墓ならすぐわかるよ。百日紅の樹を右に入って三つ目じゃけえ」

翳《かげ》りを宿した瞳《ひとみ》には、百日紅の花が見えているのか。そう思わせるような、遠い目つきだった。

晶子は沖に顔を向けた。

「ちょうどいま、百日紅が満開の季節じゃけえ。墓所を見渡せば、どのあたりかすぐにわかる。思い立ったが吉日。明日にでも行ってみんさい」

吉日も厄日もないが、急いでしなければいけないことは他にない。大上にお礼参りをし、ケジメをつけなければ、何事もはじまらないような気もした。

沖は尻《しり》ポケットから財布を取り出した。

「明日、行ってみるわい」

勘定を頼む。

晶子は割烹着《かっぽう》で手を拭きながら言った。

「千円いただきます」

驚いた。

刺身にビールと日本酒――千円で済むはずがない。普通なら最低でも二千円はする。

「安《や》っすいのう」

晶子の顔に、少女のような笑顔が弾《はじ》ける。

「ガミさんの知り合いじゃろ。墓参りへ行く、いうとる殊勝な心掛けの人には、サービスせんとね」

出所したばかり――懐《ふところ》が寂しいと読んでいるのだ。

確かに、シャブは隠してあるが、現金の持ち合わせには限りがあった。

財布から抜き出した千円札を、テーブルに置く。

軽く頭を下げ、椅子から立ち上がった。出口へ向かう。

「ありがとうございました」

振り返らず、後ろ手に引き戸を閉めて店を出た。


沖は吸い終わった煙草を、墓前の地面に落とした。足で踏みつける。

大上が死んだいまとなっては、やつの口からエスが誰だったのか、聞く術《すべ》はない。

だが、このままで終わらせるつもりは、毛頭なかった。自分を裏切り、呉寅会を潰したやつを許しはしない。

どんな手段を使ってでも突き止め、息の根を止めてやる。

沖は墓を睨みつけた。

――おっさん。わしァ、必ず、広島で天下ァ取っちゃる。

心のなかで啖呵《たんか》を切る。

――土んなかで、よう見とれ。

空の手桶を手にして立ち去ろうとしたとき、背後に人の気配を感じた。

振り返る。

鮮やかな黄と白い色が目に入った。

男が立っていた。

手に水桶と花を持っている。目に飛び込んできた色は、男が手に持つ菊の花だった。

男は少し斜《はす》に構え、沖の顔をじっと見ている。

沖は目を細め、男を見返した。

歳は沖とそう変わらないように見える。

襟がくたびれたワイシャツと、皺くちゃのズボン、ネクタイはつけていない。短い髪が乱れている。手をかけていないのか、それともこいつなりのファッションなのか。わからないが、妙に似合っていた。

外見は、仕事帰りの疲れたサラリーマンに見えなくもないが、男が纏う空気は、堅気《かたぎ》のそれではなかった。

なにより、頬の傷痕《きずあと》が、裏社会の人間であることを雄弁に物語っている。

沖はいままで、数えきれないくらいの傷痕を見てきた。男の頬にあるのが、刃物《ヤッパ》で斬られたものであることは、すぐ見当がついた。すでに消えかかっている。かなり古いものだ。

沖は眼に力を込めた。一歩、前に出る。

「こんなァ、どこの組のもんない」

尖《とが》った男の目が、少し緩む。顎を上に向けて、沖を見下ろした。

「わしかァ、わしんとこの代紋は――」

やはり極道か。

沖は身構えた。

男は口角を上げた。

「桜じゃ」

桜の代紋――刑事か。

堅気じゃないと踏んだが、この胡散臭《うさんくさ》い男が、まさか警察官だとは思わなかった。

男は片手にぶら下げていた菊の花を、肩に担いだ。

「こんなァ、沖じゃろ」

息を呑んだ。

――なぜ、俺の名を知っている。

男は面白そうに笑った。

「臭い飯ィ食っとったんは、たしか十八年じゃったかのう。歳はいっとるが、若い頃と変わらず、男前じゃないの」

人を食った態度としゃべり方は、墓の下に眠る男を思わせた。沖に白を切りとおしたまま逝った、大上とそっくりだ。

「あんた、マル暴か」

暴力団係の刑事なら、前歴カードで沖の顔を知っていても不思議ではない。表向き、刑務所側は受刑者が指定した親しい関係者にしか釈放の日時を教えない。だが、保護司は当然、知っている。所轄の警察にも、裏で情報は伝わる。

男は沖の問いに答えず、無言で墓前に近づいた。

沖は大人しく、脇へ退いた。急いで男を問い詰める必要はない。

男は手にしていた水桶を下に置くと、柄杓で水を掬《すく》い墓石に掛けた。水桶を空にすると、すでに供えられている花を脇に寄せ、自分が持ってきた菊を花立てに挿す。

花を丁寧に整えると、男は胸ポケットから線香の束と、ジッポーのライターを取り出した。線香を数本抜き取り火をつける。線香台に置き、手を合わせた。

男は目を閉じたまま、一分ほど深く頭を垂れた。

まだ暑さを残す夕風が、墓所を吹き抜けた。

あたりは静寂に包まれている。ヒグラシの鳴く声だけが、耳に響く。

男は合掌を解くと、顔を上げた。

沖を見る。

「沖虎彦――呉寅会の頭じゃった、沖じゃろ」

じゃった、という過去形が、沖を苛立たせた。

「あんた、マル暴じゃろう。太々しい面《つら》に、そう書いとる」

男は鼻から息を抜くように笑った。無言なのが、肯定した証拠だ。

「所轄か。それとも県警かァ」

男が、素直に答えた。

「呉原東じゃ」

「なんでわしを知っとる」

「ガミさんが巻いた調書を、前に読んだ」

愛称で呼ぶところをみると、大上と親しかったらしい。

「こんなァ、名前は」

自分だけが知られているのは、気分がいいものではない。

男はズボンの尻ポケットから煙草を取り出すと、手に持っていたジッポーで火をつけた。

つけ終わると、ジッポーを払うように横に振った。

カチン——小気味いい音を立てて、蓋が閉まる。

男は咥え煙草のまま、手のなかのジッポーを見やった。

男の視線を追い、沖も目をやった。

犬の絵柄が彫られている。いや、狼か。前足を踏ん張り、月に向かって吼えていた。

男はジッポーを胸ポケットにしまうと、煙草を口から外し、煙を吐いた。

沖を見る。

「わしの名前は、日岡《ひおか》じゃ。よう、覚えとけ」

十五章

夏空には厚みのある雲が浮かび、瀬戸内の海は穏やかだった。

釣り糸を垂れて三十分になる。浮《うき》は一向に沈まず、その気配すらない。

日岡秀一《しゅういち》は動かない浮を、じっと見つめた。首筋を汗が伝う。午後の日差しが照りつける。日よけのキャップを、目深に被《かぶ》り直した。

日岡は多島港の外れにいた。呉原市の港で、瀬戸内海に突き出ている高浦《たかうら》半島の先端にある。多島港は牡蠣《かき》の養殖が盛んで、海面には養殖筏《いかだ》がずらりと並んでいる。土日になると、多くの釣り人がやってきて、筏の上で釣りに興じる。平日の今日は、かなり少ない。離れた場所に、ぽつぽついるだけだ。

一時間前、日岡は簡単に昼飯を済ませるとアパートを出た。

部屋で飯を食うときは、たいていカップラーメンだ。カップ麺《めん》は、いつも十個くらい買い溜《だ》めしてあった。自分で料理を作ることは滅多にない。

県北の駐在所に詰めていた頃はよく料理をしていた。外食できる飲食店そのものが無きに等しかったからだ。村にラーメン屋が一軒あったが、足を運ぶ気にはなれなかった。

近隣住民のほとんどが顔見知りという田舎では、余所《よそ》から来た駐在の立場は微妙だ。どこにいっても、噂になる。ラーメン屋へ顔を出せば、あの駐在は飯も作らない怠け者だ、と陰口を叩《たた》かれる。あるいは、嫁の来手がないから可哀そうに、と同情される。それが面倒だった。

どこの駐在所でも、近所からの差し入れがある。巡回に出ているあいだに、大根やホウレン草が戸口に置かれていることも珍しくなかった。誰が置いていったのかもわからず、礼のしようもない。田舎ではそれが当たり前だった。

十五年前の昭和が終わった年、日岡は県北にある比場《ひば》郡城山町《しろやまちょう》の中津郷《なかつごう》駐在所に飛ばされた。かつての上司、大上章吾巡査部長に肩入れし、県警上層部に反旗を翻したからだ。

比場郡は平成の大合併で次原《つぐはら》市に併合された。平成四年には、暴対法が施行された。

日本最大の暴力団、明石組が四代目の座を巡って分裂し、組を割った心和会《しんわかい》とのあいだで熾《し》烈《れつ》な抗争が繰り広げられたのは、昭和の末期だ。

県北の駐在に飛ばされた日岡が国光寛郎《くにみつひろお》に出会ったのは、その一年後だった。明石組四代目暗殺の首謀者で、心和会系義誠《ぎせい》連合会の会長を務めた男だ。

もう、十四年も前のことになる。

——わしゃァ、まだやることが残っとる身じゃ。じゃが、目処《めど》がついたら、必ずあんたに手錠を嵌《は》めてもらう。約束するわい。

指名手配中だった国光が、はじめて会った日岡に言った言葉だ。

あの独特のしゃがれ声が、耳朶《じだ》に蘇《よみがえ》る。

国光は約束を守った。約束を守って、無期懲役の判決を受け、旭川《あさひかわ》刑務所に収監された。

国光の人懐っこい笑顔が、脳裏に浮かぶ。時折見せた、キリで刺すような鋭い眼光も——。

日岡は顔をあげ、水平線の彼方《かなた》に視線を向けた。

――兄弟。

回想を振り払い、腕時計を見る。午後二時。約束の時間だ。

日岡はフィルターだけになった煙草を、海に投げ捨てた。

後ろで、筏が軋《きし》む音がした。

隣に、人が立つ気配がする。

「そがなことしたら、魚が寄ってこんじゃろう」

煙草を投げ捨てたことを言っているのだ。

日岡はシャツの胸ポケットから、新しい煙草を取り出した。使い古したジッポーで火をつける。オイルライターは、風を受けても火が消えることはない。

煙草を吸い込むと、声の主――一之瀬守孝を上目遣いに見た。

「時間潰《つぶ》しじゃけ、魚なんかどうでもええ」

尾谷組の若頭《わかがしら》だった一之瀬が二代目を襲名したのは、昭和六十三年。日岡が最初に呉原東署に勤務していたときだ。

尾谷組は、呉原に暖簾《のれん》を掲げる老舗《しにせ》の博徒《ばくと》で、かつて明石組と近しい関係にあった。

初代組長の尾谷憲次が、明石組二次団体の北柴兼敏《きたしばかねとし》と兄弟分の盃《さかずき》を交わしていたからだ。

が、北柴は明石組を割った心和会に加わり、尾谷が引退したあと一之瀬は、明石組と敵対していた仁正会に加入した。

北柴組の若頭だった国光は、一之瀬とは親同士と同じく兄弟分だ。

様々な事情があったとはいえ、国光は国光で、一之瀬は一之瀬で、極道としての筋を通した。

県下最大のヤクザ組織である仁正会は、暴対法の対象となる指定暴力団だ。最盛期には、六百人を超える大所帯だった。

しかし、暴対法でシノギが苦しくなり、離脱する組員が増えた。いま県警が認定している仁正会構成員は、企業舎弟も含めて四百人弱と、その勢力は三分の二に削《そ》がれている。

今年の六月、広島県と広島市は、暴力団を排除する条例を全国に先駆けて制定した。公営住宅の入居資格について、本人とその同居親族が暴力団対策法に規定する暴力団員ではないこと、と定めたのだ。

こうした暴力団排除の条例は、今後ますます厳しくなっていくだろう。

そのうち、ヤクザであるという理由だけで、銀行口座も開けない時代がくるのではないか。

日岡はそう思っていた。

この春、仁正会三代目会長の高梨守《たかなしまもる》が引退した。跡目を継いだのは、理事長を務めていた二代目高梨組組長、和泉秀樹《いずみひでき》だ。この四代目継承は、すんなり決まった。

仁正会は、代替わりの度に内紛を繰り返してきた。が、暴対法が施行されて以降、確執はあったとしても、それが表に出てくることはなかった。

広島県内では、ここ十年、抗争らしい抗争は起きていない。

平和裡《へいわり》に当代が入れ替わったのは、はじめてのことだ。

和泉は四代目を襲名すると、ナンバーツーの理事長の座に、幹事長だった一之瀬を据えた。

暴力団関係者と警察は、理事長補佐で二代目高梨組の若頭を務める石原峰雄《いしはらみねお》を、理事長にするものと思っていた。

出身母体の組長が会の跡目を継ぎ、そのまた若頭がナンバーツーの座に就く。トップの地位を盤石にするには、それが最も理にかなっているからだ。次が約束されていれば、子飼いのナンバーツーが親の寝首を掻《か》くことはない。

だが、和泉は、ナンバーツーに外様《とざま》の一之瀬を抜擢《ばってき》した。

おそらく和泉は、暴力団対策強化の流れを肌で感じている。組織を維持するには、三十代後半の若い石原では貫目《かんめ》が足りない、そう踏んだのだろう。いずれ、広島の極道を束ねる男——大上にそう言わしめた一之瀬の器量は、仁正会のなかでも際立っていた。


空で海猫が鳴いた。

日岡は目の端で、一之瀬の背後を窺《うかが》った。離れた場所に、男が三人立っている。付きの若い衆だ。周囲を見張っている。あたりに人影はない。

一之瀬は黒いシャツに黒いズボンを穿《は》いていた。このクソ暑いなか、汗ひとつかいていない。涼しい顔をしている。

浮に目を戻す。

一之瀬は立ったまま訊《たず》ねた。

「虎は、どうじゃった」

日岡は、昨日のことを思い浮かべた。

大上の墓の前で、沖は日岡を真っ向から睨《にら》んだ。あんなにぎらつく眼を見たのは、久しぶりだった。

日岡は煙草の灰を、指で弾《はじ》いて海に落とした。

「ちいと歳は食っとるが、なんも変わっとらんかった。ひと目でやつだとわかったよ」

沖の顔は、新聞や捜査資料で見知っていた。

呉寅会と笹貫組が激しい抗争を繰り広げていた頃、日岡はまだ大学生だった。

詳しい経緯《いきさつ》は知る由もなかったが、広島市民を震撼《しんかん》させた血の報復は、記憶に焼き付いている。

なによりも、笹貫組と正面から込み合った呉寅会が、代紋を掲げたヤクザ組織ではなく、不良の集合体に過ぎない愚連隊《ぐれんたい》だったことが、強く印象に残っている。

沖の顔を知ったのは、昭和五十九年。沖が逮捕されたときだった。

新聞に載っていた沖の顔写真は、悪相は悪相だが、蠟《ろう》人形のように生気がなかった。逮捕時に撮られた資料写真だったのだろう。

大上の墓の前に佇《たたず》んでいた沖は、二十代のときと同じ容貌《ようぼう》を保っていた。実際に目にした沖には、写真と違って生気が漲《みなぎ》っていた。長期刑を終えたばかりの顔は青白く、頰は削げていたが、細く切れ上がった目は鋭い光を放ち、薄い唇はきつく結ばれていた。

沖がはじめて少年院に送られた傷害事件は、対抗する不良グループとの喧嘩《けんか》が原因だった。泣いて土下座する相手を、五時間にわたってタコ殴りにし、公園のベンチに放置した。白いベンチは血で染まり、殴られた相手は頭蓋《ずがい》骨を骨折、半死半生で全治六か月の重傷を負った。

捜査資料には、ただひたすら、休むことなく無言で殴りつけた、と記されている。沖の凶暴性を、端的に示した事案だ。

一之瀬は日岡から少し離れて座ると、胸ポケットからジガノフを取り出した。口に咥《くわ》えて火をつける。気障《きざ》な煙草だが、一之瀬が吸うと嫌味がない。

一之瀬は水平線を見やった。

「まだ刑務所《ムシヨ》呆《ぼ》けしちょるじゃろうが、いずれ、返り咲くじゃろ。昔の仲間や若いもんが、呉原に集まってきとるげな」

沖が出所してから、呉原の夜の街に、強面《こわもて》の新参者が顔を見せるようになった。若い男もいれば、沖と同年代の男もいる。

呉寅会は沖が逮捕されたあと、雲散霧消した。もとのメンバーはヤクザになった者もいれば、堅気《かたぎ》として身を潜め、普通に生活している者もいる。が、幹部の大半は、県外に逃げていた。広島にいれば、ヤクザに命を狙われるからだ。

沖と同年代の男たちは元呉寅会のメンバーで、若い男たちは沖が刑務所で身内にした舎弟だろう。呉原東署では、そう睨んでいた。

沖にその気があれば、愚連隊集団と暴力団との、血で血を洗う抗争が蒸し返される可能性はある。

——あの虎が、大人しゅうしとるはずがない。

暴力団係の古参刑事は、したり顔でそう言った。

指定暴力団の枠に嵌《はま》らない沖たち呉寅会を監視するため、東署二課は、早々に呉寅会対策班を立ち上げた。

班長を任されたのは日岡だ。

日岡は咥え煙草のまま、一之瀬に訊ねた。

「会のほうは、どうな？」

沖はかつて、綿船組の二次団体だった初代の笹貫組と揉《も》めている。

組長の笹貫は二代目問題で引退に追い込まれたが、笹貫組自体は、若頭だった宮嶋宗徳《みやじまむねのり》が跡目を継ぎ、二代目笹貫組として仁正会に加わっている。宮嶋は理事として、いまや一之瀬を支える立場だ。

沖の出所を、仁正会はどう捉《とら》えているのか。

「仁正会としちゃァ、どうもこうもないよ」

一之瀬は煙草を吹かしながら、のんびりとした口調で答えた。

「宮嶋はあのころ広島刑務所《ひろけい》に沈んどったし、沖と正面切って揉めたわけじゃないけんのう」

静観を決め込んでいるということか。

それより――と、一之瀬は話を変えた。

「志乃のママさんは元気か」

暴対法が出来てから、一之瀬が志乃を訪れることはなくなった。ヤクザが出入りすることで、晶子に迷惑をかけたくないと考えたのだろう。

日岡は国光の男気に惚《ほ》れ、五分の兄弟盃を交わした。国光と一之瀬は、もとから代紋違いの兄弟分だ。日岡と一之瀬は、いわば回り兄弟の関係にあった。

そのことを知った一之瀬は、事務所に日岡を呼びつけ、開口一番こう言った。

「面倒じゃけ、これからはタメでいこうや」

そのときから日岡は、一之瀬と対等な口を利いている。

日岡は一之瀬から、仁正会内部の情報を得ていた。

しかし、エスではない。

あくまで五分の関係だ。

互いに明かせる範囲のぎりぎりの情報を、回し合っていた。

沖が晶子のもとを訪れたということは、その日のうちに一之瀬へ伝えた。沖が大上の墓を参るだろうということもだ。

日岡は視線を竿《さお》に落とした。

「ああ、元気じゃ。相変わらず、冗談とばして笑《わろ》うとるわ。こんなみとうなもんが来んようになって、客筋がようなった、げな」

見ると一之瀬が、苦笑いを浮かべていた。晶子がそんな言葉を口にするはずがない。冗談だと、わかっているのだ。

晶子から日岡に電話があったのは、一昨日《おととい》の夜だった。

受話器の向こうで晶子は、沖が店に来た、と言った。

「いましがた帰ったけど、沖が店に寄ったんよ。最初はわからんじゃったけど、ガミさんのこと訊《き》くもんじゃけ、ああ、昔、新聞で見たことがある呉寅会の沖虎彦じゃ、いうて気がついた」

日岡は受話器を強く握った。捲《まく》し立てるように訊ねる。

「ほいで、沖はなんか言うとりましたか。どんな様子でしたか」

「明日、ガミさんの墓参りに行く言うとったわ。なんか曰《いわ》くありげな様子でね。一応、秀ちゃんの耳に入れておいた方がええ思うたんよ」

日岡は礼を言って受話器を置いた。

大上の墓所で張り込んでいたのは、職業意識もあったが、個人的な興味が強かったからだ。

一連の抗争事件の経緯と、沖の供述調書は、すでに頭に叩き込んである。

大上が巻いた沖の調書は、簡略かつ淡々と綴《つづ》られていた。

が、事件そのものは、概要を知るだけでも凄《すさ》まじい内容だった。

十六章

沖は吸い終わった煙草を、指で弾《はじ》き飛ばした。燻《いぶ》る煙草を、靴先で揉《も》み消す。周囲を見渡した。道路を行き交う車も、人影もない。晩夏の日差しが、照り付けているだけだ。

サングラスを外した。コンクリートの階段を下りる。

埃《ほこり》と黴《かび》の臭いが鼻先に漂う。

地下一階の通路を照らしている灯《あか》りは、蛍光灯ひとつだけだ。電球の寿命が近いのだろう。点いたり消えたり、じりじりと明滅している。

沖は、地下に下りてすぐ右側にある扉をノックした。古い木製のドアだ。蔦《つた》のような彫刻が施されている。

なかで人が動く気配がした。声をかける。

「わしじゃ」

ドアが軋《きし》んで開いた。隙間から、本田旭《ほんだあきら》が顔を出した。最後の収監先だった熊本刑務所で身内にした男だ。二十代後半と歳は若いが、腹は据わっている。傷害と銃刀法違反および火薬類取締法違反、覚せい剤の使用と営利目的所持——打たれた刑は懲役八年だった。

本田は九州やくざの登竜門と呼ばれる、佐賀少年刑務所の出身だ。出所後まもなく、九州熊本睦《むつみ》会幹部の盃《さかずき》をもらい、その舎弟になった。いまから十年前、十八のときだ。兄貴分のシノギは覚せい剤の密売で、本田は小売人を束ねる役を任された。

覚せい剤の密売人はたいてい、自分でもシャブを打っている。味見しないと、ブツの善し悪しが判別できないからだ。中学時代からシンナーを吸っていた本田は、たちまち、シャブの虜《とりこ》になった。

大きなヤクザ組織はどこも、覚せい剤の取り扱いを禁止している。が、裏では黙認しているに等しい。覚せい剤は手っ取り早く、しかも大きく、金になるからだ。ただ、使用は別で、逮捕されれば即座に破門、という組織も少なくない。

本田が所属する熊本睦会も例外ではなかった。

破門されれば、ヤクザを続けることはできない。

破門されて居場所を失った本田は、ヤクザ組織に属さない沖を頼った。

そのころ沖の名は、熊本刑務所のGマーク——極道の間でも、広く知れ渡っていた。沖を慕って集まったグループには、地元組織の人間ですら、腫《は》れ物に触るように接した。

本田は沖が出所する二年前、八年の刑を満期つとめ上げ、娑婆《しゃば》へ戻った。出所を控えた前日の夜、沖は、呉原にいる高木章友を訪ねろ、と伝えた。高木は呉寅会のメンバーで唯一、地元に留《とど》まり、正業に就いていた。いまは叔父《おじ》が経営する雀荘《ジャンそう》で店長を務めている、と言って沖は、雀荘の名前と住所を本田に教えた。

高木は義理堅い男だった。沖がどこの刑務所にいても、半年に一度は面会に訪れた。手紙は二か月に一度くれた。面会の場では、呉寅会メンバーの近況を語り、手紙では沖の身体を気遣った。手紙の最後はいつも同じ言葉で締め括られていた。

——沖さんが一日でも早く帰って来る日を、首を長くして待っています。

高木の心遣いは嬉《うれ》しかった。一方で、真紀のことを考えると、苦い思いが込み上げる。

——あんたが帰って来るまで、いつまでも待っとるけえ。

面会室でそう言って泣いた真紀は、七年前のある日を境に、ぷっつりと消息が途絶えた。新しい男ができたのか、自分の居場所を見つけたのか。面会に来なくなり、手紙を出しても宛先不明で返ってきた。

真紀を恨む気持ちはない。二十年という歳月がどれほど長いか、塀のなかにいる沖が一番わかっている。そもそも沖にとって真紀は、特別な女だったわけではない。娑婆にいるときは、ほかにも女はいた。

ただ、男は吐いた唾《つば》は呑《の》まない。いつまでも待つと言ったら、いつまでも待つ。が、女にそれはない。女は平気で嘘をつく。そのことが沖に、嫌悪の情を呼び覚ました。

「お疲れさまです」

本田は、沖がぶら下げているコンビニの袋を受け取り、ドアの脇に退いた。

なかへ入る。

コンクリートが打ちっぱなしの部屋には、煙草の煙と男たちの饐《す》えた汗の匂いが満ちていた。

事務所にいるのは、呉寅会幹部の三島、林、高木。ほかは、刑務所で沖が身内にした者たちだ。愚連隊《ぐれんたい》上がりの不良が四人と本田——総勢八名が、いまの中核メンバーだった。

呉寅会が事務所にしている部屋は、かつてスナックとして使われていた場所だ。

店主は店を畳むとき、家具や備品をほとんど置いていったらしい。マホガニー色のテーブルや、ボトルラックがそのままになっている。同じ色のカウンターには、バーチェアが五脚あった。赤い布張りのソファは、色は褪《あ》せているが座り心地は悪くない。

この部屋が入っている雑居ビルは、六階建てだった。

テナントが二軒ほど入る横幅で、厚みはない。薄くてひょろ長い建物だ。

景気がよかった頃は賑《にぎ》やかな通りだった。周辺の雑居ビルと同じく、このビルも、居酒屋やスナック、理容店、漁業組合の事務所などで埋まっていたという。

不景気のいまは、空き家が目立ち、人通りも少ない寂れた通りになっていた。

家賃が安いとはいえ、繁華街から離れた不便な立地に加え、およそ築四十年の古い物件を借りる店子はいない。

いまこのビルに入っているテナントは、小さな清掃会社の事務所と、発送業務委託という怪しげな会社だけだ。ふたつとも、人の出入りをほとんど見たことがない。税金対策で名前だけ掲げている、幽霊会社かもしれない。

事務所は、沖の復帰に合わせ、三島が手配した。

沖より早く出所した三島は、出たあとの苦労を知っているのだろう。塒《ねぐら》にするにはどんな場所がいいか訊《たず》ねただけで、金も手続きもすべて三島が段取りをした。

沖が望んだ部屋を、林は気に入らないらしい。はじめて事務所に顔を出したとき、あからさまに顔を顰《しか》めた。同じ家賃で上の階の部屋が借りられるのに、どうしてこんな黴臭いところを選んだのか。窓がなくて陽が射さない、辛気臭い、とぼやいた。

林の不満を、沖は聞き流した。

窓がないから、沖はここを選んだ。窓があると、いまにもガラスが割れて警察が突入してくるような気がするからだ。

外から帰ってきた沖を見て、手前のテーブル席に座っていた高木が立ち上がった。

「お疲れさんです」

舌を半分失っているため、喋《しゃべ》り方がぎこちない。

高木は沖が出所してからというもの、昼間はこの事務所、夜は店長を務める雀荘と、昼夜をわけて呉原の市内を行き来している。

沖は三島と林がいるテーブル席の、一番奥に座った。沖の席だ。

煙草を咥えると、高木が横から火を出した。

「買い出しなんぞ、兄貴がいかんでも、若いもんにやらせますのに」

高木は、若いメンバーの顔を一瞥《いちべつ》した。みな、バツが悪そうに目を逸《そ》らす。

沖は煙草の煙を吐き出した。

「わしが自分で行く言うたんじゃ。お前も見とったろうが」

沖が近くのコンビニに煙草を買いに行くと言うと、下の者たちは我先にと腰を浮かせた。沖はそれを手で制した。

スーパーやコンビニに行くのが、いまの沖の楽しみのひとつだった。早く娑婆に慣れなければいけない、という考えもあったが、単純に、見たこともない商品に接するのが好きだった。

十年ひと昔というが、沖が逮捕されてから二十年のあいだに、世間はずいぶん様変わりした。

なによりも驚いたのが、携帯電話だ。

三島から飛ばしの携帯を渡されたとき、こんなもので電話が本当に繋《つな》がるのかと、目を丸くした。携帯で打ち込んだ文章も相手に伝わると知ったときは、浦島太郎《うらしまたろう》の気分をまざまざと味わった。

食品や飲み物、菓子もそうだ。

溶けかけのようなアイスクリームや、激辛のスナック菓子など、二十年前なら見向きもされなかっただろう。そういうものが売れていた。

昔は菓子を好まなかった。が、いまは違う。むしろ好物だ。刑務所では、甘いものやパンは滅多に食えなかった。その反動だと思う。

商品の棚をじっくり眺め、なにを買おうかと迷う。食べたことがない品を選ぼうかとも思うが、沖がいつも選ぶものは、チョコのアポロやポテトチップスといった、昔からある菓子だった。

ほかにも、ひとりで出かける理由があった。

警察の行動確認がついていないかどうか、自分の目で確かめるためだ。

沖の出所は、呉原東署も把握している。三島が借りた事務所の存在も、すでに突き止めていると見ていい。刑事が張り込んでいても、なんの不思議もない。

だが、見張られている気配は感じなかった。もし、刑事が尾《つ》けていたとすれば、そいつはよほどの手練《てだ》れに違いない。

脳裏に、一週間前に然臨寺であった男の顔が浮かんだ。

呉原東署の刑事、日岡だ。

あの日、大上の墓前にいたのは偶然か、それともあらかじめ待ち受けていたのか、沖は訊ねなかった。訊《き》いても、答えるはずがない。

沖と同様に日岡も、なにも訊ねなかった。

いずれまた会うことになる――。

日岡の顔には、そう書いてあった。

「沖さん、どうぞ」

本田が、沖が買ってきた品をテーブルに並べた。今日は、六本セットの缶ビールをふたつ、ポッキーとビスケット、煙草を一カートン買った。

沖はビールのパッケージを破りながら、部屋にいるメンバーを見やった。

「お前らもやれや」

三島を除いた全員が、軽く頭を下げてビールに手を伸ばす。

右腕がない林は、片手で器用にプルトップを開けた。

缶ビールが空くと、本田がカウンターのなかから、焼酎《しょうちゅう》と水、氷を持ってきた。

沖の前に置き、水割りを作る。手際がいい。十代の不良時代に、熊本のバーで働いていたからだろう。

残り少なくなった焼酎の瓶を、沖は持ち上げた。中身をぐるりと回す。

「次は、レミーかマッカランにするか。たまにゃァええ酒が飲みたいじゃろ、みんなも」

向かいの席に座る高木が、盗み見るように、目の端で沖を窺《うかが》った。言いづらそうにつぶやく。

「兄貴……その、財布の中身じゃが、ちいと厳しゅうなってきて……底が見えとるんですが、のう」

沖はカウンターに視線を向けた。裏側の棚に金庫を置いている。なかには、覚せい剤《シャブ》が入っていた。二十年以上前に、五十子から強奪した残りだ。

当時、およそ六千万円の値がついていた覚せい剤の大半と、笹貫組との抗争に備えた武器は、警察に押収された。金庫のなかに残るわずかな覚せい剤が、いまの呉寅会の全資金だ。

横から林が話に割って入った。

「烈心会《やつら》が覚せい剤《ブツ》をどこへ隠しとるか、探ってみましょうか」

呉原の覚せい剤売買は、烈心会《れっしんかい》が仕切っている。

烈心会は、壊滅した五十子会と加古村組の残党が結成した組織だった。烈心会の初代会長は、橘一行《たちばなかずゆき》。五十子会の舎弟頭だった男だ。現在、組員は三十名前後。いまは二代目の石野次郎《いしのじろう》が仕切っている。

広島は、仁正会にあらずんばヤクザにあらず、の状態だが、広島第二の都市である備後《びんご》の福《ふく》中《なか》市は、古くから暖簾《のれん》を掲げる衣笠組《きぬがさ》が支配していた。五代目組長の三好真治《みよししんじ》は、全国のヤクザ組織とも付き合いが深い。

初代組長の衣笠義弘《よしひろ》は、仁正会の母体となった綿船組組長、綿船幸助《こうすけ》の舎弟だ。福中は戦前から、衣笠組の確固たる縄張りだった。

その三好と石野が盃を交わしたときは、広島極道のあいだに激震が走った。

烈心会は仁正会とは反目《はんめ》だ。もともと親戚《しんせき》関係にある仁正会と衣笠組は、不可侵条約を結んでいるようなものだった。

それまでの経緯《いきさつ》にもかかわらず、三好は石野を舎弟に加えた。四方八方を敵に囲まれ、後ろ盾を欲した烈心会側の事情はわかるが、三好の意図が読めない。

衣笠組は組員八十名とそれなりの所帯を持ち、古くから暖簾を守ってきた独立組織だ。あえて火中の栗を拾った三好の真意は、ヤクザ関係者や警察も計りかねていた。まして、その事実を刑務所で知った沖には、推察のしようもない。

ただ、烈心会は、衣笠組と縁を結んだことで、仁正会といえど迂闊《うかつ》に手出しができない存在になった。

林は中身がない右袖《みぎそで》を振り、沖のほうに身を乗り出した。

「わしがその気になりゃァ、警察署長の女房の下着の色まで調べられる。兄貴もよう知っとるじゃろ。烈心会の覚せい剤の隠し場所なんぞ、朝飯前じゃ」

むかしのように、強奪しようという提案だ。

沖も、そのことは前から考えていた。手持ちのシャブがなくなれば、呉寅会の資金はたちどころに途絶える。単独組織がいま食えるシノギは、金貸しかクスリくらいだ。闇金融は金になるが、元手がない。パチンコの景品買いやミカジメ料は、尾谷組ががっちり握っている。となると、クスリが一番手っ取り早い。

尾谷組は初代からシャブの扱いは厳禁だ。いまの呉原でのシャブの密売は、烈心会の専売事業になっている。

沖はグラスを回した。なかの氷が、カランと音を立てる。

いかにして、烈心会が仕切っているシャブの密売に食い込むか。

沖の斜向《はす》かいで話を聞いていた三島が、口を開いた。高木と林に向かって、窘《たしな》めるように言う。

「兄弟はまだ出てきたばかりで。昔と違《ちご》うて、サツの目も厳しい。いま派手に暴れたら、パクられて終《しま》いじゃ。まだ早いわい」

林は口を尖《とが》らせた。

「前みとうに、闇討ちしたらええじゃないの」

高木が賛同する。

「そうですよ。どうせ、被害届なんか出しゃァせんのじゃけ」

三島は呆《あき》れ顔で溜《た》め息を吐いた。

「死人や怪我人が出たらどうするなら。サツも黙っとらん。いまの仁正会が、衣笠組が後ろに控える烈心会に、喧嘩《けんか》売るはずなかろうが。わしらの仕業じゃ、いうてすぐバレる」

もっともだと思ったのだろう。威勢がよかった高木と林が黙り込む。

沈黙を破ったのは、本田だった。

「ほかの者のせいにするんは、どげんやろ」

「ほかの者って、誰なら」

三島が本田を睨《にら》む。

本田は三島の顔色を窺いながら、話を続けた。

「広島じゃァ最近、中国人の不良がのさばっとるいう話です。あれらの仕業に見せかけりゃ、ええじゃないですか」

いいアイデアだ。

沖は心のなかで膝《ひざ》を打った。

テーブルに身を乗り出し、部屋にいる全員を見渡す。

「ほうよ。それじゃ。それでいこうや」

沖はテーブルにあった煙草を一本抜き出すと、咥《くわ》える前に先端で自分の頭を指した。

「お前、見た目は冴《さ》えんが、ここはなかなかじゃないの」

本田の顔が、見る間に綻《ほころ》ぶ。親に褒めてもらった子供のようだ。

「兄弟」

三島の険しい声が耳に届く。

見ると、沖を睨んでいた。

「兄弟がこんど捕まったら、死ぬまで娑婆に戻れんかもしれんのど。よう考えて決めたほうが――」

続く言葉を、ノックの音が遮った。

全員の目がドアへ向く。

沖は不良上がりの富樫明《とがしあきら》を見やった。入り口の一番近くにいたからだ。

沖は目で、出ろ、と富樫に命じた。

富樫はゆっくりとした動作で、ドアに向かった。

「誰なら」

ドアに耳をつけて訊ねる。

男の声がドアの向こうから響く。

「神戸《こうべ》の峰岸《みねぎし》や。兄弟、おるんやろ」

意外な訪問客に、沖は驚いた。

沖の判断を目で仰いでいる富樫に、顎《あご》をしゃくる。

「開けい」

富樫がドアの錠を外す。

男が三人、立っている。みなダークスーツだ。

真ん中に、懐かしい顔があった。峰岸孝治《たかはる》——熊本刑務所で知り合い、義兄弟の契りを交わした男だ。

対立組織の幹部の命取《タマ》りを指揮し、殺人教唆《きょうさ》で十三年の刑期だった峰岸は、沖より三年早く出所した。年は沖とそう変わらない。が、しばらく見ないあいだに、随分と貫禄《かんろく》が付いた。剃《そ》り落した眉毛《まゆげ》と剣呑《けんのん》な目元、剃り込みを入れた額に走る刀傷が、身に纏《まと》う凶暴さを際立たせている。

峰岸は部屋の奥にいる沖を見つけると、満面の笑みを浮かべた。

「よう、兄弟。どうや、久しぶりの娑婆の空気は」

片手をあげ、ゆったりとした歩調で、ソファに近づいてくる。付きの若い衆は、素早く室内に視線を這《は》わせ、背後を守るように峰岸に従った。

兄弟という呼びかけに、峰岸と沖の関係を悟ったのだろう。高木と林はソファから立ち上がると、峰岸に頭を下げて沖の背後に回った。

三島もふたりに倣《なら》い、ソファから立ち上がる。

席を離れようとする三島を、沖は引きとめた。

「まあ、座れや。みっちゃん」

三島、林、高木の三人は、いずれも呉寅会の幹部だ。が、沖の右腕である三島は、ふたりとは格が違う。沖は林と高木を後ろに控えさせ、三島を同席させた。

三島がソファに座ると、沖は三島の肩に手を置いて峰岸に視線を向けた。

「これが、刑務所《なか》で話しとった三島じゃ」

「ほう、あんたが」

峰岸が値踏みするように、三島を眺める。

三島は膝に手を置き、深々と頭を下げた。

「三島考康いいます。よろしゅう頼みます」

挨拶《あいさつ》を受けて、峰岸も頭を下げる。

「明石組の峰岸でおます。よろしゅうに」

背広の襟にはチェーン付きのプラチナ・バッジが光っている。プラチナは直参《じきさん》、チェーン付きは執行部に登用された最高幹部の証《しるし》だ。

峰岸は神戸に拠点を置く広域暴力団、明石組の若頭《わかがしら》補佐だ。

かつては、明石組の二次団体、成増《なります》組の若頭で、明石組から分裂した心和会との明心戦争で武勲を立てた。

心和会幹部の首をとり武闘派として名をあげた峰岸は、その代償に長い刑期を務めることになったが、出所後まもなく、功績が認められて直参に取り立てられた。それがいまから三年前のことだ。そして一年前、チェーン付きに昇格した。

娑婆からの手紙や面会では、暴力団関係の情報を入手することは困難だ。手紙には検閲が入るし、面会では刑務官の立ち会いがある。しかし入所してくるその筋の者からは、詳細な情報が訊き出せる。兄弟分の出世は、刑務所のなかにいた沖の耳にもすぐに入った。

峰岸はテーブルにある菓子を、手に取った。

「酒、飯、菓子、なんもかんも美味《うま》いやろ。女もな――」

そう言って峰岸はにやりと笑った。

「山男が下界に下りると、女なら誰でも綺麗《きれい》に見える、ちゅう話があるが、わしが娑婆に戻ったときは、便所掃除の婆さんにも息子が反応した。男ちゅうのは、難儀なもんや」

座に、苦笑いが広まる。みな、心当たりがあるのだ。

峰岸が菓子をテーブルに戻す。沖は訊ねた。

「ようわかったのう、ここが」

この世界は、情報が伝わるのが早い。沖の出所が、峰岸の耳に届いても不思議はない。が、こんなに早く居所を突き止め、顔を見せるとは思わなかった。

峰岸はスーツのポケットからＪＰＳの箱を取り出した。一本咥えると、後ろに控えていた若い衆が、すかさず火を差し出す。煙を天井に向かって吐きだすと、沖を見た。

「蛇《じゃ》の道は蛇《へび》や。親分《おやじ》の代理で福岡に出る用事があったさかい、その帰り掛けに寄らしてもろた。それより──」

峰岸は煙草の先端を、沖に向けた。

「水臭いやないか。なんで放免を知らせてくれんかったや。若いもん連れて出迎えに行ったのに」

峰岸の言葉に、沖は小さく笑った。

「大袈裟《おおげさ》なことァ、苦手じゃけ」

本田がおしぼりと冷えたビール、三人分のグラスを運んでくる。しかし峰岸の若い衆は、それを丁重に断った。ボディーガードがアルコールを口にしないのは、この社会の鉄則だ。

三島が瓶を手にし、峰岸と沖のグラスを満たす。

乾杯のビールをひと息で飲み干すと、峰岸は懐《ふところ》から祝儀袋を取り出した。テーブルの上に置き、沖のほうに押し出す。

「これ、少ないけど──。放免祝いや」

厚みがある。百万はありそうだ。

財布の中身が底をつきそうなところに、この金はありがたい。

沖は祝儀袋を手に取ると、後ろにいる林に渡した。

「すまんのう」

脇に控えた本田が、ビール瓶を両手で持ち、峰岸の空いたグラスに酌をする。手が微かに震えているのが、見て取れた。明石組の最高幹部を前にして、緊張しているのだろう。

峰岸はビールを呷《あお》ると、口元の泡を拭《ぬぐ》った。いたずら小僧のような笑みを浮かべる。

「どや、二十年ぶりの娑婆は。びっくりこいて、腰ぬかしたんと違うか」

沖は俯《うつむ》いて鼻の頭を掻《か》いた。

「ほうよのう。これにはほんま、腰がぬけたよ」

ズボンの尻《しり》ポケットから、折り畳み式の携帯電話を取り出す。開いて閉じてを、繰り返した。

「まさかこがあなもんが、出回るとはのう」

峰岸は豪快に笑った。

「わしもな、これにゃァ、びっくりしたわ。いまじゃ慣れたが、最初は携帯が震えるたんびに、こっちの身体までビクッと震えて、往生したで」

言いながら峰岸は、スーツの内ポケットから携帯を取り出した。開いて訊ねる。

「そっちゃの番号は」

番号は覚えていない。調べ方を一度教わったが、さっぱりだ。

三島の顔を見る。

「沖ちゃんの番号は――」

いつの間にか昔の呼び名に戻っている。

沖と三島は五分の兄弟だ。その沖と五分の兄弟分の峰岸は、やはり五分の、回り兄弟に当たる。天下の明石組の最高幹部と自分では貫目が違い過ぎる。そう遠慮してのことだろう、と沖は咄嗟《とっさ》に判断した。

三島が自分の携帯を取り出して、峰岸に沖の番号を伝えた。

聞きながら、峰岸がボタンを押す。

沖の携帯が鳴り、すぐに切れた。

峰岸が携帯を懐に戻す。

「わしの番号や。登録しといてんか」

自分の番号すら探せないのに、番号の登録などできるわけがない。

沖は黙って、三島に携帯を渡した。


ドアを開けた途端、店内に流れるカラオケ、ホステスを揶揄《からか》う男の笑い声と女の嬌声《きょうせい》が、耳に突き刺さった。

「ラピスラズリ」は客で賑わっていた。七つあるテーブル席のうち、六つが埋まっている。

午後九時、店は稼ぎ時だ。

ホステスのひとりが、ドアベルの音を聞いてすぐに駆け寄ってきた。

林が一歩前に出る。

「電話しといた林じゃ」

「お待ちしてました。どうぞ、どうぞ」

なかに促す。

予約客の名前を頭に入れているところを見ると、ママかチーママだろう。三十代前半と思《おぼ》しきその容姿から、沖は後者だと踏んだ。

沖たちは案内されて、一番奥のテーブルについた。

ラピスラズリは、赤石通りにあるクラブだ。五年前に開店したという。

挨拶と軽い雑談を終えたあと、沖たちは事務所を出た。峰岸とその付きの若い者がふたり、沖は幹部の三島と林を連れ、総勢六人で夜の街に繰り出した。

この店に予約を入れたのは、林だ。呉原でいま一番人気がある店らしい。歌が歌えて、そこそこいい女が揃っているとのことだった。

客人である峰岸を上座に置き、沖たちは下座に腰を下ろした。峰岸の若い衆は、席につかず、後ろに立ったまま控えた。大きな組だけあって、躾《しつけ》が行き届いている。

沖たちのボックスには、ホステスが三人ついた。ふたりは峰岸の両脇に、もうひとりは沖の隣に座った。

ホステスたちは客の機嫌をとるため、精いっぱいの愛嬌を振りまいている。が、笑顔はどことなくぎごちない。ひと目でその筋の者と悟ったからだろう。

峰岸の関西弁を聞いて、ホステスのひとりが訊ねた。

「どこのお人？」

「わしか。わしは関西の田舎もんや。いまは神戸で、焼き肉屋のおっちゃんをやっとる」

「またまたァ」

あからさまな冗談に、右隣のホステスが軽く峰岸の肩を叩《たた》いた。

焼き肉屋と聞いて、ふと、佐子のことが頭に浮かんだ。沖がかつて、呉寅会の溜まり場にしていた広島のホルモン店だ。

林の話では、佐子は十年前に店を閉じたという。店を切り盛りしていたおばちゃんが、病で亡くなったのだ。店を手伝っていた今日子も、それを機に広島を出て、いまはどうしているかわからない。

流通りにあったクインビーも、パチンコ店パーラークラウンも、もうない。沖にとって大切な場所というわけではなかったが、なんだか自分の居場所が減ったような気がした。

流行《はや》りの歌らしい曲を、年配の男が歌い出した。歌っているのか、怒鳴っているのかわからない。男の大声に負けないように、峰岸が声を張った。

「お前ら、熊本、行ったことあるか」

ホステスたちに目をやる。

全員が首を振った。

「熊本いうたら、火の国、いうて言うじゃろが。せやけど、冬はおっとろしゅう寒いんやで。なんせ、これくらいの――」

峰岸はそう言いながら、両手を大きく広げた。

「氷柱《つらら》が出来るんやさかい」

峰岸の隣にいたホステスが、目を丸くする。

「それってほんま?」

「おお、ほんまや」

峰岸はホステスの手を取ると、自分の股間《こかん》に持っていった。

「わしのこれには、かなわへんけどな」

ホステスが峰岸の股間を軽く叩きながら、嬌声をあげる。

沖は咥えていた煙草の灰を、灰皿に落とした。

刑務所の冬はどこでも寒い。熊本は特に冷えた。盆地にあるため夏は蒸すように暑く、冬は凍えるほど冷え込む。一月二月になると、雑居房の窓には長さ二十センチもある氷柱が垂れ下がった。

「お客さん、熊本のことなんで知っとるん。出張で行かれたんですか」

沖の隣に座るホステスが訊いた。

答えなんかどうでもいい――そう顔に書いてある。座を持たせたいだけだ。

「出張？　ちゃうわい、単身赴任や。それも十三年、麦飯ばっかり食わされとった」

峰岸が、ピーナッツの殻を、テーブルの殻入れに放り投げた。

「あんなとこ、ようおったわ」

思い出すように宙を眺める。

ホステスたちが顔に張り付いたような笑みを浮かべる。刑務所のことだと、悟ったのだろう。

三島が控え目な口調で話しかける。

「ほいでも、峰岸さんは有名人じゃけ、待遇は良かったでしょう」

明心戦争で一番槍《やり》をつけた峰岸の名は、関西のみならず、全国のヤクザ組織のあいだに広く知れ渡った。

「金筋《きんすじ》の極道にゃァ、刑務官《おやじ》も気をつかいますけんのう」

林が片手で、峰岸のグラスにビールを注いだ。

峰岸は酌を受けながら、苦笑いを浮かべた。

「刑務官《おやじ》はともかく、熊本刑務所《くまけい》にゃァ仰山、無期がおったさかいな。昔と違《ちご》うていまは、仮釈放《かりしゃく》がつくんは三人にひとりや。それも最低、三十年は務めにゃならんさかいな。若いもんならともかく、歳いっとる無期はやりたい放題や。なあ、兄弟」

話を振られた沖は、肯《うなず》いた。

「あいつらどうせ、一生、塀のなかじゃけん。極道でもなんでも、見境なしに襲うてきよった」

沖がいたころは、刑務所のなかで傷害事件を起こしても、起訴されて増し刑を喰《く》らうことは稀《まれ》だった。まして無期は、殺人罪と認定されない限り、刑期に変わりはない。傷害致死くらい、平気の平左だ。

「無期はまだええねん」

峰岸は新しいピーナッツの殻を剝《む》きながら、吐き捨てた。

「厄介なんはムキムキや」

「ムキムキいうて？」

黙って聞いていたホステスが、恐る恐る訊ねる。

峰岸のかわりに、沖が答えた。

「ムキムキいうんはのう、無期が仮釈放で出て、娑婆で懲りんと事件起こして、また無期くろうたやつのことじゃ」

峰岸が補足する。

「ムキムキはもう、二度と娑婆に戻れん。せやさかい、怖いもんなしや」

押し殺した声で言った。

「あんとき、兄弟がおらへんかったら、わしはこうして、ここに座っとらなんだ」

沖はなにも答えず、煙草をふかした。

ふたりが兄弟分になったきっかけは、峰岸がいうムキムキにあった。原《はら》という男で、熊本刑務所の疫病神《ヤクネタ》と呼ばれた無期囚だった。

ムキムキのなかでも原は質《タチ》が悪く、受刑者の飯を奪うことは日常茶飯事だった。それだけではない。刑務官の目を盗んで作業をさぼり、ときにはほかの受刑者の作業道具をゴミ箱に入れ、足を引っ張るような嫌がらせもしていた。

収監された当初、峰岸は様子を見ていた。あえて疫病神に近づくことはない。誰もがそうであるように、原とは距離を置いていた。

峰岸が収監されてから半年後、火の粉は突然、降りかかった。原が峰岸の工具を、目の前でゴミ箱に投げ捨てたのだ。

激怒した峰岸は、原の襟元を摑《つか》み、壁沿いに積み上げられたレンガに向かって投げつけた。そのまま、渾身《こんしん》の力で頭部をレンガにぶつけた。原はその一撃で後頭部を割られ、意識を失った。が、峰岸の怒りは収まらなかった。地面に崩れ落ちた原の腹部を、靴のつま先で何度も蹴《け》り上げた。あとで知ったことだが、原の肋骨《ろっこつ》は五本折れていた。

駆けつけた刑務官に取り押さえられた峰岸は、三か月の懲罰を喰らった。が、刑務所側も事情は把握しており、二か月あまりで懲罰は解除された。

事件は、峰岸の懲罰が解けたひと月後に起きた。

その日は天気がよかった。午前中の作業を終えた受刑者の多くは、運動場に出ていた。ある者は身体を動かし、ある者は芝生に寝転んでいる。

峰岸は運動場の隅にあるベンチに腰掛けていた。その峰岸の背後に人影を見つけたのが沖だった。人影は忍び足で峰岸へ近づいていく。

原だった。

峰岸にヤキを入れられた原は、怪我が治ったあと、他の工場に移されていた。無様な姿を誰にも見られたくなかったのか、自分を痛めつけた峰岸と顔を合わせるのが怖かったのか、しばらく原が運動場へ顔を出すことはなかった。その原が、運動場へ現れた。眼は異様に光り、片手を後ろに隠している。

沖は嫌な予感がした。

後ろに回している片手に目を凝らすと、なにかが光った。武器《どうぐ》だ。直感した。

頭より身体が先に反応した。

峰岸のすぐ後ろに立った原に、沖は突進した。原は地面にもんどりうった。

馬乗りになり、原が握りしめているものを力ずくで奪った。

釘《くぎ》だった。十センチ以上はあったと思う。背中から狙って深く刺せば、心臓に届かなくもない。

「なにするんじゃ！　離さんかい！」

地面に這いつくばって、原は叫んだ。

刑務官が騒ぎを聞きつけ、駆け寄ってきた。暴れる原は、集まった刑務官から羽交い絞めにされて連行されていった。

沖も、ふたりの刑務官に両脇を抱えられた。喧嘩《けんか》はそれぞれ別に事情聴取される。刑務官室に連行されようとしたとき、後ろで峰岸の声がした。

「あんたがおらなんだら、うたた寝したままあの世へ逝っとったわ」


沖は灰皿で煙草をもみ消した。

「兄弟のことじゃ。わしがおらんでも、自分でなんとかしたじゃろう」

峰岸も吸っていた煙草を灰皿でもみ消した。席を立ち、沖の側へくる。

隣にいた林が腰をあげて、席を譲った。

峰岸はテーブルにいた女たちを、手で払うようにした。

「おまんら、あっちへ行っとけ」

女たちが言われるまま、席を離れる。

沖の横に座ると、肩に手を回した。

「なあ、兄弟。おまはん、神戸にきいへんか」

「神戸へ？」

沖は顔を上げて、横を見た。峰岸が肯く。

「広島はいま、仁正会、一色や。愚連隊が付け入る隙はあらへん。昔と違うて、サツの目も、世間の目も、厳しいさかいな。このまま広島におったらお前、パクられるか、殺されるかの、どっちかやで」

沖は峰岸の目を見据えた。眉間《みけん》に皺《しわ》が寄るのが、自分でもわかる。

峰岸は真顔で話を続ける。

「暴対法が出来てからいうもの、極道の世界も、がらっと、変わりおった。殺《と》った殺られたの時代は、完全にしまいや。わしはのう、この三年で、嫌っちゅうほどそれを思い知った」

互いの視線がぶつかる。

峰岸はテーブルのビール瓶を手にすると、中身を沖のグラスへ注いだ。

「なあ、兄弟。神戸にきて、わしと一緒にやらへんか。正式に親分の盃もらえるよう、わしがあんじょうするさかい。きょうび生き残れるんは、うちみたいな、大看板だけやで」

峰岸が訪ねてきたのは、旧交を温めるだけに留まらず、スカウトする狙いがあったということか。

沖は注がれたビールをひと口飲むと、酌を返した。

「気持ちは嬉しいがのう、わしァまだ、ここで仕事が残っとる」

今度は峰岸が眉間に皺を寄せた。

「残っとる仕事て、なんやねん」

沖は答えなかった。

グラスのなかのビールを、ぐるりと回す。

「広島で天下とったら、そっちゃに会いにいくわい」

微かな舌打ちを、峰岸がくれる。

「わしの話を聞いとったか。時代は変わった、言うとるやろ。ついこのあいだ娑婆に出てきたお前にはまだわからんやろうが、もう愚連隊は生き残れんのや。なあ――」

食い下がる峰岸を、沖は手で制した。

「それはそれとしてよ。こんなにひとつ、頼みがあるんじゃ」

「頼み？」

峰岸は沖と正対し、先を促した。

沖は俯いたまま、途切れ途切れに、言葉を発した。

「鎌ケ谷《かまがたに》あたりに、重田元、いう男が隠れとる。探し出して、くれんか」

気乗りしない様子の三島から、元の居場所を訊き出したのは三日前だ。

二人きりになった事務所で、沖は三島を問い詰めた。

三島はなかなか言わなかったが、沖のしつこさに根負けし、やっと口を割った。

「なんでも、大阪におるいう話じゃ」

「大阪のどこなら」

「鎌ケ谷で見た、いうもんがおるらしい」

元を探し出すという沖を、三島は止めた。

「沖ちゃん、元のことはもうええじゃない。ほっとこうや。ムショを出て、もう八年も音沙汰《おとさた》なしじゃ。いまさら、戻ってくるわけあるまァが」

沖は、元を仲間に引き戻そうとしているわけではなかった。元が裏切り者かどうかを、確かめたいだけだった。

沖は俯いたまま、隣に座る峰岸を目の端で見た。

「二十年前、わしらのこと、チンコロしたやつがおる。どがあなことォしてでも、落とし前つけんといけん」

「沖ちゃん」

三島が強い口調で沖を呼ぶ。眼が、止めろ、と言っている。

峰岸は残りのビールを飲み干すと、席を立った。

「わかった。なんぞ摑んだら、連絡するわい」

言い残すと、若い衆を連れ、峰岸は店を後にした。

峰岸が去ったテーブルで、口を開く者は誰もいなかった。三島も林も、口を噤《つぐ》んでいる。

「そうじゃ、どがあなことォしてでも、落とし前はつけんといけんのじゃ」

沖はそうつぶやくと、ビールを一気に呷った。

十七章

日岡は自分の机で、報告書にペンを走らせていた。

警察官の仕事の半分は、書類作成といってもいい。現場が書類を作り、上にあげ、上司が判子をつく。正義だの防犯だのと偉そうに御託を並べているが、所詮《しょせん》、お役所仕事だ。

日岡が呉原東署捜査二課に配属されたのは、今年の春だった。肩書は暴力団係主任だ。かつての上司、大上章吾と同じポストに就いたのは、単なる偶然に過ぎない。が、心のどこかで、宿命だと感じる自分がいた。

十五年ぶりの勤務先となった古巣は、水回りと空調が直されたほかは、大きく変わっていなかった。二課の机の配置も当時のままだ。

日岡はひと息ついて、部屋のなかを見渡した。

朝礼が済み、係員の多くは、外回りに出かけた。席の半分が空いている。

いつもなら日岡も外へ出るのだが、今日は違った。夜勤の捜査員から引き継いだ報告書を、十時までに仕上げなければならなかった。

事件は、深夜の赤石通り路上でふたりの男が殴り合った、という単純なものだったが、当事者のひとりが烈心会のチンピラだった。マル暴が絡む事案のほとんどは、二課が処理する。

それはそれでいいのだが、当番の係員が二課以外の捜査員だったのが、厄介のタネだった。それも経験の浅い、交通課の若手だ。報告書の書き方がなっていない。丸投げに等しい状況で、一から書き直さなければならなかった。

そもそも、デスクワークは性に合わない。

作業が行き詰まり、日岡は無意識にワイシャツの胸ポケットに手を伸ばした。煙草のパッケージを取り出そうとして、署内が禁煙であることを思い出す。

日岡は舌打ちをくれた。

呉原東署に限らず、県内すべての警察関係施設は、屋内での喫煙を禁止していた。どこの所《しょ》轄《かつ》でも、煙草を吸うには外の喫煙所に行くしかない。

時代の流れだとわかっていても、ヘビースモーカーの日岡には、この規則が苦痛だった。内勤中に煙草が吸えないことが、書類仕事がはかどらない理由のひとつだと思っている。

日岡は手にしていたペンを置いた。

外で一服しようと椅子から腰を浮かせたとき、後ろから呼ばれた。

「班長！」

振り返る。

司波翔太《しばしょうた》だった。暴力団係の部下で、現在、日岡と相勤《あいきん》のコンビを組んでいる。

部屋に入ってきた司波は日岡に駆け寄ると、手にしていた二枚の紙を差し出した。

「班長、ビンゴです。あのマルB、明石組の峰岸に間違いありません」

日岡は司波から、紙を受け取った。

一枚は写真のコピー、もう一枚はFAXで送られてきた前歴照会書だった。昨日、兵庫県警に連絡して調べてもらっていたものだ。

興奮しているのか、司波が上ずった声で報告する。

「班長が言われたとおり、沖と峰岸は、熊本刑務所で一緒でした」

日岡はコピー用紙にざっと目を通した。前科前歴を読み上げる。

「暴行、傷害、恐喝、銃刀法違反、火薬取締法違反、凶器準備集合、殺人教唆《きょうさ》——浪速《なにわ》の少年院《ねんしょう》から岡山の特別少年院《とくしょう》、大阪刑務所《だいけい》、熊本刑務所《くまけい》。十八歳で成増組の若衆、二十九で若頭《わかがしら》、心和会幹部の首を取って出所後、四十一で明石組の直参《じきさん》、四十三で若頭補佐……か」

日岡は書類から顔をあげると、司波を見てにやりと笑った。

「非行少年の鑑《かがみ》、極道のエリートじゃの」

「はあ」

司波は間の抜けた返事をした。

極道のエリートと言われても、どう答えを返していいのかわからない、といった顔だ。

司波は刑事になってまだ二年目のひよっこだ。階級は巡査。呉原東署には、半年前に配属された。

高校時代、柔道で県代表を務めただけあって、ガタイはいい。

荒っぽい任務が多いマル暴に引き抜かれる者の大半は、柔道か剣道の有段者だ。暴力団と対《たい》峙《じ》するには、体格とそれに伴った技量が必要になる。

空手の有段者とはいえ、日岡のように中肉中背の者は稀《まれ》だ。

百八十センチ、八十キロと、司波も体格的には問題はない。が、如何《いかん》せん童顔だった。三十過ぎだというのに、大学生くらいにしか見えない。

配属当初、二課でついたあだ名は、坊や。それを気に病み、司波はある日、頭を五分刈りにして刑事部屋に現れた。その場でついたあだ名は、いが栗。いまは省略されてイガと呼ばれている。そのたびに司波は、イガではなくシバです、と口を尖《とが》らせる。

二枚のコピー用紙を見比べる日岡に、司波は身を乗り出した。

「やっぱり班長はすごいです。絶対、筋者《すじもん》との接触があるいうヨミは当たっとりました」

興奮しているのか、頬が紅潮している。

日岡は司波を上目遣いに見やった。身長は日岡が七センチ低い。

「そんなもん、誰でも見当がつく。お前が鈍いだけじゃ」

刑務所に収監される人間は、多かれ少なかれ似た者同士だ。世間からはみ出した仲間意識が、檻《おり》のなかで深い間柄に発展する場合がある。いわゆる、ムショ仲間だ。

沖は二十歳そこそこの愚連隊《ぐれんたい》の身で、暴力団と正面切って抗争事件を起こした猛者《もさ》だ。その筋の人間で知らない者はいないだろう。本人が好むと好まざるとにかかわらず、同類は集まってくる。

日岡は、大上の墓前で会った沖の顔を思い出した。

やつの目は、一瞥《いちべつ》で相手を凍らせる、人間離れした冷徹さを宿していた。野生の虎――人を平気で食い殺す目だ。

長いあいだ、檻のなかに閉じ込められていても、やつの心は死んでいない。いまでも、広島で天下をとるつもりだ。

そう、日岡は直感した。

その沖が、刑務所のなかで自分の力になる男を身内にしていても、おかしくはない。むしろ、そう考える方が妥当だ。身内になった者は、沖が出所したら必ずやつのもとを訪ねる。少し考えれば、子供でもわかる。

日岡は、峰岸の前歴照会書に目を戻した。

沖の塒《ねぐら》の情報を入手したのは、檀家《だんか》であるガソリンスタンドのアルバイトからだった。

警察内でいう檀家とは情報源のことだ。

エスと檀家の違いは、裏社会に精通しているか、一般の素人かだ。

事件解決の手掛かりは、事件に直結する情報だけではない。無関係と思われる日常の些細《ささい》な出来事が、解決の糸口になるケースがある。檀家の多さが刑事の有能さと比例しているといっても過言ではない。

日岡は檀家の重要さを、大上から学んだ。大上を真似て、日ごろから地元の商店のおばちゃんやパチンコ店に顔を出し、自分を覚えてもらうよう努めた。

一般人の多くは、刑事というだけで警戒心を抱く。彼らの信用を得て、なおかつ必要な情報を聞き出すには、相手の懐《ふところ》に入ることが必要だ。嫁との仲が悪いたばこ屋のおばちゃんは、日岡が行くと延々と嫁の愚痴を言う。パチンコ店の気弱な店長は、厄介な客が店に来ないよう取り計らってくれと頼み込む。

こちらの望みを聞いてほしいと思うなら、相手の望みを叶《かな》えなければ人は動かない。人から見れば雑用としか思えないことを日岡は嫌な顔ひとつせず続けた。いまでは、呉原東署内で、檀家を一番多く持っている。

大上の墓で沖と会った翌日から、日岡は沖に関する檀家まわりをはじめた。沖と思《おぼ》しき人物を見た、もしくは見かけたという話を聞かないか、とそれとなく訊《たず》ねて回った。日岡の心にひっかかった情報を持っていたのが、ガソリンスタンドのアルバイトだった。アルバイトの若い男は、ガソリンを詰めに立ち寄った一台の車について語った。

車両は、サイドとリアウィンドウにスモークを貼った黒のセダン。油を詰めているあいだ、ふたり連れの男は、車から出て立ち話をしていた。

それとなく耳に入った話では、檻から出てきたばかりの者はなにを望むか、というものだった。穏やかではない話をアルバイトは、怖さと興味半分でよく覚えていた。男たちは甘いものなら、なにを買っていくかという話をしきりにしていたという。

日岡が、ほかになにか話していなかったか、と訊《たず》ねると少し考えてから、不二見《ふじみ》ビル、と答えた。古くからある雑居ビルだ。

男たちは、あんな古いビルにどうして、とか、馴染《なじ》みの店が昔はいっていた、などとひとしきり語り、金を払って出て行ったという。

刑務所から出てきたばかりの男が、そのあたりに転がっているはずがない。檻から出てきたばかりの者、とは沖のことだ。

そう睨《にら》んだ日岡は、司波を連れて不二見ビルを張った。

日岡の読みは当たっていた。見知った顔が、不二見ビルに入っていくのを目撃したのだ。三島だった。

沖の㟢を摑《つか》んだ日岡は、遠張《とおば》りをはじめた。それが、一週間前だった。

三島をはじめ、呉寅会のメンバーと思しき者が出入りしていることから、呉寅会の事務所も兼ねているのだろう。

日岡が監視拠点に選んだのは、不二見ビルの道路を挟んだ向かいにあるマンションだった。マンションとは名ばかりで、かなりくたびれた、五階建ての建物だ。店が入っていないだけで、造りと古さは不二見ビルとほぼ変わりない。

沖の㟢を見つけた日岡は、すぐにマンションの管理人と話をつけた。マンションの屋上から、不二見ビルに出入りする人間をカメラに収めるためだ。

管理人の許可を得た日岡は、司波と屋上に張り込んだ。

事務所に出入りしている、呉寅会のメンバーらしき男は十数人。確認が取れたのは頭の沖と、古参幹部の三島、林、高木の四人。あとのメンバーはまだ、人定できていない。

峰岸が、呉寅会の事務所を訪れたのは一昨日《おととい》のことだった。

ひと目で堅気《かたぎ》ではないとわかる男が、ビルに近づいてきた。

整髪料で短髪を固め、ダークスーツのポケットに両手を入れている。ふたりの若い男が、前を歩き、露払いをしていた。

望遠レンズ付きの一眼レフで、日岡は男を観察した。

顔にはどことなく見覚えがあった。背広の胸元で、バッジが光っている。シャッターを連続して切った。

男たちがビルに入ると、カメラの液晶で写真を確認した。男がつけていたバッジは、明石組の「明」の字を菱形《ひしがた》で象《かたど》った、通称「明菱《あかびし》」の代紋だった。最高幹部の証《あかし》である、プラチナのチェーン付きだ。

写真で確認した人相、体格から、明石組若頭補佐の峰岸孝治だとあたりはついていた。その推察は、チェーン付きのバッジを見たことで、確信にかわった。万全を期し、兵庫県警の四課に暴力団関係者照会（Z号）をかけた。男は間違いなく、峰岸だった。

日岡は胸ポケットから煙草を取り出し、口に咥《くわ》えた。

司波が、辺りの目を気にしながら日岡に囁《ささや》く。

「班長、署内は禁煙です」

日岡は司波を睨んだ。

「わかっとる。火はつけん」

咥えているだけでも、吸っている気分にはなれる。

日岡は峰岸の写真を、改めて眺めた。

明石組の最高幹部が、呉原の一愚連隊の事務所を訪ねる理由はない。おそらく峰岸は、沖と個人的な繋《つな》がりがある。刑務所で知り合ったムショ仲間だろう。

日岡は手元の書類を見ながら、司波に訊ねた。

「沖と峰岸の仲じゃが、お前、どう思う」

司波は少し考えてから答えた。

「わざわざ、こんな田舎まで来る、いうことは、ただの刑務所仲間じゃないですよね。熊本刑務所で沖は、峰岸の盃《さかずき》もろうたんじゃないでしょうか。舎弟か若衆かわかりませんけど。峰岸が出所した手下のもとを訪ねてくる。そう考えれば、理屈に合います」

ありえない。

日岡は司波を見て、鼻で嗤《わら》った。

「お前も沖の調書や裁判記録、読んだじゃろ。あの沖が、誰かの下につくわけなかろうが」

司波が戸惑う。

「いや、ほいでも、相手は明石組の幹部ですけえ」

日岡は書類を机に放ると、椅子の背にもたれた。

「明石じゃろうと案山子《かかし》じゃろうと、沖が人の風下に立つことはないよ。あるとしたら、五寸《ごっすん》の兄弟分じゃろ」

「班長、お言葉ですが――」

言いかけた司波の言葉を、日岡は遮った。

「愚連隊と明石組じゃァ、釣り合いがとれん言うんじゃろ」

「はあ」

間の抜けた返事をするのが、司波の癖だ。

メンバー十数人の愚連隊と日本最大の暴力団組織では、天と地ほどの差がある。暴力団の社会に限らず、世のなかは、小が大に仕える事大主義が蔓延《はびこ》っている。が、そうした一般常識は、沖に関しては当てはまらない。

日岡は椅子の背にもたれた。立ったままの司波を、下から見上げる。

「教えといちゃるがよ。極道の盃は、釣り合いだけじゃ、ないんで。相手が年下でも格下でも、たとえ稼業違いでも、こいつなら命を預けられる——そう思うたら、兄弟になるんが極道いうもんよ」

現に自分は、警察官であるにもかかわらず、義誠連合会会長の国光寛郎と盃を交わしている。明石組四代目・武田《たけだ》力也《りきや》の首をとった男だ。

日岡は以前、自分のもとへかかってきた一本の電話を思い出した。

広島の県北にある比場郡の駐在所から、県警本部捜査四課に配属された二年後、西では桜が咲きはじめたころだった。

明け方の四時に、部屋の電話が鳴った。一之瀬からだった。

一之瀬は静かな声で、旭川刑務所で国光が殺された、と告げた。武田組の残党に刺殺されたという。

受話器を握りしめたまま、日岡は畳に崩れ落ちた。頭が白くなり、言葉の意味するところを把握できなかった。

国光の死——あり得ない。

脳が、現実を拒否した。

やり場のない怒りと無念の情が湧いたのは、一之瀬との電話を切ったあとだった。

かつての上司、大上章吾の死を確認したときもそうだった。違ったのは、怒りの持っていき場がなかったことだ。

利己のためだけに殺された大上の死への怒りは、その後の抗争阻止に向けての激情となって発露した。なにがなんでも、大上に手を下した五十子会と、その傘下の加古村組を壊滅に追い込む。凶暴なまでの怒りを胸に刻み、寝食を忘れて捜査に当たった。

だが、国光の死は違う。横道重信《よこみちしげのぶ》が国光を殺したのは、親分を殺《と》られた子分が当然なすべき、敵討ちだった。極道社会においては讃《たた》えられることはあっても、謗《そし》られる行為ではない。因果応報——武田組の若い衆に殺られたのであれば、死んだ国光も、極道としては本望だろう。

二千人を超える武闘派集団だった武田組は、明石組執行部の政治的判断を含んだ手打ちに異議を唱え、あくまで心和会会長の首を狙った。

五代目明石組に弓を引くかたちになった武田組は、その結果、明石組本部から的に掛けられた。系列事務所へのカチコミ、ダンプ特攻、組員の引き抜き。最終的に組に残ったのは二十人弱と、最盛期の百分の一に激減した。

義誠連合会は即座に動く。武田力也の実弟で、力也亡きあと組長の座を引き継いだ武田大輝《だいき》の命《タマ》を、全力で取りに来る。そう日岡は危惧《きぐ》した。

しかし、若頭の立花吾一《たちばなごいち》は動かなかった。正しくは、動こうにも動けなかった。国光の遺言があったからだ。

——親父《おや》っさん、もし自分に万一のことがあっても、報復は考えるな。組が潰《つぶ》れたら、若いもんの居場所がのうなる。遺言や思え。そうきつう、言わはりましてん。

通夜の席で立花は、目を真っ赤に泣きはらし、血が滲《にじ》むほど唇を噛《か》みしめていたという。

この話は、通夜に参列した一之瀬から、後日聞いた。

警察官である日岡は、通夜にも葬儀にも出ていない。毎年、国光の命日に、福中《ふくなか》にある国光の実家の墓を参るだけだ。

「日岡」

名前を呼ばれて我に返った。

暴力団係の係長、石川雅夫《いしかわまさお》がこちらを見ていた。黒縁の眼鏡を、鼻先まで下げている。後退した生え際が気になるのか、前髪を無理やり下ろしている。それが逆に、寂しくなった頭を強調していた。

日岡は司波を手で追い払うと、椅子から立ち上がった。

石川の席の前に立つ。

「なんでしょう」

石川は胸の前で手を組み、椅子の背にのけ反っている。

「呉寅会の件、点数になりそうか」

覚せい剤や銃器の摘発、交通違反や検挙率など、警察業務全般に課せられたノルマのことだ。

日岡と同い年の石川は、一年前に警部補に昇進した。警部からは試験ではなく、実績と推薦で昇格が決まる。警部以上のキャリアを目指す石川は、少しでも実績を積み上げ、上のご機嫌を伺うことしか頭にない。

「まだなんとも言えんですが、シャブの密売に手を染めとるんじゃないか、いう話は聞こえてきとります」

「ほうか」

石川は眉間《みけん》に皺《しわ》を寄せて、難しい顔をした。

「ブツは多けりゃ多いほどええ。ちいと泳がせて、グラムじゃのうて、キロで引っ張れんかのう」

相変わらず、吹かしてくる。

覚せい剤の押収は、グラム単位で点数が決まっている。五グラムだの十グラムだのが、通常の押収量だ。キロともなれば本部長表彰ものだが、そんな美味《うま》い話が、そうそう転がっているわけがない。無茶もいいところだ。

石川は粘りつくような視線で、日岡を見た。

「呉寅会対策班の立ち上げを言い出したんは、お前で。結果を出さんと、のう」

「まあ、頑張ります」

自分でも、言葉に気持ちが籠《こも》っていないのがわかった。

「それはそうと――」

日岡の感情になど忖度《そんたく》しないのか、石川は何事もなかったように、表情を戻した。机に身を乗り出し、声を潜めた。

「拳銃《チャカ》じゃが、一丁でもええけ、すぐ出せんか」

来月は拳銃《けんじゅう》所持の取締月間だ。点数も倍になる。

日岡は心のなかで舌打ちをくれた。石川に顔を近づけ、小声で言う。

「係長もよう、知っとられるでしょ。昔と違《ちご》うていまは、組事務所へ入るんも、ひと苦労なんですよ。組の情報は、そう簡単にゃァ取りゃあせんです。県内でも年間、武器《どうぐ》は二十も挙がらんのですけ。すぐ、いうて無理ですよ」

石川が眉間に皺を寄せる。が、すぐに表情を取り繕い、作り笑いを浮かべた。

「のう。日岡ちゃんは、ええエス飼《こ》うとるじゃない。なんとかならんか。署長の異動が近いけん、花ァ持たせたいんじゃ」

石川に、ちゃん付けで呼ばれると、虫唾《むしず》が走る。

警察は上意下達の社会だ。上司の命令は絶対だが、これ以上の会話は、気分が悪くなるだけだ。

日岡は身を起こし、首の後ろを掻《か》いた。

「所持者不明《クビなし》でよかったら、なんとかします」

日岡は頭のなかで算段した。エスを通して、密売の銃を買うしかない。

大上が生きていたころは、ヤクザに話をつけて、拳銃と一緒にチンピラを出頭させることも可能だった。が、暴対法が施行されたいまは、そうはいかない。

国光と兄弟盃を交わし、裏で仁正会の一之瀬や瀧井と懇意にしている刑事が警察組織で生き残るためには、実績をあげるしかなかった。

問題は、監察の目をいかに掻い潜るかだ。

日岡がその筋のエスを飼い、極道とパイプを持っていることは、周知の事実だった。監察から目をつけられているだろうことは、自覚している。慎重にことを運ばなければ、警察官としての首が危うくなる。

大上は、警察内部の不祥事をノートに綴《つづ》り、いざというときの切り札にしていた。ノートは大上の遺志で日岡に託されたが、いまでは役に立たなくなっている。不祥事の証拠を押さえられた警察官の大半は、すでに退職していた。金も、エスへの協力費や情報収集のために使い、底をついた。

　自分の力で生き残るしかない。

　生き残る方法は、大上から教えられた。

　日岡はその場に立ったまま、つぶやいた。

「ええ。わしが、なんとかします」

　自分が買えば、ヤクザや犯罪者に出回る拳銃の数が減る。シャブもそうだ。少しでもブツを減らせば、堅気のためになる。市民を犯罪から守るためなら手段を選ばない。

　それが、大上の教えだった。

　そう自分を納得させることが、いつの間にか身に染みついていた。

　石川の頬に、本物の笑みが浮かんだ。はしゃぎ声をあげる。

「ほうか！　そりゃ助かるわい。やっぱり、日岡ちゃんは、うちのエースじゃのう」

　石川は満面の笑みで手を差し出し、握手を求めた。

　手を、おざなりに握る。

　自分の出世にしか興味のない男――日岡は心のなかで唾を吐いた。

十八章

裏道の路肩に車を停めると、運転席の三島は振り返った。

「ここらへんで、ええかのう」

車の後部座席から、沖は窓越しにあたりを眺めた。

「例のアパートは、近くなんか」

三島は身体の向きをもとに戻して、前方を指さした。

「あっこらへんが新世界じゃ。そんで、そこにホテルがあるじゃろ。グリーンハイツは、そのすぐ先じゃ」

沖は三島の指の先を見た。

ゴミ袋と放置された自転車が並ぶ道の右側に、アカシアと書かれた看板が見える。休憩二千五百円、フリータイム三千円、宿泊四千五百円とある。立地と建物の古さから、部屋の様相が想像できた。どんないい女と入っても、立つものも立たなくなる汚さだろう。

沖と三島、林は大阪の鎌ヶ谷区にいた。なかでも治安がよくないことで名が知れている野島《のじま》地区だ。娘を持つ世間の親なら、絶対に子供を近寄らせたくない地域だろう。

車を降りた途端、異臭が鼻を突いた。埃《ほこり》と黴《かび》と、腐敗した食い物が混ざり合ったような臭いだ。

沖に続き車を降りた三島と林は、あからさまに顔を顰《しか》めた。林が大袈裟《おおげさ》に鼻をつまむ。

「くせぇ」

三島が上着の内ポケットから煙草を抜き、火をつける。煙草の匂いで、悪臭を紛らすつもりだろう。

ひどく侘《わ》びしい臭いだが、沖は懐かしさを感じた。子供のころ住んでいた長屋も、同じ臭いを纏《まと》っていた。

沖は目的のアパートに向かって、ゆっくりと歩き出した。

三島と林が背後に続く。

後ろで林が、三島に訊《たず》ねた。

「鍵《かぎ》、しっかりかけたんか」

三島が失笑する。

「車上荒らしで鳴らしたお前が、鍵の心配とはのう」

林が少し苛立《いらだ》った声で答える。

「被害に遭って一番困るんはレンタカーじゃ。賠償やら保険やら、こんなが思うとる以上に、手続きが面倒くさいんで。場合によっちゃァ、被害者のこっちが金を払わんといけんこともある」

沖たちがここまで乗ってきた車はレンタカーだった。白いカローラ。店にあったなかで、一番目立たない車種を選んだ。

明石組の峰岸から連絡があったのは、昨日だった。

「兄弟。探しとる男、見つかったで」

携帯の向こうで、峰岸が言った。

無意識に、携帯を握る手に力が籠《こも》った。

「やつは——元は、どこにおるんなら」

「野島や」

地区の名前を聞いただけで、いまの元がどんな生活を送っているか想像がついた。

一度、脇道に逸《そ》れた者がまともな道に戻るには、それなりに根性がいる。元は昔から芯《しん》がない男だった。どうせまともな暮らしは送っていないだろうと考えていたが、ドヤ街に住んでいるとは思わなかった。

元を探し出してほしい、そう頼んでから、二か月が経っていた。熱帯夜で寝苦しかったころが嘘のように、街には冷えた風が吹いている。沖が塒《ねぐら》にしている地下は、すでに湯たんぽを必要とするほど、底冷えがきつい。

昨日は昼から小雨が降り、さらに冷えていた。が、峰岸の電話を受けた沖は、脇にじっとりと汗をかいた。

「野島のどこじゃ」

沖の問いに、峰岸は短く答えた。

「四丁目の裏通りに、アカシアっちゅうホテルがあるんやけどな。そのそばにグリーンハイツっちゅうアパートがある。そこの二〇三号室に、女とおるそうや」

沖は礼を言うと、携帯をたたんだ。

三島と林を呼び出し、大阪に向かったのは、夜が明けた今日の朝だった。三島の車で呉原から県北の福中市まで行き、そこから新幹線に乗った。新大阪で下車し、駅前でレンタカーを借りた。アパートに着いたのが、いましがただ。

午前十一時半。昼前ならば、元は住居《ヤサ》にいる、と踏んだ。元のような不良上がりが動き出すのは、夕方からと相場は決まっている。

「三島、どうしたんなら」

後ろで林の声がした。

振り返る。三島が立ち止まっていた。つま先で、煙草の火を消している。

三島は顔をあげて、沖を見た。

「気持ちは、変わらんのか」

沖は斜《はす》に構えると、ズボンのポケットに両手を突っ込んだ。

「ああ、変わらん」

この二か月間、幾度となく交わした会話だ。

三島は元を探し出すことに反対だった。消息がわからなくなった昔の仲間など、放っておけばいい。他にやることはいくらでもある。それが三島の意見だった。

そのたびに沖は、首を横に振った。二十年のあいだ、裏切り者を見つけ出すことだけを考えて生きてきた。自分を売ったやつを捕らえ、ケジメをつけさせる。きっちり落とし前をつけられないようでは、広島制覇という野望を果たすことはできない。

三島は諦《あきら》めたように首を振った。沖のところへやってくると、先に立って歩きはじめる。

三島はホテルを通り過ぎると、三軒先のアパートを見上げた。二階建ての木造だ。一階と二階、それぞれに四部屋ずつある。地震がくれば、簡単に倒壊しそうなほど古い。鉄製の階段と、むき出しの配管が赤く錆《さ》びついている。

三島は階段をのぼると、二〇三号室のドアの前に立った。沖を見る。

隣に立った。覗《のぞ》き穴はない。チャイムもない。

三島と林が、沖の後ろに控えた。

静かにノックする。

なかで人の気配がした。女の声がする。

「はい」

沖は自分の耳を疑った。

聞き違いだろうか。

ドアのすぐ向こうから、同じ女の声がした。

「誰ね?」

沖は後ろにいる林を見た。打ち合わせどおり、林が答える。

「宅配です。荷物をお届けにあがりました」

チェーンロックが外れる音がして、ドアが開いた。

三人で、部屋になだれ込む。

女が悲鳴をあげた。

後ろに退いた女の顔を見る。

真紀だった。

視覚の記憶は時が経てば曖昧《あいまい》になるが、聴覚と嗅覚《きゅうかく》の記憶は残る、となにかで読んだ覚えがある。女の声を聞いたとき、聞き違いかと思ったがそうではなかった。目の前にいるのは、かつての自分の女だった。

真紀は沖以上に驚いているようだった。目を見開き、声を出せずにいる。

玄関の先は、狭い台所になっていた。その奥が部屋らしい。台所と部屋のあいだにかかっている暖簾《のれん》の下から、畳が見える。

立ち尽くしている真紀を突き飛ばし、土足で部屋に上がった。

六畳一間の部屋に、男がいた。

元だった。

ジャージの上下に、綿入りの半纏《はんてん》を羽織っている。ジャージは、食べこぼしのような染みで汚れていた。

元はいきなり部屋に上がり込んできた男たちが視界に入らないかのように、うつろな目をして、壁に寄りかかっている。

部屋はかなり散らかっていた。無造作に畳まれた布団が壁際に寄せられ、脱いだ服が散乱している。台所の流しには、汚れた食器が積まれていた。

沖は部屋の隅にある小さなテーブルを見た。注射器とパケが無造作に置かれている。

元の側にしゃがむ。半纏の襟元を摑《つか》みあげ、往復ビンタを食らわせた。

我に返ったのか、元が首を左右に振り沖を見た。わずかに目の焦点が合う。元は細い声でつぶやいた。

「お、沖ちゃん……」

沖は顎《あご》をあげて、元を見下ろした。

「久しぶりじゃのう、元」

元が、にいっと笑った。欠けた黄色い歯が覗く。目と歯を見ればわかる。重度のシャブ中だ。腕や足の血管は、注射痕《こん》でぼろぼろだろう。

元は二十年前と変わらない口調で、沖に気安く話しかけた。

「いつ出てきたんない。よう、ここがわかったのう。わしもついこのあいだ出てきたばかりじゃ。教えてくれりゃあ、出迎えにいったんじゃがのう」

元が娑婆《しゃば》に出たのは八年前だ。薬で脳がやられているのだろう。自分が置かれている立場を、理解できていない。

沖は襟元から手を離すと、シャブが置かれているテーブルを、蹴り上げた。玩具《おもちゃ》のようなテーブルは、音を立てて壁にぶつかり壊れた。

入り口に座り込んでいる真紀を見やり、元に向き直る。いまの蹴りで正気に戻ったのか、元は沖を見上げて震えていた。

沖は腰を上げ、元の前に立ちはだかった。

「わしがしんどい目に遭うとるあいだ、楽しゅうやっとったようじゃの」

いきなり背中を突き飛ばされた。真紀だった。沖と元のあいだに割って入り、背中で元を庇《かば》う。

「違うんよ、虎ちゃん！　こん人が悪いんじゃない。うちが誘うたんよ！」

沖は真紀の左頬を、力いっぱい叩《たた》いた。

平手を食らった勢いで、真紀の身体が横に吹っ飛ぶ。

沖は倒れた真紀の顔に、唾《つば》を吐いた。

「わしの前で、元をこん人呼ばわりか。泣けるのう」

「虎ちゃん……」

叩かれた頬を押さえながら身を起こすと、真紀は赤い目で沖を見上げた。

元は部屋の隅まで後ずさると、身を小さく丸めた。

「真紀のいうとおりじゃ。わしゃァ、そがなことはいけん、いうて止めたんじゃ」

額に汗をかきながら、元は卑屈に笑った。

「のう、沖ちゃん、話しゃァわかる。のう、ちいと落ち着いて、話を聞いてくれんか」

沖は元の腹に蹴りを入れた。

潰《つぶ》されたカエルのような声をあげ、元が畳に倒れる。

真紀が元の身体に覆いかぶさった。身を挺《てい》して、元を守ろうとする。

「虎ちゃん、堪忍して。こん人を許してあげて。うち、なんでもするけぇ」

元から真紀を引きはがす。プロレスのように身体を放り投げた。壁際に置いてあった箪笥《たんす》が、ロープ代わりだ。

背中を打ち付けた真紀が、悲鳴と呻《うめ》きの混ざった声をあげる。

自分でも抑えきれない怒りが、腹に込み上げてくる。憤怒《ふんぬ》は、ふたりが惨めであればあるほど、膨れ上がる。

元が沖の足に縋《すが》りついた。

「このとおりじゃ、沖ちゃん。こらえてくれ、頼むけ」

縋る手を、靴で踏みつけた。体重のすべてを靴底に乗せる。

「うあ、うあああ――」

元の目から涙が滲《にじ》み出る。

「やめて、やめてぇ！」

真紀が沖の背中にしがみついた。

腕を振り、沖は真紀を払いのける。

元の手を踏みつけていた足を、真紀の腹にめり込ませた。

「お前にゃァ、用はない。すっ込んどれ」

真紀は呻き声をあげ、その場にうずくまった。

「おい」

後ろにいる三島と林を振り返り、顎をしゃくる。

黙って見ていた三島は、小さく舌打ちをくれると、上着のポケットからハンカチを取り出した。

畳に伏せている元を起き上がらせ、後ろからハンカチで口を塞《ふさ》ぐ。

元は両手を振り回して、抵抗する。シャブで壊れた身体など、使い物にならない。三島が首を少し強く締め上げると、他愛もなく落ちた。

意識を失った元を、三島が肩に担ぐ。

もうここに用はない。

「いくぞ」

沖はドアへ向かった。

ドアを開きかけたとき、背後で真紀が叫んだ。

「刑務所《ムショ》帰りが、何様じゃ！」

沖は後ろを振り返った。

真紀が蹴られた腹に手を当てながら、立っていた。般若《はんにゃ》のような形相で、睨《にら》みつけている。

「偉そうに粋《いき》がっとるけど、もうあんたなんか、誰も相手にしょうらんけぇね。二十年も経ちゃァ、赤ん坊も成人するんよ。いまのあんたなんか、そのへんのチンピラと同じじゃ！」

沖は真紀を無視して、外へ出ようとした。

「なんね、あたしが怖いんね！　シャブ中の男には滅法強いくせに、女のうちには尻尾《しっぽ》巻くんね！　そういうんを、女の腐ったのいうんよ！」

早口で捲《まく》し立てる。

「やめいや」

うんざりした声で、林が真紀の肩に手を置く。が、真紀の口は止まらなかった。

「なにがしんどい目ね。あんたひとりが苦労したようなこと言って。なんも知らんくせに。子供ひとり育てるんが、どんだけしんどいか、知りもせんくせに！」

沖は外に踏み出した足を、なかに戻す。

もう一度、部屋へ上がり込んだ。

真紀の前に立つ。

「なんね！　やるんね！」

唾を飛ばしながら、真紀が叫ぶ。目が血走っていた。

沖はぼそりと言った。

「元のガキ、産んだんか」

真紀が荒い息の合間に答える。

「だからなによ」

沖はありったけの力を込めて、真紀を殴りつけた。

真紀が畳に倒れる。

「沖ちゃん！」

林が止めに入った。

畳に倒れた真紀が顔をあげた。口元が赤い。血だ。

沖は真紀に向かって吐き捨てた。

「まともな振りして、ガキなんかこさえやがって」

真紀は身を起こすと、うつろな目を沖に向けた。

「なによ。子供産んで、なんが悪いんね！」

脳裏に血ばしった目が浮かぶ。父親の目だ。

大股で真紀に近づき、その場にしゃがんだ。

真紀の髪を摑む。顔を仰向《あおむ》かせた。鼻がつくほど顔を近づけ、小声で嚙《か》みしめるように言葉を発する。

「シャブ中の、親を持った子供の気持ち、お前には、わからんじゃろう」

真紀が目を大きく見開いた。

しばらく沖を見つめていたが、やがて喉《のど》の奥から、くぐもった声をあげた。含み笑いだ。含み笑いは次第に大きくなり、哄笑《こうしょう》に変わった。

林は口を半開きにし、真紀を見ている。

三島はなにも言わない。黙って沖を見ている。

沖は、笑い続ける真紀の横っ面を張った。

真紀は項垂《うなだ》れた。ゆっくりと顔をあげ、能面のような顔で沖を見やる。

「うちの子は、あんたとは違う。馬鹿やない」

拳《こぶし》を頭に叩きつけた。

真紀が横に倒れる。

今度は、起き上がらなかった。

元を担いで階段を下りた三島が、あたりを見渡す。林も首を伸ばし、周囲を確認した。

沖はふたりの後ろで、舌打ちをくれた。

「とっとと運ばんかい」

三島が振り返らずに言う。

「そう簡単に言うな。人の目っちゅうもんがあるじゃろうが」

沖は鼻で笑った。

この界隈《かいわい》では、揉《も》め事は日常茶飯事だ。毎日どこかしらで、暴力沙汰《ざた》が起きる。気にとめる者は誰もいない。

人の目より、もたもたしているあいだに、気を失っている元に目を覚まされたほうが厄介だ。大声を出されたら、パトロール中の警官が聞きつける可能性がある。

沖はふたりの背中を、手で軽く突き飛ばした。

「ごたごた言わんと、さっさと歩け」

停めていた車に戻ると、三島は鍵を開けてトランクに元を押し込んだ。用意していたロープで、胎児のように丸くなっている元の手足を縛る。

沖は、半開きになっている元の口と、腫《は》れあがった瞼《まぶた》に、ガムテープを貼った。

使い終わったガムテープをトランクのなかに放り投げる。手のひらをこすり合わせて埃を払った。

「おう」

林に向かって顎をしゃくる。

林はトランクを、音を立てて閉めた。

大阪にくるときは途中で新幹線を使ったが、帰りはすべて車を使う手筈《てはず》になっていた。拉致《らち》したシャブ中を人目に晒《さら》すわけにはいかない。

中国《ちゅうごく》自動車道にのり、神戸を過ぎたあたりで、三島がつぶやいた。

「のう、兄弟。やっぱり呉原に連れ戻すんか」

窓の外を見ていた沖は、前方に目をやった。三島が運転しながら、バックミラー越しに沖を見ている。

沖は窓の外へ視線を戻した。

「何遍も同じこと言わすなや。お前もよう知っとろうが。わしゃァ、一遍、言い出したら聞かん男で」

三島はバックミラーから目を逸らした。

車のスピードがあがる。

トランクから物音が響く。元が、車の振動で転がっているのか、目を覚まして暴れているのかはわからない。

沖は懐《ふところ》から煙草を取り出した。

林が横から火を差し出す。口から煙を大きく吐いた。

音の理由など、どちらでもいい。二十年越しのケジメに終止符を打ち、先に進むだけだ。

沖は窓を開け、吸い終わった煙草を弾《はじ》き飛ばした。

「おい、もっと飛ばせや」

車がさらに加速する。

沖を乗せたカローラは、前を走っていたベンツを追い越した。

地下にある沖の塒には、すでに呉寅会の中核メンバーが集まっていた。

高木と本田、愚連隊《ぐれんたい》上がりの四人だ。裸電球の下で、床に映る人影が揺れている。

レンタカーが呉原に着いたとき、午後の七時を回っていた。高木には、六時ごろ到着すると伝えていた。途中で渋滞に捕まり、予定より一時間遅れた。

沖はソファの背に腕を預け、部屋の真ん中に置かれている椅子を見た。沖と三島を除く七人が、ぐるりと取り囲んでいる。

古いパイプ椅子の上には、元がいた。意識を失っている。背もたれにロープでぐるぐる巻きにされ、死んだようにぐったりとしている。瞼と口の周辺が赤くなっているのは、ガムテープを剝《は》がしたあとだ。

懐から煙草を出し、火をつけた。

沖は車中で、二十年来の恨みにどう決着をつけるべきか考えた。嬲《なぶ》り殺すか、一気に殺《や》るか。裏切り者に、情けをかけるべきではない。が、元は曲がりなりにも幼馴染《おさななじ》みだ。小さい頃の元の人懐っこい笑顔が、ふと脳裏を掠《かす》める。

三人ではじめて万引きした日、ひとつ年下の元は、戦利品の駄菓子を手に、縋るような目で、沖に笑いかけた。田んぼで相撲を取っては転がされ、泣きべそをかいていた元の顔が頭に浮かぶ。

思い出が頭を擡《もた》げるたびに、沖は、首を強く横に振った。自分ひとりなら、楽に逝かせてやったかもしれない。が、メンバーの前で、甘い顔を見せることはできない。裏切り者がどうなるか、きっちり知らせておかなければ、会の統率がとれない。

弟のように思っていたのに——いや、弟のように思っていたからこそ、怒りが増幅される。

だが一方で、いざ実際に殺《や》るとなると、憐憫《れんびん》の情が湧いてくる。

そんな自分に問いかける自分がいた。

――父親を殺した人間が、弟を殺すのを躊躇《ためら》うのか。

沖は車の後部座席に背をあずけ、強く唇を嚙んだ。

――殺るしかない。それも嬲り殺しにするしか、ない。それが、この世界の掟《おきて》だ。

沖は腹を固めた。


ソファの上で、紫煙を大きく吐き出すと、沖はテーブルの灰皿で煙草をもみ消した。

愚連隊上がりのひとりに命じる。

「起こせ」

熊本刑務所で身内にした若い男だ。指にドクロを象《かたど》ったシルバーの指輪をつけている。

ドクロは部屋の奥にある便所へ行くと、バケツに水を汲《く》んで戻ってきた。項垂れている元の顔をめがけ、下から水を浴びせた。

元が意識を取り戻す。俯《うつむ》いていた顔を、ゆっくりとあげた。自分がどんな状況に置かれているのか、把握できていないようだ。ぼうっとした様子で、あたりに目を這《は》わせた。

沖は座っていたソファから立ち上がった。隣の三島も尻《しり》をあげる。

沖は元の前に立った。

「元」

充血した目が、沖を捉《とら》えた。

「お、沖ちゃん……」

沖は腰をかがめ、元と目の高さを合わせた。

「気分はどうじゃ」

優しい声音をつくる。

元は椅子に括《くく》られている自分の身体を見た。次第に顔が強張《こわば》ってくる。状況を把握したらしい。

元は椅子から立ち上がろうとした。が、ロープで縛られているため動けない。身を捩《よじ》り、必死に逃れようとする。

沖は懐から新しい煙草を取り出した。ドクロが火をつける。

「のう、元。ここがどこかわかるか」

元は泣きそうな顔で、首を傾げた。

「さ、さあ。わしはァ、昔から頭が悪いけん……」

口のなかが腫れているのだろう。滑舌が悪い。

沖は小さく笑った。

「そうじゃのう。お前は昔から、頭のネジが外れとったのう」

「へ、へへ……」

沖の機嫌を取るかのように、元が追従笑いを返す。

「じゃが」

沖は、顔から笑みを消した。

「なんぼ、お前が頭が悪うてもよ、ここに連れてこられた理由は、わかるよのう」

元の顔からも、笑みが消える。

沖は元のみぞおちに蹴りを食らわせた。

元が椅子ごと後ろに吹っ飛ぶ。

床に倒れた元の口から、呻き声が漏れた。

元の後ろにいる若い者ふたりが、椅子ごと抱えてもとの場所へ戻す。

元は苦し気な息の合間に、切々と訴えた。

「真紀のことは、悪い思うちょる。じゃが、真紀が酔うて泣くけん。わしも、可哀そうになって……ほうじゃ、わしァ、なんにもしとらんで。ああ、指一本触れとらん。い、一緒に住んどっただけじゃ。ほ、ほんまで、沖ちゃん」

「ほう。指一本触れんで、ガキ産ましたんか」

沖はもう一度、腹を蹴った。

今度は床に倒れなかった。若い者が、椅子を後ろから支えていた。

血がついた元の額に、汗が滲んでいる。脂汗だ。

元は、あの、縋るような目で沖を見た。消え入りそうな声で言う。

「沖ちゃんが出てきたら、詫《わ》びに行くつもりじゃったんじゃ。嘘じゃない。大阪で一からやり直そう思うてのう。最初は与太しとったが、いまは工場で働いとる。夜勤での。堅気《かたぎ》になって、真面目にやっとるんじゃ」

元は目を剝《む》くと、沖に向かって叫んだ。

「頼む、沖ちゃん。許してくれ。のう、このとおりじゃ。沖ちゃんのいうこと、なぁんでも聞くけん。のう！　沖ちゃん！」

椅子ごと身を乗り出そうとする元を、後ろのふたりが押さえつける。それでも元は、椅子の上で必死にあがいた。

沖は元に近づくと、その場にしゃがみ、元が着ているジャージの袖《そで》を捲《まく》り上げた。肘《ひじ》の内側が、真っ黒だった。注射の痕だ。

沖は元を、下から見上げた。

「こん腕で堅気か。ずいぶんと立派な堅気さんじゃのう」

沖は、吸っていた煙草の火を、元の腕に押しつける。元の悲鳴が地下室に響いた。

腫れて塞がりかけている瞼の隙間から、元は沖を見た。

「のう……真紀とは別れる。沖ちゃんに返すけえ、許してくれや」

元の目から涙がこぼれる。

間男《まおとこ》が、熨斗《のし》ならぬ、ガキをつけて返すだと――。

身体の奥から笑いが込み上げてきた。堪《こら》えきれず、声に出して笑う。

完全にシャブ呆《ぼ》けしている。まともなら、いくら元でも口にしない言葉だ。

沖は立ち上がると、ズボンのポケットに両手を突っ込んだ。

「女なんか、どうでもええ。お前にくれちゃる。それより――」

沖はズボンのなかで、拳を握った。

「二十年前の話をしようや」

「二十年前?」

元がオウム返しに訊《き》く。

シャブでいかれた頭では、すぐに時間を遡《さかのぼ》れないのだろう。沖は言葉を足した。

「笹貫んとこへカチコミかける前の晩、警察がわしらのアジトに踏み込んできた日のことじゃ」

「それが、どうしたんじゃ……」

声に抑揚がなかった。完全に白を切っている。動揺の色を見せないのは、シャブで脳がやられているからか。それとも芝居をしているのか。芝居だとすれば、たいした役者だ。

沖は懐に手を入れた。煙草のパッケージを取り出す。が、中身がなかった。

右隣の三島が、横から自分の煙草を差し出す。箱から一本抜き出し、口に咥《くわ》えた。沖の左にいる林が、ライターで火をつける。

煙草を深く吸うと、元の口にフィルターをねじ込んだ。

元が黙って咥える。煙草の先が小刻みに揺れている。

噛んで含めるように、沖はゆっくりと訊ねた。

「のう、元。なんでサツは、わしらのアジトを、知っとったんじゃろうのう。幹部しか知らんアジトをよ」

元は首を大きく傾げた。

「笹貫やる日を、なんでサツは、知っとったんじゃろうのう」

今度は、逆側に捩る。

沖は穏やかな声音で言う。

「わからんか？」

元は肯《うなず》いた。

沖は鼻の頭を掻《か》いた。

「ほうか。さっきも言うたが、お前は昔から頭が悪いけん。わしが答えを教えちゃろう」

沖は元に、顔を近づけた。囁《ささや》く。

「わしらをサツに、密告《チンコロ》したやつが、おる」

沖は目に力を込めて元を睨んだ。

語気を強める。

「こんなァ、心当たりあるじゃろ」

腫れた唇から、煙草が落ちた。殴られた痕で青黒かった肌が、さらに血色を失っていく。ここにきて、ようやくアジトへ連れてこられた本当の理由を察したようだ。

元は震えながら、首を横に振った。

「わ、わしじゃない。ほんまじゃ。ほんまにわしじゃない！」

沖は元の右頬を張った。

元の顔が真横にふっ飛ぶ。

「ほうか、こんなじゃないんか。ほなら、誰が犬じゃと思う？」

元がむせび泣く。血の混じった鼻水が、口元を伝った。

「わからん。わからんが、わしじゃない！」

再び元の頬を張る。こんどは左だ。

元の口から嗚咽《おえつ》が漏れる。

沖は元の鼻先に、顔を近づけた。

「のう、元。もう一遍、説明しちゃる。ええか、よう聞け。メンバーをアジトへ召集したんは、その日の晩じゃ。若いもんは、お前が連れてきたんで。前もって知っとるはず、あるまあが。場所を知っとったんは、わしら幹部だけじゃ。ここまではわかるか、おう?」

元は躊躇いながらも首を縦に折る。

沖は三島、林、高木を順に見た。

「こいつらは、この二十年、ずうっとわしと繋《つな》がっとる。幹部で姿をくらましたんは、たったひとりじゃ。ここまで親切に教えちゃりゃア、なんぼ馬鹿なお前でもわかろうが」

元は泣きながら叫び声をあげた。

「違う! わしが大阪へ逃げたんは、真紀のことがあったけえ。沖ちゃんが知ったら、ただじゃすまん、思うたけえ。それで逃げたんじゃ。密告《チンコロ》したんは、わしじゃない!」

元は大きく息を吐くと、首《こうべ》を垂れた。ようやく聞き取れる声で言う。

「沖ちゃん……信じてくれ。ほんまじゃ、ほんまなんじゃ……」

沖は後ろを見た。

「おう」

高木に向かって、顎をしゃくる。

「あれ、持ってこいや」

高木が部屋の隅にある、鉄製の棚に向かう。戻ってきたその手には、剪定鋏《せんていばさみ》があった。新品だ。

鋏を受け取ると、沖は元の背後に回った。椅子の後ろで括られている手を、交互に摑む。

「右の指からがええか。それとも左からか」

元は椅子の上で、激しく身体を揺すった。

「止めてくれ、沖ちゃん！　わしら、こまい頃から一緒にやってきた仲じゃ。裏切るわけないじゃない。親父さんのときも、わし——」

沖は素早く元の右手を摑んだ。小指を刃で挟む。開いている持ち手を、ありったけの力で閉じる。

元の口から絶叫が迸《ほとばし》る。

床に落ちた小指を、林が拾い上げた。汚物を見るかのような目で、四方から眺める。

片腕のない林が、にやっと笑った。

「これでわしに、一歩近づいたのう」

「とりあえず、こりゃア、間男の分じゃ。次は、詫びにも来《こ》んと、のうのうと暮らしとった分かのう」

今度は左手を摑む。右手と同じように、小指を落とした。

再び、地下室に絶叫が響く。

元の口元からは、涎《よだれ》がだらだらと伝わっていた。

「さて、今度は、シャブ中のくせにガキをつくった罰かのう」

「沖ちゃん――」

三島が声をあげる。

沖は項垂れている元の肩越しに、三島を見た。三島は沖に近づくと、剪定鋏を持っている手を握った。

「もう、そのへんでええじゃない」

沖は三島を目の端で見た。

三島は宥《なだ》めるように言葉を吐いた。

「のう、兄弟。よう考えてみいや。あのままわしらが走っとったら、殺されるかパクられるかの、ふたつにひとつじゃったんで。走ってパクられたら、無期。もしかしたら、死刑になったんかもしれん。どのみち、わしら無事じゃ、すまんかった」

三島は沖の肩を抱き寄せた。

「のう、もう済んだことじゃ。こんくらいで――」

「お前、いつからそがあに、丸うなったんじゃ」

三島の口元が歪《ゆが》む。

沖は肩を摑んでいる三島の手を振り払った。真っ正面から向き合う。

「世の中、舐《な》められたら終《しま》いじゃ。この世界、喰《く》うか喰われるかの、ふたつしかないんで。力ずくで抑えつけんと、喰われる側に回るんじゃ！」

三島は唇を窄《すぼ》め、眉間《みけん》に皺《しわ》を寄せた。絞り出すように言葉を発する。

「時代は、変わったんじゃ。もう、力だけじゃ、やっていけん」

「なに眠《ねぶ》たいこと抜かしとるんじゃ！」

沖は剪定鋏を床に投げつけた。

あたりが静まり返る。

沖はメンバーを見渡した。

「お前らもそう思うんか。おう！」

沖は順にメンバーの前に立つ。

「お前も、お前も、お前も、三島と同じように思うちょるんか！」

誰もなにも答えない。沖から無言で目を逸らす。メンバーの間を一巡すると、沖は三島の前に立った。

三島のシャツの胸ぐらを摑み、強く引き寄せる。鼻を突き合わせて、三島を睨んだ。

「わしら、なんも持っとらん。学も金も仕事もない。わしらにあるんは、力だけじゃ」

三島を突き飛ばすと、沖は部屋にいる全員に向かって叫んだ。

「弱腰でおったら、死ぬしかないんど！」

沖は腰の後ろに差していた拳銃《けんじゅう》を抜いた。椅子の前に回り、元の眉間に銃口を突きつける。

あたりに臭気が立ち込めた。床が濡《ぬ》れている。元が小便を漏らしていた。

元は泣き腫らした目で、しゃくりあげた。

「頼む……助けてくれ……。ガキが……ガキがおるんじゃ」

「ガキにとっちゃァ、シャブ中の親なんぞ、おらんほうがマシじゃ」

撃鉄を起こす。

「やめてくれえ!」

元が叫ぶ。

「やめい、沖ちゃん!」

三島が沖へ走り寄る。

沖はトリガーへかけた指に、力を込めた。

唾を吐き捨てる。

「こんなは、とうに終わった人間よ」

地下室のコンクリートに、銃声が響いた。

十九章

日岡は大股《おおまた》で部屋を横切ると、自分の席へ向かった。シマの上席から、こちらを窺《うかが》う気配を感じた。

呉原東署暴力団係の係長、石川雅夫だ。読んでいた新聞を鼻先まで下げ、日岡に視線を向けている。

目が合う。石川は不快そうに、眉間《みけん》に皺《しわ》を寄せた。大幅に遅刻してきた部下に対し、苦言ひとつ呈することはない。いつものことだ。再び新聞を読みはじめる。

いくら注意しても日岡の遅刻癖は直らないと諦《あきら》めているのか、点数さえ上げれば多少のことには目を瞑《つむ》るつもりなのか。

日岡は、そのどちらでもよかった。自分のやることに口出しされなければ、どう思われていようがかまわない。

午後の捜査二課は、半分以上の課員が出払っていた。三十ほどある席についているのは、十人ほどだ。

日岡は音を立てて、椅子に座った。

机の上に、書類が置かれている。部下があげてきた報告書だ。

日岡が率いる呉寅会対策班は、全員で六人だった。日岡を班長に、司波をはじめ五人の部下がいる。班員は交代で、沖たちの行動を監視していた。机の上の報告書は、前日の当番が書いたものだ。

日岡は三枚つづりの書類を捲《めく》った。知らず溜《た》め息が漏れた。ほとんど記述はない。白紙に近かった。昨日の報告書もそうだった。

日岡はシマの隅にいる司波に訊《たず》ねた。

「イガ。午前中、なんか報告はあったか」

今日の監視当番は、田川《たがわ》と坂東《ばんどう》だ。

書類にペンを走らせていた司波が、小さく息を吐く。顔を上げ、日岡を見た。

「昼過ぎに連絡がありましたが、動きはないそうです」

日岡は腕を組んだ。

一昨日《おととい》から今日にかけ、呉寅会の事務所は動きを見せていない。人の出入りも皆無だった。

――アジトを替えたか。

遠張《とおば》りは四六時中、行っているわけではない。朝の十時から、日が暮れるまでに限られている。明確な犯罪行為が確認できないうちは、二十四時間の行動確認は無理だからだ。それだけの人員も、予算もない。夜の動向はわからないが、この二日、昼間に人っ子ひとり姿を見せないのは、明らかに妙だった。

司波が椅子から立ち上がり、日岡のもとへやってきた。ちらりと石川に目をやり、声を落とす。

「班長。やつら、やっぱりふけたんでしょうか」

日岡は軽く顎《あご》を引いた。

「その可能性が高いのう」

司波の目が、微《かす》かに泳いだ。

「どうしましょう」

「どう、しようかいのう」

日岡は他人事《ひとごと》のようにはぐらかすと、椅子に背を預けた。

一からアジトを探し出すのは骨が折れる。防犯カメラの解析やメンバーの口座の動きを調べるには、時間と手間と予算がかかる。この状況では無理だ。

日岡は舌打ちをくれた。

「池の鯉と同じよ」

司波がぽかんと口を開ける。意味がわからない、といった表情だ。

「まあ、そのうち、跳ね上がるじゃろ」

沖が黙って大人しくしているはずがない。いずれ、どこかで事件を起こす。そのとき、やつらの後足を追えばいい。

しかしそれにしても——日岡は首を傾げた。

得心がいかないのは、なぜ、この段階で姿を消したか、だ。監視に気づかれたとは思えない。百メートルの距離から見張っていたのだ。なんらかの切迫した事情が、沖の側にあったと見るのが、妥当だろう。

頭の後ろで両手を組み、目を瞑る。

突然、石川の険しい声が聞こえた。

「なんじゃと、ほんまですか！」

目を開き、石川を見る。電話中だった。薄くなった額に汗を浮かべ、唾《つば》を飛ばしている。部屋にいる課員も、みな係長席を注視していた。

短い相槌《あいづち》を打つと、石川は受話器を下ろした。視線をこちらに向ける。

「日岡。ちょっと来てくれ」

石川は日岡を手招きした。顔が強張《こわば》っている。

係長席に近づき、顔色を窺った。

「どうしたんですか、えろう難《いた》しい顔して」

石川は机に肘《ひじ》をつくと、顔の前で手を組んだ。

「えらいことになった。沖がやらかしたみたいじゃ」

日岡は石川のデスクの前に立った。

「やらかした、いうて？」

石川は額の汗を、手の甲で拭《ぬぐ》った。

「いまのう、大阪府警から電話があった。沖に、略取誘拐、傷害容疑で逮捕状が出とる」

誘拐――いったい誰を拉致《らち》したのか。

「誰を攫《さろ》うたんですか」

「重田じゃ。呉寅会のメンバーじゃった、重田元じゃ」

日岡は息を呑《の》んだ。

「重田を——」

思わず声が上擦る。

石川の話によると、一昨日の昼前、鎌ヶ谷区高宮《たかみや》町の重田のアパートに、突然、三人の男が上がり込み、重田とその妻、真紀に暴行を加えた。その後、重田は男たちが乗ってきた車で、連れ去られたという。

真紀の証言と防犯カメラの画像から、三人の男は、沖と三島、林と特定された。コンビニの防犯カメラから、車は白のカローラ、わナンバーのレンタカーと判明。Nシステムで車の動きを追うと、中国道を通り、呉原インターで下りていた。犯行に使われたカローラは、市内の高《たか》松《まつ》町周辺でNシステムの網から逃れていた。

「府警が言うには、レンタカーは三島が借りとる。明くる日、呉原駅前の系列レンタカー会社に返されとるそうじゃ」

高松町は、呉寅会のアジトがある湊《みなと》町のすぐ側だ。

「夕方、鎌ヶ谷署の捜査員が呉原へ来るそうじゃ。東署《うち》に捜査協力を頼んできとる」

石川がきつい目で、日岡を睨《にら》んだ。沖の監視役はお前らだ。いったいなにをしていたのだ、そう目が問うている。

いまさら言ってもはじまらない、そう思ったのだろう。石川は日岡から視線を外すと、細く溜め息を吐いた。

「府警が来るまで、これまでどおり遠張りしちょれ」

日岡は石川のデスクに両手をつくと、身を乗り出した。

「係長、そがな暢気《のんき》たれとる場合じゃないですよ！　あれら、身柄《がら》ァ拉致《しやく》って呉原に連れて帰っとる。沖は、半端なこたァせん男じゃ。まだ、アジトでいたぶっとる可能性もある。余裕こいとったら、重田は殺《や》られるに決まっとる。すぐに動かんと、助かる命も、助からんですよ！」

殺《や》られる――その言葉に、石川の顔色が変わった。

日岡の言葉は、半分は嘘だった。重田はすでに消されている。刑事としての勘は、そう告げていた。沖がアジトを替えたのが、引っかかる。おそらくアジトで重田を始末し、どこかに死体を遺棄している可能性が高い。

「すぐ、人員を手配してください。捜索令状《ふだ》も」

「ほ、ほうじゃけん、いうても……」

石川の声が震える。

「こりゃァ、府警の事件じゃけ、わしらが勝手に――」

完全に腰が引けていた。

府警と揉《も》めたくないのだろう。もっと言えば、他府県警と揉め事を起こして、上層部に睨まれるのが怖いのだ。

日岡は石川に、顔を近づけた。

「せっかく内偵かけとったのに、手柄ァ全部、あれらに持っていかれてええんすか」

石川が唇を窄《すぼ》め、腕を組んだ。不貞腐《ふてくさ》れたようにそっぽを向く。

日岡は声を殺した。耳元で囁《ささや》く。

「係長も、点数ほしいんじゃないんですか。こりゃァ、またとないチャンスですよ。人命救助優先いうことにして、上に話、通してくださいや。悪いように、しませんけ」

考え込むように、石川の目が左右に動いた。渋々といった態で、溜め息をつく。

「なんかあったら、お前が責任とれよ」

日岡は振り向き、部屋中に響き渡る声で叫んだ。

「おい！　臨場じゃ。呉寅会の事務所へガサかけるど！」

二課にいる課員たちが、一斉に日岡を見た。室内がざわつく。

日岡は司波を見た。

「イガ！　鑑識に言うて、準備させい」

司波が部屋を飛び出していく。

「それから皆瀬《みなせ》！」

皆瀬は日岡の班員だ。

「お前は田川と坂東に無線いれい。目ん玉ひん剝《む》いて、よう見張っとれ、いうての」

皆瀬は肯《うなず》いて、すばやく受話器をあげた。無線司令部に仔細《しさい》を告げはじめる。

日岡は部屋にいる課員に向かって、もう一度、声を張った。

「ええか。相手は命知らずの愚連隊《ぐれんたい》じゃ。防弾チョッキ着用、拳銃《けんじゆう》携帯。すぐ、準備してくれ」

捜査員たちが一斉に立ち上がる。ドアへ向かって駆け出した。

日岡はそっとドアノブを回した。動かない。鍵《かぎ》がかかっている。

背後に目をやった。すぐ側に司波ら二課捜査員、その後ろには、機動隊が待機していた。

呉原東署を出た日岡は、沖のアジトへ向け、パトカーを急がせた。府警が来るまで待つなど
と、悠長なことを言っている場合ではない。人命が懸かっているのだ。

日岡は司波に向かって、顎をしゃくった。打ち合わせどおり、司波が鉄製のドアをノックす
る。

「誰かおってですか。町内会の者ですが、回覧板です」

返事はない。

日岡はドアに耳をつけ、なかの様子を窺った。人の気配は感じられない。たぶん、部屋はも
ぬけの殻だ。

念のため、司波に目で指示を出す。もう一度、偽の来意を繰り返させた。

「あのー、町内会の者ですが」

司波は言いながら、再びノックする。やはり、返答はなかった。

日岡は背後にいる機動隊に向かって、静かに肯いた。

機動隊員のひとりが、バーナーを手にドアに近づいた。鉄製のレバーを握り、ヘルメットの
耐熱グラスを下ろす。

青白い炎が、バーナーの先から噴出する。鍵穴の部分に先端を近づけると、あたりに火花が
飛び散った。

ドアノブの周辺を焼き切ると、機動隊員は炎の噴射を止め、日岡の指示を仰いだ。

肯く。

ふたりの機動隊員が、手にした盾を前面で構える。ドアを蹴《け》り倒した。

ドアが開くと同時に、隊員はなかへ飛び込んだ。日岡たち二課の捜査員も、あとに続く。

なかは真っ暗だった。懐中電灯の灯《あか》りを頼りに、司波が室内灯のスイッチを探した。

司波がスイッチを見つけて押す。じりじりと揺れる白色電球が、室内を照らした。人影はない。やはり、もぬけの殻だ。

日岡は床を見やった。どす黒い染みがある。その場にしゃがみ、近くで見る。間違いない。血痕《けっこん》だ。飛沫《ひまつ》痕が、広範囲に散らばっていた。拳銃を使ったか。

「やっさん！」

顔をあげて、鑑識係の木佐貫康夫《きさぬきやすお》を呼んだ。東署一の、ベテラン係員だ。

木佐貫は、機動隊員を掻《か》き分け、日岡の側へきた。

立ち上がり、床を顎で示す。

「ここ、頼むわ」

木佐貫は鑑識道具が入ったジュラルミンケースを床に置くと、無言で作業に取り掛かった。

「田川、坂東！」

ふたりの部下が駆け寄る。

「お前ら、このあたりの聞き込みに行け。地下室じゃけ、なかの音は響かん。表じゃ表。ビルの近くで言い争う声を聞いたとか、不審な者を見たとか、なんでもええ、探ってこい」

田川と坂東が、部屋を飛び出していく。

日岡は汚れた床を見ながら、つぶやいた。

「やってくれたのう、沖」


呉原東署の小会議室は、剣呑《けんのん》な空気に包まれていた。

会議室の長机は、窓際と壁際に置かれ、向かい合う形で並んでいる。

窓際の上座には、阿曾利紀《あそとしき》が腰を下ろしていた。鎌ヶ谷署の警部補だ。その横に、鎌ヶ谷署の捜査員四名が座っている。

石川が報告を上げた。額に汗が滲《にじ》んでいる。

「捜査員が踏み込んだところ、事務所には血痕らしき——」

阿曾が机を叩《たた》く。怒りをあらわにし、石川の言葉を遮った。

正面をねめつけ、怒鳴り声をあげる。壁際の下座には、石川と日岡が座っている。

「あんたら、なんで勝手に動いたんや。あれほど何遍も言うたやないか。わしらが着くまで、待っとれと」

石川は頭を掻いた。自分と同じ階級の警部補に、卑屈な笑みを投げかける。

「そう言われましても、なにぶん今回の事案は、人命にかかわることですけえ」

阿曾のただでさえ厳《いか》つい顔が、さらに険しくなる。言い訳を繰り返す石川に、苛立《いらだ》っているのだろう。指先で、机をせわしなく小突く。

「この事件《やま》はうちの管轄や。ここは呉原東署《あんたら》の縄張りかもしれんが、警察にも仁義ちゅうもんがあるやろ」

日岡は心のなかで、冷笑した。

どんな道理やきれいごとを並べても、阿曾は自分らの手柄がほしいだけだ。出世に目がくらむ石川も、同じだ。理由は違えど、日岡もそうだった。誰もかれもが、目くそ鼻くそ、だろう。

日岡は耳のなかに指を入れた。耳垢《みみあか》を抉《こじ》る。

口の中で言葉を弄《もてあそ》んだ。

「縄張りじゃの、仁義じゃの、ヤクザじゃあるまァし」

日岡のつぶやきを聞きつけ、鎌ヶ谷署の若い巡査長が、音を立て椅子から立ち上がった。

「なんやと、この田舎警察が。府警舐《な》めとったら、承知せんど！」

「まあ、まあ」

石川がふたりのあいだに、割って入った。

「同じ警察官ですけ、落ち着いて——」

場を収めようとする石川を、日岡は手で制す。鎌ヶ谷署の捜査員を下っ端から順に睨み、阿曾で目を止めた。

「あんたらがそう言うんじゃったら、それでええですよ。今回の事件《やま》はあんたらが好きなようにすりゃァええ。じゃが、もし重田の遺体《おろく》が呉原東署《うち》のシマで上がったら——」

日岡は声にドスを利かせた。

「あんたら、手出しせんといてくれ」

気圧《けお》されたように、阿曾がごくりと唾を呑む。

日岡は席を立った。

石川が呼び止める。

「待て、日岡！　話はまだ終わっとらんぞ。日岡！」

制止を無視し、日岡は会議室を出た。

重田元の遺体は、十中八九、呉原で出る。沖は呉原の出身だ。どこに死体を隠せば見つからないか、よく知っている。

阿曾の鬼のような形相が、目に浮かぶ。

さぞや、悔しがることだろう。

苦い笑いが込み上げてくる。

誰もが自分のことばかりだ。

日岡は廊下を歩きながら、ズボンのポケットに両手を突っ込んだ。


日岡は助手席のシートを倒すと、背をもたせかけた。

脚を組み、ダッシュボードに乗せる。

上着のポケットから煙草を取り出し、ジッポーで火をつけた。助手席のウィンドウを下ろし、外へ煙を吐き出す。

腕時計で時間を確認した。午後十一時半。街灯が照らすアーケードの入り口に目をやる。いま日岡がいる赤石通りは、呉原一の繁華街だ。とはいえ、所詮《しょせん》は田舎だ。この時間ともなると、路上の人影はまばらだった。

日岡は煙草の先端を窓の外へ出し、指で弾《はじ》いた。火の粉が散り、灰が落ちる。

司波と組んで、赤石通りの聞き込みを開始してから、今日で三日になる。遠張りで撮った呉寅会メンバーの写真を手に、呑み屋、喫茶店、ゲームセンター、地元の商店を回っているが、何の当たりもない。

呉原東署が、沖のアジトにガサをかけたのが十日前だ。その前の二日間を加えて、およそ半月のあいだ、沖たち幹部はもちろん、若い者の目撃情報も皆無だった。

再び肺をニコチンで満たす。運転席のドアが開いた。

司波はシートに腰を下ろすと、日岡に缶コーヒーを差し出した。

「ブラックでよかったですよね」

日岡は軽く肯き、缶コーヒーを受け取った。煙草を車の灰皿で消し、プルタブを開ける。口に含んだ。香りのない苦いコーヒーが、喉《のど》を流れていく。

司波が自分のコーヒーを開けながら、日岡に訊ねた。

「本署から連絡は?」

日岡はフロントガラスの前方を見やり、息を吐いた。

「梨《なし》のつぶてじゃ」

「先輩らのほうは、どうですか」

日岡は自分の頭を、額から後頭部へかけてなぞった。

「あっちも坊主じゃろ。なんかありゃァ、言うてくる」

釣果なし、と釣りにたとえて答える。

日岡班は三組に分かれ、管内の呉寅会のメンバーが出入りしそうな場所を当たっている。スナック、食堂、コンビニなど、アジト周辺の聞き込みはあらかた終わったが、手掛かりはなにも見つかっていない。

司波が、シートに寝そべる日岡を見た。

「府警は、沖の妹に聞き込みに行ったそうですね」

五十子会の組員だった父親は、二十八年前に失踪《しっそう》。母親は十年前に病死している。妹は、呉原市内のサラリーマンの家に嫁いだ。

血縁をたどる糸は、その妹しかない。

苦いだけの缶コーヒーを口に含む。舌で転がし、胃に流し込んだ。

「府警は妹に、しつこう嚙《か》み付いたようじゃが、なんも出んかったそうじゃ。沖とは二十年以上、音信不通。何回か刑務所へ面会の申し込みをしたみたいじゃが、沖が断ったそうじゃ」

「身内とは、すっぱり縁を切っている、ということですね」

司波が溜め息交じりに言った。

三島も林も高木も、自分のヤサに戻った気配はない。幹部を含め、メンバー全員が姿を消している。いったい、どこに身を潜めているのか。

司波がぼそりと言葉を続けた。

「床の染み――」

日岡は司波を見た。司波はハンドルに腕を預け、前方を見ている。

「沖のアジトの床にあった染み、あれは重田のものでしょうか」

科学捜査研究所《科捜研》の調査で、沖のアジトの床にあった染みは、血痕と断定された。血液型は、重田と同じB型だった。

司波は日岡に顔を向けた。

「やっぱり、重田は消されたんでしょうか」

日岡は残りのコーヒーを、ひと口で飲み干した。上着のポケットから、新しいハイライトを取り出す。パッケージから一本抜き出した。

「身代金が取れるわけじゃあるまいし、人質にする意味はなかろうが」

ジッポーで火をつけようとしたとき、警察無線ががなり立てた。

「本部より各車両、至急、至急、至急。呉原市高松町二の五の一、竹入興行《たけいり》ビル地下一階にて発砲事件発生。負傷者数名が出た模様。近隣各車両は直ちに臨場せよ。繰り返す。県警本部より、至急、至急。高松町にて発砲事件。被疑者《マルヒ》は四、ないし五名の男。人着《にんちゃく》は黒のジャージ上下、黒の目出し帽。各車両は現場へ急行せよ」

日岡は倒していたシートを、勢いよく起こした。咥《くわ》えていた煙草を上着のポケットに押し込み、無線のマイクに手を伸ばす。

「呉原東31《サンイチ》、了解！」

マイクを戻すと、日岡は司波を見やった。

「イガ、池の鯉が跳ねたかもしれんど」

司波はシートベルトを締めて、エンジンキーを回した。咳《せ》き込むように言う。

「竹入興行いうたら、たしか――」

日岡は肯いた。

「そうじゃ。烈心会の系列じゃ」

竹入興行ビルは、呉原市内の港通りにある。古くからある繁華街で、赤石通りを少し小さくしたような感じだ。港の近くにあるため、船乗りはもとより、美味《うま》い魚が食えるという理由で、接待にもよく使われる。竹入興行は、その通りの一角にあった。スナックや料理屋がテナントで入っている。

気が昂《たかぶ》っているのだろう。司波の息が荒くなる。

「シートベルト締めてください。飛ばします」

司波はウィンドウを下ろすと、着脱式の赤色灯を車の屋根に取り付けた。

日岡はシートベルトを締めた。と同時に、車は急発進した。


竹入興行ビルの前には、パトカーと警察車両が密集していた。あたりは赤色灯の光に包まれている。

日岡はビルの周辺に集まっている野次馬を掻き分け、規制線の黄色いテープをくぐった。

事件現場のバー「リブロン」は、ビルの地下にある。

通路に制服警官が待機していた。日岡の姿を認めると、さっと道をあける。

日岡は開いているドアから入り、店内を眺めた。すでに機動捜査隊が臨場し、現場を調べていた。鑑識の姿もある。

リブロンの内装は、ヨーロッパ調に統一されていた。中央に白いグランドピアノが置かれ、それを取り巻くように、ボックス席がある。カウンター席も含めて、二十人も入ればぎゅうぎゅうだ。天井でシャンデリアが光っている。

店のなかを見た日岡は、眉間に皺を寄せた。ベルベットの椅子はひっくり返り、高級そうな花瓶が床で粉々になっている。カウンターの奥にある棚は壊れ、なかに並んでいた酒瓶の大半が割れていた。

「暴れてくれたのう」

日岡は誰にともなくつぶやいた。

「日岡班長」

店の奥から、呼ぶ声がした。

「こっちじゃ。こっち」

見ると、鑑識係の木佐貫康夫が、手招きしていた。

木佐貫は、非常口の扉の奥にいた。カメラのフラッシュが、何度もたかれている。

急いで駆け寄る。

日岡がそばに来ると、木佐貫は道をあけて、非常口の奥に目をやった。

分厚い鉄製のドアの奥を見た日岡は、顔を顰《しか》めた。

非常口の先は、隠し部屋になっていた。バカラのカード台や、ルーレットが並んでいる。壁には、バーカウンターが設《しつら》えてあった。文字通りの、地下カジノだ。

木佐貫が腰を屈《かが》めた。床に、人形に縁どられたテープが貼られている。木佐貫は床を見やりながら言う。

「被害者《マルガイ》は三名。暴力団員《マルジー》と思われる男二名と、ホステスの女がひとりじゃ。暴力団員風の男のうちひとりは、ここへ倒れとった。救急搬送されたが、まず助からんじゃろ。胸に三発、喰《く》ろうとったけえ。あとのふたりは軽傷じゃが、病院へ担ぎ込まれとる」

日岡は部屋の全体を見渡した。入り口のドアの上とカウンターの天井近くに、監視カメラが設置されている。

「目撃者は？」

日岡はそばにいた機捜隊員に問いかけた。

「いま、本署のほうへ移送されとります」

別の捜査員が付け足す。

「事件発生時、店には十人近くの客とバーテンダーがおったようです。被疑者《マルヒ》は拳銃を発砲、金庫を開けさせ、現金を奪って逃走した模様です」

「拳銃《チャカ》持って、ヤクザの賭場《とば》に押し込み強盗か」

「はい」

捜査員が短く答える。

日岡は声を落として言った。

「銃刀法違反に強盗致傷、いや強盗殺人か……死刑になるかもしれん事案じゃのう」

横から司波が口を挟んだ。

「被疑者は、暴力団関係者ですかね」

「馬鹿こけ」

日岡は鼻で嗤《わら》った。

「いまどきのヤクザが、こがあな荒っぽい仕事《ヤマ》、踏むわけあるまあが。チャカ弾いただけで、組長《うえ》まで持っていかれるんど」

「じゃァ──」

「班長！」

司波の言葉を、田川の怒鳴り声が遮った。

「これ、見てください！」

地下カジノのカウンターのなかで声を張り上げる。

日岡は大股で、カウンターの裏に回った。カウンターの内側に、ビデオデッキとモニターがあった。地下カジノの部屋が映っている。

田川はモニターを指さした。

「防犯カメラの映像です。一部始終、映っとります」

田川の隣にいた坂東が、テープを巻き戻した。止めて、映像を流す。日付は変わって昨日、時間は二十三時十一分。事件発生直後だろう。日岡はモニターに目を凝らした。

ドアのブザーが鳴り、部屋のなかにいた男が扉に近づいた。スライド式の隠し窓を開け、訪問者を確認している。おそらく常連客だ。一見《いちげん》の客を入れるはずはない。

男が肯き、ドアを開けた。と同時に、訪問者の背後から、覆面姿の男たちが部屋へなだれ込んだ。覆面のひとりが天井に向けて発砲した。悲鳴が上がる。

「ちょっと待て」

日岡はテープを止めさせた。

「こいつら、どうやってバーへ入ったんじゃ」

警察の捜査を警戒し、バーの部屋にも、当然、監視カメラが設置されているはずだ。

「たぶん――」

田川が首を上げ、日岡を見た。

「バーで客の振りをして、カジノに入る客を待ち構えとったんじゃないかと」

「じゃったら、バーのカメラ見りゃ一発じゃろうが」

田川は言いづらそうに答えた。

「それが、バーのカウンターの下の録画装置は、壊されちょりまして。目撃者の話じゃと、逃げるとき、カウンター越しに拳銃で撃ち壊したらしいです」

日岡は唇を窄め、鼻から息を抜いた。

「バーの客の目撃情報は」

声に苛立ちが混じる。

「四人組の男とだけしか」

「なんでじゃ！」

怒鳴った。

「それが、あっという間の出来事で、顔もよう覚えとらんそうで……」

申し訳なさそうに、田川が答える。

怒りを押し殺し、日岡は大きく息を吐いた。

「ブザーを押した常連客は生きとるんか」

田川が肯く。

「はい。ほかの目撃者と一緒に、本署へ向こうとります」

深呼吸を繰り返し、思考をまとめた。

「あらかじめ下調べして、常連客のあとを尾《つ》けとったか。それとも、そいつが共犯か。そのどっちかじゃろう」

司波が不思議そうに首を傾げた。

「なんで、こっちのカメラは壊さんかったんでしょう」

日岡は即答した。

「皆殺しにするんならともかく、どうせ目撃者から情報が洩《も》れる。覆面しとるけ、顔はばれんと思うたんじゃろ」

日岡は田川に命じた。

「続きを映せ」

田川が再生ボタンを押そうとしたとき、捜査員が身に着けている携帯無線が一斉に鳴り響いた。

無線から上擦った声が流れる。

「本部より至急、至急。呉原市宮西《みやにし》町四の二、民家にて発砲事件。負傷者複数。繰り返す。宮西町民家にて発砲事件。マルヒ四名はバイクにて逃走。人着は全員、黒のジャージ上下に目出し帽！」

その場にいた全員が、互いの顔を見回した。誰もが唖然《あぜん》としている。連続発砲事件の発生が、信じられないようだ。

「班長」

司波が日岡を呼んだ。

「同一犯でしょうか」

日岡は答えず、ビデオデッキの再生ボタンを押した。モニターに流れる映像を、食い入るように見つめる。

覆面姿の侵入者は、手慣れた様子で被害者を撃つと、カウンターのなかから金を奪って逃走した。

襲撃犯のひとりが、部屋を出るとき、なにかを確認するように天井をちらりと見た。

覆面から覗《のぞ》く目に、日岡は奥歯を噛んだ。ぎらぎらと底光りする双眸《そうぼう》。いまにも人を食い殺しそうな目をしている。

――沖だ。間違いない。

モニターを見つめながら、日岡は拳《こぶし》を握った。

二十章

夜の多島港は静まり返っていた。

聞こえるのは、打ち寄せる波と風の音、高木たちがはしゃぐ声だけだ。

沖、三島、高木、林、そして呉寅会のメンバー五人は、船小屋にいた。多島港の外れに建つ掘っ立て小屋だ。昨夜の戦利品を真ん中にして、車座になっていた。

いま船小屋にいる九人は、昨夜、大戦果を挙げた。烈心会の賭場《とば》と覚せい剤の隠し場所を、二手に分かれて襲撃したのだ。

三島と高木は若い者二人を連れ、烈心会の隠れ家に押し入った。沖は若い者三人と地下カジノを襲った。

今回の襲撃は、すべて林が絵図を描いた。ひと目につかない空き家に、烈心会が覚せい剤を隠匿《いんとく》しているという情報も、リブロンに地下カジノがあるという情報も、林が掴《つか》んできた。

高木の話では、シャブを隠していた空き家には、烈心会の組員三人が詰めていた。覚せい剤強奪組は、拳銃《けんじゅう》を取り出して抵抗した組員の腹部を真っ先に撃ち抜き、恐れおののいて両手を上げたふたりを殴打して縛り上げ、頭に銃口を突きつけた。そして、そのふたりを脅し、覚せい剤の在り処《か》を訊《き》き出した。押し入れの天井裏に隠された携帯金庫のなかには、およそ二キロの覚せい剤が入っていた。

逃走用の車とバイクを手配したのも、この船小屋を用意したのも林だ。車上荒らしで名を知られた林だったが、片腕を失っても、腕に衰えはなかった。車やバイクを盗んでくるのは、いまもお手の物だ。

林がどうやって情報を仕入れてくるのか、いまもってわからない。一度、執拗《しつよう》に問い詰めたが、林は言葉を濁し、曖昧《あいまい》な笑みを浮かべただけだった。

おそらく、暴力団関係者に強いコネがあるのだろう。林の情報で仕事が成功した場合、取り分は沖と同額だ。金を渡しているのか、それとも、なにか弱みを握っているのか。

林のことだ。自分が消されないよう、周到に手を打っているに違いない。沖にすら情報源を明かさない理由は、自分の存在価値を高めるためだろう。沖はそう踏んでいた。

いずれにしても——林は、呉寅会にとって欠かせない存在だ。

役に立つ人間は、歳を取ろうと、どんな境遇、姿になろうと、役に立つ。

ふと、幼い時分の元の顔が浮かんだ。

生まれたときは別でも、死ぬときは一緒だ。そう誓い合った元は、沖を裏切った。脳裏に浮かぶ人懐っこい笑顔が、恐怖に歪《ゆが》んだ死に顔に変わる。

苦い思いを振り切るように、沖は目の前の欠けた湯飲み茶碗《ぢゃわん》を手にした。ひと息に呷《あお》る。正面に座る若い者が、焼酎《しょうちゅう》の一升瓶を手にし、膝《ひざ》を乗り出す。酌をした。

沖は注がれた焼酎を、また、ひと息で飲み干した。

強い風が吹いた。

天井からぶらさがる裸電球が揺れる。メンバーの影がゆらりと揺れた。

高木が、車座の中央に置かれた、白いビニール袋を指さした。

厳重に梱包《こんぽう》された透明な袋が八つ――覚せい剤がみっしり詰まっている。

「まさか、こがあに隠しとるとはのう。見てみいや、大盛りの大漁じゃ！」

声を張り上げて言う。かなり酔っている。

沖の隣で、三島が眉間《みけん》に皺《しわ》を寄せた。高木を睨《にら》み、人差し指を口に当てる。

このあたりは船場から遠く、岩場のため、釣り人すら滅多に姿を見せない。

以前は、地元の漁師が漁の道具を置いていたが、別の場所に移したのか、漁師をやめてあとを継ぐ者がいなかったのか、いまはもう使われていない。たまにやってくるのは、雨風をしのぐ野良犬や猫だけだ。

林はそう言って、口の端を上げた。

午前二時。深夜のこの時間、辺りに人がいるとは思えない。だが、用心するに越したことはない。三島が忠告しなければ、沖がするつもりだった。高木はバツが悪そうに頭を掻《か》き、声を落とした。

「ほいでも、こんだけのシャブ、いったいなんぼになるかのう。街で捌《さば》きゃァグラムが二十万じゃけ、全部で――」

すぐには計算ができないのだろう。高木が視線を宙に向け言い淀《よど》む。

「四億じゃ」

三島が助け舟を出した。

「よ、四億！」

若い者が声を揃えて、奇声を発する。

「おい、静かにせんか！」

三島が声を抑え、周囲を睥睨《へいげい》した。

「すんません、兄貴」

大声を上げた若い者が、慌てて頭をさげた。叱られながらも、口元が綻《ほころ》んでいる。

沖は茶碗を手にし、場を仕切り直した。

「もう一遍、乾杯じゃ」

メンバーがかわるがわる酌をする。

一斉に茶碗を掲げ、焼酎を口にする。

ちびりと酒を口に含んだ林が、覚せい剤の横に置かれたボストンバッグを、まじまじと見た。

「現金七百万、シャブがおよそ四億。当分、銭にゃァ困らんのう」

ボストンバッグのなかには、地下カジノから奪った金が入っていた。三島が念入りに数えた
現金は、七百と三万円あった。

「四億と七百万か……」

高木がうっとりした顔で、揺れるランプを見やる。

林が、隣にいる高木の肩に手を置いた。

「それもこれも、みんな、わしのお陰じゃろうが」

「おお、そうじゃった。そうじゃった。大手柄じゃ」

高木が、林の肩に手を回す。

沖は手を伸ばして、林の茶碗に酒を注いだ。

「林は腕一本なくしたが、のうなった腕は、ここに残っちょる」

沖は自分の片腕を叩《たた》いた。

意味がわからないのだろう。若い者がきょとんとした顔で沖を見た。

「林はわしの片腕よ」

得心がいったように、座に静かな笑いが広がる。

林は苦笑いを浮かべた。自嘲《じちょう》気味に言う。

「まあ、こがな身体じゃけん。行っても働けるかどうか、わからんけえのう」

林には、万一のときの連絡係として、隠れ家に残るよう指示していた。が、本音は別のところにある。襲撃犯のなかに片腕のない男がいれば、警察にも烈心会にも、呉寅会の犯行とバレる可能性が高い。それを危惧《きぐ》してのことだ。

「にしても、四億で、四億。豪儀じゃのう！」

高木がまた吼《ほ》える。

林は急いで、高木の口を手で塞《ふさ》いだ。

困ったやつだが、メンバーが喜ぶ姿を見るのは、悪いものではない。沖は喉《のど》の奥で笑い、酒を口にした。

メンバーのほとんどが、口元を緩めていた。唇を引き締めているのは、ひとりだけだ。

三島の顔に笑みはなかった。

面を伏せ、黙々と酒を口に運んでいる。

元を撃ち殺してからというもの、三島の顔から笑みが消えた。沖と、まともに視線を合わせることもない。いつも考え込むように、どこかを見ている。

ひとり沈んでいる三島に気づいたのだろう。林が三島に茶碗を向けた。

「みっちゃん。どうしたんなら。さっきから辛気臭い顔して」

三島が瞳《ひとみ》だけ動かし、林を見た。

「まだ、浮かれるんは早いで」

「なんでじゃ」

林が首を傾げる。

「これで浮かれんで、どこで浮かれるの。四億で四億！　真面目に働いとるやつには、一生かかっても拝めん金じゃ。浮かれてなにが悪いんの」

三島は酒が入った茶碗を下に置いた。ぐるりと全員の顔を見やる。

「のう。二キロのシャブを、呉原で捌ける思うちょるんか。サツも目を光らしとるし、烈心会も血眼になって、犯人を追いかけるじゃろ。余所《よそ》に持っていって売ろうにも、ちまちま小売りしとったら、地元の極道と必ず揉《も》める」

三島はそっぽを向いた。

「宝の持ち腐れじゃ」

「そがな――」

言いかけて、高木が絶句した。言葉が続かない。

華やいだ空気が一瞬で色褪せ、小屋が沈黙に包まれる。

沈黙に耐え切れなくなったのか、若い者がぽつりと漏らした。

「どがあしたら、ええじゃろ」

沖は、含み笑いを鼻から漏らした。

メンバーたちの顔を、順に見る。

「心配せんでもええ。最初からそがァなこたァ、わかっとる」

みなの視線が、一斉に沖に向けられた。

沖は覚せい剤に視線を据えた。

「わしに考えがある」

「考え、いうて?」

林がオウム返しに訊《たず》ねた。

「仲卸しにまとめて売るんじゃ」

「仲卸し――」

高木が不思議そうにつぶやく。

「おお、そうよ」

沖はにやりと笑った。

「仲卸しをあいだに挟みゃァ、儲《もう》けは半分になるが、その分、シャブを安全に現金へ換えられる」

三島が沖の目を覗《のぞ》き込むように見た。

「広島じゃァ、無理で。噂はあっという間に広まる。仁正会も黙っとらんじゃろ。第一、いま動いたら、サツに両手を差し出すようなもんじゃ。昔と違《ちご》うて、駅も道路も、監視カメラがうじゃうじゃあるんで」

沖は首をぐるりと回した。

「わしらが動かんでもよ。向こうから来《こ》させたらええんじゃ」

林が被《かぶ》せるように言う。

「なんぞ伝手《つて》でもあるんか」

沖は言葉を区切るように、答えた。

「明石組じゃ。峰岸の兄弟に、頼む」

三島は目を見開いた。あり得ない、といった表情だ。

若い者が、恐る恐るといった態《てい》で口を挟む。

「ほいでも、峰岸さんところは……」

沖は肯《うなず》いた。

「ああ。明石組じゃ、シャブは御法度じゃ。じゃが、そりゃァ建て前よ。枝の組は隠れてシャブを捌いとる。兄弟なら、なんとでもしてくれるじゃろ」

林が嬉々《きき》とした表情で膝を叩いた。

「さすが、兄貴じゃ」

「兄弟――」

三島が声を尖《とが》らせた。

「峰岸は執行部におるんで。なんぼ、あんたの頼みでも、若頭《わかがしら》補佐ともあろうもんが、シャブの仲介はせんじゃろ」

沖は三島を睨んだ。

「なんなら、こんなァ。さっきから文句《カバチ》ばっか垂れおってから」

沖は怒りにまかせて、床のゴザを叩いた。

「わしのやり方に、意見するんか！」

三島と視線がぶつかった。座が静まり返る。

しばらく睨み合いが続いた。先に目を逸《そ》らしたのは、三島だった。大きく息を吐き、言葉を発する。

「文句はないよ。あんたが頭じゃ」

三島が折れても沖の苛立《いらだ》ちは治まらなかった。幼馴染《おさななじ》みを殺した沖に、言いたいことがあるのはわかる。だから、いままで我慢してきた。しかし、もう限界だった。命懸けの仕事に、いちゃもんをつけることなど許せない。

剣呑《けんのん》な空気を察した林が、わざとらしく声音を変えた。明るい声で取り繕う。

「まあ、今日は飲もうじゃない。祝勝会じゃ」

林の声を合図に、みなが小声で会話をはじめた。各々が酌をし合う。

沖は床に置いた煙草を手に取った。一本抜き出し、口に咥《くわ》える。

隣から三島がライターの火を差し出した。首を近づける。

じりじりと、しけった煙草が音を立てた。

三島が煙草を咥え、自分で火をつける。

ふたりは無言で煙草をくゆらせた。

沖は小屋に捨ててあったホタテの貝殻に、灰を落とした。

元のことを根に持つ三島もガキだが、声を荒らげる自分もガキだ。

心のなかで自分に舌打ちをくれる。

林も高木も、ほかのメンバーも、いましがたの険悪な空気を忘れたかのように、酒を酌み交わしていた。それぞれが、己の武勇伝を語っている。今回の襲撃で自分がどれくらい働いたかを、自慢しあっている。

メンバーたちの酔いが深くなった。目は赤く、呂律《ろれつ》が回っていない。

沖は煙草を貝殻でもみ消すと、声を張った。

「のう、みんな。この銭を元手によ、広島を手に入れるんじゃ。若い者を揃えて、仁正会のシマを根こそぎ奪いとっちゃる。わしらの手で、広島を押さえるんじゃ！」

林が勢いよく立ち上がる。

「ほうじゃ。広島は呉寅会のもんじゃ。わしら死ぬときゃァ、みんな一緒じゃ！」

高木が深く肯く。

「ほんまじゃ。死ぬ気になって、出来んこたァ、なんもないけん。のう、みんな！」

狭い船小屋に、歓声が響く。

止めても無駄だと諦《あきら》めたのか、大声をあげても、三島はなにも咎《とが》めなくなった。俯《うつむ》いたまま、じっとゴザを見詰めている。

沖は壁板の隙間に目をやった。

暗い海に、仄《ほの》かな曙光《しょこう》が差している。

会話が、徐々に途切れはじめる。

水平線のあたりが明るくなったころには、みな酔いつぶれていた。床に身体を横たえて、鼾《いびき》をかいている。起きているのは、沖と三島だけだ。

沖は三島の茶碗に、酒を注いだ。

「林が左腕なら、こんなはわしの右腕じゃ。さっきのことは、水に流して、のう兄弟。まあ、飲めや」

三島は黙ったまま、茶碗の酒を見ている。

沖は三島の肩を叩いた。

「わしはこんながおらんと、やっていけん。こんなも、そうじゃろうが」

三島は唇を真一文字に結び、瞼《まぶた》を閉じた。やがてなにかを決意したように、顔をあげて沖を見る。

酒に強いとはいえ、酔いが回っているのだろう。目が血走ったように、濡《ぬ》れている。沖を見やる目は、射るように尖っていた。

「沖ちゃん、ちいと外の風に当たらんか」

若い頃の呼び名に戻って、三島はぼそりと言った。沖の返事を待たず、ふらつく足で立ち上がる。

三島は黙って小屋の戸口へ向かい、引き戸を開ける。

冷たい海風が、小屋に入り込んでくる。

浜辺に向かい、三島が歩き出す。

茶碗を置き、沖も立ち上がる。

三島のあとに続いて小屋を出た。

水平線の彼方《かなた》に、太陽が半分、顔を覗かせている。

目を瞬かせた。

蒼暗《あおぐら》い海と、オレンジ色に光る空——。

どこかで見た光景だ。

記憶が蘇《よみがえ》る。

父親が酔いつぶれて眠ったあと、母親と妹と三人で、家を出て夜通し歩いた。

沖が七つの頃だ。

まだ幼い妹を背負い、母親は沖の手を引いて暗い海に向かった。晩秋だったか、初冬だったか。凍えるような海風が吹いていた。

母親は砂浜で、沖と妹を傍らに座らせ、じっと海を見詰めていた。

死のうとしていたのだ。沖は幼な心に、そう悟っていた。

回想を振り払う。

——どうせ、拾った命だ。いつでも捨ててやる。

沖は三島の背中を見ながら、覚悟を新たにした。

波打ち際まで歩いた三島が、ゆっくりと振り返った。

「のう、兄弟。もうわしら、終《しま》いにしようや」

絶句した。

言葉を絞り出す。

「われ、なに言うとるなら」

三島が背を向ける。返答はなかった。

波の打ち寄せる音だけが、辺りに響いた。

二十一章

日岡は呉原東署を出ると、正面玄関の前に設置されている電話ボックスに駆け込んだ。

硬貨を投入するのももどかしく、暗記している電話番号を押す。署内からかけられる相手ではない。そもそも、日岡の携帯は監察に盗聴されている惧《おそ》れがあった。県警はいま、暴力団と癒着する不良警官の洗い出しに、躍起になっている。

その筆頭候補が自分であることは、日岡も自覚していた。

電話の識別音が流れ、呼び出し音が鳴る。

出ない。

日岡は舌打ちをくれて、腕時計を見た。

午前二時二十分。地下カジノから署に戻ったのは三十分前だ。

日岡は電話ボックスから外を見ながら、電話機を指で弾《はじ》く。出ろ、出てくれ、と念じる。祈りは通じない。

――ダメか。

落胆の溜《た》め息を吐いたとき、電話が繫《つな》がった。

「誰なら」

不機嫌そうな声で、一之瀬が電話に出た。

日岡は受話器を強く握った。

「わしじゃ」

一之瀬の尖《とが》っていた声が和らぐ。

「兄弟か。連絡がくると思うちょったが、早いのう」

相変わらず、察しがいい。

「ちゅうことは、烈心会の賭場《とば》荒らしの件、耳に入っとるいうことじゃの」

「ああ」

一之瀬が肯定し、険しい声で続ける。

「若いもんから、さっき連絡があった。ちょうど、その件で電話で話しとったところじゃ」

公衆電話から一之瀬の携帯に電話をかけるのは、たいてい日岡だ。しかし、ことの重大さを鑑《かんが》み、無視していたのだろう。

一之瀬は含み笑いを漏らして言った。

「うちは関係ないで。寝耳に水じゃ」

「そがなことァ、わかっとる。やったんは沖じゃ」

「沖か——」

日岡の目を、眩《まぶ》しい光が刺した。署に戻ってきたパトカーのヘッドライトだ。日岡は手の甲で目を庇《かば》い、話を続ける。

「防犯カメラで確認した。目出し帽を被《かぶ》っとったけん、目しか見えんかったが、やつに間違いない」

電話の向こうで、息を吐く気配がする。

「やっぱりのう。いまどき、あがなギャングみとうな真似するんは、虎くらいじゃろう思うとったよ」

「宮西町の件も、おそらく沖じゃ」

「宮西？」

どうやら、宮西町の事件はまだ知らないようだ。

「地下カジノが襲撃されたほぼ同時刻に、宮西町の空き家で発砲事件があった。空き家にゃァ烈心会の組員が三人おったんじゃがのう、そのうち、ひとりが撃たれた。やったんは、地下カジノを襲ったやつらと同じ、目出し帽を被った四人組じゃ」

一之瀬の唸《うな》り声が受話器から漏れる。

「やりおるのう。こっちも虎の仕業じゃろうて」

パトカーは署の前に停まった。ライトが消える。日岡はパトカーに背を向けて、ガラスに手をついた。

「虎が宮西の空き家に目ェつけたんは――」

最後まで聞かず、一之瀬は間髪をいれず答えた。

「シャブじゃろう」

日岡は顎《あご》を引いた。

「わしも、そう睨《にら》んどる。危険を冒して押し込みかける、いうんは、誰ぞの命《タマ》取りか、シャブしかない」

日岡は一之瀬に訊《たず》ねた。

「兄弟は、宮西に烈心会のアジトがあったこと、知っとったか」

今度は少し間があった。

「いや。じゃが、聞きゃァ肯《うなず》ける話じゃ」

肯けるとはどういう意味か。一之瀬が話を続ける。

「事務所や若い衆の家に隠しとったら、ガサかけられたら一発じゃ。知り合いや女の家も、どこでどうバレんとも限らん。あっこら辺りは人も少のうなったし、いまは寂れとる。空き家も多い。目の付けどころは悪うない」

宮西町は、呉原の外れにある。かつては宿場町として栄えていたが、時代とともに寂れた。平成に入り、隣町にバイパスが切り拓《ひら》かれたことが、致命傷だった。宮西町にはこれといった観光名所はない。交通の便が悪くなったことで、ただでさえ遠のいていた人足《ひとあし》が、さらに途絶えた。旅館や商店も、櫛《くし》の歯が欠けたように暖簾《のれん》を下ろした。いまは過疎化が進み、住人の半数以上が高齢者だ。

一番知りたかったことを訊ねる。

「カジノはともかく、沖らはなんで、シャブの隠し場所までわかったんじゃろ」

沈黙があった。考えているのか、答えていいか思案しているのか。やがて、一之瀬は静かに答えた。

「林じゃ。呉寅会へ入って来る情報はみな、あいつを通して虎の耳に伝わっとるはずじゃ」

日岡は眉間《みけん》に皺《しわ》を寄せた。

林はたしかに、広島地下社会の情報通として知られている。だが、いくら林でも、敵対する烈心会のお宝の在り処《か》を探り出すのは、不可能だろう。

そう口にすると、一之瀬はふっと、鼻から息を抜いた。

「林はのう、烈心会のなかにスパイを飼《こ》うちょるいう噂で」

「なんじゃと」

意図せずして、声が裏返る。

林は呉寅会の幹部だ。三島や高木と同じ立場だが、片腕がないことから、呉寅会のなかでの重要性は、ほかの幹部より劣ると見ていた。

林の情報は、呉寅会にとってなくてはならないものだろう。しかし、組織にとって貴重なのは、なんといっても身体を張れる者だ。片腕がない林は、身体を張れない。

呉寅会のなかで、四番手、五番手だと思っていた林が、スパイを飼っている。日岡にとっては意外な話だった。

「林がそんなタマか」

思わずつぶやく。

日岡の驚きに、一之瀬は確信ありげな口調で言った。

「弱みを握っとるか、金で飼い慣らしとるんか知らんが、林の情報源はそいつじゃろ」

日岡は声を失った。

組内の情報を林に流していると組にバレれば、ただではすまない。凄絶《せいぜつ》なリンチのうえ、殺《や》られるのは火を見るより明らかだ。どんな理由であれ、命を賭《か》けてまで林に協力することなどあり得るのか。

沈黙から、日岡の疑問を察したのだろう。一之瀬が言葉を繋いだ。

「性根のない極道はのう、自分さえ助かりゃァええ思うとる。組がどうなろうと、仲間がどうなろうと、知ったこっちゃない。バレさえせんかったらええんじゃ。明日の飯より、今日のおまんまのほうが、大事。そう思うとる極道は、山ほどおる」

バレなければいい。あまりの短絡的な考えに、舌打ちが出る。

「なんでそいつは、林を殺《け》さんのじゃ」

頭を擡《もた》げた疑問が、日岡の口を衝《つ》いて出た。

スパイをしている理由が弱みを握られているからだとしたら、弱みを知っているやつを消せばいい。そいつがいなくなれば、安全だ。

一之瀬が答える。

「林はああ見えて頭が切れるけん、安全保障つけとるんじゃろ」

もし自分の身になにか起きれば、自動的に表沙汰《おもてざた》になる、ということか。

「おそらくそいつには、銭が渡っとる。弱みだけじゃァ、人はそうそう動かん。欲得がからんではじめて、人は人を裏切る。林はその辺がわかっとる。飴《あめ》と鞭《むち》を使い分けとるんじゃろ」

日岡は腕時計を見た。

電話が繋がって、五分が経っている。公衆電話を使っている姿を、なるべく人に見られたくない。探られれば痛い腹だ。

日岡は話を切り上げることにした。

「兄弟。沖らの居場所、なんぞ情報が入ったら――」

「わかっとる」

一之瀬が言葉を被せるように言う。

「あんたに真っ先に知らせるよ」

日岡は心のなかで頭を下げた。

「助かるわい」

「呉原でこれ以上、騒ぎが起こるんは、わしらも困るが、堅気《かたぎ》が難儀する。厄ネタは、警察の手で始末してもらうんが、一番ええ」

そう言うと、一之瀬は電話を切った。

日岡はあたりに人がいないことを確認して、電話ボックスを出た。

二課に戻ると、司波が駆け寄ってきた。息を切らせて言う。

「どこに行かれとったんですか。みんな探しとったですよ」

「便所じゃ。便所」

それだけ言って、自分の席に腰を下ろす。

二課は騒然とした空気に包まれていた。警察無線からの連絡がひっきりなしに流れ、所轄《しょかつ》の係員と、県警本部から駆け付けた応援の捜査員が入り乱れている。

「わしがおらんあいだ、なんぞ、なかったか」

日岡は司波に訊ねた。

「これといった有力情報は、まだ上がっとりません」

日岡は椅子の上で腕を組んだ。

主要道路は、管区機動隊と近隣の所轄交通課が封鎖し、十重《とえ》二十重《はたえ》に検問が敷かれていた。事件発生後、東署の捜査員には緊急呼び出しがかかり、署長をはじめとする幹部も、全員、顔を揃えている。署の取調室はすべて、地下カジノの目撃者と、宮西町の事件現場で拘束された烈心会組員の取り調べに充てられていた。

司波が屈《かが》みこむようにして、日岡の耳元に口を寄せた。

「係長から、吉野作治《よしのさくじ》の取り調べをするよう、班長に指示が出とります」

「吉野を？」

日岡は司波を睨んだ。

吉野は地下カジノの常連客だ。地元で老舗《しにせ》の饅頭屋《まんじゅうや》を経営している。沖たちが襲撃したときに、その先頭にいた男だ。

沖は、吉野のあとに続いてカジノに雪崩《なだ》れ込んでいる。共犯の疑いあり、として、目撃者のなかでも最重要人物と目されていた。

日岡は司波から視線を外した。

「あがあなもん、他の者に任せといたらええ」

「ですが、係長の命令ですけ」

司波にしてはめずらしく、語気を強めて言う。

日岡は顔だけ、横の司波に向けた。

「吉野は共犯じゃない」

司波が目を見開く。

「なんで、そう言い切れるんですか」

「沖の捜査資料、読んだじゃろうが。あれが情けかけるタマか。生きていくためなら、人殺しなんぞ屁《へ》とも思わん男で。吉野が共犯じゃったら、その場で殺《や》られとる」

そう言った日岡に、司波はなにか言いかけて、思い直したかのように口を閉じた。

「検問のほうはどうなっとる」

日岡は訊ねた。

「まだ、網に掛かっとらんようです」

「まだ？」

日岡は呆《あき》れた。再び司波を見る。

「まだ、じゃあるかい。三時間も経って捕まらんいうことは、もう網から逃げとる、いうことじゃ」

斜《はす》向かいの席で、目撃者の取り調べを終えた田川が、調書を挟んだファイルを団扇《うちわ》代わりにしていた。人いきれにやられたのだろう。

「班長」

田川が、疲れ切った声で日岡に声をかけた。

「捜査会議は朝七時から、いうて聞いとりますが、わしら徹夜ですかねえ」

横から坂東が口を挟む。

「当たり前じゃろうが。たぶん、明日も徹夜かもしれんで」

死傷者を出す発砲事件が立て続けに起きたのは、暴対法施行以後、県内でははじめての事案だった。全国的に見ても、特定危険指定暴力団に認定された九州の高倉《たかくら》連合一家に次いで、二件目のケースとなる。

警察庁はすでに、この事件を特別重要案件として、早期の犯人検挙を広島県警に指示したようだ。

朝の捜査会議には、本部の刑事部長らお歴々に交じって、本部長自らが出張るとの情報もある。

「Nシステムのほうは、どうなっとる」

日岡は坂東を見た。

「宮西町のほうは、二人乗りしたバイクが二台逃げとります。捜査支援係のほうで防犯カメラの解析に当たっとりますが、吉兼《よしかね》町のコンビニの前を、猛スピードで走り去るバイクが映っとったようです。その後の足取りは、まだ摑《つか》めてません」

逃走経路の方角はあたりがついたらしい。

日岡は田川に首を向けた。

「地下カジノのほうは」

田川が答える。

「黒のセダンが、現場から逃走しとります。ナンバーは泥で汚されていて、確認がとれんのですが、深川《ふかがわ》町の国道でNシステムに引っかかっとります。じゃが、そのあとは国道にも県道にも、痕跡《こんせき》はありません」

深川町のあたりは、脇道が多い。Nシステムの目を逃れ、横へ逸《そ》れたか。

日岡は天井を見上げた。多くの町がそうであるように、呉原市も中心街を除くと、防犯カメラの設置件数はがくんと下がる。逃走した車両、バイクの後足を見つけるのは、困難を極めるだろう。

沖が隠れるとすればどこか。市内か。それとも市外か。

「日岡！」

思考を、怒声が遮った。

声のほうを見ると、石川係長が二課のドアの前で日岡を睨みつけていた。

大股《おおまた》で、日岡の席に向かってくる。顔は真っ赤に染まり、こめかみには青筋が立っている。

石川は目の前まで来ると、机を両手で叩《たた》き、日岡のほうに身を乗り出した。

「わりゃァ、ようも、わしに恥かかせてくれたのう」

押し殺した声が、逆に怒りの強さを感じさせる。

日岡は石川を睨み返した。

「係長。恥じゃのなんの、言うとる場合じゃないでしょ。こっちも必死こいてやっとるんですよ。いったい、どうせい言われるんですか」

「そがあなこと、言うとるんじゃないわい！　うちの管内でこがな大事件起こしくさって、わしの面子《メンツ》が丸潰《まるつぶ》れじゃ」

「恥？　面子？」

石川の言葉に、怒りがこみ上げてきた。石川に言い返す。

「それがなんぼのもんですか。あんた、人の命より、自分の面子を先に口にするんですか」

石川が自分の手柄しか考えない人間であることは、前々からわかっていた。だが、いま、自分の部下が徹夜覚悟で捜査し、多くの捜査員が沖たちを血眼で探している。こんな切迫した状況下で、なお自分のことしか考えない石川に、吐き気がした。

一度、沸き上がった怒気は、治まらなかった。絶え間なく流れる無線と、鳴り響く電話が、日岡をさらに苛立《いらだ》たせた。

「沖が娑婆《しゃば》に出たとき、なんとかできりゃ、そりゃァよかったでしょうよ。じゃが、なんの容疑もないのに、刑務所帰りじゃいうて、引っ張ることはできんでしょう。それとも、なんぞ嫌疑をでっちあげて、捕まえりゃよかった、言われるんですか。第一、もちいと泳がせえ、言われたんは誰ですか！」

警備を二十四時間体制にできていたら、沖たちの襲撃も防げていた。

気づいたら、椅子から立ち上がっていた。

まわりの者の視線が、二人に集まっている。

石川は身体を震わせ、吼《ほ》えた。

「お、お前……お前が、せ、責任とるいう話じゃないか！」

喚《わめ》きながら、口から泡を飛ばす。もはや、子供の喧嘩《けんか》だ。

日岡は椅子に尻《しり》を戻した。下から石川を見据える。

「責任じゃったら、なんぼでもとりますよ。この件が片付いたらわしは──」

辞表という言葉を口にしようとしたとき、強く袖《そで》を引っ張られた。後ろを見る。司波だった。日岡が言わんとしていることを察したのだろう。日岡に向かって、小さく首を振る。頼むから言わないでくれ、そう目が訴えている。

日岡は言いかけた言葉を飲み込んだ。

いまは石川の御託にかまっている暇はない。これ以上、沖たちが事件を起こさないよう、一秒でも早く捕らえることが肝心だ。

日岡は部下の顔を見渡した。

「ええか、みんな。手柄なんぞ、どうでもええ。面子なんぞいらん。そがなもん、本部の人間にくれちゃれ。じゃけん、この事件の始末は、わしらがきっちり取る。どがあな手を使《つこ》うてでも、沖にワッパをかけるんど。ええの！」

部下たちが、一斉に肯く。

日岡は視線を、石川に向けた。

「のう、係長。あんたは、あそこで――」

上席に顎をしゃくった。

「じっと座っとってくれ」

石川が唾《つば》を呑《の》み込むのがわかる。

「日岡、お前……」

あとの言葉は聞かなかった。

拳《こぶし》を握りしめて震えている石川を無視し、机に呉原の地図を広げた。

二十二章

沖は三島の前に回り込んだ。押し殺した声で、同じ言葉を口にする。

「われ、本気で言うとるんか」

三島が深い溜《た》め息を吐く。水平線を見やりながら言った。

「ああ、本気じゃ」

突風が吹いた。開いた口のなかに、砂の粒子と潮風が入り込んでくる。異物を一掃するように、沖は口腔《こうこう》に唾《つば》を溜め、砂浜に吐き捨てた。


三島と元が、沖の仲間になったのは、小学校二年生のときだ。

学年やクラスは違うが、ふたりのことは、前から知っていた。沖と同じで家庭に問題があり、児童のあいだで浮いた存在だったからだ。

元は、あだ名で呼ばれていた。ガリボロだ。同級生はそう言って、元を小突き、馬鹿にしていた。いつもボロボロの服を着て、ガリガリに痩《や》せていたからだ。

同じような服装と体形をしていた沖がガリボロと呼ばれなかったのは、沖が喧嘩《けんか》に強かったからだ。

みすぼらしい恰好《かっこう》をしている沖を、冗談半分にからかうやつはいた。沖はそいつらを、決して許さなかった。相手が上級生であろうと大人数であろうと、遮二無二立ち向かっていった。満足に食事もとれず、貧弱な身体だった当時でさえ、喧嘩に負けたことはなかった。

子供同士の喧嘩とはいえ、沖は手加減しなかった。組み伏せられても耳に嚙《か》み付き、隙を衝《つ》いて金的を蹴《け》り上げた。殴られても蹴られても、血を流しながら挑んでくる沖に、誰もが恐れをなした。

いつしか、沖をからかう者は、近隣の中学生にさえ、ひとりもいなくなった。

だが、元は沖と真逆だった。同級生どころか、歳下からいじめられても、言葉ひとつ返せなかった。地面にしゃがみ込み、頭を抱えてその場にうずくまって、じっとしていた。蹴られても殴られても、嵐が通り過ぎるのを、ただ待つだけだった。

世の中は、単純だ。強い者が弱い者に勝ち、肉を喰《く》らう。弱肉強食の原理を、倫理や道徳といったもので、大人は捻《ね》じ曲げてみせる。

困っている人を見たら助けましょう——そんな教師の言葉を耳にするたびに、沖は心のなかで唾を吐いた。

人間は神様じゃない。道徳が腹を満たしてくれるのか。どんな綺麗《きれい》ごとを並べようと、結局は我欲のためだけに生きている。それが人間だ。

親父を見ろ。養うべき自分の女房と子供に、平気で暴力を振るう。わずかな蓄えも、子供の給食費さえも、容赦なく搔《か》っ攫《さら》っていく。周囲の人間は、同情はしても、身を引き摺《ず》るように生きる悲惨さの坩堝《るつぼ》から、助け出してくれることはない。みな、自分の身がかわいいからだ。

しかし、偽善という名の仮面を被《かぶ》る術《すべ》を知っているだけ、大人はまだましかもしれない。本能のまま行動する子供は、大人以上に質《タチ》が悪い。感情の赴くまま、平気で人を痛めつける。

たまに見かける元は、いつも小突かれていた。多くのいじめがそうであるように、理由など、あってなきに等しいものだった。汚いだの、臭いだの、気持ち悪いだのと、声を揃えて囃《はや》し立てていたが、そんなことは本質ではない。本音は、自分たちより下位に蔑《さげす》むべき対象を作り、いじめる者同士の仲間意識を高め、優越感に浸りたいだけだ。

その日も、元はいじめられていた。

沖が学校から帰るため、裏門から出ようとしていたときだ。校庭の隅にある水飲み場からすすり泣く声が聞こえた。元を取り囲んだ同級生四人は、頭から水をかけ、掃除用具のモップで、元の全身を擦《こす》っていた。人間の丸洗い――師走《しわす》の寒い時期だった。

その日に限って、なぜ元を助けようと思ったのか、自分でもわからない。虫の居所が悪かったのか、いじめているやつらが気に喰わなかったのか。いずれにしても、自分のなかに抑えつけられないほどの、暴力衝動が突き上げてきた。

気づいたら、背後から、モップを振るう同級生を蹴り倒していた。

もんどりうって倒れた同級生は、振り向きざま、沖の顔を見た。口を開け、驚愕《きょうがく》の表情を浮かべている。同学年一の悪《ワル》として知られる、タクシー会社の社長の息子だった。

残りの三人は、そいつの腰巾着《こしぎんちゃく》だ。

沖は口の端をあげた。

こいつとはまだ、遣《や》り合ったことはない。身長も高く、がっしりとした体格は、高学年と見《み》紛《まが》うばかりだ。暴力衝動を解消する敵として、持ってこいの相手だ。

仲間の手前、こいつは引き下がれない。そう沖は踏んだ。

案の定、社長の息子は立ち上がるやいなや、唸《うな》り声をあげ、沖に飛び掛かってきた。

沖は頭を低く下げ、足元にタックルをかけた。

倒れた相手に馬乗りになり、拳《こぶし》を振るう。

が、社長の息子は、沖の右手を、太い腕でがっしり受け止めた。

体格差にものをいわせ、たちまち体を躱《かわ》し、沖を組み伏せる。

腰巾着が三人がかりで、沖の手足を押さえつける。

身動きが取れない沖の喉輪《のどわ》に、社長の息子の両手が絡み付いた。

意識が遠ざかる。

――落ちる。

そう思った瞬間、喉元を締め付ける手の力が緩んだ。

喘《あえ》ぐように、空気を貪《むさぼ》る。

荒い息を吐きながら、顔をあげた。

社長の息子は鼻から血を流し、地面をのたうち回っている。誰かに顔を蹴り上げられたのだ。

側には、見覚えのある少年がいた。三島だった。

元が学校の鼻つまみ者なら、三島ははぐれ者だった。誰かと一緒にいるところを、見たことがない。周りが三島に近づかないのか、三島が他人と打ち解けないのかはわからないが、三島は当時から、人を寄せつけない空気を纏《まと》っていた。

立ち上がった沖は、三島とふたりで、四人組を片っ端から殴りはじめた。地面に倒れた者には、蹴りを食らわす。泣き喚《わめ》いても、許さなかった。四人が地べたに転がり、動かなくなるまで、殴り続け、蹴り続けた。

元はただ茫然《ぼうぜん》と、殴り合いを見ていた。

四人が動かなくなると、沖は三島に笑いかけた。

三島が小さく肯《うなず》き、笑みを返す。

沖は、座り込んだままの元の頭を、軽く叩《たた》いた。

「おい、帰るど」

その喧嘩のあとから、三人はいつも一緒に行動するようになった。誰からともなく集まり、毎日のように顔を合わせてきた。広島の隠れ家で逮捕されるまでずっと、同じ場所で、同じ空気を吸ってきた。血の繋《つな》がった肉親以上の、分身ともいえる存在だった。

にもかかわらず、元は裏切った。そしていま、三島も離れようとしている。

怒り、悔しさ、殺意にも似た憎悪、果てしない孤独——様々な感情が胸に渦巻き、脳が沸騰した。

「なんでじゃ」

沖はようやく声を絞り出した。

三島は浜の先にある松林に向かって、顎《あご》をしゃくった。

「ここは寒いけん、ちいと歩かんか」

松林の陰には、ランドクルーザーが隠してある。林が盗んできたものだ。

地下カジノを襲ったあと、使ったセダンを農道で捨て、ランドクルーザーに乗り換えた。捜査の目を晦《くら》ますためだ。

殺した元を運んだのも、この車だ。

元をこの世から消したのが、遠い昔のことのように感じる。

あの夜、元の死体を積んだ車の助手席で、沖はわざと軽口を叩いた。

「いまは楽になったのう。昔は車もないし、道もなかった。リヤカー引いて、ひいひい言いながら、親父を運んだよのう」

夜の山道を、右に左にハンドルを切りながら、感情のこもらない声で三島が言った。

「沖ちゃん、場所、覚えとるか」

沖は真っ暗な外を見ながら答えた。

「忘れるかい。でかい一本松のところじゃ」

山頂付近で車を降り、目印の松を探す。

崖下《がけした》に、月明かりに映し出された大きな松の木があった。父親を埋めた二十八年前と比べ、ずいぶん丈が伸び、ひとまわり幹が太くなっている。沖は改めて、時の流れを感じた。

自分を苦しめた者、裏切った人間は、同じ墓に埋める。元を殺す前から、沖はそう決めていた。沖と三島は崖下に下りると、一本松の根元をスコップで掘り、元を埋めた。

つい十日ほど前のことだ。

浜の端まで歩き、松林を少し入ると、黒い車体が見えた。いまの、唯一の足ともいえるランドクルーザーだ。

三島は無言で、沖の前を歩いていく。

沖はベルトの後ろに差した拳銃《けんじゅう》を意識しながら、三島のあとに続いた。

三島が、車のキーで鍵《かぎ》をあける。三島は運転席に座り、沖は助手席に乗り込んだ。車のなかは冷え切っていた。三島がエンジンをかけると、沖はエアコンをつけた。送風音が車内に響く。最初は冷たかった風が、徐々に温風に変わった。

三島が背広のポケットに右手を入れた。重い口を開く。

「のう、兄弟」

沖はフロントガラスの先に視線を据え、ぶっきらぼうに答えた。

「なんじゃ」

「よう、聞けよ」

三島が身体を沖に向ける。

「仮にシャブの取引が上手《うも》ういったところで、わしら広島から身を躱さんといけん。今度のヤマがわしらの仕業じゃいうことは、遅かれ早かれ、必ずバレる。警察もヤクザも、馬鹿じゃない。こがな無鉄砲やらかすんは、こんなくらいしかおらん、いうことはわかっとる」

三島はひとつ息を吐くと、語気を強めた。

「わしら、広島中の極道と警察を、敵に回すんで」

沖は鼻から息を抜いた。

「そがあなことは、言われんでもわかっとる。じゃがのう、極道はともかく、警察は難《いた》しいで。証拠もないのに、逮捕状《フダ》は取れんじゃろ。万が一、指名手配くろうたとしてもよ、いっとき身を躲しゃァええじゃない」

「よう、考えてみい」

三島が噛んで含めるように言う。

「いっぺん指名手配くろうたら、広島へは、戻ってこれんので。それでどがあして、広島で天下とるんなら」

沖は言葉に詰まった。

広島で天下をとる、それが沖の野望だった。三島の言うとおり、指名手配をかけられたら、その野心は叶《かな》わない。しかし、このまま引き下がるわけにはいかなかった。

思いつくままを口にする。

「どこぞの地下に潜って、若い者に指図して、仁正会を潰《つぶ》していきゃァええんじゃ。ほうじゃ、地下帝国よ。わしらの地下帝国を作るのよ！」

咄嗟《とっさ》に口にした言葉が、にわかに現実味を帯びて、沖の頭のなかを駆け巡った。

「地下に潜り込んで、地上の外道《げどう》を支配する。考えてみい。やりたい放題じゃ。ほうよ、閻魔《えんま》様みとうなもんよ。地獄がよ、わしらの天国になるんじゃ！」

口から哄笑《こうしよう》が迸《ほとばし》る。

沖の笑いが収まると、三島が呆《あき》れたように、言葉を漏らした。

「わしは真面目に、言うとるんじゃ」

頭に血がのぼる。大声で言い返した。

「わしも大真面目よ！」

三島が哀れむような目で、沖の顔を見た。

「沖ちゃん、こんなァ、もう終わっとるよ」

三島の言葉が、沖の胸を貫いた。血の気が引き、頭が冷たい幕に包まれる。

「終わっとる？　わしが？」

三島は目を伏せ、肯くように首を折った。

「ああ。終わっちょる」

沖は怒鳴った。

「わしが終わっとるなら、わしについてきたお前も終わっとろうが！」

三島がつぶやく。

「ああ、わしも終わっとる」

沖は三島を睨《にら》んだ。

自分は終わっている──としたら、いつからなのか。元を殺したときからか。父親を殺したときからか。それとも、生まれたときからか。

三島が顔をあげ、沖を見る。目に憐憫《れんびん》の情が浮かんでいた。

三島の眼差《まなざ》しは、沖の自尊心を激しく傷つけた。怒りにまかせて、叫ぶ。

「誰が終わっとるんじゃ！　わしは終わっとらん、これからじゃ。これからがわしの時代じゃ！」

三島は諦《あきら》めたように息を吐くと、ハンドルに左腕を預け、遠くを見やった。

右手はポケットにしまったままだ。

「いつまでこがなこと、続ける気じゃ」

「こがなこと？」

頭が混乱し、意味するところが摑《つか》めない。

三島が言い方を変える。

「この先、いったい何人殺したら、気がすむんじゃ」

人数など知ったことではない。沖は三島のほうに身を乗り出した。

「わしを邪魔するやつと、裏切った者は、皆殺しじゃ！」

三島はシャツの胸ポケットから、左手で煙草を取り出した。片手で器用に中身を一本抜いて、咥《くわ》える。車のシガーライターで火をつけた。

「こんなァ昔、自分の親父を鬼じゃ、言うとったの。自分の欲のためなら、女房も子供も殺す外道じゃ、いうてよ」

親父の話を、なぜ、いま口にする。

三島は目の端で沖を見た。

「自分の欲のためなら、幼馴染《おさななじ》みも手にかける――いまはあんたが、外道じゃ」

「違う！」

沖は三島に食ってかかった。

「外道は元じゃ！　自分の命が惜しゅうなって、わしらを売ったんじゃ！　そのうえ、人の女にまで手ェ出して――それで大人しゅう芋ォ引いとれ、いうんか！」

三島が煙草の煙を深く吸い込み、大きく吐き出した。

「なんで、元が裏切り者じゃ、いうて決めつけたんじゃ」

沖は舌打ちをくれた。

「何遍も言うたじゃろうが。わしが刑務所に入っとるあいだ、一遍も顔見せんかったんは、あいつだけじゃ。出所んときも、そうよ。わしを裏切ったけん、顔が出せんかったんじゃ」

「少しは考えんかったんか」

「なにをじゃ」

持って回った三島の口吻《こうふん》が、癪《しゃく》に障る。

「元が裏切り者じゃない、いう可能性を——よ」

胸がざわついた。

喉の奥から、悪寒と不安をない交ぜにした、酸っぱいものが込み上げてくる。

「なにが言いたいんじゃ」

三島は言葉を区切るように、言う。

「二十年前、わしらが笹貫に襲撃かけるいうんを知ったとき大上は、あの馬鹿の命を助けるためにはこれしかない、言うとったが、のう」

まさか——。

沖の心臓が大きく跳ねた。

「われ——なんで大上の言うとったことを知っとるんなら」

三島はゆっくりと沖に顔を向けた。

「そがなこともわからんほど、ほんまに馬鹿なんか」

頭が白くなる。

認めたくなかった。が、そう考えると、沖が出所してからの三島の言動がすべて腑《ふ》に落ちる。三島は元をかばっていた。

「三島——」

怒りで声が震える。

沖は大きく息を吐くと、ベルトの後ろに手を回した。

「なんでじゃ——なんでお前が——」

三島は沖の目を、じっと見据えた。

「二十年前、わしらは刑務所に入ることで生き延びた。ちいたァ考え直すか、思うたが、せっかく命拾いして娑婆《しゃば》に戻っても、同じことの繰り返しじゃ。わしァもう、こんなにゃァついていけん。終わりにするわい」

沖は奥歯を噛み締めた。

「こんな、元を見殺しにしたんか」

三島は顔色を変えずに言う。

「殺したんは、あんたじゃないの」

「われ、ようも——」

沖は後ろに回していた手に力を込めた。

拳銃を引き抜く。

撃鉄を起こした。

夜明けの海に、銃声が響いた。

二十三章

机に地図を広げた日岡は、襲撃現場の地下カジノと、発砲事件が起きた空き家の場所を、赤ペンで囲った。

「現場は、呉原市内の東端と西端。距離はおよそ五十キロじゃ」

次いで、事件に関係している車両が、Nシステムで最後に確認された場所に標《しるし》をつける。

「地下カジノを襲った黒のセダンは、深川町四丁目の歩道橋。これはその先の農道で発見されとる。空き家がある宮西町から逃げたバイクは、吉兼町二丁目にあるコンビニの防犯カメラを最後に、行方がわかっとらん。この情報を頼りに、いまやつらが潜伏しとる場所を、推定するしかない」

横から覗《のぞ》き込んでいた司波が、地図に手を伸ばした。歩道橋とコンビニを指で差す。

「こことここをまっすぐに繋《つな》ぐと、中心は高松町あたりになりますね。中間地点で互いが落ち合う可能性は、高いんじゃないでしょうか」

日岡は腕を組んだ。

「まっすぐ繋ぎゃァの。じゃが、そがあに簡単にいかんのが、捜査じゃ」

机を囲む部下を見やり、日岡は顎《あご》を撫《な》でた。

「事件が起きて、緊急配備《きんぱい》が掛かるまで、そう時間はかかっとらん。主要道路の検問は、十重《とえ》二十重《はたえ》に張られとる。そう簡単に、突破できるわけがない。やつらは少なくとも、市外には出とらん。呉原におるはずじゃ」

日岡は、歩道橋とコンビニの周辺を、大きく指でなぞった。

「高松町、多島町、広瀬《ひろせ》町、このあたりは全部、潜伏先の可能性がある」

日岡の向かいに立つ坂東が、重い息を吐いた。

「空きビル、空き家、人里はなれた小屋まで入れたら、何百いうてあるでしょうね」

日岡は椅子に腰を下ろすと、懐《ふところ》から煙草を抜き出し、指で弄《もてあそ》んだ。

「班長」

すかさず、司波が咎《とが》める。庁舎内は禁煙だ、と言いたいのだ。

日岡は苦笑いを浮かべ、あえて煙草を唇に挟み込んだ。

「わかっとる。咥《くわ》えるだけじゃ」

火がついていない煙草を唇で揺らしながら、天井を見やる。

——もし、自分が隠れるとすれば、どこを選ぶ。

日岡は目を閉じた。

なにより優先するのは、人目につかないことだ。街中は選ばない。空きビル、空き倉庫、空き家だとしても、一歩外へ出れば、誰かの目に触れる恐れがある。

自分なら、人が近寄らない場所を選ぶ。住宅地から遠く離れた地域だ。たとえば、使われなくなった山小屋、あるいは船小屋あたりか。

高松町、広瀬町は扇山の麓《ふもと》にある。多島町は海岸に近い。

――山か、海か。

「日岡」

名前を呼ばれ、日岡の思考は遮られた。

目を開き、声がしたほうを見る。

声をかけたのは、鑑識の木佐貫だった。肩で息をしている。

木佐貫は、事件に使われた黒いセダンの鑑識のため、現場へ出張っていた。呼吸が乱れているところをみると、急いで戻ってきたのだろう。その息せき切った様子から、なにか出たのだと、日岡は察した。

背中を預けていた椅子から、身を起こす。

「なんぞ、出たか」

木佐貫が白い歯を見せ、肯《うなず》く。

「出た、出た。面白いもんが出たわい」

司波が横から、口を挟む。

「なにが出たんですか」

木佐貫は司波に向かって、にやりと笑った。

「砂じゃ」

「砂?」

司波が口を開くよりも早く、日岡は問い返した。

木佐貫は真面目な顔に戻り、日岡に答えた。

「乗り捨てられた黒のセダンから、砂粒が発見されたんじゃ。運転席と助手席、後部座席のマットにも零《こぼ》れとった。たぶん砂浜の砂じゃと思う。塩化ナトリウムが付着しとる」

「もう、鑑定結果が出たんですか」

驚いた顔で、司波が木佐貫を見やる。

「たったいま帰ってきたんで。出るわけあるまあが」

わかり切ったことを訊《き》くな、という表情で、木佐貫が司波を睨《にら》む。

「じゃァ、なして、塩化ナトリウムじゃと——」

その先を言いかけた坂東を、木佐貫は手で制した。

「そがあなもん、舐《な》めてみたらわかる」

「舐める、いうて、大事な遺留品を舐めたんですか！」

呆《あき》れたように言い、坂東が大きく口を開いた。

「試料にするにゃァ、お釣りがくるほどあったけ、一粒舐めてみたんじゃ」

悪びれた様子もなく、木佐貫が答えた。

「で——しょっぱかった、と」

日岡は確認した。

「ほうよ。塩分が付着しとる、いうんは間違いない」

何度も小刻みに肯く木佐貫の表情からは、確信が見て取れた。

日岡は頭のなかで、情報を分析した。

呉原市内の主だった海岸の砂を集め、詳細な鑑定を施せば、ある程度の場所は特定できる。

が、それには、最低でも一週間はかかるだろう。

——いまは、イチかバチかに、賭《か》けるしかない。

「司波！」

日岡は、隣に立つ司波に、声を張った。

「は、はい！」

語気の強さに気圧《けお》されたのか、司波の表情が硬直する。

「お前、すぐに多島あたり一帯の、航空写真を探してこい」

司波が困惑気味に訊《たず》ねる。

「航空写真、いうて、どこへ行けばええんでしょう」

日岡は舌打ちをくれた。

「署内のどっかにあるじゃろう。総務へでも行って、聞いてこい！」

司波が慌てて、部屋を飛び出していく。

「坂東！」

続けて、背後にいる坂東を呼んだ。

坂東が、日岡の前に回り込む。

「なんでしょう」

「お前は多島地区の駐在を、警察電話《けいいでん》で叩《たた》き起こせ。使われとらん小屋がないか、訊き出すんじゃ」

坂東が肯く。駆け足で自席に戻り、受話器を取り上げた。

矢継ぎ早に部下へ指令を出すと、日岡は改めて木佐貫に訊ねた。

「ほかに目ぼしいもんは？」

木佐貫は肩をほぐすように、首をぐるりと回した。

「ようけ指紋が残っとるが、犯人のもんは期待できんじゃろ。いまの時点では、ここまでじゃ」

日岡は机を指で小突いた。

車から指紋が出てくるとは、日岡も考えてはいなかった。リブロンの店内からも、沖たちの指紋は検出されていない。おそらく、手術用の薄い手袋でも嵌《は》めていたのだろう。

電話をかけていた坂東が、受話器の送話口を手で押さえながら、日岡を呼んだ。

「班長！」

少し離れた席にいる坂東に、声を張る。

「なんじゃ！」

「多島港の東出《ひがしで》地区の海岸に、それらしいもんがあるそうです！」

日岡は椅子から立ち上がると、卓上の地図を俯瞰《ふかん》した。東出地区の場所を確認する。

黒いセダンが発見された農道と、バイクが最後に確認されたコンビニから東出地区へ抜ける、いまはほとんど使われていない市道があるという。

基本的に検問は、事件が発生した市町村から犯人が逃走しないように張られる。東出地区へ通じるこの市道は、県外へは繋がっていない。犯人が県外へ抜ける危惧《きぐ》がないため、ここに検問は張られていなかった。沖がそれを計算していたかどうかは、わからない。いずれにしても、この市道を使って網から逃れたのは、間違いないところだろう。

「班長！」

またしても、緊迫した声がかかる。

司波だった。ドア付近にいた司波は、日岡のもとへ駆け寄ると、手にした地図を差し出した。

市内の航空写真だ。

「班長が言われたとおり、総務にありました」

司波からひったくるようにして航空写真を受け取り、該当地区を探した。

探し当てると、目当てのページを開き、日岡は机の上に置いた。

狭い砂浜の側に、防風林が密集している場所があった。多島港からはかなり距離があり、船着き場もない。林のなかに、ぽつんと小屋があった。

――ここだ。

確信した。理由はない。いままで培ってきた、勘のようなものだ。

立ち上がり、力任せに机を叩いた。

「沖たちを見つけたで！　みんな、支度せい！　防弾チョッキと拳銃《けんじゅう》装着じゃ！」

部屋の空気が、一瞬で張り詰めた。

部下たちが、一斉に行動に移る。駆けるような足取りで、部屋をあとにした。

日岡は上席に目をやった。

係長席の石川は、我関せず、といった態で手元の書類に目を落としている。

すべては日岡の独断専行、自分はあずかり知らぬことだ——顔にそう書いてある。

日岡は視線を上にずらし、壁にかかっている時計を見た。

午前五時四十分。

東出地区までは、パトカーを飛ばせば二十分で着く。

椅子の背にかけた上着を、素早く羽織った。

日岡は、大上の墓で会ったときの沖を思い出した。

沖の目は、暗い炎を宿していた。その眼差《まなざ》しから感じたものは、希望とか野望といったものではない。やり場のない怒りだ。

沖自身は気づいていないかもしれないが、その怒りは誰かに向けられたものではない。人生の理不尽や不条理といった、己の力ではどうにもできないものに対してだ。

誰かを恨み、憎み、報復したとしても、それは沖が真に怒りを抱いているものの代替でしかなく、飢えがなくなることはない。むしろ、腹が満たされれば前より飢えが怖くなるように、暗い炎はさらに燃え上がっていく。その先にあるのは、自らの火で焼かれる死だ。

大上もそう思ったに違いない。だから、沖を刑務所へぶち込んだ。

日岡の脳裏に、沖の最期が浮かぶ。

胸にふつふつと、熱いものがこみ上げてくる。自分でも理解できない感情だった。

勢いに任せて、壁を蹴《け》り上げる。

背後で石川の短い悲鳴がした。

日岡は無言で、部屋を出た。

エピローグ

一台のランドクルーザーが、国道を逸《そ》れ、扇山へ続く脇道へ入った。

サイレンを鳴らし、赤色灯を光らせた数台のパトカーが、すれ違うように国道を通り過ぎていく。

サイレンの音が、徐々に遠ざかる。

車を運転している男が、ちらりとバックミラーに目をやった。

息を大きく吐き出す。

男は前方に視線を戻すと、ヘッドライトをハイビームにした。

曲がりくねった山道を、ライトが照らす。この時期の早朝は、まだ薄暗い。

行き交う車はない。

山全体が、寝静まっている。

カーブに差し掛かると、男はスピードを落とした。前方に目を凝らし、慎重にハンドルを操る。

山頂付近までくると、男は車を停めた。エンジンを切る。

男は車を降りると、でこぼこになったガードレールから、下を見た。山肌が切り落とされたように、急斜面になっている。

男はあたりに誰もいないことを確認すると、トランクを開けた。

なかには、血塗《ちまみ》れの死体が、くの字になって転がっている。

トランクから、死体を抱えるようにして出し、男は一度、地面に置いた。

死体の両手を持ち、身体を引き摺《ず》りながら、ガードレールのそばまで運ぶ。

男は、肺に空気を溜《た》め込んでいたかのように、息を長く吐き出した。身体を屈《かが》め、腰のあたりを、とんとんと叩《たた》く。

車に戻ると、男は、トランクからスコップと懐中電灯を取り出した。

死体を置いた場所に、ゆっくりと足を運ぶ。

男は懐中電灯をつけると、覗《のぞ》き込むようにもう一度、下を見た。なにかを確認したのか、首を縦に、小さく揺らす。

懐中電灯とスコップを地面に置いた。

死体を抱え、上半身をガードレールに乗せる。

そのまま死体の足首を持ち上げ、崖下《がけした》へ放り投げた。

死体が、木々の間を転がり落ちていく。

やがて、大きな松の根元で止まった。

男は懐中電灯を小脇に挟んだ。ガードレールを跨《また》ぐ。

手にしていたスコップを杖《つえ》代わりにして、山の斜面を下りていく。

死体のところまでやってくると、男は松の木を照らすように、懐中電灯を傍らに置いた。

上着の内ポケットから、煙草を取り出す。
ライターで火をつけた。
二、三口吸って、咥《くわ》えた煙草を地面に吐き捨てる。
吸殻が落ちた松の木の根元は、土が黒々としていた。
病葉《わくらば》もない。
男は地面に、スコップを突き刺した。
土を掻《か》きだし、穴を掘りはじめる。
五十センチほど掘ると、人間の手が出てきた。小指が切断されている。
男は手を止めると、死体を穴に放り込んだ。
右手を背広のポケットに突っ込む。
ポケットの布地には、焼け焦げたような穴が開いていた。
男はポケットから、相手を撃った拳銃《けんじゅう》を取り出した。
そのまま、死体の上に放る。
血で汚れた上着を脱ぎ、穴へ捨てた。
唇を、真一文字に結ぶ。
男は死体を、上から眺めた。
「どうな？　自分が殺した親父と親友――ふたりと同じ穴へ入る気分は」
男はそう言うと、黙々と土を被《かぶ》せはじめた。
穴を埋め終えた男は、上を見た。明るくなりかけている空に、白い月が浮かんでいる。

男はスコップを地面につき立てると、土のうえに腰をおろし、煙草を咥えた。ライターで火をつけ、時間をかけて根元まで吸う。

煙草がフィルターだけになると、男はそれを地面に放った。

煙が沁《し》みたのか、目は潤んでいた。


（完）

本作品は学芸通信社の配信により、岩手日報、留萌新聞、いわき民報、夕刊フジなどに二〇一八年二月から二〇一九年十月の期間、順次掲載したものです。単行本化に際し、加筆修正しました。

本作はフィクションであり、実在の個人・団体とはいっさい関係ありません。

柚月裕子（ゆづき　ゆうこ）
1968年岩手県出身。2008年「臨床真理」で第７回「このミステリーがすごい！」大賞を受賞しデビュー。13年『検事の本懐』で第15回大藪春彦賞、16年『孤狼の血』で第69回日本推理作家協会賞（長編及び連作短編集部門）を受賞。18年『盤上の向日葵』で「本屋大賞」２位。『最後の証人』に始まり、『検事の本懐』『検事の死命』『検事の信義』と続く「佐方貞人」シリーズはドラマ化され、累計50万部を超えるヒットシリーズに。本作は、広島を舞台にヤクザと刑事の熱き戦いを描いた圧巻の警察小説『孤狼《ころう》の血』『凶犬の眼』と続く３部作の完結編。著書に『蟻の菜園　―アントガーデン―』『パレートの誤算』『朽ちないサクラ』『ウツボカズラの甘い息』『あしたの君へ』『慈雨』『合理的にあり得ない　上水流涼子の解明』などがある。

暴虎《ぼうこ》の牙《きば》

2020年３月27日　初版発行
2020年５月20日　４版発行

著者／柚月裕子《ゆづきゆうこ》

発行者／郡司 聡

発行／株式会社KADOKAWA
〒102-8177　東京都千代田区富士見2-13-3
電話 0570-002-301（ナビダイヤル）

印刷所／大日本印刷株式会社

製本所／本間製本株式会社

●お問い合わせ
https://www.kadokawa.co.jp/（「お問い合わせ」へお進みください）
※内容によっては、お答えできない場合があります。
※サポートは日本国内のみとさせていただきます。
※Japanese text only

定価はカバーに表示してあります。

ISBN 978-4-04-108897-5　C0093